MI ESPOSA Y YO COMPRAMOS UN RANCHO

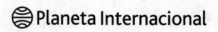

MATT Y HARRISON QUERY

MI ESPOSA Y YO COMPRAMOS UN RANCHO

Traducción de

Nancy Alejandra Tapia Silva

 Planeta

Título original: Old Country

Harrison Query
Matthew Query

© 2022, Fort Mazie, Inc. and Columbine Mountain, Inc.

Traducción: Nancy Alejandra Tapia Silva

Diseño de portada: Planeta Arte & Diseño
Fotografías de portada: iStock
Fotografías de los autores: © Matthew Query

© 2023, Editorial Planeta Mexicana, S.A. de C.V.
Bajo el sello editorial PLANETA M.R.
Avenida Presidente Masarik núm. 111,
Piso 2, Polanco V Sección, Miguel Hidalgo
C.P. 11560, Ciudad de México
www.planetadelibros.com.mx

Primera edición en formato epub: enero de 2023
ISBN: 978-607-07-9237-3

Primera edición impresa en México: enero de 2023
ISBN: 978-607-07-9199-4

Impreso en los talleres de Litográfica Ingramex, S.A. de C.V.
Centeno núm. 162-1, colonia Granjas Esmeralda, Ciudad de México
Impreso y hecho en México – *Printed and made in Mexico*

Dedicamos este libro a Sonya, a Clark, a los buenos vecinos y a Thibodaux, junto con todos los perros guardianes del mundo.

PRIMERA PARTE
Hacia el oeste

1

Harry

—Veamos, la primera vez que maté a alguien, en realidad maté a dos personas. Casi al mismo tiempo, o inmediatamente después, un par de segundos una de la otra.

Para ser por completo honesto, sentía mi pierna izquierda entumecerse mientras decía estas palabras. No quería cambiar de posición ni hacer cualquier cosa que sugiriera incomodidad o preocupación mientras hablaba. Supuse que por eso estaba aquí, en observación: inquietarme en un momento de franqueza, alguna reacción física que delatara emoción.

—Fue en Afganistán, en 2010, justo al principio de la operación Moshtarak, la batalla por Marjah. Mi escuadrón estaba de guardia en un terraplén que abarcaba todo el camino. El lugar era solo una pequeña cuesta cubierta prácticamente de llantas, basura y mierda, que se alzaba unos dos metros sobre el camino. Vigilábamos mientras esperábamos órdenes.

Estaba con mi amigo Mike y nos encontrábamos unos veinte metros adelante de los demás compañeros del escuadrón. El resto del pelotón estaba detrás de nosotros, en el lado opuesto del terraplén de basura, fuera de la vista. En realidad, la mayor parte de la compañía estaba cerca, pero nosotros estábamos preparándonos, esperando el momento de emprender la siguiente etapa de la ofensiva.

Maldita ciudad que olía a culo. Basura quemada, mierda de chivo y culo.

—De repente, vemos a dos tipos correr por el camino de la izquierda y dirigirse a una pequeña intersección para tomar el camino en dirección opuesta a donde estábamos nosotros. —Usé mis manos para describir la intersección, que tenía forma de T—. El hombre a la cabeza traía un AK y el otro hablaba por un radio y llevaba una... bolsa de hockey, una mochila al hombro, llena de granadas RPG usadas. Ambos se veían mayores que yo, al final de sus veinte o principios de los treinta. En un primer momento no podía creer que los estaba viendo. Había un gran tiroteo al este, en la dirección de donde huían, y, no sé por qué, creo que imaginé que cualquier talibán que nos topáramos correría hacia la basura. De hecho, le di un codazo a Mike y murmuré algo como: «¿Son unos malditos talis, hermano?». Estaba tan sorprendido como yo. Me explico, por instinto supimos que eran de los malos tan pronto como los vimos, pero simplemente no podíamos creerlo. Llevábamos en el país casi un año antes de que arrancara lo de Marjah y nunca habíamos visto a milicianos armados correr por el camino, al aire libre y a menos de doscientos metros de nosotros. Era algo insólito en aquel lugar. Hasta ese momento, todos nuestros encuentros con esos cabrones se habían dado cuando le disparaban a nuestra patrulla o algo así, con una buena distancia de por medio. Carajo, esto era… entablar un contacto directo y real, ¿entiende? Un error fatal.

Sonreí de manera forzada y bajé la cabeza mientras terminaba de hablar.

—Cuando llegaron al camino de enfrente, que observábamos desde la lejanía del terraplén de basura, ubicado a su izquierda, se agacharon y acuclillaron detrás de un sedán viejo y destartalado, a unos cien metros quizá. El camino por donde venían, en dirección opuesta al gran tiroteo del que supuse que huían corriendo, los ocultó por un tramo, pero luego los dejó completamente expuestos ante nosotros. Es decir, estaba viendo a ambos de pies a cabeza y casi no tenía que mover un solo músculo para tenerlos en la mira. Mike y yo estábamos tan sorprendidos que nos quedamos ahí sentados como idiotas, mirándolos por los binoculares, mudos, durante unos tres segundos. Después, no sé qué me hizo actuar, creo que el que estaba más cerca me miró, o miró en la dirección adonde yo estaba, y entonces… les disparé a los dos. Primero al que sujetaba el rifle y enseguida al tipo detrás de él, el del radio y la bolsa grande con municiones RPG. Cada uno de mis tiros dio en el blanco, estaban… en el lugar equivocado. En realidad, cien metros no es tanto, pero estaban en mi ángulo de visión, así que fue terriblemente sencillo. —Hice una pausa intencional y lo miré a los ojos. Me dije: «recuerda hablar con sinceridad»—. Ambos murieron en ese momento y en ese lugar.

13

Recordé cómo le disparé al primer hombre, exactamente debajo de la nuca, y la forma en que solo cayó de bruces. No movió un músculo para evitar caer ni nada, tampoco soltó su rifle, solo cayó y su cara se estampó en el suelo. Tal vez se habría quedado inconsciente de no haber estado ya muerto. Supuse que le había disparado en la columna vertebral. El segundo tipo miró a su compañero después de que yo lo derribara, muy sorprendido, como si se preguntara: «¿Qué demonios estás haciendo, amigo?», y en ese momento le disparé en el pecho. En cuanto la bala lo alcanzó, soltó el radio y puso las manos detrás de sí, por reflejo, apoyándolas en el piso para evitar caer de espaldas. Parecía que estaba sentado sobre una toalla de playa. Se veía muy confundido antes de que le disparara otra vez. Mi mente recordó a otra persona que maté dos semanas después: un hombre mayor, el guerrero canoso. Recordaba su cara a menudo, más que cualquier otra. Era un rostro que reflejaba ira con indiferencia, pero con un aire de gravedad. Miré al doctor Peters, quien asentía de una forma casi imperceptible y me miraba a los ojos.

—Harry, ¿cómo te sientes al compartir este recuerdo conmigo?

—Bueno… —Miré al piso por un segundo, tratando de poner mi mejor cara de sincera introspección, y después giré para verlo—. Realmente, no creo que contarle la historia a alguien me haga sentir nada digno de ser mencionado. Creo que lo primero que me viene a la mente es mi amigo Mike, que estaba conmigo. No he hablado con él en un par de años… Espero que le esté yendo bien.

Peters asintió de nuevo.

—¿Alguna vez ha identificado ese recuerdo, esa experiencia, como algo que invada sus pensamientos o sueños? ¿Vuelve a usted de alguna manera o en algún momento que le sorprenda o le moleste?

Me aseguré de tomarme otro par de segundos de introspección fingida antes de responder.

—No, en realidad no.

Peters asentía, esperando que yo dijera más. Muchos loqueros presionan con la pregunta: «¿Me puedes hablar más de eso?», pero él se quedaba en suspenso, haciéndome sentir que mi respuesta estaba incompleta. Supongo que eso también funcionó, porque continué.

—Ese recuerdo no regresa de una manera que… me sorprenda o que me moleste. Es como cualquier otro. No siento culpa al respecto, si a eso se refiere. Esos hombres me habrían disparado de haber estado en mi lugar. En verdad no tengo inconveniente en compartir esta historia o en hablar sobre las personas que he matado. Si la gente me pregunta sobre ese tipo de experiencias, las comparto con gusto, es solo que yo no, ya sabe…, no toco ese tema de mierda por iniciativa propia, sin que me pregunten.

Peters asintió. Su expresión sugería que había contestado de la manera correcta. O, al menos, que no insistiría.

—Bueno, Harry, hace rato que se nos acabó el tiempo.

No me diga, doc. Supe perfectamente que se nos había acabado el tiempo durante los 22 minutos y medio que continuamos hablando. De todas formas, miré mi reloj y fingí sorprenderme.

—Ay, carajo, creo que ya debería irme.

Peters se puso de pie y se dirigió hacia su escritorio. Tomó un sobre manila y lo extendió hacia mí.

—Harry, reuní algo de información sobre los servicios para veteranos en Idaho. Tenemos clínicas y hospitales en Pocatello, Twin Falls y por supuesto en Boise. Sé que este ir y venir de los veteranos puede ser frustrante, pero en verdad espero que siga comprometido con este proceso terapéutico y que ponga manos a la obra para encontrar a alguien allá con quien pueda desarrollar una sana relación de confianza. Eso es muy importante. Aunque apenas empezamos a vernos hace un mes, quiero asegurarme de que sepa que siempre estaré disponible para platicar, ya sea por teléfono o por videoconferencia. Siempre encontraré la manera de hacerme el tiempo. Nunca dude en contactarme.

Me levanté y tomé el sobre de sus manos.

—Lo haré, doctor Peters. En verdad aprecio su tiempo. Es fácil hablar con alguien como usted.

Me lanzó una sonrisa apretada mientras estrechábamos las manos.

—Creo que es muy bueno lo que usted y su esposa están haciendo, Harry. Estoy muy contento de que tanto usted como Sasha hayan encontrado la forma de perseguir la vida de sus sueños. Me dan envidia, y lo digo en serio. No todos tienen la oportunidad de seguir su pasión. Sé que este es su proyecto, y al perseguirlo no les deseo más que felicidad y éxito. No tengo dudas de que a ambos les irá bien este estilo de vida.

Le sonreí.

—Denver está cada vez más saturada, y si resulta que la

16

vida en la montaña no es para nosotros, bueno, siempre podemos regresar.

—Cuídese, Harry.

No dejó de sonreírme mientras abría la puerta, pero en su
rostro también se apreciaba cierta preocupación, alguna
duda quizá. Me pregunté si sería intencional.

2

Sasha

Sin importar cuántas veces conduzca por el tramo de la carretera I-80, al sur de Wyoming, nunca me aburro. Antílopes, artemisas, una refinería a la distancia, formaciones rocosas erosionadas por el clima, un espectacular con una cita del Apocalipsis, más artemisas, más antílopes... Es una región monótona y hostil, pero hermosa. En los últimos diez años, Harry y yo hemos hecho al menos una docena de viajes de mochilazo por Oregon, Idaho y la cordillera Wind River, y visitamos a nuestros amigos en Jackson durante las últimas temporadas de esquí, así que siento que he conducido por este camino cientos de veces. Estoy segura de que incluso puedo esbozar mentalmente las decoraciones de cada gasolinera de Laramie, Sinclair, Rock Springs y Evanston.

El tono de llamada interrumpió la voz del narrador de mi audiolibro y la cara de Harry apareció en la pantalla de mi teléfono.

—Oye, cariño, ¿qué te parece si cargamos gasolina en Green River? Está como a una hora.

—De acuerdo, amor, maneja con cuidado.

Yo conducía nuestra 4Runner y seguía a Harry, quien manejaba un camión de mudanza U-Haul ridículamente grande en donde, en los días pasados, empacamos nuestra vida entera.

—¿Cómo va Dash?

Miré al asiento trasero, donde nuestro *golden retriever*, Dash, estaba acurrucado.

—Con ganas de ya estirar las patas, pero todo bien aquí atrás.

—Perfecto, amor, maneja con cuidado.

Desde el momento en que cruzamos de Colorado a Wyoming por la 287, empecé a asimilar que por fin lo estábamos haciendo realidad. Harry y yo lo hablamos desde que nos conocimos en la universidad, hace más de una década. En una de nuestras primeras citas, le pregunté sobre sus «sueños e ilusiones», o quizá sobre alguna tontería más cursi, como «¿En dónde te ves en veinte años?». No recuerdo con exactitud la manera en que empezó a contestar mi pregunta, pero siempre tendré presente una parte de su respuesta porque me fascinó de inmediato. Incluso pudo ser la razón por la que me enamoré de él. Dijo:

—Quiero encontrar un terreno en las montañas, un lugar donde me pueda sentar en el porche, ver el horizonte y comprobar que las únicas cosas hechas por la mano del hombre son mi casa, el granero y el taller.

Lo dijo con mucha sinceridad y un anhelo esperanzador en la mirada. En ese momento me preguntaba si Harry era otro tipo más que fingía distintas personalidades y decía disparates para lograr que me acostara con él. Tal vez sí lo hacía, pero, como sea, le funcionó. Por supuesto que desde aquella cita mantuvo la convicción de alcanzar su sueño, e hizo que también me enamorara de aquella posibilidad.

No necesité que insistiera mucho, es verdad. En realidad, tengo más experiencia y estoy más familiarizada que Harry con la idea de la vida rural en los alrededores de las montañas Rocallosas. Crecer en un hogar con estufa de leña, en un pequeño pueblo serrano en el suroeste de Colorado, con dos padres que toda la vida fueron adictos al esquí, me preparó para ello. Tal vez eso también explica por qué de inmediato me sentí atraída por el sueño de Harry y por qué, desde esa primera cita, lo he asociado con un profundo sentimiento de calor de hogar.

Desde hace un año empecé a recordarle lo que me dijo solo para molestarlo, cuando empezamos el proceso de buscar seriamente un terreno en algún lugar de las montañas. Primero contactamos a agentes de bienes raíces en Bozeman, Missoula, Helena, Bend y Coeur d'Alene, y tras esa experiencia y la correspondencia continua por correo electrónico con ellos todo comenzó a convertirse en algo real y emocionante. Entonces, cuando les presenté a mi jefe de operaciones y a mi director ejecutivo la propuesta de un puesto de trabajo remoto, y cuando en verdad empecé a trabajar con ellos para crearlo, se convirtió en algo muy real.

Desde luego que ha habido momentos en que me he sentido nerviosa y angustiada por dar este paso. Voy a extrañar a mis amigos con locura: las «horas felices» improvisadas, los conciertos y estar a un día de distancia de mis padres y de mi pueblo natal. Dicho esto, me he enfocado en el cada vez más fuerte presentimiento de que necesitamos darle una oportunidad a este estilo de vida y comprometernos con él ahora; de lo contrario, jamás lo haremos.

Muchas veces me he preguntado si estoy haciendo esto por hacer a Harry feliz, pero una y otra vez me he quedado sorprendida al descubrir que es algo que en realidad quiero para mí.

Harry tiene 35 años, y yo 30. Y mientras nuestros amigos de la universidad estaban ocupados en tener hijos y cada vez más enfocados en sus trabajos, nosotros nos sentíamos en la disyuntiva entre comprar una pequeña casa ridículamente cara en Boulder o Denver, y trabajar aún más, o darle una oportunidad a un nuevo estilo de vida. Este dilema me hizo advertir lo mucho que quería probar al menos una vida como ranchera y cuánto tenía arraigada la idea de formar un hogar con Harry en un lugar tranquilo, bello y natural.

Hubo un momento definitorio cuando empezamos a tomar este sueño en serio. Hace poco más de un año, estábamos en la I-70, de camino a esquiar, y el tránsito estaba tan pesado que nos tomó seis malditas horas pasar Vail Pass. Harry y yo hemos estado en embotellamientos de la I-70 innumerables veces, pero nunca olvidaré la expresión de su rostro durante las cuatro horas de ese trayecto en especial. Desde mi asiento de copiloto, recuerdo con mucha claridad haberlo visto mirar el embotellamiento a su alrededor con un gesto de resignación y angustia. Al final volteó y dijo: «Amor, necesitamos mandar este estado a la mierda».

Pronto nos dimos cuenta de que en Bozeman y Bend no encontraríamos nada. Los terrenos eran demasiado costosos; queríamos encontrar algo en el «verdadero Oeste», y Harry —y hasta cierto punto yo también— sentía que Colorado ya no formaba parte de esa categoría. Habíamos vivido en Denver durante los últimos siete años y parecía que estábamos en Los Ángeles o en Phoenix; era una ciudad que crecía a pasos agigantados, devorando la llanura día con día.

Nuestra agente inmobiliaria en Coeur d'Alene nos presentó a una colega suya que trabajaba en Jackson y gestionaba propiedades en toda la cordillera Teton. Con sus precios por los cielos, Jackson estaba fuera de nuestro presupuesto, pero esta agente, Nataly, nos envió información sobre unos terrenos increíbles del lado de Idaho, que al menos a mí me parecieron más grandes, bonitos y baratos. Unos años antes, Harry llevó a nuestro perro a Driggs, Idaho, en un viaje de pesca y caza de urogallos que hizo con un amigo de la universidad, y de inmediato se quedó maravillado con aquella parte del país.

Me recuerdo sentada en un sillón mientras él me mostraba un mapa satelital del área, así como las fotografías que tomó durante su paso por aquel lugar.

—Es una región increíble. No puedo creer que no la haya considerado desde el principio. Hay muchos ríos repletos de truchas, bosques de álamos, áreas públicas por todos lados. En auto está a hora y media de Jackson, a más o menos cuatro horas de Boise y como a tres horas y media de Salt Lake City. Créeme, amor, es simplemente increíble.

En septiembre fuimos a Jackson a la boda de un amigo

y después pasamos unos días en Idaho para reunirnos con Nataly, en busca de lugares en los condados de Teton y Fremont. Harry estaba en lo correcto —era increíble— y durante el viaje también me emocioné con esta parte de la cordillera Teton. No vimos nada que nos gustara y estuviera dentro de nuestro presupuesto, pero quedé asombrada por la belleza de la zona y en ese momento supe que Harry tenía razón. Ese era el lugar adonde teníamos que mudarnos.

Unos meses después, nuestra agente inmobiliaria nos contactó para hablarnos sobre un pequeño rancho en un tranquilo valle en las afueras de Ashton y Judkins. Nataly también estaba muy entusiasmada por esta propiedad y dijo que era una ganga.

Se trataba de una casa de poco más de noventa metros cuadrados, en un terreno cercado de unas 22 hectáreas. El techo era nuevo, el calentador de agua también, tenía un garaje o taller independiente, un par de cobertizos y un porche que abarcaba todo el frente de la casa y uno de los costados, de manera que llegaba hasta el patio exterior de la cocina. Tenía un área cercada de media hectárea que rodeaba la casa y un jardín hermoso. Además, colindaba al norte y al este con un parque nacional varias veces más grande que Rhode Island.

Nataly nos explicó que una firma de inversión en bienes raíces especializada en este tipo de terrenos compró la propiedad diez años antes, para que formara parte de una suerte de acuerdo de intercambio y aprovechamiento con la Guardia Forestal. El convenio se vino abajo, o continuó sin que se usara la propiedad, así que la inmobiliaria arregló la casa y el terreno para obtener financiamiento y ahora trataba de sacarla de su cartera. Ella dijo que «definitivamente» se vendería en menos de un día.

Harry se pasó toda esa noche mirando mapas, devorando cada documento relacionado con la propiedad que pudo encontrar en el sitio web del condado, leyendo sobre la zona de caza y sus temporadas, investigando sobre los derechos de agua, y hasta consiguió los mapas de clasificación de suelo. En pocas palabras, lo estudió todo. A la mañana siguiente, me dio todo un discurso sobre por qué debíamos hacer una oferta en ese mismo momento. Debo darle crédito en algo: fue un buen discurso.

Como Harry reunía los requisitos del plan hipotecario para veteranos, y ya estábamos convencidos de que nos encantaba el lugar y de que era una inversión segura, estábamos prácticamente listos, aunque de hecho nunca visitamos la propiedad. Además, salía más barato que lo que nuestros amigos estaban pagando en Boulder, Denver, Portland o San Francisco. Así que dijimos: «Al diablo, hay que hacerlo», y llamamos a Nataly para hacer una oferta. Al otro día recibimos un correo en el que nos decía que habían aceptado sin réplica nuestra propuesta. Así que, de manera oficial, teníamos un trato. La semana siguiente recibimos los papeles de titularidad e inspección, y, dado que todo estaba en orden, el viernes firmamos el contrato.

Respecto al hecho de mantener una propiedad de 22 hectáreas…, bueno, podría decirse que en teoría éramos buenos candidatos, pero en realidad éramos mucho ruido y pocas nueces. Es decir, ambos teníamos un buen historial crediticio y Harry cumplía con los requerimientos para obtener un estupendo financiamiento por ser veterano, pero nuestros ahorros eran bastante modestos.

Además, como mi esposo era beneficiario del programa de compensación especial por combate, Harry no tuvo muchas restricciones laborales y cada mes recibíamos un cheque libre de impuestos que cubría una parte importante de la hipoteca. Como le gusta decir a Harry muy seguido estos días: «La hipoteca y la beca universitaria GI Bill son lo único bueno que obtuve de los seis años que estuve en la infantería». Sé que no incluye el cheque mensual en esa lista porque lo hace sentirse culpable y débil.

He hecho lo que he podido para convencerlo de que no lo tome así, porque no debería hacerlo, maldita sea. El número de veces que hemos discutido sobre esto y lo he escuchado decir lo mismo —«Sasha, el gobierno me pagó la carrera, ya estoy recuperado de mis heridas, puedo trabajar tiempo completo y no necesitamos esa jodida limosna»— es directamente proporcional a la cantidad de ocasiones en que le he contestado: «Menos mal que no lo necesitamos».

Mentiría si dijera que no es maravilloso recibir un mensaje de texto cada mes con la notificación de que el Tío Sam depositó en nuestra cuenta. ¿Por qué no sería algo bueno? Harry merece cada centavo y más.

Empecé a salir con él poco después de que reaprendiera cómo funcionar físicamente, luego de haber quedado hecho trizas. Me enamoré de él mientras aprendía a reintegrarse a la sociedad. Miraba sus ojos cuando luchaba con todas sus fuerzas para estar tranquilo y alegre cuando estaba conmigo en un bar abarrotado o en un concierto. Veo sus cicatrices cada noche cuando nos acostamos y lo miro doblarse de dolor y cojear cada mañana al levantarse. Le acaricio la espalda para despertarlo de sus pesadillas. En plena noche, veo la angustia en sus ojos cuando observa el fuego, y cada que tiene un mal día oigo su voz distante y triste.

Aún hay cosas que Harry no comparte conmigo. Cosas que pasaron en el extranjero. Cosas que hizo y vio. Parece creer que me está protegiendo, pero este silencio entre los dos hace las cosas mucho más difíciles. Hay un capítulo secreto en su vida que está lleno de sucesos determinantes en los que intervino y forman parte de él. Podría pasarme todo el día enumerando las razones por las que el servicio para veteranos tiene fallas irremediables, pero al menos siempre me consolaba que tenía a alguien con quien hablar. Si no era yo, siempre había alguien más. Siento angustia al pensar que por un tiempo no asistirá a sus sesiones habituales de terapia. Necesita platicar con alguien y, aunque nunca lo he presionado mucho al respecto, me gustaría que esa persona fuera yo. Al mismo tiempo, reconozco que quizá no sea la más indicada para este tipo de proceso terapéutico. No tengo las credenciales institucionales ni es algo que en realidad quiera desarrollar.

Que me perdonen, pero que se vaya al diablo la infantería ligera del Cuerpo de Marines de Estados Unidos. Pude haber caminado hacia el altar de la mano de un marine vestido con traje militar, pero no siento ninguna estima por una institución destructiva, maniática y abusiva. Tres mil doscientos dólares al mes no son suficientes para compensar a mi marido por las porquerías que tuvo que hacer y los sacrificios que le exigieron. ¿Y todo para qué? ¿Por nuestra libertad? Todavía no he escuchado un solo argumento sólido y razonable que relacione mi libertad con mi esposo volando por los aires al otro lado del mundo durante diez años, y por una guerra perdida en contra de una maldita idea. Después de ver cómo los talibanes tomaron el control total de Afganistán, a los pocos minutos de la retirada de Estados Unidos el verano pasado, parece que esa justificación es insostenible, si alguna vez tuvo alguna legitimidad.

Entonces sí, cobraremos ese estúpido cheque.

Vi que la direccional del camión de mudanza se encendió cuando llegamos a la segunda salida para Green River, Wyoming, así que seguí a Harry hacia la gasolinera y me detuve atrás de él.

En el asiento trasero, Dash se despertó y se sentó, espabilándose, y se asomó por la ventana cuando Harry salió del camión y se dirigió hacia nosotros.

Me bajé del auto, estiré las piernas y de inmediato sentí la brisa de aire frío y seco de la pradera de Wyoming en marzo. Harry me sonreía mientras caminaba.

—¿Cómo vas, amor?

—Bien, ¿cuánto nos falta? ¿Unas cinco horas más o menos? Harry asintió mientras introducía el dispensador de gasolina en la 4Runner.

—Sí, más o menos. Voy a llevar a Dash a que haga sus necesidades. —Vi a Harry abrir la puerta trasera de la camioneta y ponerle al perro la correa—. Vamos a hacer pipí, amigo.

—Cuidado con el abrojo y los vidrios, Har. Parece que los estacionamientos de las gasolineras del Wyoming rural están hechos para destrozar las patas de los perros.

Me devolvió la sonrisa. Dash corría a su lado, su cola enroscada de un rojo oscuro se mecía en el viento, y miraba a Harry como si fuera un dios.

3
Harry

Para cuando dejamos atrás Ashton, Idaho, y estábamos a unos cinco minutos de nuestra nueva casa, sentí un aturdimiento que no había experimentado en mucho, mucho tiempo. También sentía angustia. Compramos un maldito rancho que nunca habíamos visitado en persona y, aunque Sasha estaba tan comprometida e involucrada como yo en encontrar un nuevo lugar, sentía que fui yo quien lo impulsó todo, así que estaba estresado.

Cuando llegamos a la curva para tomar el camino que nos llevaría a nuestro hogar, bajé el cristal de la ventana y me asomé para lanzarle a Sasha una gran y estúpida sonrisa. Pude verla reír y darle unos golpecitos al volante emocionada; la cabeza de Dash se asomaba atrás de ella.

Nuestra propiedad está a casi dos kilómetros camino abajo y es la última antes de que la ruta desemboque en el parque nacional y en el estacionamiento que marca el inicio de una vereda. Gran parte de los terrenos privados a lo largo de la calle principal del condado, y que colindan con el nuestro al oeste, conforman un rancho de casi seiscientas hectáreas que es propiedad de Dan y Lucy Steiner, una pareja cuyo nombre vi en los mapas del Sistema de Información Geográfica. No pude encontrar gran cosa sobre ellos en internet, más allá de que siempre han estado al corriente en el pago de sus impuestos por la propiedad. El lugar en sí estaba bien administrado y era muy hermoso, pues como paisaje de fondo tenía el tramo oeste de la cordillera Teton.

Había hablado con Nataly una hora antes, y me dijo que nos alcanzaría aquí. Pude ver que había atado unos globos al poste de la entrada para autos. En ese momento supe que, mientras viviera, jamás olvidaría nuestra llegada y el momento en que miré nuestro hogar por primera vez.

Era impresionante y quedé anonadado cuando dimos vuelta en el recodo a la izquierda, hacia la extensa vereda que al norte conduce a la entrada, y hacia el sur, al parque nacional. El camino hacia la propiedad era largo y llegaba hasta donde la casa y el garaje se alzaban sobre una ligera pendiente rodeada de pradera y árboles. En el patio había varios álamos enormes, que se erigían imponentes sobre la casa, y algunos álamos negros en la entrada. Pese a que estábamos en marzo y había mucha nieve en las montañas, se sentía que la primavera estaba a punto de abrirse paso con todas sus fuerzas. Las primeras hojas en retoñar eran de un verde muy vivo y ya se asomaban algunas flores silvestres; había pájaros por todos lados. Parecía que la tierra irradiaba vitalidad.

La casa era mucho más pequeña de lo que teníamos en

mente, más que la que habitamos por varios años en el vecin-dario de Highlands en Denver. Pero tenía un porche enor-me, un jardín cuidado y cercado, un garaje independiente y en buen estado, y un par de cobertizos. Lo mejor era que en cualquier dirección adonde miraras era increíblemente her-moso. Supe sin lugar a duda que el paisaje haría que nos ena-moráramos del lugar de inmediato.

Afuera del área enrejada había cerca de 16 hectáreas de campo y pradera, con un estanque asentado debajo de la casa, un arroyo cuya corriente fluía por el terreno y, en la parte alta, alrededor de seis hectáreas de bosque de pinos que delimitaban la propiedad hacia el norte.

Nos detuvimos en el enorme retorno de grava entre la casa y el garaje, donde Nataly estaba estacionada en una Escalade color perla.

La siguiente hora fue confusa. Nataly nos mostró la casa y el garaje: «Aquí está el interruptor, acá, los controles de la tubería, esta es la manija para la bomba del pozo», ese tipo de tonterías. Cuando se fue, Sasha y yo nos quedamos en el jardín frente a la casa, casi mudos, y nos limitamos a reírnos y a jugar con Dash. Mi esposa sacó un champán que bebimos directamente de la botella y nos sentamos en los escalones del porche que conectaban el patio del frente con el de atrás de la cocina.

Nos encantó a los dos, pero Sasha estaba literalmente brincando de un lado a otro con una sonrisa en los labios, era adorable verla así de emocionada y fuera de sí por el en-tusiasmo.

No tengo una familia como tal, así que Sasha es mi mundo

entero. Considero a su familia la mía, aunque sus padres son bastante distantes y, según palabras de mi esposa, su momento de más orgullo fue cuando ella se fue de la casa. Apenas había pasado una semana desde su partida y ya habían convertido la habitación de su infancia en un invernadero casero para cultivar marihuana. No ahorraron un solo centavo para ayudarla a pagar la escuela y quizá la visitaron una vez en los cuatro años que pasó en la universidad. No eran terribles, violentos ni abusivos, simplemente su hija les importaba un carajo. Para cuando Sasha cumplió 14 años, sus padres solían irse a viajes de LSD por un mes en Arizona y la dejaban sola, desde entonces para ella ya era normal mentirles a sus maestros y amigos sobre el lugar donde se encontraban sus padres.

Dada la manera en que fue criada, para mí fue muy difícil entender cómo Sasha se convirtió en una mujer tan increíble, brillante, independiente y capaz de formar amistades tan sólidas. Es un auténtico fenómeno sociológico. No tengo dudas de que su llegada a mi vida literalmente me salvó.

Casi inmediatamente después de salir de los marines, me mudé a los dormitorios de los estudiantes de nuevo ingreso en la Universidad de Colorado en Boulder.

Tras haber quedado hecho pedazos, me remendaron, me enviaron de la zona de combate a un hospital, luego a otro, después a una unidad de servicio militar en Estados Unidos y enseguida a una enorme universidad estatal, lo cual fue algo muy estúpido para un joven inadaptado de 24 años, todo un desacierto de mi parte.

Fue una pesadilla: aislamiento emocional y una abrasadora fobia social. Con rapidez y entusiasmo, caí en una violenta espiral de autodestrucción alimentada por el whisky y los estimulantes. Me gasté la beca de golpe, dejé de ir a clases y me pasé gran parte del primer semestre pescando truchas, cazando ciervos y en la fiesta.

Crecí en Albuquerque hasta que cumplí diez años, cuando mi papá bebió hasta morir y mi mamá y yo nos mudamos a Pueblo, Colorado, para que ella pudiera estar cerca de sus hermanos. Mis tíos no hablaban mucho ni indagaron sobre quién era yo ni cómo me sentía. No recuerdo haber tenido una conversación de más de un minuto con ese par de gruñones, pero, a su manera, hicieron lo que pudieron para formar parte de mi vida. Por los siguientes ocho años me llevaron a pescar truchas los fines de semana, y cada otoño, a cazar ciervos y venados durante dos semanas. Esto no es más que una forma rebuscada de decir que pescar en el río en busca de truchas y caminar por las montañas tras ciervos se convirtió en mi escape de niño, una práctica que siguió siendo natural para mí como hombre.

La administración de la Universidad de Colorado me puso a prueba para cuando ya inhalaba tres gramos y medio de cocaína por noche. Recuerdo haber justificado mi comportamiento diciéndome: «Es solo coca, no es heroína ni pastillas, es solo un paso más allá de la marihuana, ¿sabes? Necesitas estimulantes, amigo. Te lo mereces».

No era un «suicida» en el sentido de que pensara activamente en morir o en distintos métodos para matarme, pero lo cierto es que me importaba poco seguir viviendo.

Entonces sucedieron dos cosas importantes. Primero, me empecé a juntar con unos estudiantes que no eran veteranos ni tipos de fraternidad con su típico machismo tóxico y obsesión por el sexo. Eran jóvenes normales a quienes les gustaba esquiar, pescar, fumar mariguana e ir a clase. Estar con ellos me mostró un estilo de vida saludable que consideré capaz de seguir e hizo evidente lo deteriorado que estaba. Sabía quién quería ser, pero no estaba seguro de tener las condiciones para lograrlo. Entonces conocí a Sasha. Fue en un bar de Hill, una parte de Boulder que se había cedido a los universitarios, en un esfuerzo por delimitar el desenfreno que caracterizaba al cuerpo estudiantil.

No voy a decir que me enamoré de Sasha a primera vista, pero nunca antes la personalidad de una mujer me había asombrado tanto. Fue y aún es la mujer más hermosa que he conocido, pero, como dirían mis amigos marihuaneros, lo mejor era su vibra, amigo. Sé que es un cliché más viejo que el diablo, pero no miento cuando digo que de inmediato me hizo sentir una mejor persona, capaz de ser alguien mejor, algo que no ha cambiado hasta ahora. Así que mi espiral descendente se detuvo cuando me enamoré. Tan pronto como aceptó salir conmigo por segunda y tercera vez, tuve un motivo para dejar atrás tanta mierda. En cuanto la escuché presentarme como su novio por primera vez, tuve una razón para dejar de beber entre semana y para evitar que me expulsaran. De ahí en adelante todo mejoró, con Sasha como el factor principal de mi superación.

Conocerla me regresó a la vida y no tengo dudas de que, gracias a su sonrisa, su alegría y sus carcajadas sigo aquí, y he pensado eso todos los días de la última década.

Así que verla sonreír en el porche trasero mientras observaba las montañas, y verla reaccionar por vez primera ante la propiedad con tanta emoción y felicidad, era todo lo que necesitaba. Es todo lo que quiero en la vida.

Esa primera noche no nos preocupamos por desempacar y terminar de mudarnos. Comimos una pasta que cocinamos en una estufa para campamento, nos sentamos en unas sillas plegables en el porche y dormimos sobre un colchón que colocamos en la esquina de la sala.

A la mañana siguiente caminamos a lo largo de la cerca que delimitaba la propiedad. Aunque afuera hacía frío, comimos sobre una manta cerca del estanque, seguimos el arroyo hasta los confines de nuestro terreno y exploramos cada arboleda y tramo de pradera. Creo que fue el mejor día de mi vida hasta entonces.

Estábamos eufóricos por la emoción e hicimos un plan fantástico tras otro para la propiedad, aunque poco realistas. Por supuesto que en esas primeras tres horas nos propusimos construir un área recreativa, un circuito para practicar salto de esquí, otro de tiro con arco con diez blancos, una «pequeña villa para huéspedes» y varias zonas para beber vino a lo largo del arroyo.

Dash también era el perro más feliz que había visto. Lo entrené para que cazara aves de las tierras altas y húmedas, y capturamos una buena cantidad, así que había tenido una vida divertida de explorador, pero aun así había sido un perro de ciudad con un pequeño patio a su disposición durante gran parte de sus cinco años de vida. Ahora tenía casi media hectárea alrededor de la casa y, fuera de ella, carajo, todo un reino.

Durante las dos semanas que siguieron a la mudanza, y que se fueron volando, nos la pasamos instalándonos, colgando cuadros, armando camas y sembrando plantas en los jardines. Sasha lucía una mirada maravillada, emocionada y pacífica durante cada minuto de las primeras semanas aquí. Dash, como Sasha y yo, estaba en el paraíso.

Mi esposa había hecho una cita con antelación para que la compañía de telecomunicaciones instalara internet esa misma semana. Convertimos el cuarto de huéspedes en la oficina de Sasha, donde empezó a tomar llamadas y videoconferencias para acostumbrarse a trabajar a distancia. Más allá de los tipos que instalaron el internet y el chofer al que le pagamos para que trajera el Subaru de mi esposa desde Denver, las únicas personas que veíamos eran las que manejaban por la calle que iba y venía del acceso al parque nacional, frente a nuestra casa.

Esta reserva colindaba con nuestro terreno al norte, al este y también un poco al sur, y el rancho Steiner es la única propiedad privada contigua a la nuestra, al oeste y al sur, y se encuentra cruzando la calle. Hay otro rancho que técnicamente está en nuestro pequeño valle: una enorme propiedad de 2 600 hectáreas llamada Berry Creek. Se ubica al sur de la propiedad de los Steiner y el camino que conduce ahí está fuera de la autopista estatal. En la parte baja del valle, del otro lado de la carretera, hay algunas residencias y ranchos más pequeños, pero de nuestro lado y a lo largo de la calle solo hay tres propietarios. Así que, acá arriba, Sasha, yo y los Steiner somos los únicos habitantes.

El hecho de tener solo un vecino cuya casa estaba a casi

dos kilómetros de distancia era, si lo sabrá Dios, lo que más me gustaba del lugar.

Era un lugar tranquilo, hermoso, y me sentía en casa.

4

Sasha

Para los primeros días de nuestra tercera semana en el rancho, sentía que me estaba adaptando al trabajo remoto. Me
dedicaba a la publicidad y, pese a que muchos de mis colegas
estaban habituados a trabajar con gerentes de proyecto que
no se encontraban en la misma ciudad, como ahora era mi
caso, no estaba acostumbrada a ser yo la persona que estaba
en otra parte. De todas formas, me sentía bien y mi equipo
me respaldaba porque sabía lo desesperada que estaba por
un cambio.

Por otra parte, Harry y yo coincidimos en que nos estábamos acercando peligrosamente al umbral de la descortesía
por no ir a presentarnos con los vecinos.

El sábado por la mañana hicimos un par de tartas, nos
subimos a la 4Runner y nos dirigimos a conocer a los Steiner.
Desde la entrada de su propiedad hasta la casa había casi medio kilómetro de pastizales salpicados con arboledas de pinos

y álamos, y rebaños de vacas. Era un lugar bonito con una vista espectacular de las montañas. También tenían jardines enormes y bien cuidados. Se veía habitado y la buena vibra se sentía por todas partes.

La casa estaba escoltada a los costados por un par de enormes graneros, un garaje para tractor y un taller grande. A medida que nos acercábamos, en el camino vi a un hombre mayor que volteó para vernos, nos saludó con la mano y caminó lentamente hacia donde nos estacionamos.

—Soy Dan Steiner, y ustedes deben ser los nuevos vecinos. —Esbozaba una sonrisa cálida que invitaba a devolvérsela.

Harry extendió la mano.

—Así es, señor. Soy Harry Blakemore y ella es Sasha.

Sonreí y tomé su mano después de Harry.

—Hola, Dan. Encantada de conocerte.

Pese a que el señor superaba los setenta años, se veía lleno de vida. Sus movimientos eran de una precisión y un vigor que parecía que le quedaba por delante el futuro de una persona de cuarenta. La piel de sus manos parecía la de un búfalo y sus facciones, esculpidas en madera.

En ese momento, una mujer entrada en años salió de uno de los graneros. Tenía el rostro de una persona sabia, como si casi nada pudiera sorprenderla en la vida. Se presentó como Lucy y nos dispusimos a intercambiar los amables comentarios de cortesía.

Nos contaron que eran dueños del rancho desde los años setenta y que fueron cercanos a la familia que habitó nuestra casa de 1996 a 2011, la última en vivir en la propiedad, porque después de que se mudaron fue comprada por la firma de bienes raíces. Según Lucy, desde esa última mudanza, los empleados de la compañía se aparecían una o dos veces al año, casi siempre para cazar, así que nos hicieron ver lo emocionados que estaban de tener vecinos de tiempo completo otra vez.

Se mostraron agradecidos por las tartas y Harry dijo con sinceridad: «Llámennos o visítennos si necesitan cualquier cosa», y ellos nos invitaron a hacer lo mismo.

Cuando parecía apropiado decir «Hasta luego», Dan señaló a Harry con una sonrisa astuta.

—¿Infantería?

Harry levantó las manos y se miró mientras respondía.

—¿Es tan obvio?

Dan se rio entre dientes y se dio una palmada en la rodilla.

—¡Ja! Puedo oler uno a un kilómetro a la redonda. ¿Del ejército o marine?

—Pertenecía al cuerpo 0311 de los marines, señor.

—¡Un soldado de infantería! Un momento, ¿dijiste pertenecía? Pensé que la única manera de salir de ahí era en un ataúd.

Harry sonrió y asintió.

—Sí, me imagino que, una vez que eres marine, nunca dejas de serlo, o eso dicen. Pero como me dijeron que los contribuyentes pagarían la colegiatura de la universidad, decidí enlistarme y quemé mis barcos sin mirar atrás. —Harry siempre dice lo mismo y hace reír a los ancianos, y Dan y Lucy no fueron la excepción.

—Muy bien, yo me alisté en la fuerza naval como mecánico e hice el servicio en Coronado.

Harry asintió.

—Bueno, según mi propia experiencia, creo que su elección de carrera fue mucho mejor que la mía.

Dan soltó una risita.

—¿Serviste en Afganistán o en Iraq?

Harry asintió solo una vez.

—Un tiempo en Afganistán.

Dan apenas esbozó una sonrisa, casi apenado.

—He escuchado que es un lugar infernal para ser un marine fusilero.

—Ciertamente fue una experiencia muy singular, señor.

—No tengo la menor duda. —Una mirada inquisitiva remplazó la sonrisa de Dan—. ¿Sabes una cosa? Los últimos…, bueno, gran parte de la década pasada, la compañía que era dueña de tus tierras nos pagaba a Luce, a mí y a algunos de nuestros empleados temporales para cuidar del lugar. Podábamos los árboles y los arbustos, llevábamos animales a pastar antes de la temporada de incendios, revisábamos el pozo y la fosa séptica de vez en cuando y… solo Dios sabe cuánto tiempo me he pasado cabalgando y cazando por el lugar. Conocemos estas tierras como la palma de mi mano y nos gustaría compartir algunas cosas con ustedes, unos consejos que consideramos son muy importantes para administrar esa propiedad. ¿Crees que podríamos darnos una vuelta para platicar un par de horas?

Este era mi momento de intervenir en la conversación, como suele ocurrir tan pronto como a Harry se le presenta la oportunidad de postergar reuniones sociales innecesarias.

—¡Se los agradeceremos mucho! Nos encantaría que nos hablaran sobre el terreno. ¿Qué les parece mañana en la tarde?

Miré a Harry y le apreté el brazo, con la esperanza de que entendiera el mensaje que trataba de enviarle: «No te comportes como un imbécil, cariño».

La respuesta de Harry me indicó que había entendido lo que trataba de insinuarle.

—Claro, mañana en la tarde nos queda muy bien, ¿a ustedes también?

«Ese es mi chico».

Lucy respondió con una sonrisa.

—Por supuesto, llegaremos cerca de las cinco. Gracias por venir a saludar y espero que pronto se les haga una costumbre.

Una vez dicho eso, nos subimos a la camioneta y nos fuimos a casa. Volteé a ver a Harry.

—Ni empieces a quejarte del plan, amor. Parecen muy amables y lo que van a decirnos será de gran ayuda, ¿de acuerdo?

—Lo sé, sé que tienes razón y me la pasaré bien. Se ve que son gente de fiar.

Miré su cara con atención. Es difícil saber cómo va a reaccionar Harry cuando interactúa con otros veteranos. Algunas veces siente que son los únicos en el mundo con los que se puede identificar y que nadie más que ellos lo pueden entender. Otras veces son las últimas personas con las que quiere hablar y no desea ni verlos. Nunca se ha esforzado gran cosa por explicarme a qué se debe, pero tampoco es necesario que lo haga. Creo saber por qué lo hace.

Cuando lo veo, hay momentos en que noto lo mucho que ha trabajado en sus emociones y siento una furia inexplicable hacia sus padres. Deseo reclamarles por no haber resistido el tiempo suficiente para ver al hombre en el que se convirtió, a pesar de su abandono. Nunca conocí a su papá, pero sí a su mamá, y por lo menos pude pasar algunos fines de semana con ella antes de que muriera. Sin embargo, era una persona ausente que murió de un infarto unos meses después de nuestra boda.

Mis padres tampoco merecen reconocimiento alguno, pero al menos mi infancia fue relativamente segura y crecí en una casa tranquila en un pueblo apacible. Mi familia y yo vivimos en Pagosa Springs, mi madre trabajaba en restaurantes y cultivaba marihuana, y mi papá falta un verbo en el área de esquí de Wolf Creek desde antes de que yo naciera. Aún labora ahí y esquía 150 días al año. No me dieron un centavo para la escuela, tampoco la motivación para ir a la universidad, ni les importan mis logros desde que me fui de casa, pero como mínimo actúan como padres…, de vez en cuando y hasta cierto punto.

En ocasiones me pregunto cómo sería Harry si no hubiera pasado por lo que pasó. Me pregunto si sería el mismo. A decir verdad, me sorprendo al pensar que me alegra que mi esposo haya lidiado con tantas cosas antes de conocernos, con el argumento de que de otra forma no se habría enamorado tan profundamente de mí.

Más allá de la cuestión sobre si Harry nació o se hizo así, estaba agradecida con Dios por el resultado, mientras lo miraba manejar hacia nuestro pequeño rancho en las montañas, con la luz del sol en el rostro.

SEGUNDA PARTE
Primavera

5

Harry

En las primeras dos semanas en nuestro rancho, fui varias veces a la tienda de artículos de granja del pueblo de Rexburg por madera para hacer camas de cultivo, por nuevas herramientas y algunas docenas de postes de acero.

Rexburg, un animado pueblo de alrededor de 25 mil habitantes a unos 80 kilómetros al suroeste, era el poblado más grande a una hora de nuestra casa. Sasha y yo miramos en silencio por las ventanas del auto la primera vez que recorrimos el lugar. Ambos pensábamos, ensimismados, que esta ciudad se convertiría en el núcleo urbano de nuestras vidas. Tenía algunas tienditas para comprar comida y, para más opciones, podíamos ir a Ashton, al noroeste, o a Driggs, al sur. Pero Rexburg era «la ciudad», aunque ni siquiera tenía un Target.

Después de la charla con Dan y Lucy, ese domingo nos levantamos y decidimos que la mejor manera de pasar el día sería cercando los pastizales y dándole el toque final al jardín. Habíamos empezado una búsqueda para traer ovejas que pastaran antes de la temporada de incendios y, además, la cerca del pastizal necesitaba una reparación profunda. Era un gran día, solo nosotros y el perro en nuestra tierra. Uno de esos días de primavera en los que casi puedes oler, como si flotara en el aire, los largos días y las cálidas noches del verano que se acerca.

Fuimos a recoger unos postes de acero para reemplazar los que estaban rotos, oxidados o torcidos, y vaya que era el caso de varios. Fue un trabajo pesado. A Sash y a mí nos tomó cerca de dos horas cambiar unos diez y no dejamos de reírnos de nosotros mismos por nuestro rendimiento como rancheros.

Estaba colocando el último poste en su lugar; el fuerte sonido metálico del golpeteo recorría la pradera y hacía eco entre los árboles. Sorprendí a Sasha mirándome, sonriendo, así que me detuve, dejé el destornillador sobre el poste y sacudí mis manos entumidas mientras le sonreía de vuelta.

—No me mires así. Ya sé que aún me falta para ser ranchero, ¿o qué opinas, amor?

Se rio y negó con la cabeza. Es tan hermosa.

—Ay, Harry, te falta muy poco, ¡de verdad muy poco! Estás reparando la cerca de tu rancho.

Ella extendió los brazos y dio vueltas abarcando la propiedad, mientras Dash la miraba y saltaba a sus pies.

Sasha se acercó, me abrazó por la cintura y me miró a los ojos:

—¿Estás feliz de que hayamos hecho esto? ¿Es lo que querías?

La besé.

—Solo te quiero a ti. Pero sí…, esto es definitivamente lo que quería. ¿Estás contenta?

Me sonrió y asintió.

—Por supuesto que lo estoy. Además, tú eres el que tiene que trabajar en esta propiedad tiempo completo, yo solo hago el trabajo duro los fines de semana. Soy la proveedora y tú el terrateniente.

—Bueno, supongo que ese es nuestro caso, ¿verdad?

Me sonrió de nuevo y volvió a besarme.

—Dejémoslo hasta aquí por hoy. Dan y Lucy están por llegar. —Se agachó para tomar una pala y marcó hasta donde llegaba la cerca en la que habíamos trabajado. Me hizo una mueca traviesa—. Pero te quiero aquí a primera hora de la mañana para que termines esta mierda, grandulón.

Apenas estábamos terminado de asearnos cuando vimos llegar a Dan y Lucy en su vieja y enorme camioneta F-250, así que fuimos a darles la bienvenida. Mientras caminábamos por el jardín y platicábamos de asuntos sin importancia, noté que ambos examinaban los alrededores con atención. Dan le dio un golpe a uno de los álamos más grandes y después comentó con Lucy que el viejo árbol había logrado sobrevivir al final. Conocían bien el lugar.

La siguiente hora la pasamos recorriendo la propiedad mientras ellos hacían observaciones y nos hacían sugerencias, con Dash pisándonos los talones. Tenían mucho que decir sobre el pozo, la bomba de agua, el acuífero, irrigar los pastizales en diferentes épocas del año. Nos hicieron recomendaciones para cuidar algunos de nuestros árboles frutales según la estación. Nos mostraron dónde los ciervos suelen romper las cercas cuando empiezan a migrar en el invierno, perseguidos por la nieve. Nos enseñaron los lugares donde crecen los mejores champiñones, los árboles que según sus cálculos morirían en uno o dos años y dónde se desborda el arroyo en los malos años cuando hay exceso de filtración. Esa mierda. Las cosas que aprendes cuando trabajas un pedazo de tierra, sabes leerla y anticiparte a ella.

Durante nuestra breve caminata, varias veces pensé en la gran cantidad de tiempo que ese par había dedicado a conocer este valle. Era impresionante y aleccionador conocer a personas con una conexión tan profunda con su entorno, enterarnos de la forma en que habían habitado la zona por tanto tiempo y la manera tan consciente en que vivían su día a día. Su conocimiento era admirable y yo ansiaba tenerlo con todas mis fuerzas.

También advertí que Lucy miraba a Dan con frecuencia. Pese a que apenas se trataba de unos instantes, parecía que se mordía las mejillas por dentro y arrugaba la frente. Él le devolvía la mirada por un momento y después veía para otro lado o continuaba con alguna explicación.

Cuando caminábamos de regreso a la casa, Lucy le preguntó a Sasha si podía enseñarle el lugar donde los espárragos silvestres crecían en los pastizales. Antes de que nos dejaran solos en el jardín, alcancé a ver que Lucy le lanzaba a Dan otra de sus miradas nerviosas, la cual desapareció tan pronto como surgió. Lucy tomó a Sasha del brazo y las vi marcharse y reírse de algo que no pude escuchar.

Dan me preguntó si podíamos platicar un momento en el porche. Le ofrecí una cerveza y tomé dos antes de sentarnos.

El primer trago de cerveza me sentó de maravilla. Dan también dio un largo sorbo, después dejó la lata y movió la silla para colocarse frente a mí. Mientras se acomodaba, puso los codos sobre las rodillas, entrelazó los dedos, se inclinó hacia mí y me miró directo a los ojos. Le sostuve la mirada por un buen rato, hasta que noté que comenzaba a balancearme un poco en mi silla. Estaba por ponerle fin a lo que se estaba convirtiendo en un momento incómodo cuando Dan bajó la mirada, como si buscara las palabras correctas, y después volvió a verme con intensidad.

—Hijo, aunque todas las cosas de las que te acabamos de hablar serán útiles para administrar esta propiedad con el paso de los años, hay otros asuntos importantes de los que tenemos que hablar. Son difíciles de explicar, pero debes ponerles toda tu maldita atención. No puedo hacer más hincapié en eso. Son cruciales, ¿comprendes?

No pude evitar hacer una mueca, fue mi reacción ante un arrebato de sinceridad por demás incómodo. Pero, como admiraba a Dan, dejé mi cerveza, lo miré a los ojos y asentí.

—Claro, Dan, soy todo oídos.

—Lo que estoy a punto de decirte va a sonar... extraño, ¿sabes? Tal vez hasta atemorizante. Pero es preciso que lo tomes en serio, hijo. Lo que te voy a decir literalmente puede salvarte la vida y necesito que me escuches como si yo fuera un suboficial que ha estado en territorio enemigo por un año y tú un soldado inexperto que acaba de bajarse del avión.

Pese a que solía considerar de pésimo gusto las analogías militares, casi podía palpar la seriedad con la que hablaba el anciano, así que me limité a afirmar con la cabeza y a sostenerle la mirada.

—Lo escucho, señor.

Dan asintió, sacó unos papeles doblados de su chamarra y los sostuvo frente a mí antes de colocarlos sobre la mesita que había entre los dos. Bajé la mirada y pude ver la palabra Primavera escrita con letra grande en la parte superior de la primera página. Dan volvió a llamar mi atención cuando empezó a hablar.

—Allá por el invierno del 96, cuando la familia Seymour compró este rancho, Lucy y yo vinimos a visitarlos y tuvimos esta misma conversación. Y esa fue la última vez que tocamos el tema con alguien. Cuando nos mudamos, los Jacobson vivían aquí, en tu propiedad, los Henry en la parte alta del camino, en el terreno concesionado que Joe adquirió y ahora es parte del rancho Berry Creek, y por último estaba Joe y su familia. Ahora los únicos tres terratenientes, además del gobierno, son Joe, Luce y yo, y ustedes dos. La familia del viejo Joe ha ido comprando todos los demás terrenos del valle.

Incliné la cabeza.

—Sí he visto el rancho Berry Creek, es un terreno enorme. ¿Eres amigo del tal Joe, el propietario? Me gustaría conocerlo.

Dan dijo que sí con la cabeza.

—Claro. Querrás decir a la familia de Joe, a estas alturas. Él pertenece a las tribus shoshone y bannok, y no solo su familia ha sido propietaria de las tierras de este valle por más tiempo que nadie, sino que ha vivido en este lugar desde que el Imperio romano estaba en pie. Joe fue quien nos dijo a Lucy y a mí lo que voy a contarte.

52

Asentí y miré para otro lado. Después de unos instantes volteé para ver a Dan, quien entornó la mirada y continuó.

—Sé que acabamos de conocernos, pero necesito que escuches con atención cada una de mis palabras, hijo. Esto va a sonar como una locura total, créeme que lo sé, y es poco probable que me creas a la primera, pero tienes que oírme y confiar en que no te estoy viendo la cara.

Hizo una pausa. Me quedé mudo. También estaba algo asustado de que mi anciano vecino montaraz, que hasta hacía apenas unos momentos se veía tan agradable y sensato, estuviera a punto de recitar algo que él mismo consideraba ridículo. Me moví e incliné hacia adelante para tratar de ver a Sasha y Lucy, pero estaban fuera de mi vista. Dan advirtió mi angustia, siguió mi mirada e hizo un gesto casi impaciente con su robusta mano.

—Están bien, muchacho, están sentadas allá abajo por el estanque. —Me encorvé un poco más y vi a Sasha sentada junto a Lucy sobre un tronco frente a la casa, y a Dash jugando en el arroyo que estaba a sus espaldas. La voz de Dan me regresó al presente—: Lucy le está contando lo mismo a Sasha, así que abre bien las orejas, ¿quieres?

Asentí.

—Claro, Dan, te escucho.

El anciano me miró por un momento y después tomó los papeles doblados que había puesto sobre la mesa entre los dos y los sostuvo frente a mí.

—Escribí lo que estoy por contarte, porque tú y Sasha necesitan memorizar estas cosas y convertirlas en su mantra. Aquí hay muchas copias. Lucy le está dando una a Sasha y le está explicando lo mismo que yo a ti. No las pierdas por nada del mundo. Cópialas a mano. Grábalas en un tablón y cuélgalo en tu recámara. Haz lo que sea para aprendértelas.

Soltó de golpe las notas sobre la mesita, cruzó los brazos y volteó para mirarme.

—Ahora, sin preguntas hasta el final.

6

Sasha

Nos quedamos parados en el porche en silencio mientras Dan y Lucy salían de nuestra propiedad, hacia el camino de tierra que los conduciría a su casa.

—Harry…, ¿qué demonios fue eso?

Mi esposo se limitaba a mover la cabeza lentamente mientras miraba la camioneta de nuestros vecinos, la cual se iba haciendo más pequeña a medida que se alejaba.

—No tengo ni la más remota idea.

Una vez que el auto por fin desapareció de nuestra vista, dejando tras de sí una nube de polvo que se desvanecía, Harry y yo nos dirigimos al otro lado de la casa, nos sentamos en el patio de afuera de la cocina y empezamos a tratar de entender lo que acababa de suceder.

Al principio, la reacción de Harry me molestó. Lo que pasó entre él y Dan lo sacó de quicio y, en pocas palabras, los corrió de nuestra propiedad. Pese a que no hubo violencia ni conflicto, tomó la decisión apresurada de que la pareja tenía que marcharse. Así que empecé a recriminarlo un poco, por lo grosero que había sido al echarlos así y por lo terriblemente incómodo que iba a ser cada vez que nos topáramos con ellos.

Al mismo tiempo, no pude refutar el argumento de Harry de que esa incomodidad iba a existir aunque no los hubiera corrido.

—O están tratando de burlarse de nosotros o están locos de remate, Sash, punto. Y esas posibilidades son mutuamente excluyentes; es una o la otra.

Aunque estaba de acuerdo con él, no pude evitar defender un poco a Lucy. Todo lo relacionado con ella me parecía maravilloso y además tuvimos una conexión inmediata. Resultaba muy difícil creer que ese par de fantásticos y articulados rancheros se habían transformado en… quién sabe qué cosa.

Harry sacudió la cabeza y empezó a carcajearse mientras hablaba.

—Conque espíritus estacionales de la montaña, ¿eh? Tenemos que darles algo de crédito, ¿no crees? Es una historia muy creativa, ¡y no me jodas! La pasión y el dramatismo con que nos dieron su mensaje. —Harry cerró los puños para hacer énfasis en esta última palabra—. En verdad se esforzaron al máximo. O son grandes actores o de veras creen en esa estupidez del «valle maldito». ¿Lucy se puso tan seria y sentimental como Dan?

No pude evitar reírme de nervios y me encogí de hombros como respuesta.

—Sí, o sea, estaba dando lo mejor de sí misma para que creyera lo que me estaba diciendo. Definitivamente quería que la tomara en serio. Al final, cuando ella y yo regresamos al patio y les pediste que se fueran, me llamó la atención la manera como tomó tus manos y te miró a los ojos, como si te rogara que siguieras sus reglas sobre los espíritus guardianes.

Pensar en la sinceridad de Lucy en aquel momento me daba escalofríos. Ella y yo apenas nos alcanzamos a sentar al lado del estanque por diez minutos cuando Harry nos gritó desde el porche que regresáramos. En ese momento, Lucy empezaba a explicarme los pormenores de una situación sin mucho sentido que llamó «la persecución del oso».

Cuando Harry nos llamó, supe que algo extraño estaba pasando. El rostro de Lucy reveló que intuía lo mismo. No volteó para mirar a Harry, solo dejó caer los hombros, bajó la mirada y me sonrió con los labios apretados mientras nos poníamos de pie. Ella pareció entender que se le estaba exigiendo que se retirara antes de que yo supiera lo que estaba pasando. Si Harry no hubiera interrumpido su visita, de seguro la habría dejado terminar su extraña historia por cortesía, pese a lo aterradora que era.

—Sasha. —La voz de Harry interrumpió mis recuerdos de Lucy y, cuando volteé hacia él, tenía las cejas arqueadas y una sonrisa divertida. Su expresión hizo que el enojo me recorriera de los pies a la cabeza—. Sash, no estarás tomando en serio lo que dijo ese par de…

Ya sabía a dónde iba, así que levanté mi mano para detenerlo y me forcé a hablarle con calma.

—Harold, no voy a ser tu oponente en este debate. Estoy tan extrañada como tú y, antes de que toques el tema, no, no creo en nada de lo que nos dijeron. Aunque ni siquiera sabemos si nos contaron lo mismo.

Harry se cruzó de brazos y con un gesto señaló el montoncito de notas que Dan y Lucy nos dejaron en la mesita del porche trasero.

—En pocas palabras, Dan me dijo que hay una especie de espíritu que vive en el valle y toma una nueva forma con cada estación, o una tontería así. Hace una cosa en primavera y otra distinta en verano, y así en cada temporada.

Harry movió las manos como si sus palabras fueran el humo de un cigarro ajeno.

—También me dijo que hay que seguir ciertas instrucciones y hacer rituales, trucos, o algo así, para mantenerlo a raya, y esos también corresponden a cada estación. ¿Lucy te dijo eso?

Dije que sí con la cabeza y puse la mirada más allá de donde Harry estaba, en la pradera.

—En esencia, sí. Solo me habló sobre la primavera, que es necesario prender la chimenea si vemos una luz en el estanque. Estaba empezando a contarme sobre la manifestación del espíritu en el verano cuando cortaste la conversación.

Harry puso los ojos en blanco y siguió mi mirada, mientras apoyaba sus codos en el barandal del porche.

—Sí, Dan dijo más o menos lo mismo.

Después de un rato volteó para verme, con una mirada cansada, y se carcajeó.

—Esta mierda está muy, muy rara. Parecían bastante normales, ¿no?

También me reí, crucé el porche, puse mis brazos bajo los de él, con mis manos sobre su espalda y lo miré.

—Y bien…, ¿qué demonios vamos a hacer la próxima vez que nos los encontremos? Pudiste haber sido más educado, Harry. Tal vez no estaban tratando de asustarnos y en verdad creen en eso, es como algún tipo de alucinación. No era para que te alteraras tanto. —Lo besé y él suspiró exasperado.

—Supongo que no… O sea, no fui tan grosero, solo le dije a Dan que en ese momento no estaba de humor para considerar algo tan ridículo, independientemente de que se trate de algo en lo que él en verdad cree o de una historia que inventaron para fastidiarnos.

Ladeé la cabeza y me alejé de él.

—En verdad te ves molesto, Har, como si su historia de terror fuera ofensiva para ti o algo. Son nuestros vecinos y aquí eso es importante. No podemos quemar ese puente para siempre.

Harry bajó la vista hacia el entablado del porche y después me miró.

—Bueno, cuando te busqué desde donde estaba con Dan y te vi sentada con Lucy cerca del estanque, te vi asustada, y no me gusta cuando te pones así. Cuando te espantas, me pongo violento. —Harry encogió los hombros—. Siempre ha sido así.

Ya lo había escuchado decir eso y también lo había presenciado. Harry no es un controlador ni necesariamente un sobreprotector, pero, cuando se da cuenta de que algo me está incomodando, su instinto es interponerse entre la fuente de la molestia y yo, y convertirse en un muro contra la agresión. A veces eso resulta agobiante.

Una noche, en la época de la universidad, cuando ya llevábamos saliendo más o menos un año, quedé en verme con él afuera de mi departamento, para ir por una hamburguesa a un bar cerca del campus. Me había roto el tobillo esquiando unos meses antes y, aunque ya no necesitaba muletas, aún usaba una férula. Cerré la puerta, me volteé para empezar a bajar las escaleras y vi algo tan sorpresivo que grité: un enorme mapache obstaculizaba mi camino, me gruñía y siseaba varios escalones abajo. Antes de que siquiera hubiera dado un paso atrás o de que me repusiera del susto, Harry surgió de la oscuridad, subió las escaleras en un instante, tomó al mapache de las patas traseras y tiró de ellas, de manera que el animal salió volando hacia la oscuridad de la calle. Recuerdo el crujido y los resoplidos del mapache cuando se estrelló en el asfalto. Antes de que pudiera procesar lo que había pasado, Harry me tomó del codo con delicadeza mientras me miraba de arriba abajo con verdadera preocupación, y me preguntaba si estaba bien, si el animal me había mordido o algo. Al otro día, de camino a clase, vi al mapache. Su cuerpo estaba torcido de una manera antinatural. Se había roto la columna por la forma en que cayó y tenía los ojos abiertos, el pelaje mojado y las patas tiesas, en rigor mortis. Traté de borrar ese recuerdo y miré a Harry.

—Sí, bueno…, quizá es como dices y nos quieren molestar o están locos. De cualquier manera, no había razón para que fueras así de rudo y los corrieras. No trataban de intimidarnos y son una fuente inagotable de sabiduría cuando se trata de consejos para cuidar este lugar. Así que pronto los invitaremos otra vez para que te puedas disculpar por echarlos de la manera como lo hiciste y reconciliarnos, te guste o no.

Harry presionó los puños sobre su espalda baja, estiró el pecho y dejó de verme para mirar al este, hacia las montañas, con una mueca y un suspiro de resignación antes de responder:

—Sí, señora, lo que usted diga.

Me reí mientras estiraba mi mano hacia sus costillas para tratar de hacerle cosquillas, lo que hizo que se encorvara a la defensiva y diera un paso al lado. Lo perseguí hasta que volvimos a abrazarnos y besarnos. Dejamos a Dash en el porche trasero, nos metimos e hicimos el amor en la sala, en la sala de nuestra casa.

Más tarde, esa misma noche, abrimos una botella de vino, pusimos algo de música y Harry empezó a preparar la cena. Tomé un banco de la isla de cocina y lo llevé hasta donde estaban los paquetes de notas encuadernadas sobre el «espíritu de la montaña» que Dan y Lucy nos dejaron.

Cuando me senté, Harry levantó la vista de los vegetales que estaba cortando y miró los papeles que sostenía en las manos.

—Qué bien. —Dejó el cuchillo, fue hacia un cajón y sacó un encendedor que deslizó hacia mí con una mueca traviesa—. El botón de encendido de la parrilla no funciona, así que puedes usar esos papeles para hacer una fogata.

Me reí y agarré los papeles con fuerza mientras negaba con la cabeza.

—Ni lo sueñes, amigo, esto es oro puro. No puedo esperar para escanear esto y enviarlo a mis amigos. Nadie va a dar crédito. —Harry sonrió, puso los ojos en blanco y siguió cocinando.

En la primera página había un resumen de las formas en

que el espíritu acechaba este valle y se manifestaba de una manera distinta en cada una de las cuatro estaciones, y lo que seguía era un informe detallado sobre lo que sucedería en la primavera. Se lo mencioné a Harry:

—¡Creo que quieren dejarnos en suspenso y que nos mordamos las uñas mientras esperamos instrucciones precisas para sobrellevar el verano, el otoño y el invierno!

Harry no alzó la mirada y como respuesta solo emitió un gruñido. Las siguientes páginas contenían una descripción pormenorizada del extraño espíritu primaveral y confirmé que era lo mismo que ya me había dicho Lucy. Al final agregaron una nota que decía que nos compartirían una descripción detallada sobre qué hacer en las próximas estaciones una vez que hubiéramos superado la manifestación primaveral. Miré a Harry y le pregunté:

—¿Dan te mencionó algo sobre un ritual o una regla que tenemos que seguir para neutralizar el peligro que pudiera causar este… espíritu, cosa, espectro primaveral, la lucecita que aparece en el estanque, o lo que sea?

Harry no volteó para responderme. Solo dijo:

—Algo así.

Seguí insistiendo.

—Vamos, Harry, ¿qué te dijo? Solo quiero saber si lo que nos contaron se parece o coincide con lo que dejaron por escrito. ¿Qué te dijo acerca de lo que debemos hacer para neutralizar o debilitar el peligro de «la luz en el estanque» en la primavera?

Harry dejó el cuchillo, puso las manos en los costados, mirándome con una sonrisa cansada y negó con la cabeza.

—No tengo ni la más jodida idea, Sash. ¿Qué te dijo Lucy?

—Dijo que, si en primavera, vemos una esfera de luz en el estanque después del atardecer, tenemos que encender la chimenea de inmediato y, una vez que lo hagamos, la luz desaparecerá.

Harry levantó los pulgares y volvió a concentrarse en lo que estaba cocinando.

—Eso suena lógico. ¿Y qué cosa superespantosa dijo Lucy que sucedería si no prendemos la chimenea al ver la luz?

—Dijo algo así como que escucharíamos el sonido de los tambores en las montañas del este y que, si oíamos eso, tendríamos que cubrir todas las ventanas lo más rápido posible y no dejar que nada entre a la casa, por ningún motivo…

Harry me rodeó para tomar una cacerola del estante que estaba de mi lado en la isla de cocina. Al pasar junto a mí, se inclinó y me miró con los ojos abiertos de par en par.

—La cordillera Teton, el majestuoso lugar desde donde arriba el tambor vernal del demonio cuando el fogón está gélido.

Logró sacarme una risita. Hojeé las notas hasta llegar al verano y señalé algo para que lo viera. Hablé mientras me carcajeaba.

—Tienes que leer sobre la manifestación del espíritu en verano. —No pude evitar hacer unas comillas en el aire con los dedos—. Es tan… loco. Solo dan una vaga explicación de lo que pasa, pero me imagino que todo empieza cuando…

Harry volteó a verme antes de llegar a la estufa y levantó la mano para interrumpirme.

—Sash, ¿podemos olvidar el tema? Llevamos todo el día

hablando de esta tontería, y ya me cansé. Lo siento, pero llegué a mi límite.

Dejé que las notas de Dan y Lucy se deslizaran de mi mano y miré hacia la lámpara de la isla de la cocina. Moví la cabeza, suspiré y le dije:

—Muy bien, aguafiestas, si tanto miedo te da, podemos leerlo de día para que no sea tan espeluznante.

Harry puso los ojos en blanco y continuó cocinando.

—Gracias.

De repente dejó el sartén, se oyó un chasquido que provenía de sus hombros y se dirigió a la entrada que daba a la cocina desde la sala.

—¿Qué pasa?

Harry entrecerró los ojos y señaló la puerta principal, como si tratara de distinguir algo escrito en letras chiquitas. Después de un rato me miró sorprendido.

—Lo olvidé por completo. Ese par de ancianos desquiciados nos dejaron algo más en la entrada, ¿te acuerdas?

Ya avanzaba a zancadas hacia la puerta cuando recordé a qué se refería. En efecto, Dan y Lucy nos habían dejado un paquete en el porche. Dijeron algo como: «Solo en el caso de que no tengan madera cuando aparezca la luz». Habíamos usado solo la puerta de la cocina desde que Dan y Lucy se marcharon esa tarde y no la entrada principal, así que me olvidé de eso por completo.

Seguí a Dash, que le pisaba los talones a Harry, y fui tras ellos cuando salieron por la puerta. En el porche, Harry estaba acuclillado viendo una manta de lona con agarraderas de cuerda que envolvía un haz de leña cortada cuidadosamente.

La habían dejado en el almacén de leña vacío que Harry había colocado debajo de las ventanas de la sala, a la izquierda de la puerta principal. Sacó el costal de lona y lo abrió para descubrir que adentro había una caja de cerillos sobre la pila de leña, además una nota. Harry la leyó, negó con la cabeza y me la dio mientras Dash la olfateaba como si se tratara de un premio.

«Cuando vean una luz en el estanque después de la puesta del sol, usen esto para encender la chimenea de inmediato».

L.

Me sorprendí al descubrir que la primera emoción que sentí al leer el papel fue de gratitud, como si fuera un lindo detalle y Lucy nos hubiera dejado flores o una charola de cupcakes. Harry se puso de pie y se limpió la frente con el dorso de la mano.

Le rodeé la cintura con el brazo.

—Ay, Harry, tienes que admitir que en el fondo es un buen gesto.

Me reí mientras él negaba con la cabeza y regresaba a la casa.

—Más bien es una maldita locura.

Tomé la caja de cerillos y le hice una seña a Dash para que se metiera. Cerré la puerta y coloqué los cerillos en una canastita sobre la repisa, encima de la estufa de leña de la sala.

Cenamos en la encimera de la cocina y nos terminamos la botella de vino en el porche trasero. Las estrellas se veían increíbles. Solo había visto tantas y con tal claridad en nuestros viajes de mochilazo por las Rocallosas del sur, cerca de donde crecí. Esa noche me prometí que jamás me acostumbraría a esto, que nunca lo daría por sentado.

Limpiamos la cocina, nos metimos a la cama y pusimos un programa de Netflix. Harry se quedó dormido a la mitad, así que cerré mi laptop, la puse en la mesita y me incorporé para cerrar las persianas de la ventana que estaba detrás de la cama. Por varios minutos me quedé mirando al estanque, con los codos apoyados en el alféizar, antes de que por fin corriera las persianas.

7

Harry

Es un hecho que los perros odian la temporada primaveral de cacería de pavos.

Hay estilos de caza muy distintos entre sí y, pese a que Dash pertenece a un antiguo linaje de cazadores de patos, durante los últimos cinco años y medio lo he entrenado para que atrape aves acuáticas y de las tierras altas de Colorado. Se ha convertido en todo un experto, así que nos pasamos la mayor parte del tiempo persiguiendo urogallos en las montañas y faisanes en las planicies. Incluso en el otoño e invierno capturamos una buena cantidad de patos, también nos encanta sentarnos en un escondite y esperar a que las aves lleguen a nosotros. Preferimos la caza en la que uno va al encuentro de los animales. Y, al menos durante cuarenta mañanas al año, entre principios de septiembre y finales de enero, Dash y yo nos despertamos antes del amanecer, metemos el equipo al auto y arrancamos hacia las montañas de Denver en busca de urogallos o al este para encontrar faisanes y codornices. Nada hace más feliz a Dash que atrapar aves. En definitiva, le gusta cazar más que a mí y creo que sin él quizá ni siquiera lo intentaría.

Pero cuando llega la poco común temporada de caza del pavo salvaje, Dash se molesta de verdad. No está permitido llevar perros de caza y, como Dash, evidentemente, no puede leer lo que dice el reglamento estatal de caza y pesca, no sabe que se trata de la temporada de caza del pavo salvaje. Todo lo que ve es que me levanto antes del amanecer, saco la escopeta, preparo café y caliento burritos en el microondas..., es decir, todo el ritual madrugador que precede a su actividad favorita en la vida. Se entusiasma tanto que se mete entre mis piernas, tiembla de emoción y expectación, y da de brincos por toda la casa.

Luego llega el momento cuando debo marcharme, me pongo la mochila, me cuelgo la escopeta al hombro y abro la puerta. Es el momento de la gran traición. Tengo que bloquear la puerta con mi pierna para evitar que Dash se escape al patio y corra hacia el auto, saltando feliz en la oscuridad del amanecer, justo como lo ha hecho cientos de mañanas otoñales durante las pasadas temporadas de caza de aves de las tierras altas.

Me mira de tal forma cuando salgo y cierro la puerta a toda prisa mientras me disculpo y le prometo regresar en unas cuantas horas. No tenía idea de que los caninos pudieran expresar tan bien el sufrimiento por traición. El gesto de sus cejas me decía: «Eres un maldito ingrato, Harold, ¿cómo te atreves a hacerme esto?». Increíble.

Una vez superado este ritual primaveral, el consabido calvario de traicionar la confianza y el cariño de mi perro cazador, salí de casa para dirigirme hacia algún lugar donde pudiera encontrar pavos salvajes. Era la primera mañana de la temporada, mi primera salida solo, mi primera aventura fuera de casa en mi nuevo hogar. Me agradaba la sensación.

No soy el gran cazador de pavos, pero he logrado hacerme de varios buenos especímenes. La clave consiste en llegar temprano e instalarse en un buen lugar cerca de los árboles donde anidan por la noche. Vi una parvada grande en un área pública más o menos una semana antes, cuando Sasha y yo estábamos a unos veinte minutos en auto de la casa, el día después de que Dan y Lucy nos divirtieran con su extraña advertencia sobre el «espíritu de la montaña». Así que, como era el inicio de la temporada, supuse que podría escabullirme por ahí para cazar un buen macho adulto.

Me agrada cazar porque disfruto estar despierto antes de que todo a mi alrededor lo haga. Me encanta instalarme en medio del bosque, ver a los animales espabilarse y a la naturaleza desperezarse y sacudirse las dolencias de una noche fría. Lo que más me gusta es estar afuera a tiempo para escuchar los primeros cantos de los pájaros.

Por supuesto que hacer esto es mucho mejor que drogarse toda la noche y desvelarse y escuchar a los pájaros intoxicado cuando finalmente te vas a de dormir. Solo Dios sabe que padecí muchos de esos angustiantes momentos de odio hacia mí mismo y arrepentimiento. Tal vez por eso mismo disfruto tanto salir a cazar antes del amanecer, porque es resultado de mi voluntad y no de mis errores. O quizá se deba a que mis madrugadas como marine eran tan infernales que al menos estas las puedo controlar.

Como sea, es terapéutico sentarse en la pradera de la montaña, entre las formaciones rocosas, con termos de café sobre las piedras junto a mí, y oír a las alondras y los petirrojos cantar, casi una experiencia religiosa. Usé mis binoculares para ver los primeros rayos de sol deslizarse por las hendiduras y los riscos de granito de la cordillera Teton, a los coyotes y los venados trotar por los barrancos por debajo de la cresta donde me encontraba. Bien podría decir que esa es la razón por la que me gusta cazar.

Aun así, no había podido relajarme desde que Dan y Lucy salieron con la brillante estupidez de que un malévolo espíritu de la tierra acechaba el valle. Pese a que no creía en una sola palabra de lo que dijeron, no podía entender cuál era la razón por la que nos comentaron semejante ridiculez.

Sabía que Sasha también pensaba en ello una y otra vez, y que se había asustado más de lo que aparentaba. Mi esposa es un poco *hippie*. De forma burlona la he descrito como una persona práctica, pero se deja cautivar por las «energías» de los lugares y objetos. Le sienta bien y es una de las cosas que amo de ella. No es una sacerdotisa wicca ni otra tontería de esas, pero siempre le han fascinado los poderes y las fuerzas invisibles que no se pueden percibir fácilmente.

No afirmaría que cree en la magia ni en lo sobrenatural, por así decirlo, pero es cierto que piensa que ciertos lugares o cosas tienen un significado especial. Yo, por otro lado, soy escéptico hasta la médula.

Si alguien viene a decirme que cree profundamente en algo y se considera representante de eso, se trate ya de una religión o ya de un partido político, y sugiere que es importante que el mundo lo acepte y lo adopte, de inmediato suele desagradarme tanto la persona en cuestión como su doctrina. No importa cuál sea su afiliación política o variedad teológica. Siempre que estoy cerca de personas que con vehemencia discuten sobre política o religión, solo escucho una voz en mi cerebro que empieza a repetir: «Esta persona está llena de mierda, esta persona está llena de mierda», y no puedo evitar ignorar todo lo que dice, sin considerarlo de una manera imparcial. No es que sea incapaz de discutir sobre temas abstractos; me considero una persona bastante inteligente, al menos si me comparo con la gente con la que crecí o estuvo conmigo en el Cuerpo de Marines. Es solo que las personas que están tan comprometidas con una idea me parecen repulsivas, aunque sé que eso es algo irracional.

De cualquier manera, durante la semana pasada, respecto al asunto del valle embrujado, quedó claro que Sasha estaría del lado del bando contrario y jugaría a que «tal vez parte de lo que dijeron sea verdad». En cuanto a mí, no solo estaba seguro de que nuestros vecinos estaban tratando de vernos la cara con puras mentiras, sino que quería ridiculizar el mero ejercicio hipotético de concederle validez a su discurso. No era algo de lo que habláramos mucho. Sasha y yo nos conocemos muy bien y sabíamos cuáles serían nuestras posturas sobre el tema sin tener que definirlas.

Ninguno podía descifrar cuáles eran las intenciones de nuestros vecinos y pensar en ello interrumpía mi paz esa bella mañana en la pradera de la montaña. Me quedé ahí sentado, tratando de distraerme e ignorar cualquier preocupación que no fuera inmediata. Creo que trataba de meditar. Hice un poco de meditación con los veteranos y en el hospital al regresar de Afganistán. No pasó gran cosa con esas clases porque nunca pensé en la meditación como algo que tuviera mucho sentido para mí.

La culpa que aún sentía por la mirada incrédula de Dash a causa de mi deslealtad de la mañana resultaba sorprendentemente difícil de olvidar. Sí, amo a ese animal, pero de todas formas es solo un perro.

Tengo un recuerdo de mi infancia tan vívido que puedo evocar casi cada detalle. Por alguna razón siempre regresa a mí cuando estoy angustiado o relajado. Ya sea que esté estresado en algún lugar público o solo y en calma, me invade como un derrame ocular.

El recuerdo tiene que ver con una experiencia que tuve innumerables veces de niño. Siempre viene acompañada de una sensación física que es en extremo precisa y nostálgica. Me acuerdo de su sonido y olor, de qué hacía con mis manos, del polvo en el aire, de mis agujetas sucias. Todo aún es muy nítido.

En la primaria, el lugar donde el camión de la escuela me recogía estaba junto a una vía principal, a unas cuadras de mi casa. Para llegar ahí tenía que pasar por un depósito de chatarra que abarcaba toda una cuadra entre mi vecindario y esa calle. Ahí tenían el perro guardián más estereotípico que uno se pueda imaginar: un pitbull mestizo ágil, enojado y algo desnutrido.

Por una u otra razón, el animal nunca estaba afuera por la mañana, pero en cualquier tarde del año podías apostar lo que fuera a que estaba patrullando la cerca o merodeando los barcos, camiones y hornos viejos y oxidados, lo suficientemente cerca para percibir si alguien se acercaba a la valla. Tan pronto como el perro me veía o escuchaba, corría a toda prisa, embravecido, y ladraba y aventaba mordidas al aire con tanta fuerza que podía escuchar el crujido de sus dientes hacer eco por toda la cerca que rodeaba el patio trasero de la casa de enfrente. Todavía recuerdo las marcas que el aspersor dejaba en esa vieja cerca.

Al principio, el can me daba tanto miedo que caminaba por el otro lado de la calle, donde se encontraba la valla manchada. Pero esa opción no era mucho mejor porque ahí se encontraba la casa de Kelly Stears, quien era dos años mayor y quizá fue la primera niña de la que me enamoré. Ella me intimidaba en exceso y, cuando me hablaba, quedaba paralizado de miedo. Al final, la posibilidad de toparme con ella era más estresante que pasar junto al perro furioso, así que, a regañadientes, regresé al otro lado de la calle.

Después de varios encuentros, quedó claro que la cerca era resistente y que el animal desconocía cualquier manera de escapar de los confines del basurero, así que mi confianza empezó a aumentar. Para cuando iba en tercer grado, caminar a lo largo de la cerca se había convertido en un desafío agradable, a pesar del acoso del can.

Recuerdo exactamente cómo me sentía al pasar por la parte donde había una cerca de alambre. Bajaba la mirada con una fascinación aterrada para ver al animal rugir hecho una furia. Me seguía por un costado, envuelto en una tormenta frenética de polvo, baba espumosa y ruido. Sabía también que la valla era lo único que evitaba que la bestia hiciera pedazos mi cuerpo de niño de nueve años.

Aún puedo ver la polvareda a la luz de la tarde, a los saltamontes huir del pasto muerto que invadía toda la cerca y sufría los embates del animal, sentir la fuerza y tibieza de sus ladridos recorriendo mis piernas. Todavía puedo experimentar la misma sensación física, los nudos de tensión húmeda en mis músculos mientras me esforzaba por caminar a paso tranquilo, al tiempo que me preparaba para correr a toda velocidad a la primera señal de que la cerca podía venirse abajo.

Comprobar que podía caminar ese tramo con tranquilidad, restándole atención al animal, se convirtió en un ritual para mí. Recuerdo haber tenido la esperanza de que alguien pasara manejando mientras caminaba junto al depósito, que contemplara mi aplomo y quedara tan impresionado por mi valentía que se lo contara a otra persona esa misma tarde. Me acuerdo de que eso era una motivación sincera y real para hacerme de un amigo que en verdad quisiera venir a mi casa después de clases y compartir la experiencia. Me pasaba las horas fantaseando con que Kelly Stears me veía caminar al lado del perro y quedaba tan embelesada por mi coraje que se enamoraba de mí.

Un día, en tercer año, iba caminando de la parada del camión a mi casa cuando llegué al trecho del depósito y vi tres patrullas, una ambulancia, policías y varios vecinos desperdigados por todo el lugar. Caminé más lento y me sentí confundido de que el can no se hubiera vuelto loco con tanta gente y bullicio a su alrededor. A medida que me acercaba pude ver que una parte de la valla se había despegado de uno de los postes de aluminio y estaba tirada hacia fuera. El animal se había escapado. Una descarga de terror me recorrió cuando me pregunté en dónde estaría. De hecho, pensé en correr hacia los policías y decirles que tuvieran cuidado y buscaran al violento perro guardián, pero al final me di la media vuelta y recorrí el largo camino hasta mi casa. Vi al servicio de Control Animal rondar el vecindario por el resto de la noche, en busca de la bestia.

Al día siguiente me enteré de lo que había pasado. Kelly Stears y sus amigos estuvieron molestando al perro, pues querían ver qué tanto podían acercarse a la cerca para después echarse a correr hacia el patio trasero de su casa. De algún modo, el animal logró romper la cerca al arremeter contra ella. Persiguió a uno de los que lo molestaban hasta el patio de Kelly. No tengo idea de si se trataba de ella o no, pero cuando llegaron al patio, fue a Kelly a quien atacó.

Terminó con la cara destrozada, con la mandíbula desprendida y perdió un ojo. Me uní a un grupo de niños que en el parque de juegos rodeaba a una de las niñas mayores que había presenciado lo sucedido; deleitándose con la atención que le daban, relataba los detalles más espeluznantes. Explicó que cuando la niña trató de escapar gateando y su padre intentó quitárselo de encima, el perro sacudía con violencia una de sus piernas mientras ella gritaba y lloraba con la cara destrozada. Describió como la mandíbula y la barbilla de Kelly colgaban de su mejilla izquierda por unos jirones de piel, mientras se arrastraba por el suelo.

75

Vi a Kelly cerca de un año después, cuando regresó a la escuela. Le volvieron a colocar la mandíbula en su lugar, pero el injerto de piel, las cicatrices en el rostro y la pérdida del ojo izquierdo la dejaron irremediablemente desfigurada. Su pierna también había quedado muy maltrecha, y usaba un bastón infantil de color rosa con brillos.

Nunca supe qué fue del perro. Sé que lo buscaron durante un tiempo para dormirlo después de un ataque de tal calibre, pero quizá no lo encontraron porque nuestro vecindario estaba en las afueras del pueblo, junto a pastizales áridos y rocosos que se extendían por varios kilómetros a la redonda hasta llegar a la montaña.

Me gusta pensar que el animal logró llegar hasta ahí, adonde no ha llegado la mano del hombre. Quiero imaginar que sobrevivió entre osos, pumas y lobos, que vivió lo suficiente para que su cara se encaneciera y sus ojos se nublaran, que se atiborró de ardillas antes de elegir un lugar silencioso y tranquilo para echarse por última vez. Tal vez bajo un enorme árbol o en un claro cerca de un arroyo.

De todas formas, esas tardes calurosas, el polvo, la cerca, el ruido, la furia del perro, la escena entera… pese a que han pasado muchos años, pese a todo el ruido, el polvo y la furia que he enfrentado desde entonces… al sentarme aquí, en esta pradera, lo recuerdo como si hubiera sido ayer.

Durante otra hora oí a unos pavos graznar lejos de donde me encontraba. Parecía que la cacería no sería fructífera a menos de que me quedara todo el día sentado ahí, lo cual no me interesaba en absoluto. Tuve una mañana de tranquilidad y reflexión, y en ese sentido la búsqueda fue exitosa. Alrededor de las nueve de la mañana comencé el descenso de la cima hacia el acceso al bosque en donde había dejado el auto, y me fui a casa.

Una tarde, esa misma semana, me crucé con Dan en el camino. Era la primera vez que lo veía desde que lo eché de la casa en aquellas circunstancias tan incómodas. No sabía cómo sería nuestro siguiente encuentro, así que solo lo saludé con una sonrisa, que él me devolvió. No desaceleré, pero vi por el retrovisor que frenó su camionetón, seguro esperaba que me detuviera a platicar con él. Me sentí mal por un momento, pero esa sensación desapareció de inmediato. Aún no estaba listo para otro encuentro.

El siguiente fin de semana nos visitaron un par de amigos de Denver. Habían estado en Jackson y decidieron atravesar el Pasaje Teton para conocer nuestro hogar. Eran Zach y Sarah, que se habían casado el año anterior. Conocí a Zach en la universidad y desde entonces hemos ido de caza, de pesca y de fiesta. Era muy agradable recibir a nuestros primeros huéspedes y ver sus caras maravilladas al contemplar la cordillera y las estrellas desde nuestro porche, así como escuchar sus comentarios sobre la increíble vista desde el estudio, donde instalamos una cama para ellos. Me sentí satisfecho. Consideramos la posibilidad de contarles la teoría de nuestros vecinos locos sobre el espíritu de la montaña, pero no lo hicimos y no supe muy bien por qué. A Sasha le encanta cocinar para los demás, así que esos días nos la pasamos comiendo y bebiendo. Hicimos una caminata muy agradable por la parte alta del río Fall, pescamos un poco, y la pasamos muy bien.

Se fueron el domingo por la mañana y nos llamaron unas nueve horas después para avisarnos que habían llegado sanos y salvos a casa, y para agradecernos por haberlos recibido. Tuve la impresión de que apenas había pasado un par de horas desde su partida, lo cual me reconfortó por alguna razón. Nos hicieron sentir menos aislados del mundo que habíamos dejado atrás.

Me empezaba a sentir en casa.

8
Sasha

Después de cenar, nos dispusimos a beber una copa de vino en el porche trasero y ver la luna, lo cual se había convertido en un ritual. Traje conmigo uno de los paquetes de notas que Dan y Lucy nos dejaron y, cuando Harry vio lo que llevaba en las manos, puso los ojos en blanco. No habíamos hablado del «valle embrujado» de Lucy y Dan desde que se fueron nuestros amigos, lo cual fue realmente un alivio.

Leí las anotaciones sobre el «espíritu de la primavera» varias veces durante la semana pasada y, en el fondo, estaba cada vez más asustada por lo que me contó Lucy y aún más por lo que dejó por escrito. No se debía a que hubiera visto o escuchado algo que pudiera respaldar la loca historia que nos contaron, sino porque había algo en Lucy que me hacía confiar en ella de una manera natural e inmediata. Lo que quería decir que yo no estaba tan segura como Harry de que se trataba solo de un ardid para jugar con nosotros.

Intuí que era algo en lo que ella creía, al menos hasta cierto punto.

Alcé la vista de la primera página de las notas que daban una descripción vaga del espíritu de otoño y me encontré con la mirada de Harry que, recargado en el barandal del porche, me observaba. Él me conoce bien, muy bien. Y aunque yo no daba señales de dar crédito a lo que estaba escrito en la hoja que tenía en la mano, mi esposo podía ver que no estaba tan convencida como él de que era pura ficción, ideada para tratar de espantarnos. Sabía que no estaba segura, así que me dijo:

—Sash, no creerás en esas tonterías, ¿o sí?

Pese a que hizo el comentario riendo con amabilidad, y se notaba que no trataba de «ganar» ninguna discusión, me exasperé. Su actitud de provocación me encendió y puse los ojos en blanco.

—Alto ahí, Harry. No voy a quedarme aquí sentada defendiendo la autenticidad de lo que nos dijeron o lo que escribieron en estas notas. Lo que sí te voy a decir es que…

Bajó los ojos al piso desgastado del porche y puso su típica cara de «aquí vamos de nuevo». Como lo vi listo para interrumpirme, levanté la mano.

—Detente, Harry. Déjame terminar. —Decir eso funciona muy bien para llamar su atención cuando noto que está pensando en cómo rebatirme en vez de escucharme. Intento no abusar del recurso. Él se cruzó de brazos, asintió y me miró a los ojos—. Lo que quiero decir —continué— es que no creo que nuestros vecinos sean malas personas, en especial Lucy. No creo que ella haya venido hasta acá para engañarme con un cuento tonto con un propósito malvado. Parece muy sensata y congruente, y para mí es muy difícil creer que solo… —Me quedé en blanco. No podía pensar en qué decir sin invalidar mi argumento anterior. ¡Maldita sea!—. Dudo que se haya molestado en venir para asustarme con una tontería completamente inventada. Con esto no quiero decir que crea que lo que nos contaron sea real, sino que ellos, o al menos Lucy, así lo creen. No creo que quieran asustarnos o molestarnos de alguna forma.

Harry asintió y guardó silencio unos momentos antes de responder.

—Te entiendo, lo que dices tiene sentido y podrías tener razón. Pero hablemos en serio, Sash, ¿qué importa si creen o no en esas estupideces? No puedo evitar tratarlos como si fueran parte de un culto o de una excéntrica religión.

Negué con la cabeza.

—Harry, en serio, ¿crees que están chiflados? ¿De veras te parecen enfermos mentales? ¿Por qué demonios vendrían a decirnos todo eso tan pronto como nos conocieron si no lo hubieran considerado importante, y a sabiendas de que quedarían como un par de locos de remate?

—No lo sé, Sasha. Tal vez no quieren vecinos cerca y buscan ahuyentarnos.

Me crucé de brazos y seguí con mi idea.

—Ese es el punto, Harry. Parecen personas muy normales, de hecho, sorprendentemente comunes y corrientes. Tú mismo lo dijiste la semana pasada, la agente de bienes raíces nos comentó que le caían bien y que eran muy respetados en la comunidad, y el tipo de la oficina del condado dijo que conocía a Dan, y habló muy bien de él. —Eso era verdad. Harry había ido a una oficina en Saint Anthony para hablar con el supervisor sobre los viejos registros de la propiedad, y quien lo ayudó dijo que conocía a Dan y que era un gran tipo—. Si Dan fuera miembro de una secta, sería absurdo que un funcionario del condado hablara tan bien de él. Además, sé que después de todo Dan y Lucy te caen bien, y sé lo difícil que es que te agrade alguien que acabas de conocer.

Harry asintió con la cabeza dando a entender que tenía razón. Se dio vuelta apoyando los codos en el barandal antes de responderme.

—No lo sé, Sash… ¡Maldita sea! Creo que tendremos que esperar a que Dan arroje una lámpara led al estanque cuando estemos fuera.

Ambos nos echamos a reír y sin más dejamos el asunto por la paz. No nos íbamos a mudar, así que, mientras Dan y Lucy no representaran un peligro, ¿a quién le importaba que estuvieran locos? Antes de dormir vi que Harry estaba en la oficina, mirando fijamente el estanque a través de la ventana que está sobre mi escritorio.

A la mañana siguiente tuve una junta temprano y Harry se fue al pueblo para reunirse con un hombre que conoció por internet y quería vender borregos o alquilar pastizales, y de paso recogería el equipo que habíamos ordenado para montar un invernadero. Como aún hacía mucho frío por las noches, estaba emocionada con la idea de instalarlo para empezar a cultivar algunos vegetales. Por las mañanas, la tierra aún amanecía con una capa de escarcha primaveral.

Esa tarde lo vi cuando empezaba a instalar el vivero. Estaba orgullosa de mi esposo y feliz por él. En verdad se estaba esforzando para que esta tierra se volviera productiva y nos diera un sustento.

Esa noche, y durante las tardes y noches del resto de la semana, después de mi última reunión del día, nos concentramos en colgar los últimos cuadros y terminar de mudarnos. Aún era extraño despertar y ver por la ventana de nuestra habitación los pastizales de un valle en la montaña. Los olores y sonidos aún eran raros y desconocidos, pero cada vez menos.

El fin de semana siguiente hicimos una pequeña excursión cerca de la entrada del parque nacional, que se encontraba al final del sendero. El estacionamiento estaba bien conservado y había un espacio para remolques de caballos. Sin embargo, solo vimos pasar uno o dos autos en dirección al parque. Harry comentó que habría más tránsito una vez que el deshielo primaveral comenzara realmente y las carreteras abrieran, pues los caminos tenían todavía mucha nieve incluso a un kilómetro y medio del estacionamiento.

En el camino de regreso, Dash corría delante de nosotros y de vez en cuando se detenía a oler algo. Noté que Harry miraba hacia los pastizales a la izquierda, al oeste, hacia el enorme rancho.

—¿Dan te mencionó a Joe, el dueño de aquel lugar? Creo que se llama Berry Canyon o algo así —le pregunté a Harry.

Asintió sin voltear a verme.

—Es el rancho Berry Creek. Y sí me habló de él. Me dijo que Joe era el shoshone que lo instruyó sobre el «espíritu» y los «rituales» para mantenerlo a raya. —Hizo unas comillas con sus dedos, para hacer énfasis.

—Sí, Lucy me contó lo mismo.

Era una propiedad hermosa y descomunal.

—Es tan grande... No puedo imaginar lo que significa estar a cargo de más de 2 600 hectáreas si apenas puedo mantener en orden 22. Es uno de los terrenos más grandes de la zona o tal vez hasta del estado.

Harry sacudió la cabeza.

—No..., en efecto es un rancho grande, pero hay varios del lado de la cordillera de Idaho que tienen hasta 12 mil hectáreas. Y hay otros en Texas, Montana y el este de Oregon con cientos de miles de hectáreas.

—Por Dios, no puedo imaginarme cómo es operar espacios así.

—Sí, es algo serio, definitivamente es mucho trabajo —agregó Harry—, y el funcionamiento de un rancho de tales dimensiones supone un equipo de trabajo completo.

Harry recogió una rama que estaba al lado del camino mientras pasábamos bajo un pino. Dash se dirigió a donde estábamos dando brincos; su cola roja y esponjosa estaba atenta y se movía de un lado a otro porque sabía que la oportunidad de jugar estaba próxima. Mi esposo lanzó la rama hacia adelante, camino abajo, y Dash salió disparado a buscarla.

Esa parte del sendero estaba en una colina desde donde se veía una pequeña parte de nuestra pradera al otro lado del estanque. Hacia el este, detrás de nosotros, se podían ver las imponentes montañas de granito que se erigían por encima de unas laderas sinuosas y boscosas.

Al dirigir la mirada hacia el oeste, donde se encontraba el camino rural, se podía apreciar toda la autopista estatal, el rancho entero de Dan y Lucy, y una parte importante de la propiedad de Joe. El lugar ofrecía una vista privilegiada. Se podía ver lo bien definido que estaba nuestro valle, la nitidez de sus crestas y la manera en que se formaban lindes de granito y pinos. Era nuestro santuario privado, enclavado entre la carretera y el acceso al parque nacional, ahí era donde realmente comenzaban a levantarse las montañas.

Harry se detuvo para mirar el horizonte, al parecer a sabiendas de lo que yo estaba pensando. Me sonrió, me tomó de la mano y después se volteó hacia el paisaje que se extendía frente a nosotros.

—Con tantas propiedades al oeste de la cordillera, es genial que en esta zona haya solo tres dueños. Tuvimos mucha suerte.

Apreté su mano.

—Lo sé, amor. ¿No dijo Nataly que el tal Joe, o el rancho Berry Creek y Compañía, o algo así, había estado comprando casi todas las propiedades privadas que quedaban en el valle?

Durante los últimos seis años Harry trabajó en el departamento de topografía de la ciudad de Denver, y debido a esto se convirtió en un auténtico nerd en cuestiones de mapas y registros de propiedad, además de que ya era un fanático de la historia del oeste americano y particularmente de los pueblos tribales. Por lo que, obviamente, antes de que dejáramos Denver, investigó todo lo que pudo sobre las propiedades vecinas. El punto es que se emociona mucho cuando le hago este tipo de preguntas, lo cual me parece adorable. Disfruto escuchar sus respuestas, al menos la mayor parte del tiempo. Harry asintió y me dijo:

—Sí, encontré mucha información de los viejos registros de propiedad. La familia de Joe obtuvo algún tipo de título expedido por el gobierno por una parte de su propiedad en 1867, o tal vez 1869, pero su bisabuelo y otros miembros de la familia consiguieron hacerse de una extensa zona de tierra contigua a la suya, 400 hectáreas más o menos, gracias a la Ley General de Distribución de Tierras. Hay mucho que decir sobre esa ley, sobre la forma en que se usó para acabar con muchas identidades tribales, lo que en los hechos sirvió para alejarse del modelo de la reservación india y le permitió al gobierno asignar tierras a los integrantes de la tribu de manera individual, y no a grupos. Así que, de esa manera, Joe empezó a construir la base de lo que hoy es su rancho. Esta región es shoshone y bannok, así que la familia propietaria de Berry Creek ha estado aquí desde mucho antes de que Estados Unidos siquiera existiera. En el pasado, cuando obtuvieron su parcela de cientos de hectáreas gracias a esa ley, la única familia en el valle era la de los Jacobson.

Dash dejó caer la vara a los pies de Harry y esperó ansioso para que volviera a aventarla. Él la lanzó y señaló el camino hacia nuestra casa.

—Los Jacobson consiguieron una concesión de tierra federal en la década de 1870 por 260 hectáreas, que abarcaba desde nuestro terreno hasta más o menos donde estamos ahora, y lo que después se convertiría en parque nacional. Dividieron la propiedad a lo largo de los años y vendieron partes por aquí y por allá. En especial, la última generación de los Jacobson vendió gran parte del lugar al Servicio Forestal y fueron ellos quienes derribaron la vieja casa para construir la nuestra en los sesenta. Cuando la última integrante de los Jacobson murió en los noventa, una señora cuyo nombre no recuerdo la convirtió en un fideicomiso por un tiempo, hasta que los Seymour la compraron durante la venta de patrimonio del estado en enero de 1996. Ellos vivieron en nuestra casa hasta que se mudaron en la primavera posterior a que tú y yo nos conociéramos, luego la vendieron a la empresa de bienes raíces en 2012 y nadie había vivido ahí desde entonces...

Me había olvidado de ese nombre hasta ahora y al escucharlo recordé algo.

—¿No dijeron Dan y Lucy que, cuando los Seymour llegaron en el invierno de 1996, les dieron la charla sobre el espíritu y no sé qué más, y que esa fue la última vez que tocaron el tema con un nuevo propietario del valle?

Harry se encogió de hombros y asintió.

—Sí..., creo que Dan mencionó algo al respecto.

—Casi quiero... llamarlos. Sondearlos un poco sobre Dan y Lucy, saber qué pensaron sobre la historia del espectro.

Harry no contestó. Después de un momento apuntó camino arriba, por donde habíamos bajado, y retomó su ñoñería del registro de propiedad.

—De hecho, aquí arriba había otros siete terrenos particulares, que empezaban en el nuestro y terminaban en el punto de partida del parque nacional, donde está el estacionamiento. Todas eran parcelas de 65 o 130 hectáreas, lo que correspondía a la extensión de las concesiones de tierra que se daban a los pobladores por la Ley de Asentamientos Rurales de 1862.

¿Cómo demonios se acordaba de todo eso?

Señaló camino abajo, hacia donde estaba el rancho de Dan y Lucy, a lo largo del sendero que pasaba junto a nuestra propiedad y que se veía oscuro por el bosque al oeste.

—Para ser exactos, ahí había otras tres parcelas de 65 hectáreas y la gente que solía vivir en la propiedad, que ahora es de Dan y Lucy, las compró y concentró en un solo rancho. Eso es muy raro… —Me miró con su adorable expresión de ratón de biblioteca entusiasmado—. Es muy raro porque hasta la década de 1920 o 1930 había 13 familias distintas a lo largo de este camino. ¡Debe haber estado atestado de gente! Aunque se deba a que Joe y Berry Creek han comprado las tierras de las demás personas…, el hecho es que mientras que todas las ciudades donde hemos vivido están cada vez más llenas, lo opuesto está sucediendo aquí… Es increíble.

Le devolví la sonrisa y asentí. Experimenté una sorprendente y súbita sensación de pesadumbre, o algo parecido, ante la idea de que este valle alguna vez estuvo habitado por 13 familias. Creo que habría disfrutado eso, vivir en comunidad. Me encantaba haber encontrado esta soledad, en especial cerca de una cordillera. Apreciaba esta oportunidad, pero aún conservaba un triste anhelo de un mundo social más amplio, con más vecinos y gente que conocer. Con la mano, tapé la luz del sol poniente y miré hacia el rancho de Joe.

—Quiero conocer a Joe. No solo porque es nuestro vecino, sino porque no puedo imaginar que exista otra persona, además de Dan y Lucy, que respalde la historia del espíritu. ¿Qué tal si nos dice «Sí, amigos, es real, así que asegúrense de prender la chimenea antes de que el espíritu los atrape»? ¿Qué le dirías?

Harry se quitó el sombrero y sacudió la cabeza. Luego se encogió de hombros y extendió lentamente los brazos.

—No tengo idea, cariño. No me queda nada claro por qué alguien podría tomar en serio semejante estupidez. No supe cómo reaccionar cuando Dan me lo contó y no creo que pueda responder de otra forma con alguien más.

Me daba cuenta de que en verdad era frustrante para él. Para mí, Dan y Lucy eran solo una agradable pareja que querían compartir sus excéntricos cuentos con los vecinos. Pero para Harry se trataba de algo por lo que se sentía personalmente agraviado. Como si se tratara de un insulto o de un intento premeditado para asustarnos y hacer que nos mudáramos. Caminé hacia él y puse mis brazos alrededor de su cintura.

—No te preocupes, amor. No voy a permitir que las luces, el hombre desnudo, el oso o el espantapájaros se apoderen de ti. No podrán contra mí y protegeré a mi marine grande y fuerte.

Él me miró, divertido, y me besó. Me acurruqué en su pecho y levanté la vista hacia las montañas.

—En verdad se siente que están por llegar días más cálidos. Se siente en el aire, en la luz.

Me pareció que asentía, y lo miré.

—La primavera todavía no llega a las montañas y la temperatura aún es muy fría. ¿Qué te parece si nos vamos a casa y prendemos la chimenea para calentarnos?

Harry me besó.

—No hay nada que desee más en el mundo.

9

Harry

—Estuvo muy bueno, pero siento que acabo de subir siete kilos.

Volteé a ver a Sasha. Acabábamos de cenar. Compramos una parrilla y la estrenamos con filetes, papas horneadas y espárragos. Fue una comida tan pesada que nos dejó tumbados en el columpio del porche y luego en el piso. Seguíamos sin digerirla hasta bien entrada la noche.

—Bueno... —Sasha se levantó estirando los brazos y se inclinó poniendo su cara sonriente frente a mí—. Quizá debamos abrir otra botella vino, ¿no crees?

—Sí, suena bien. Me termino esta copa y entro.

Estaba sentado en el porche mientras le quitaba a Dash unas espinas de su cola y barriga. Antes de cenar fuimos a caminar a lo largo del arroyo, desde los límites de nuestra propiedad con el parque nacional hasta una cresta a casi dos kilómetros que estaba llena de pinos y abetos. El riachuelo era hermoso y parecía que el buen clima de la primavera por fin había llegado. Sin embargo, había montones de espinas en algunas partes del valle y parecía que la mitad había acabado en el pelaje de mi perro. Era una verdadera lata tratar de quitarle esos pequeños bastardos con cuidado para no lastimarlo.

Estaba retirando una de las últimas, que estaba muy pegada a lo largo de su pecho. Traté de desprenderla sin éxito, Dash se molestó y quiso echarse de espaldas para escapar de mis dos piernas que lo sujetaban.

—Tranquilo, amigo, este es la última, lo prometo.

Retiré más pelo de la espina y esta cedió. La sostuve frente a su nariz para que la viera.

—¡Por fin terminamos, amigo!

La olió, me hice hacia atrás y él brincó sacudiendo todo el cuerpo para secarse. Tomé la copa para beber el último trago de vino y algo en la pradera llamó mi atención, algo que se reflejaba en el vino y lo hacía parecer sangre.

Era una esfera de luz amarillenta aproximadamente a un metro bajo el agua del estanque.

Sería un mentiroso de mierda si negara que se me aceleró el corazón y sentí un golpe de adrenalina.

Me levanté y caminé hacia el barandal del porche. Dash siguió mi mirada y se levantó para mirar la pradera junto a mí.

Ahí estaba, maldita sea. Pensé en tomar una foto y enviársela a Sasha, que estaba adentro de la casa, pero no quería alterarla. Por alguna razón, ni siquiera quería mencionárselo.

Mi mente empezó a acelerarse. Estaba casi completamente a oscuras, pero forcé la vista para ver la entrada, esperaba ver a Dan escabullirse. De inmediato supuse que él estaría cerca y que acababa de colocar alguna clase de lámpara de exteriores para fastidiarme.

Después pensé en dispararle. Tenía mi rifle de caza 30-06, con una mira recién calibrada, dentro del clóset de los abrigos. Estaba a poco más de cien metros de la casa, era un tiro sencillo. Tal vez podía dispararle a esa cosa y ver qué sucedía.

Entonces sentí algo que no había experimentado en mucho tiempo.

Me sentí observado por alguien o algo que necesitaba ubicar antes de que hiciera un movimiento. No sé por qué, pero mi instinto me hizo voltear hacia el límite del bosque en el noreste. Me pareció que Dash sentía lo mismo. Volteé para verlo mientras él bajaba la cabeza, se le erizaba el pelo del lomo y gruñía quedamente. Volví a mirar la luz.

La maldita luz se había movido. Estaba al menos a unos cinco metros de donde la vi por primera vez. Me quedé parado en el porche, mirándola con incredulidad total.

Buscaba razones que pudieran explicarlo. Más bien, pensaba desesperadamente en una explicación de por qué esto podría tratarse de un engaño o algún tipo de ardid. ¿Quizá una luz alimentada por baterías o energía solar? Estas consideraciones se vieron acalladas por lo que dijo Dan en el porche el día que lo eché, fluían a través de mi mente como la cinta con las cotizaciones bursátiles en el noticiero.

«No se asusten, solo dejen lo que estén haciendo y enciendan una fogata con leña, lo suficientemente grande para calentar agua. Cuando vean la luz por primera vez, prendan el fuego y llámennos. Si no lo hacen y escuchan tambores, cubran las ventanas y no dejen entrar nada ni a nadie».

Dash seguía mirando el límite del bosque, tenía el pelo erizado y emitía un gruñido bajo en cada exhalación.

¿Qué lo había puesto nervioso? ¿Un lobo, un oso, un puma o tal vez los coyotes? Los osos estaban saliendo de su hibernación en esta época y lo más seguro es que estuvieran hambrientos. Aunque solía ladrarles a mamíferos más grandes que él, no acostumbraba a gruñir ni a comportarse así, incluso cuando nos encontrábamos osos en las excursiones. Además, y aunque solo quedaba un poco de luz en el horizonte hacia el oeste, podía ver con claridad que no había ningún animal en la pradera que estaba entre nosotros y el bosque.

Al no encontrar qué causaba la incomodidad de mi perro, se me escapó un suspiro tan fuerte que me avergoncé al oírlo. Mis latidos se aceleraban y podía escucharlos en mis oídos como si acabara de correr. Advertí que, de manera inconsciente, había empezado a hablarle a Dash para calmarlo un poco.

—Todo está bien, amiguito, no hay nada ahí.

«No se asusten, solo dejen lo que estén haciendo y enciendan una fogata con leña».

Mi mirada alternaba entre lo que llamaba la atención de mi perro y la luz del estanque, que cambiaba de lugar cada vez que volteaba para verla. Tal vez la oscuridad estaba causando que tuviera ilusiones ópticas, ¿no?

Pasé tanto tiempo haciendo rondas nocturnas en zonas de combate y tantas tardes cazando con arco que sé que no es raro que suceda eso, en especial cuando tienes el corazón desbocado y buscas de manera intensa algo que has tenido en la cabeza todo el día. Tu mente empieza a engañarte, y eso me estaba pasando.

Después de unos segundos, parecía que la luz comenzó a moverse varios metros por diferentes partes del estanque.

Me tallé los ojos, respiré hondo y miré la luz: tomé nota del lugar donde estaba, luego vi la montaña, volví a observar el agua y cada vez la maldita estaba en un lugar completamente distinto.

Pude sentir cómo se deslizaban los tentáculos del pánico por ambos lados de mi mente. Se me estaban durmiendo las manos, lo que solo sucede cuando siento una verdadera descarga de adrenalina.

Me obligué a soltar una risita, lo cual de inmediato me hizo advertir lo angustiado que estaba, y el tono quebrado de mi voz me puso aún más nervioso. También advertí que cada parte de mi cuerpo y de mi mente se esforzaba rápidamente para negar lo que estaba viendo y que encender la fogata significaba mi rendición ante el miedo.

Una voz interna se preguntaba: «¿Qué tiene de malo encender la estúpida fogata, amigo?».

Pero una voz más aguerrida respondía: «Al diablo con eso, este es tu territorio, tú pones las malditas reglas. Este cuentito pintoresco puede irse a la mierda».

En ese momento escuché que Dash gemía y me miraba desde donde estaba sentado en el porche.

—Todo está bien, amiguito.

Tenía las orejas echadas hacia atrás, la cola entre las patas, y empezó a recular mientras veía el límite del bosque. Luego se dio media vuelta y echó a correr hacia la puerta de la cocina que daba al porche.

De inmediato giré la cabeza hacia el lugar que tanto había

alterado a Dash, después al estanque, donde la luz estaba en otro jodido sitio, y otra vez a los árboles. Ahora sentía temblar mis manos y hombros.

He tenido mucho tiempo para practicar el autocontrol en situaciones muy estresantes. Cuando estás en medio de un tiroteo y ves a los hombres que admiras abandonarse al pánico, a los gritos, o desangrarse hasta morir, tienes que mantener la cabeza fría o al menos aprender a no cagarte de miedo y colapsar.

Pese a que ya había pasado mucho tiempo de eso, me obligué a repasar el mantra interno que inventé y me ayudó varias veces: «Respira profundo, puede suceder o no, si pasa no sentirás nada, eres más peligroso que ellos, tienes que moverte, respira profundo, puede suceder o no, si pasa no sentirás nada, eres más peligroso que ellos...».

Dash empezó a ladrar y a arañar la puerta de la cocina para entrar, lo cual no recuerdo haber visto antes. Me sorprendió tanto como la luz. Sentí el cambio en la presión del aire a mi alrededor y empecé a salivar como si fuera a vomitar.

Tal vez fue por el comportamiento del perro o porque Sasha lo oiría y saldría a ver la razón de tanto alboroto. Apenas habían pasado unos noventa segundos desde que noté la luz en el estanque y de pronto entendí que deseaba con todas mis fuerzas prender la fogata. Fue un anhelo tan elemental que parecía nacerme del alma. Sentí que la sobrevivencia de mis hijos y mis nietos nonatos dependían de ello.

En el momento en que escuché que se abría la puerta de la cocina, me di la vuelta y corrí por el porche hacia la pila de leña.

Cuando pasé por la puerta trasera vi que Dash atravesaba como un rayo entre las piernas de Sasha. Su confusión por el comportamiento del perro solo aumentó cuando nuestras miradas se encontraron.

—Cierra esa puerta ahora mismo, voy a entrar por la puerta principal.

Fui adonde se encontraba el montón de madera, a unos pasos del porche. Tomé el hacha y algunos de los leños más pequeños de la pila, entré corriendo a la casa, azoté la puerta y puse el cerrojo. Sasha ya estaba en la sala.

—¿Qué demonios está pasando, Harry?

Solo pude decir «la luz» y pasé corriendo al lado de ella, hacia la cocina. Tomé de la encimera algunos sobres del correo inútil, me di la vuelta y corrí a la chimenea de la sala, arrojé los leños, tomé un par de cerillos para encender el fuego, abrí el ducto y me arrodillé.

Sasha fue a su oficina, que estaba al lado de la sala y tenía ventanas grandes que daban al sur, hacia los pastizales y al estanque. Pude escuchar su reacción:

—¡Maldición! ¡Maldición!

Regresó a la sala y nos miramos fijamente otra vez. En su cara había una expresión de auténtico terror.

—¡Harry, maldita sea!

Dash caminaba de un lado a otro entre nosotros, gimiendo y temblando como si acabáramos de regresar de una mañana de cacería de patos. Sasha se arrodilló a mi lado.

—¡Harry, maldita sea!

Parecía que era lo único que podía decir, lo cual era más de lo que yo mismo era capaz de articular. No quería ni verla, me sentía muy avergonzado mientras seguía desesperado por encender el fuego. Tenía varios sobres de papel arrugados bajo una pila de yesca y de los leños más pequeños cuando oí a Dash. Sasha y yo estábamos de espaldas y giramos la cabeza para verlo correr por la sala hacia la cocina, donde se puso a ladrarle a la puerta que salía al porche.

Eso no es algo que acostumbre hacer, a menos que aquello que lo esté alterando se encuentre justo afuera de la maldita puerta. Mi cuerpo me exigía a gritos que tomara un rifle y saliera corriendo al patio, pero mi mente ganó: «Concéntrate, imbécil».

—Harry, enciende el fuego, hazlo ahora mismo. —Le temblaba la voz.

Me volteé, prendí uno de los cerillos gruesos para hacer fogatas, lo puse bajo los papeles e hice lo mismo con tres cerillos más.

Cuando vi una flama crepitar, hacer combustión y quemar la pulpa resinosa del cuerpo del cerillo, me di cuenta de que suplicaba para mis adentros que no oyéramos los tambores afuera. Tomé el hacha, empecé a cortar un leño en pedazos más pequeños y mientras lo hacía alimentaba la fogata con más papel y madera.

—Harry... Harry. —Los ladridos y gruñidos de Dash no me dejaban escucharla bien—. Siento algo... No sé qué es.

Me pasaba lo mismo, aunque no tuviera idea de qué rayos se tratara. Sentía presión en los oídos, salivación y los latidos del corazón en la cabeza.

Finalmente, la yesca y uno de los leños comenzaron a arder, dejé a un lado el hacha para soplarle un poco a la llama.

En unos segundos ya teníamos una fogata. Agregué el resto de los leños al fuego que ahora crepitaba, y respiré hondo.

Dash estaba junto a nosotros, mirando a Sasha, a mí y a la fogata, y agitaba la cola como si aprobara el trabajo. Vi a mi esposa a los ojos por primera vez después del encuentro con la luz.

—Harry…, ¿qué fue eso? —dijo.

Recordé algo más que Dan mencionó en la «sesión informativa sobre rituales», varias semanas antes. Tan pronto como me vino a la cabeza, Sasha lo dijo en voz alta, casi palabra por palabra.

—Cuando vean la luz por primera vez, hagan una fogata y llámennos. —Sasha caminó hacia el refrigerador, donde estaba el número de nuestros vecinos, movió el imán que ocultaba los últimos dígitos y empezó a pulsarlo en su teléfono.

—Sasha, espera un condenado segundo.

Fui al clóset. Con el fin de la hibernación de los osos negros y grises en los días por venir, y el hecho de que pronto empezarían a merodear en busca de alimento, la semana anterior puse una de mis escopetas calibre 12 ahí, junto con otra de acción de bombeo y cargador tubular con cinco balas de acero. Puse una en la recámara del arma.

—Harry…, debemos llamarlos.

Me contuve para no responderle con demasiada brusquedad.

—Solo dame un segundo, ¿quieres? Vamos a respirar y a pensar por un minuto. —Mi cuerpo y mis instintos me pedían a gritos que me pusiera una linterna de cabeza, agarrara uno de mis fusiles y saliera a registrar la zona.

Sin duda me sentía aliviado, podía sentir cómo se aminoraba el pánico. No podía recordar si Dan había dicho algo sobre salir después de prender la hoguera. Como si me pudiera leer la mente, Sasha fue al secreter donde había guardado las advertencias, las reglas o lo que fuera que escribieron Dan y Lucy. Sacó una, la desdobló, la examinó hasta que llegó a la sección que se titulaba «Primavera» y empezó a leerla en voz alta.

«Una vez que el fuego esté listo, la luz del estanque debe apagarse. Vayan a la ventana del lado sur de la casa y vean si sigue ahí. Si es así, alimenten la fogata. Si se extinguió, el espíritu también se ha ido, lo que definitivamente van a sentir. Pueden dejar que el fuego se apague y seguir con sus vidas como si nada hubiera pasado».

Sí, claro, Dan. Aquí estoy más que involucrado en este espectáculo ritual, en un intento por ahuyentar un espíritu maligno por primera vez en mi existencia, y esperas que siga con mi estúpida vida como si esto fuera cualquier otra cosa.

Esta última frase me enfureció, o tal vez solo reavivó el enojo tan vergonzoso que sentí por asustarme de algo tan estúpido y absurdo. Todavía me temblaban las manos. Sasha me puso la mano en la espalda y la miré.

—Harry, vayamos solo a ver.

Caminamos lentamente hacia el estudio. No levanté la mirada mientras me acercaba a la ventana, apoyé la escopeta en la pared y puse las manos en el alféizar.

—Harry, ya no está —dijo Sasha.

Tenía razón, pero no tuve mucho tiempo para asimilarlo porque en ese preciso instante yo, y al parecer Sasha también, experimentamos lo que podría considerarse el momento más intenso de toda la experiencia.

En el brevísimo tiempo que había pasado, cada pensamiento en mi mente estaba ocupado en una operación nivel Gestapo para suprimir toda noción de que esta tontería del «espíritu» pudiera ser real de alguna manera. A pesar de eso, una inmensa tranquilidad me inundó en el momento en que la luz desapareció, una sensación de alivio que no sabía podía experimentar un ser humano sin usar drogas. Sasha me tomó del brazo e iba a hablar cuando se detuvo de repente.

Nos quitamos un peso emocional de encima y eso vino acompañado de un sosiego físico. Al mismo tiempo, sentí como si hubiera orinado con gran satisfacción o entrado a un edificio con aire acondicionado en un día caluroso. También advertí que había perdido siete kilos, todo en un mismo segundo. Me estremecí, luego sonreí y por poco me carcajeé.

—Harry, ¿sentiste eso?

—Sí, ¿qué demonios pasó…?

El perro ya era el mismo de siempre y estaba parado al lado de la puerta, moviendo la cola y a la espera de que lo dejáramos salir.

Sasha y yo dejamos de ver a Dash para mirarnos, completamente estupefactos.

10

Sasha

—Harry, los vamos a llamar, ¡maldita sea!

Para mí su resistencia resultaba incomprensible. Sintió pavor cuando la luz apareció en el estanque y una vez que desapareció tuvo una sensación de alivio. Aun así, el desgraciado ha estado neceando en la cocina por cinco minutos seguidos e insiste en que no llamemos a los Steiner. Sus razones también cambiaron cinco veces e iban desde «Aunque sea real, no pueden hacer nada para ayudarnos» hasta «Tal vez fueron ellos los que pusieron la luz en el estanque».

—Sasha, esperemos un segundo para calmarnos y pensar con la cabeza fría. —Podía ver que Harry estaba entrando en pánico, o más bien estaba enojado por lo que estaba pasando y su incapacidad para explicarlo.

Siempre hace un gran esfuerzo por no enfurecer cuando está cerca de mí, sin importar la circunstancia. Aunque yo haya hecho una tontería o dicho algo desagradable estando ebria, una y otra vez se ha tragado el enojo para evitar que lo vea, respira profundamente varias veces y cambia el tema o se marcha.

—¿Por qué haces esto, por qué? Mírame, Harry. Dime con palabras claras la razón por la que no deberíamos llamarlos en este mismo instante. Hasta en su estúpida carta dice que «sentiríamos cuando la luz desapareciera», lo escribieron con su puño y letra. ¿¡Crees que colocaron una luz en el estanque y luego nos drogaron por el conducto de ventilación¡?

Para mi sorpresa, mi esposo no tenía objeción alguna. Bajó la vista al piso por diez segundos, me miró y alzó las manos.

—Okey, Sash, vamos a llamarles.

Su respuesta me tomó desprevenida. Verlo ceder hizo todo más real que cualquier otra cosa. Extendió la mano para que le diera mi teléfono.

—Yo les hablo y los pongo en altavoz.

Le di a Harry mi celular y pulsó el número de la casa de los vecinos. Después de que el tono de llamada sonara algunas veces, escuché la voz de Dan. Un ligero jadeo y tensión en ella sugería que se estaba sentando.

—¡Vaya, Harry! ¿Cómo están? ¿Cómo va la mudanza? ¿Ya terminaron de instalarse?

—Sí, todo va bien. Discúlpame por llamar a esta hora.

—Ah, no te preocupes, en esta temporada del año no pegamos los ojos sino hasta como las diez. ¿En qué puedo ayudarlos, están bien?

—Sí, estamos bien. De hecho, te llamo porque…

Mi esposo me miró y respiró hondo.

—Sucede que hace un rato vimos la luz en el estanque…

La respuesta de Dan, con su tono firme, llegó medio segundo después de que Harry acabara de hablar.

—¿Encendieron una fogata? ¿Aún está prendida, Harry?

Mi esposo trató de mantener la ligereza y el humor en su voz.

—Sí, sí, lo hicimos en cuanto la vimos, como lo prometimos. La luz se fue, así que su remedio milagroso pareció funcionar. ¡No hubo tambores!

Escuché que en el fondo Lucy musitó «Gracias a Dios» antes de que Dan continuara.

—Bueno, nos da mucho gusto escuchar eso, Harold. Sabemos bien lo… inquietante que puede ser y solo queremos asegurarnos de que estén bien. ¿Podemos ir a verlos? No nos quedaremos mucho tiempo.

Noté que estaba a punto de protestar, así que sujeté la mano de Harry y asentí. Harry sacudió la cabeza como respuesta.

—Estamos bien, Dan. No es necesario que vengan. Estoy seguro de que pronto tendremos la oportunidad de ponernos al día en persona.

Miré a mi esposo amenazadoramente, aunque en realidad no podía negar lo extraño que sería que vinieran a hablar de… lo que sea que fuera esto. De pronto, me sentí como una colegiala nerviosa mientras me preparaba para hacer la siguiente pregunta.

—Oye, Dan, habla Sasha, una duda rápida… Entonces ya podemos salir, ¿verdad? Dijeron que, en cuanto desapareciera la luz, estaba bien…

—Sí, claro, no hay nada que temer. Por lo general es posible sentir cuando la luz se ha apagado, además de que dejas de verla, y me imagino que lo notaron.

Abrí los ojos como platos y con todas mis fuerzas fulminé a Harry con la mirada. Lo advirtió y bajó la mirada al celular.

—Nos pondremos en contacto pronto con ustedes.

Caminé hacia él después de que colgara.

—Harold, mírame. ¿Cómo podrían lograr que sintiéramos eso si no es real? En serio...

Me miró por un segundo y después se volteó hacia la ventana, con la mirada distante. Me doy cuenta de cuando está fraguando un plan por su lenguaje corporal. Se volvió rápidamente y se dirigió a la puerta principal.

—Amor, ¿qué estás haciendo?

Miró hacia atrás.

—Voy a arreglar esta estupidez. Regreso en cinco minutos. Por favor, no vayas a salir de casa, Sash. —Harry abrió la puerta y bloqueó la salida por fuera para evitar que Dash lo siguiera en la oscuridad.

El perro lo vio y se puso a gemir de frustración. Me encogí de hombros, molesta, y sacudí la cabeza.

—Muy bien, cuídate.

Harry salió corriendo por la cerca frontal, fue hacia el garaje y salió con uno de sus rifles, una linterna de cabeza y dos cámaras de visión nocturna, a prueba de mal clima y sensibles al movimiento, que suele sujetar a los árboles para rastrear a los animales antes de que empiece la temporada de caza. Regresó corriendo por la puerta principal, la cerró, luego atravesó el patio y pasó por la cerca alrededor y llegó al pastizal.

Fui al estudio para ver a Harry encaminarse hacia el estanque. Siempre me ha parecido extraño verlo cargar esos fusiles AR-15 que tiene. No los usa a menudo, más allá de las escasas ocasiones cuando me convencía de acompañarlo al campo de tiro. Pero eso era parte de él, corría por el pastizal con el rifle colgado al hombro, que proyectaba un haz de luz sobre la oscuridad frente a él. Era... un depredador.

Hay una arboleda de álamos al lado del estanque y Harry fue directamente hacia ella. Con la luz de su linterna pude ver que soltó el rifle, el cual quedó colgando de la correa, y luego empezó a sujetar las cámaras en dos de los árboles más pequeños. Lo vi abrir los monitores digitales integrados y arrodillarse, supongo que para darse una idea del ángulo de las cámaras y asegurarse de que estuvieran instaladas correctamente. Fui a la puerta de la cocina en el porche trasero para encontrarme con él.

—¿Qué estás haciendo con esas cámaras?

Harry se descolgó el fusil, tomó firmemente mis manos, hizo una mueca y respondió mientras se dirigía a la cocina.

—Supuse que, si esos viejos locos en realidad entraron a hurtadillas para poner algo en el estanque que proyectara esa luz, se las arreglarían para sacarlo antes del amanecer y seguir engañándonos. Las cámaras de caza van a captar cualquier cosa que se acerque al estanque. —Sonaba satisfecho consigo mismo.

Me pareció poco probable que Dan y Lucy quisieran fastidiarnos luego de haber platicado con ellos y oír el miedo en sus voces cuando les hablamos de la luz del estanque. Después de lo que sentí cuando estaba encendida y cuando se apagó, dudaba mucho de que un par de ancianos fueran capaces de urdir una trampa de tal calibre, pero tampoco me sentía lista para decir en voz alta que pensaba que solo se trataba de un engaño.

Seguí a Harry hasta la sala, lo vi guardar su rifle en el clóset y poner su linterna de cabeza sobre la mesa al lado de la puerta principal, sin saber qué decirle.

Salimos al porche para compartir una cerveza y asimilar lo que acababa de pasar. Miré hacia la pila de leña y pensé en meter un poco para la próxima vez. La idea de que esto pudiera convertirse en algo cotidiano reavivó el temor y la ansiedad que sentí unos momentos antes.

Mientras estuvimos ahí sentados, Harry y yo repasamos de principio a fin todo lo sucedido por lo menos tres veces. Al poco tiempo, casi estaba hablando sola, así que dejé morir el tema, vimos un programa y nos fuimos a dormir.

Siempre me ha impresionado la capacidad de Harry para quedarse dormido a voluntad. Yo me la pasé dando vueltas en la cama por lo menos una hora antes de quedar dormida. Después de reconsiderar todo por decimoquinta vez esa noche, me incorporé y miré por la ventana a través de la oscuridad hacia los pastizales y el estanque.

Si no hubiera sido por la luna y su tenue reflejo, el agua habría estado oscura como la tinta. Al mirar hacia allá abajo, me pregunté si volvería a ver esa luz, y mi corazón se aceleró cuando pensé que era muy probable que así sucediera.

11

Harry

La mañana siguiente al fiasco de la esfera de luz puse mi alarma a las 6:15.

A los pocos minutos de que sonara ya traía mis botas de pescador, que hacían crujir la capa de hielo sobre la pradera, y me dirigía al estanque con una pala, un rastrillo de jardín y mi rifle.

Sospechaba que Dan y Lucy habían colocado algún tipo de luz o que habían mandado a alguien para que entrara a nuestra propiedad y lo hiciera. Supuse que regresarían a escondidas para retirarla antes del amanecer y que mis cámaras los captarían mientras hacían sus estupideces.

Si las cámaras no habían captado nada, iba a dragar cada jodido centímetro del estanque para retirar lo que hubieran metido para proyectar y mover la luz. En su parte más honda, el estanque no superaba el metro cincuenta, así que me pasaría todo el día revisándolo si era necesario.

Llegué hasta los álamos que estaban alrededor del estanque, puse mis cosas en el suelo, me acuclillé para ver el monitor de una de las cámaras que muestra las fotografías y los videos tomados y que además te permite reproducirlos. Había colocado las cámaras en lugares separados, con diferentes ángulos de visión. Esta abarcaba el lado sur del estanque. Tomó cuatro fotos fijas que mostraban un conejo cola de algodón abrirse camino por el lugar. La cerré y fui corriendo por la segunda. Cuando la abrí, vi que había tomado ocho fotos. Las primeras cuatro eran quizá del mismo estúpido conejo que había captado la otra cámara. Las otras eran de un zorrillo que se había acercado al estanque a beber agua.

Muy bien, carajo, la luz y lo que la hacía moverse por todo el estanque seguían allí. Prosigamos entonces con la operación de dragado.

Durante las siguientes dos horas caminé con dificultad varias veces por todo el maldito estanque. Puse un palo en uno de los extremos llenos de lodo y seguí en línea recta hacia el otro lado, mientras que con el rastrillo sacaba cualquier cosa que estuviera en el fondo y fuera mayor que una rama. Dejé la parte más profunda para el final porque sabía que terminaría empapado. Entre más vueltas daba, más me enojaba por no encontrar lo que pudiera emitir la luz. Para cuando solo me faltaba revisar la parte más honda, no me importó que el agua helada se metiera en mis botas haciéndome sentir un frío gélido que me recorría hasta el pecho.

Nada. No había un carajo más allá de piedras, ramas y fango. Tomé el rifle y caminé trabajosamente de regreso a casa empapado, congelado y furioso.

Sasha ya se había levantado y salió de la cocina con una taza de café junto con Dash, que se me acercó moviendo la cola en busca de un poco de cariño mientras yo me quitaba la ropa llena de lodo.

—Por Dios, Harry, estás todo mojado, debes estar muriéndote de frío.

—Sí.

De manera intencional evitaba hacer contacto visual con Sasha. Por nuestra conversación de la noche anterior, me percaté de que estaba empezando a tragarse el cuento del espíritu y eso me frustraba muchísimo.

—Así que…, ¿encontraste algo en el estanque que proyectara la luz?

—No.

Sabía que mis respuestas cortantes y evidente exasperación eran cada vez más ridículas, pero estaba molesto, incluso enfurecido, aunque no sabía con qué ni con quién.

No se me dan bien las cosas que no puedo explicar. La religión jamás me convenció y nunca me ha interesado ningún otro tipo de tradición o fantasía. Solía creer en Dios, incluso le rezaba a él o a eso, pero esa fe se extinguió cuando vi morir al sargento Nichols, un buen hombre que admiraba. Tenía tal energía positiva y coraje que podía levantar el ánimo de cualquiera que estuviera a su alrededor, ya fuera militar o recluta. Su sola presencia y sentido del humor infundía una especie de efecto casi anfetamínico para los marines exhaustos y aterrorizados. Todo era diferente en el campo de batalla cuando estaba presente. Lo consideraba invencible, hasta que dejó de serlo. Con impotencia, vi a este hombre desangrarse hasta morir, en un estado de mucho dolor y miedo. Su muerte llegó con él tendido en el lodo entre gemidos y convulsiones hasta que su luz se extinguió finalmente.

Para mí, con el fin de la existencia terrenal del sargento Nichols también se acabó la santidad del Todopoderoso. Desde entonces me he inclinado por lo concreto, explicable y previsible. Además, siempre he sido muy bueno para mantener la calma cuando me siento amenazado.

Por desgracia, sentirme intimidado y enfrentar lo amenazante eran experiencias limitadas a situaciones en las que sabía qué hacía peligrar mi bienestar, y hasta este momento siempre se había tratado de otro hombre o de mí mismo, lo cual era muy fácil de entender.

Sasha entró a la casa, dejó la puerta abierta, regresó con una toalla para mí y se sentó a mi lado, a una distancia segura del apestoso olor del agua del estanque que se evaporaba con la luz de la mañana. Puso la mano en mi hombro mientras me secaba la cabeza y la miré cuando empezó a hablar.

—Amor, no hay nada que podamos hacer al respecto. Hay algunas cosas en este mundo que no se pueden explicar por…

La frustración me hizo hervir la sangre.

—¿Como qué, Sasha, como qué? Menciona una sola cosa que hayas vivido y se parezca, aunque sea un poco, a esto. Nombra algo sobrenatural que no se pueda explicar con la razón. Vi esa estúpida luz y sentí un cambio. Estaba en el aire, estaba en mi cabeza y hasta Dash se puso nervioso. Cuéntame de otra cosa que siquiera se pueda comparar con esto y no hayas leído en internet.

—Amor, detente, no te enojes conmigo, solo trato de que…

—¿Qué estás tratando de hacer? —Me puse de pie, bajé los escalones del porche y me volteé para verla—. ¿Qué buscas, Sasha, que me sienta bien con una historia de horror de mierda como esta? ¿Intentas que esto se convierta en algo emocionante e increíble? ¿Deberíamos tener una sesión espiritista, prender incienso y poner cristales protectores? Sash, si es real, ¿por qué sería fascinante y misterioso?

Incluso antes de terminar mi diatriba, sabía que se me había pasado la mano, y al parecer Sasha también lo notó. Estaba fuera de mí y tenía ganas de llorar. Se puso de pie y me vio como suele hacerlo en tales ocasiones, con una mirada que quiere decir «Ni te molestes en dirigirme la palabra hasta que te calmes y te disculpes». Respiré hondo y retomé la palabra lentamente.

—Lo siento, Sash, no quise hablarte así. Es solo que… no sé qué carajos está pasando.

—Yo tampoco lo sé, amor, es obvio que todo esto es aterrador, es decir… Si esto resulta demasiado agobiante, podemos vender la casa y mudarnos. Pero Dan y Lucy nos dijeron cómo cuidarnos y creo que vale la pena quedarnos hasta el verano para ver si todo esto es real. Si sucede lo de la «persecución del oso» del espíritu del verano que mencionan en sus notas, estaremos seguros de que esto es cierto.

No podía creer lo que estaba escuchando, pero pensaba igual, así que no me quise pasar de listo y le contesté:

—Sí…, creo que tienes razón.

La temperatura empezó a aumentar en el día, aunque las noches aún eran muy frías. Sasha se estaba adaptando bien a la rutina del trabajo a distancia. Terminamos de sembrar los jardines y plantamos más o menos una docena de árboles frutales muy jóvenes; no estábamos seguros de que fuera el momento correcto para hacerlo, pero supusimos que no los venderían en el vivero si no lo fuera. Pusimos una gran cantidad de piedras para reforzar el pequeño muro que atravesaba el patio frente a la casa, pues se había hundido en la tierra con los años y no se apreciaba bien. Sasha estaba feliz y yo podía verlo, sentirlo y escucharlo en su risa fácil, y nada en el mundo era más gratificante para mí.

También empezaba a dedicarle unas cuatro horas al día al bosque de pinos de seis hectáreas en la parte alta de nuestro terreno, que al parecer no había recibido un mantenimiento adecuado en más de medio siglo. Había enormes ramas, tocones y árboles muertos que hacían del bosque una hoguera en potencia, así que mi proyecto de mitigación de incendios era muy importante. Por una semana entera fui a la arboleda con Dash y una motosierra para derribar troncos y apilar la madera para el siguiente invierno. Era una labor pesada, pero también resultaba muy satisfactorio ver los montones de madera que simbolizaban el trabajo del día. Dash también estaba en el paraíso y se la pasó persiguiendo ardillas y espantó a un par de urogallos. Mayo había llegado en plena gloria primaveral.

Me encontraba en la cocina preparando la cena y Sasha estaba en el estudio armando un librero que pedimos. Estaba por rebanar un pimiento cuando creí oírla respirar con dificultad. Cuando estaba a punto de preguntarle si estaba bien, la escuché gritar:

—Amor, Harry, la luz está en el estanque. Está ahí en este momento.

Sentí que se me helaba la sangre y se me erizaba la piel de los brazos. No había soltado el cuchillo cuando irrumpí en el estudio. Sasha estaba parada frente a la ventana, tapándose la boca con la mano. Miré sobre su hombro y vi que era idéntica a la ocasión anterior, una pequeña esfera de luz amarilla unos metros por debajo de la superficie del estanque. Sasha me vio fijamente.

Miré el agua y vi que la luz se había movido ligeramente hacia la izquierda. Estaba enojado, esa era la emoción que esa estúpida lucecita provocaba en mí. Sabía qué tenía que hacer, pero trataba de pensar en alguna otra manera de ponerla a prueba. La voz de Sasha interrumpió el perturbado flujo de mis ideas.

—Voy por la madera. Acompáñame para que metas a Dash.

Antes de que pudiera decir algo más, se echó a correr por la sala, abrió de golpe la puerta principal y giró a la izquierda para precipitarse hacia la pila de leña. Llamé al perro mientras buscaba la linterna que guardábamos adentro.

Sasha ya estaba de regreso con la madera entre los brazos y el hacha, mientras yo había dejado atrás el porche e iluminaba el patio en busca del perro. Grité su nombre unas cuantas veces más antes de encontrarlo.

Estaba en una esquina de la cerca que rodeaba el jardín y miraba el mismo punto en el límite del bosque que tanto lo había alterado la vez pasada. Tenía la cola entre las patas y el pelo erizado. Por alguna razón, ver a Dash en ese estado hizo que por primera vez me asaltara un miedo que se sentía muy real. Grité su nombre, saltó y se apresuró hacia mí cuando regresaba al porche.

Entonces lo sentí: la presión del aire cambió, se me taparon los oídos y empecé a salivar. Mi boca tenía un sabor metálico que casi me provocó náuseas.

Cerré la puerta en cuanto se metió el perro, tomé el rifle del clóset, puse un proyectil en el cargador, revisé el cerrojo y levanté la vista para ver que Sasha ya estaba prendiendo una fogata.

Apoyé el fusil en una silla y me agaché para ayudarla, pero ella me alejó con un suave manotazo y me sonrió.

—Esto es un trabajo para una sola persona, amor.

No miento cuando digo que se veía emocionada. Me senté detrás de ella y pensé en lo afortunado que había sido al encontrar a una superestrella.

Dash estaba en la cocina y empezó a ladrarle a la puerta del porche, en dirección al límite del bosque que lo transformaba cada vez que aparecía la luz. Sasha lo miró y siguió trabajando. Pude sentir cómo me invadía el temor. Quería pelearme con algo, pero el enojo competía con el pánico. Sasha prendió el fuego en menos de un minuto, inmediatamente después se sentó junto a mí y me tomó de la mano. Llamé a Dash, que se acercó a nosotros y gemía mientras iba de un lado a otro frente a la chimenea.

Nos quedamos mirando la hoguera en silencio durante un minuto o dos. Embelesado con las llamas, quería que crecieran, casi sentía veneración por ellas. Sasha volteó para verme.

—Lo siento… Siento algo, ¿soy solo yo?

—No, yo también puedo sentirlo.

Sasha asintió y bajó la mirada a nuestras manos entrelazadas. Se veía asustada pero decidida. Pasó un minuto y volteó de nuevo.

—Deberíamos ver si la luz sigue ahí.

Le dije que sí con la cabeza y la ayudé a levantarse. Tomé el fusil y lentamente me encaminé hacia la puerta del estudio sujetando el cañón cerca de mí, inclinado 45 grados, como si fuera un cazador de la montaña que, yendo tras un sabueso emocionado, ignoraba a qué le había disparado.

Entramos lentamente al estudio, vimos el estanque y la luz había desaparecido. Me inundó la misma sensación de alivio físico y emocional. Durante mi época de parranda en la universidad fumé heroína «alquitrán negro» con papel aluminio un par de veces y, aunque fue hace mucho, recuerdo bien lo que sentí después de la primera calada y es lo más parecido que se me ocurre a esta sensación. Tiritaba y dejé salir un suspiro trémulo.

Sasha tomó mi brazo.

—Oh, por Dios, Harry ¿sentiste eso?

—¿A qué te refieres? —pregunté evitando contestar de manera afirmativa, como si eso me ayudara a negar la realidad del absurdo que me rodeaba.

—Es increíble esa sensación de… liberación.

Miraba sus brazos extendidos y empezó a sonreírme mientras me veía y continuaba hablando.

—Es como… si sintiera picazón en la piel, se me quitara un segundo después y luego me envolvieran con una toalla calientita. —Se rio de sí misma, me tomó del brazo y se acercó a mí.

115

—Harry, también sentiste eso, ¿verdad?

No pude evitar soltar una risa nerviosa y asentir.

—Por supuesto que sentí algo. —El solo hecho de pronunciarlo me sacaba de mis casillas.

Sasha insistió en que llamáramos a Dan y Lucy, y los invitáramos para hablar de lo ocurrido. Como anticipaba mi resistencia, trataba de venderme la idea.

—Claro, llámalos.

Sasha me miró desconcertada, pero de inmediato los contactó. La llamada fue igual que la anterior, solo que esta vez Sasha aceptó el ofrecimiento de nuestros vecinos de darse una vuelta para ver cómo estábamos.

Después de colgar, Sasha ordenó la casa un poco y yo me quedé sentado en el porche, cada vez más molesto. Lo que fuera que estuviera pasando, o que estuvieran haciendo, lo iba a descubrir esta noche.

Me puse de pie cuando vi los faros de la camioneta descender por el sendero y no me moví sino hasta que dejé de escuchar el sonido del motor y oí el de sus botas pisar la grava de la entrada. Ni siquiera habían terminado de cerrar la cerca cuando ya me encaminaba hacia ellos, con los puños cerrados. Parecía que ambos iban a hablar al mismo tiempo cuando los interrumpí.

—Quiero saber qué carajo es todo esto y quiero saberlo ahora mismo. —Dan tomó a Lucy del brazo y se puso adelante de ella para protegerla—. Dejémonos de estupideces, ¿sí? No quiero saber nada de espíritus, rituales, fantasmas o como quieran llamarlo.

No me di cuenta de que seguía avanzando hacia la pareja

116

de ancianos hasta que vi el miedo en los ojos de Lucy y que ambos daban marcha atrás para alejarse de mí. No me percaté del enojo en mi voz hasta que escuché a Sasha y sentí que me sujetaba de la muñeca para que dejara de señalar con dureza la cara de Dan.

—Harry, detente ahora mismo y cálmate.

Advertí que estaba a punto de soltarme de las manos de mi esposa. Me di la vuelta caminando lentamente hacia la casa lejos de la asustada pareja, y escuché a Dan, Lucy y Sasha que me llamaban cuando me iba, pero no entendí qué era lo que decían, solo era consciente de que, si me quedaban un segundo más con ellos, iba a ponerme violento. Me sentía furioso y humillado, necesitaba tomar un respiro.

Sasha los convenció de entrar a la casa mientras yo caminaba de un lado a otro en el patio, sintiéndome impotente, avergonzado y enfurecido. Después de un rato, caminé aturdido hacia el garaje con Dash detrás de mí. Registré uno de los enormes contenedores de plástico donde guardo mi equipo de pesca y caza hasta que encontré unos cigarros viejos y muy caducados que recordé haber metido ahí el año anterior. Tomé el paquete, encendí uno y regresé para sentarme en las escaleras del porche frontal.

Trataba de aclarar mi mente, y por ella desfilaban frases de disculpa a toda velocidad, cuando escuché que se abría la puerta y Dan salía cerrándola detrás de sí.

Volteé para verlo y, sin saber qué decir, le acerqué los cigarros viejos. Agitó la mano y sacudió la cabeza. Lo vi caminar con lentitud hacia mi izquierda, meter el pulgar en la presilla de su pantalón y suspirar profundamente por la nariz. Levantó la vista hacia el bosque en el norte mientras recargaba el hombro en un pilar al otro extremo de los escalones.

No tenía nada que decirle al hombre, quien además no parecía tomar mi silencio como una grosería, así que me terminé el cigarro sin que ninguno de los dos hablara. Quería enojarme con Dan, quería que él fuera la amenaza, pero mi intuición echaba por tierra ese deseo y me decía que el anciano era honesto y estaba cuerdo. Sasha sentía lo mismo y confiaba más en su instinto que en el mío.

Me paré y di unos pasos por el camino de cemento que iba del porche a la cerca. Me agaché y aplasté la colilla del cigarro en el pasto. Cuando me volteé hacia Dan, lo miré un momento; quería hablarle, pero fue él quien rompió el silencio.

—Lamento que estés lidiando con esto, Harry. Es un fastidio tener que pensar en esto, y en todo lo demás. Sé que no es mi culpa, pero… lo siento. No es fácil, y Dios lo sabe.

Por un instante, pensé que iba a lanzarme sobre él. Los músculos de mi mano derecha se engarrotaron, pero el impulso se fue tan pronto como apareció y lo reemplazó un sentimiento de impotencia. Aún me rehusaba a decir cualquier cosa que sugiriera que creía que esto era real. Moví la cabeza lentamente, encendí otro cigarro, le di unas cuantas caladas, suspiré tenso y levanté la mirada para ver a Dan y luego al cielo. Me encogí de hombros.

—Sí, esto es muy… incómodo.

Dan asintió y contestó sin mirarme.

—Sí que lo es.

Regresé al porche, me recargué en el pilar al otro extremo

118

de donde estaba Dan, volteé para verlo y lo descubrí observándome.

—Mira, lo único que quiero es que estén a salvo aquí. Sé que parece que estoy loco y que crees que en realidad lo estoy, pero el espíritu es real y cada vez será más peligroso, así que hazme el favor de dejar tu incredulidad un minuto. Es necesario que escuches lo que vas a enfrentar este verano y otoño, y, si no quieres volverme a hablar en la vida, está bien, pero al menos dormiré tranquilo porque intenté prepararlos. Así que, mientras Lucy y Sasha se terminan su té allá dentro, ¿puedo terminar lo que quería decirte la primera vez que estuvimos aquí?

Me limité a encogerme de hombros, moví la cabeza y me tumbé nuevamente en los escalones del porche.

—Claro, Dan.

Dan se aclaró la garganta como si fuera a escupir, pero no lo hizo.

—Debes entender que, en este valle, en estas montañas, hay un espíritu. Los indios shoshone y bannok de esta región le dieron un nombre que jamás logro recordar, así que solo lo llamaré espíritu. Cosas extrañas y peligrosas suceden aquí, pero solo a la gente que habita el valle. Como te dije la vez pasada, se presenta de una forma distinta según la estación. No es una cosa, por así decirlo, pero estará detrás de los extraños sucesos que desafortunadamente enfrentarás. —Dan dirigió la mirada hacia el bosque oscuro—. Nos corriste justo antes de que te hablara del verano, de lo que llamamos la estación de la «persecución del oso». Y como parece que ya aprendieron a convivir con el espíritu de la primavera, me saltaré esa parte. —Dan bajó el primer escalón del porche y se sentó trabajosamente, lo cual provocó una sinfonía de chasquidos y tronidos en sus rodillas y su espalda baja, sonidos de un hombre que ha vivido trabajando de sol a sol—. La persecución del oso se refiere a la manera como se manifiesta el espíritu de los meses más cálidos. Solo sucede si estás fuera de casa y podrás identificarlo al oír el aullido de un lobo asustado. Si sigues el sonido, tarde o temprano te encontrarás con un hombre como Dios lo trajo al mundo, quien se te acercará corriendo. La escena siempre es la misma: saldrá de entre los árboles desnudo, con el pájaro de fuera, y vendrá huyendo de un oso negro. Te pedirá ayuda a gritos, te rogará que le salves la vida, pero escúchame bien, pase lo que pase, no dejes que ese hombre se te acerque. Lo primero que tienes que hacer es ponerte detrás de algo que te separe de él, la cerca de tu casa es más que suficiente. Según lo que he visto a lo largo de los años, no puede abrir vallas ni puertas, ni trepar más de un metro. Pero, sin importar dónde se manifieste, se te irá encima, así que busca ponerte detrás de cualquier cerca, como la de los pastizales, o incluso de un tronco grande. Estarás bien siempre y cuando puedas mantener la distancia, porque el oso va a atraparlo.

Ya había escuchado a Sasha leer fragmentos de esa reseña en las notas que nos dejaron, así que, aunque no resultó ser una sorpresa, no supe cómo reaccionar; por lo que seguí fumando y asentí.

—¿Tienes un rifle?

La pregunta de Dan me sorprendió. Alcé la vista para verlo.

—Varios.

—¿De qué calibre?

—Bueno… Tengo un par de calibre .22, una Magnum .22, un par de 5.56, un rifle .308, un 30-06, otro Magnum siete milímetros. También…

Dan me interrumpió levantando las manos y asintió.

—Son muchos, cualquiera funciona. Solo asegúrate de tener uno en la puerta principal en todo momento, tal vez otro en el garaje y siempre lleva uno cuando vayas a trabajar en la tierra. Claro que, como un marine que vive en una región llena de osos y lobos, sé que de todas formas ibas a hacerlo.

Me obligué a decir lo único que me pasaba por la mente:

—Sí, señor.

Dan continuó.

—Te recomiendo mucho que le dispares al hombre desnudo.

Esto me sorprendió y estuve a punto de echarme a reír mientras lo miraba. Incrédulo, dije que no con la cabeza sin saber cómo responder ante tal sinsentido. Era muy extraño, pero Dan parecía decirlo seriamente.

—¿Dispararle al tipo?

Dan asintió una vez, lentamente.

—Si no lo haces, el oso lo alcanzará de todos modos, y ver cómo se lo come vivo mientras llora, se orina de miedo y te ruega que lo salves, bueno…, es desagradable sin importar cuántas veces lo veas. No te preocupes por el oso, no es una amenaza, el hombre es el peligroso. Es muy sencillo, no dejes que se te acerque a ti ni a Sasha, ¿entendido? Si lo hace, te hará pedazos. Lo bueno es que no es difícil librarse de él, no corre tan rápido ni tampoco el oso, solo llegan a trotar.

Cuando escuches el aullido, asegúrate de ubicar al oso y al hombre, ponte detrás de algo que te separe de él y dispárale. El oso se hará cargo de llevárselo. Eso es todo y este espectáculo solo sucede tres o cuatro veces cada verano, como la luz de la primavera.

Levanté las cejas y mantuve la mirada fija en el césped más allá de los escalones del porche. Hice un gran esfuerzo por obligarme a asentir en vez de gritarle a Dan otra vez. Me terminé el cigarro, pero no me molesté en pararme para apagarlo en el pasto, lo tiré en el sendero del jardín y lo pisé. Estaba al borde de la desesperación.

—Muchacho. —El nerviosismo en la voz de Dan me hizo mirarlo a los ojos—. Ya viste la luz dos veces y eso significa que las has sentido irse una vez que encendiste el fuego. Experimentaste la sensación en cuerpo y alma, como si te arrastrara una ola. Sé que es algo que no habías percibido antes, así que no pienses en negarlo. Si tienes criterio, sabes que no se trata de algo que un cuento de hadas pueda hacerte sentir. Esto es real y, por el bien de tu esposa, es mejor que hagan lo que les decimos.

Me había acorralado porque en eso tenía razón: esa sensación no era solo psicológica, sino tan física como cualquier otra que hubiera tenido.

Miré su rostro mientras él contemplaba el cielo nocturno. Respiró profunda y lentamente, saboreando el aroma del aire como si se tratara de una copa de vino. Asintió para sí mismo pausadamente, como si hubiera confirmado una corazonada. Habló sin dejar de mirar las estrellas.

—El verano está a la vuelta de la esquina, hijo. Se siente

en noches como esta, se puede oler en el aire, y es importante que recuerdes... —Dan bajó la mirada para verme sentado en las escaleras del porche—, la primavera es la parte más fácil.

TERCERA PARTE
Verano

12

Sasha

La luz se manifestó un par de veces más antes de que la primavera se convirtiera en verano, en circunstancias parecidas a las primeras dos. Harry y yo estábamos preparando la cena o viendo un programa cuando alguno pasó por la ventana de la recámara o del estudio que daba al sur, de cara a la pradera y al estanque, y vio la luz. Siempre actuamos de la misma manera y, por lo menos para mí, cada vez fue más sencillo. Dash parecía entender que se trataba de una nueva rutina.

Harry también lo aceptó sin hablar mucho al respecto. Me sentía frustrada. Ambos estábamos enfrentando los mismos sucesos descabellados, pero en su reticencia lo veía luchar y aferrarse a la idea de que esto era un fraude. Como si la incredulidad fuera un salvavidas. Revisó sus cámaras de caza en cada aparición, pero nunca registraron nada, porque la luz no era motivo suficiente para activar el sensor de movimiento, y eso lo fastidiaba más y más.

Hacia finales de mayo, mi esposo y yo empezamos a hablar más de la siguiente manifestación del espíritu. Dan y Lucy la llamaron la «persecución del oso» y la describieron en términos muy aterradores. La noche en que Harry explotó y les gritó a Dan y Lucy cuando llegaron por nuestra cerca, nos dejaron unas notas que detallaban las apariciones de verano y otoño, así como las extrañas indicaciones que debíamos seguir según fuera el caso. También nos comentaron que el invierno era la «temporada baja» y el alivio que era tener una tregua de esta locura hasta el principio de la primavera.

En algunas ocasiones, con el café de la mañana o después de cenar, iba por las notas, las leía en voz alta y trataba de hablar acerca del tema. En su defensa, debo decir que su respuesta, «¿Cómo diablos voy a saberlo?», era la adecuada a prácticamente cualquier pregunta que pudiera plantearse con relación a las notas.

Una tarde a finales de mayo, estaba trabajando en el pequeño invernadero de cuatro por cuatro metros que Harry instaló al lado de las camas de cultivo. Él reorganizaba un cobertizo y Dash ladraba como loco en una esquina de la cerca. Para cuando me di cuenta de dónde estaba el perro y le empecé a gritar a mi esposo, él ya se había ido a la casa y venía de regreso por las escaleras del porche de afuera de la cocina con uno de sus rifles. Mientras yo trataba de calmar a Dash y miraba en la dirección de sus ladridos, Harry ya había puesto el cañón del rifle en un orificio de la cerca que rodeaba el patio, con los ojos puestos en la mira. Con calma mencionó una palabra que casi paró mi corazón.

—Oso.

Mi mirada iba y venía de la dirección hacia donde apuntaba el rifle a la cara de mi esposo.

—¿Dónde, Harry, dónde?

Respondió en voz baja y con calma.

—Por el álamo grande y muerto a lo largo la cerca, a doscientos metros, hay una osa negra. Estás a punto de verla.

Miré en aquella dirección, encontré el árbol al que pensé que se refería y, de hecho, unos segundos después, distinguí una enorme masa negra en un claro al pie del árbol. Mi corazón latía a toda velocidad. Aún era mayo, todavía era primavera, pero mi mente de inmediato pensó en el ritual del espíritu del verano del que Dan y Lucy nos hablaron, «la persecución del oso». Miré el rostro de mi esposo sin saber qué decir. El enojo en Dash había disminuido y ahora sus ladridos eran más sosegados y los intercalaba con gruñidos graves.

Incluso antes de conocer a nuestros vecinos, sabíamos que ver osos negros o pardos en esta región era algo que sucedería tarde o temprano, por el solo hecho de vivir aquí. Pero, a causa de todo lo que habíamos aprendido, no podía ni hablar.

—Tiene oseznos. Un par. Ven a verlos.

Sentí un enorme alivio. Crecí en una zona atestada de osos negros y, pese a que una hembra con cachorros es lo último con lo que quieres toparte, al menos se me quitó el miedo de que la situación fuera a evolucionar en algo extraño e incluso traumático.

—Ven a ver.

Harry se hizo a un lado sin dejar de sujetar el rifle, para que no se moviera de lugar, y me hizo un gesto para que los observara por la mira. Cuando lo hice, los pude ver con mayor claridad. La madre estaba en el claro, mirando en nuestra dirección y de vez en cuando detrás de sí, donde estaban sus oseznos. Vi a uno ponerse de pie sobre sus patitas traseras para lamer la savia del tronco blanco del álamo.

—¡Guau! Nuestro primer avistamiento de osos en Idaho.

Levanté la mirada hacia Harry, que me sonrió asintiendo.

—Nuestro primer oso.

Harry se agachó y con las dos manos acarició las mejillas de Dash.

—Eso es, eres un buen chico, gracias por avisar.

Dash lo miró como si se tratara de un general de quien esperaba recibir órdenes. Era conmovedor. Mi esposo se puso de pie y tomó el rifle.

—Da unos dos pasos hacia atrás y tápate los oídos.

Negué con la cabeza totalmente sorprendida.

—¿Qué? ¿Por qué? ¿Vas dispararle?

Se rio.

—Por Dios, Sasha, no, solo voy a asustarla. Debes confundirlos y espantarlos. No quiero que una osa con sus cachorros ande merodeando por aquí, y tú tampoco.

Tenía razón. Recuerdo que los alguaciles de mi pueblo natal nos decían que hiciéramos eso, que los atemorizáramos, les arrojáramos cosas y hasta que disparáramos con pistolas de pintura para ahuyentarlos. Estoy segura de que he escuchado a los biólogos del estado referirse a eso como un «condicionamiento aversivo». Hacerlos recelar de la gente los protege a largo plazo. Harry me hizo una seña para que retrocediera.

—Espera, Harry, ¿qué hay de Dash? No quiero que se altere.

Me sonrió primero con burla y luego con benevolencia.

—Sash, es un perro de caza. He disparado fusiles junto a su cabeza miles de veces y tú me has visto hacerlo al menos cien veces. Apenas escucha el sonido y se entusiasma porque lo relaciona con el hecho de recuperar un ave cazada.

Muy bien.

—Cúbrete los oídos, nena, esto hace un sonido fuerte.

Me puse las manos en las orejas y vi que en un abrir y cerrar de ojos Harry jaló y corrió el cerrojo del rifle. Lo colocó en su hombro, miró hacia donde estaba la osa y se puso detrás de la mira. Un segundo después, en cuanto Harry tiró del gatillo, vi cómo la fuerza del estallido sacudió su cuerpo y sentí en la cara la presión de la detonación, que de todas formas me sobresaltó.

Me destapé los oídos y me sorprendió el eco del estruendo del disparo, que recorría las montañas a través del aire de la tarde.

Volteé para ver el lugar donde estaban la osa y sus cachorros, que se alejaron de nuestra cerca, regresaron a toda prisa al parque nacional y desaparecieron entre los árboles uno tras otro. Como si fuera una señal, Dash se echó a correr de un lado a otro junto a la valla a toda velocidad, con el hocico abierto de oreja a oreja, a la espera de que Harry le indicara dónde encontrar el supuesto faisán. Harry le gritó:

—Lo siento, amiguito, esta vez no hay un ave. Pero se acerca la temporada, así que aplaudo tu entusiasmo.

Harry jaló el cerrojo del rifle y este lanzó un proyectil de latón vacío al pasto, el cual recogió de camino hacia mí. Le sonreí con ansia e incertidumbre.

—¿Qué? Le disparé al árbol muerto, a 12 metros de donde estaban los osos, están bien.

Moví la cabeza y me reí.

—No, sé que no le disparaste al oso. Es solo que…, no sé, me imagino que esperaba ver a un hombre desnudo correr hacia la pradera.

Como respuesta, Harry apretó los labios y se encogió de hombros.

—No será esta vez. Aquí hay osos, como donde vivías. No todos son títeres de un fantasma de la montaña.

Puse los ojos en blanco y lo tomé de la mano.

A la noche siguiente estábamos jugando a las cartas en la mesa de la cocina después de cenar. Al terminar de jugar, miré a Harry y le dije:

—Quédate aquí. —Me miró confundido mientras me encaminaba a la oficina y tomé una copia de la guía de Dan y Lucy.

Cuando vio lo que estaba llevando a la mesa, arqueó las cejas, pero levanté mi dedo índice hacia él.

—Silencio, Harry. Voy a leer esto y tú y yo vamos a hablar.

En broma, alzó las manos en señal de rendición.

—Muy bien, vamos a escuchar qué dicen.

Lo miré, entrecerrando los ojos, y luego bajé la vista a la hoja, me aclaré la garganta y leí el extraño manual. Lo abarcaba todo, desde la apariencia del hombre desnudo hasta el tipo de cosas que podías interponer entre él y tú, la velocidad extrañamente lenta de la persecución del oso y por qué nuestros vecinos creían que el oso «estaba de nuestro lado».

Bajé las notas y observé a mi esposo, quien se había cruzado de brazos, asentía con calma y me miraba sin expresar ninguna emoción perceptible.

—Entonces..., ¿qué opinas? ¿Y si esto está a punto de suceder? Considera la posibilidad por un minuto y platiquemos. Dan y Lucy dijeron que íbamos a ver una luz en el estanque y la vimos. Comentaron que, cuando prendiéramos una fogata, la luz desparecería y pasó. Afirmaron que sentiríamos algo cuando la luz se apagara y así fue. Creo que al menos deberíamos hablar de lo que haremos si esto también es real. ¿Tienes algún inconveniente razonable para que no lo hagamos?

Levantó las cejas, ladeó la cabeza y me sonrió con reticencia, de una manera que significaba «okey, entiendo el punto». Respiró hondo antes de responder.

—Mira, si esta estupidez va a pasar, tendremos que actuar en el momento, cariño. Pensémoslo por un minuto... —Harry puso sus manos sobre la mesa como si fueran dos líneas paralelas—. Nuestra propiedad está al lado de un parque nacional, los senderos de la montaña más cercanos están a casi dos kilómetros de donde nos encontramos; literalmente decenas de miles de excursionistas, campistas, alpinistas, esquiadores, jinetes, recolectores, fotógrafos, cazadores, pescadores, oficiales estatales y federales, y muchos más, usan el sistema de veredas. Además, como vimos ayer, hay osos reales en la zona. Así que es posible, aunque la probabilidad sea baja, que un oso auténtico termine persiguiendo a una persona de carne y hueso. No voy a acatar la orden de matar a un extraño perseguido por un oso, esté desnudo o no, porque eso sería... una maldita locura, amor.

Tenía un buen punto. Asentí y por un momento guardé un silencio receptivo, pero quise insistir. Él lo notó y, antes de que pudiera hablar, se inclinó hacia adelante, apoyó los codos en la mesa y continuó.

—Dicho lo cual... —Dejó de sonreír y me miró a los ojos—. Creo que la idea de que esto suceda cuando estés sola hace que sea razonable que me involucre con auténtico interés en este disparate. Además, en este lugar hacer planes para las contingencias de la vida real nos hará sentir mejor. A ver, ya hemos hablado de los protocolos en el caso de que se acerquen osos negros o pardos, lobos, alces, pumas o una jauría de coyotes... Así que, ¿por qué no establecerlos para esta tontería también?

Crucé los brazos y le sonreí.

—Gracias, señor.

—Y si las cosas suceden tal y como predijeron Dan y Lucy en su manifiestito siniestro, entonces... le dispararé al hombre desnudo antes de que nos haga daño. ¿Te parece bien?

Dije que sí con la cabeza.

—Muy bien. —Me quedó claro que había reflexionado en esto a solas y que hasta había ensayado el discurso en su cabeza—. ¿Así que has estado pensando en esto e incluso lo estás tomando un poco en serio?

Se encogió de hombros.

—Estos días tengo mucho tiempo para pensar en bobadas.

Le devolví la sonrisa sin saber qué decir y después de un rato concluí:

—Esto es una locura total.

—¿Cómo describió Lucy la «manifestación del verano»?

134

Estoy seguro de que le preguntaste al respecto.

Harry tenía razón, pero sería más preciso decir que «le saqué toda la información». Esa noche, y durante los días que siguieron, le conté a mi esposo cada detalle de la conversación que pude recordar.

Un par de días después de que nuestros vecinos vinieran a causa de la segunda aparición de la luz, Lucy llamó a la casa por la tarde para preguntarme si quería ir a caminar con ella al día siguiente. De inmediato le dije que estaría encantada y quedamos en vernos alrededor de las dos de la tarde, en un punto entre el acceso a nuestro terreno y la cerca que rodea sus pastizales y da al camino que conduce hasta el sendero del parque nacional. Mi esposo desconfió un poco cuando entró esa tarde y le conté el plan. Le dije que eran nuestros vecinos y que necesitábamos conocerlos mejor si íbamos a vivir en un lugar como este, y no me contradijo, pero hizo la broma de que estaba considerando ponerse su vieja ropa de combate y arrastrarse pecho tierra fuera de nuestra vista, en caso de que Lucy tratara de comerme.

Al día siguiente sentía una emoción infantil por pasar tiempo con ella. A pesar de todo lo extraño que estaba ocurriendo, no tenía por qué cambiar la primera impresión tan genuina que me había dado. Se veía tan sabia, tan sensata. De hecho, cada vez me sentía más atraída por su personalidad y hasta por su manera de hablar.

Tomé el aerosol para osos y mi mochila de hidratación, le puse la correa a Dash y nos dirigimos al camino para encontrarnos con ella. La vi caminar hacia mí cuando me acerqué a su propiedad.

Como lo esperaba, fue encantadora, fascinante y sabia, y puse toda mi atención en lo que me decía mientras nos dirigíamos hacia el acceso a mi casa, que pasamos de largo de camino al sendero del parque nacional. Dash iba brincando frente a nosotras, perseguía ranas y seguía su rutina de perro en el paraíso.

Quiso saber en detalle cómo nos estábamos adaptando y cómo estaba procesando Harry tantas rarezas. Me contó que creció en un rancho de ovejas a unos condados de aquí, que conoció a Dan en un baile organizado por los Veteranos de Guerras del Extranjero en Rexburg, poco después de que Dan saliera de la armada, y cómo fue administrar un rancho ganadero. Se interrumpía cada vez que encontraba una flor, un helecho o un árbol, y se tomaba un momento para señalar su estacionalidad o alguna otra característica especial. Llevábamos menos de media hora caminando y ya estaba enamorada de ella, de la manera en que conversaba, cómo me miraba para escucharme, su entonación de las palabras, la forma en que veía la tierra y se conducía.

Hablaba un dialecto rural muy natural e informal, lleno de modismos y expresiones viejas y cursis, el cual para mi asombro estaba salpicado de un vasto vocabulario que sugería que debía ser una lectora asidua. Nunca había escuchado a nadie hablar como Lucy.

Cuando le pregunté si ella y Dan tenían hijos, me dijo que no, en gran medida porque ambos tuvieron infancias difíciles. También dijo que «criar hijos en un lugar así, bueno…, sería muy difícil, dadas las extrañas circunstancias».

Me miró y me preguntó:

—Y ustedes, ¿están pensando en tener hijos?

Me encogí de hombros.

—Sí, o sea, Harry en verdad quiere. Supongo que yo también, más o menos. El tiempo ha pasado muy rápido en estos últimos años, desde que salimos de la universidad. No sé, creo que no ha llegado el momento. Mi esposo no me presiona ni nada, pero toca el tema con bastante frecuencia.

Asintió y alzó la mirada hacia el camino.

—Bueno, ya sabrán qué hacer, estoy segura. Algunas veces, por la mañana, deseo haber tenido hijos, lo siento en el cuerpo. Luego, cada verano que veo al hombre desnudo…, me siento muy feliz de no haber puesto a mis hijos en esa situación. —De pronto tomó mi brazo suavemente y me sonrió con calidez—. Con esto no quiero decir que lo vea mal. Espero que no se haya escuchado como una crítica a su deseo de criar a sus hijos aquí. Creo que podrían hacerlo y que lo harían bien. Eso solo que…, bueno, creo que no hubiera tenido el valor, y no me arrepiento de haber tomado esa decisión.

Le regresé la sonrisa.

—Te entiendo, o eso creo…

Cuando llegamos a la cima del valle, nos tomamos un tiempo para apreciar la hermosa vista. A partir de ahí, el camino empezaba a emparejarse, hasta llegar al sendero y al estacionamiento. Lucy señaló la finca del rancho Berry Creek, el hogar del misterioso Joe. Miré a mi vecina.

—¿Así que Joe y su familia fueron quienes les enseñaron a Dan y a ti sobre el espíritu y las reglas y los rituales a seguir?

Lucy asintió.

—Joe y su familia fueron quienes nos llevaron de la mano

en el proceso. Joe es un hombre reservado pero bondadoso. Mantiene a la gente cerca de él, lo cual es natural en este valle. Han estado aquí por tanto tiempo que, de alguna manera…, son los guardianes de la sabiduría sobre el valle y el espíritu. Eso es una gran carga y responsabilidad para ellos. Creo que eso explica en parte por qué Joe, su padre y su abuelo empezaron a comprar las demás propiedades en los alrededores, para no ver a más gente mudarse y que se involucrara en esta… realidad incómoda. De hecho, si tú y Harry no hubieran tomado la casa de los Seymour tan rápido, estoy segura de que Joe la habría comprado. Él estaba en Montana cuando la propiedad salió a la venta y no se había molestado en contactar a la compañía de bienes raíces desde que se mudaron los Seymour, así que nunca recibió la notificación de manera oportuna. —Tenía miles de preguntas, pero quería plantearlas con cautela. Por suerte, Lucy continuó sin reparos—. Así que, en efecto, Joe nos enseñó a vivir aquí, a sobrellevar al espíritu y las estaciones, y cuando los Seymour compraron la que ahora es tu propiedad, en 1996, nos ofrecimos a compartir el conocimiento con ellos, propuesta que Joe aceptó con gusto. Así que ustedes son la segunda familia a la que hemos dado… la bienvenida al redil. Creo que Joe se sintió aliviado al cedernos la carga. Supongo que preferiría aislarse y concentrarse en su rancho, sus hijos y nietos. —Lucy alzó la vista y me sonrió compresiva—. Pero créeme, Sasha, esto es igual de extraño para Dan y para mí, en serio. No es fácil mirar a los ojos a dos personas inteligentes y contarles la verdad sobre un espíritu. Ni por un segundo pienses que ignoro que eso nos hace ver como un par de locos de atar. Lo entiendo bien, pero es importante que sepan todo. —La expresión de Lucy se tornó seria—. Si no están al tanto de lo que deben hacer cada temporada, pueden pasar cosas terribles, Sasha, horribles de verdad.

Vi la oportunidad de hacer una de las preguntas que me había estado volviendo loca y la tomé.

—Lucy, ¿qué pasa si no seguimos las reglas? En el caso de la luz, ¿qué sucede si no prendemos el fuego? Sé que nos comentaste que tendríamos que cubrir las ventanas si escuchábamos los tambores y que no dejáramos entrar nada ni a nadie, pero ¿qué pasaría si no hacemos ninguna de esas cosas?

Lucy no volteó para verme ni cambió la expresión de su rostro, solo se quedó mirando el valle a sus pies. Pasó el tiempo, empecé a sentirme incómoda y, cuando estaba a punto de cambiar de tema, me miró.

—Nada bueno, Sasha. Por eso se fueron los Seymour, ¿sabes? Siguieron las reglas al pie de la letra durante varios años, lo hicieron muy bien, pero fue difícil con los niños. Al final, en la primavera del año en que se fueron, no encendieron el fuego a tiempo y… pagaron el precio. Nadie en la familia murió ni salió lastimado, gracias a la intervención de Dan y Joe, pero eso los motivó a marcharse. En menos de dos días ya habían llenado su camioneta con todo lo que pudieron, nos llamaron para avisarnos que se marchaban y huyeron a toda prisa.

No sabía qué decir.

—Pero ¿qué pasó? ¿Qué hicieron y qué fue lo que evitaron Dan y Joe?

Esa fue la única ocasión durante esa caminata que vi a

Lucy ponerse nerviosa. Se mordió el labio, bajó la mirada al suelo por unos segundos y después volteó para verme.

—Sasha, tendrás que disculparme, pero me gustaría pensar en la manera de responder esa pregunta. Prometo que lo haré, pero primero necesito conocerte un poco mejor, espero que lo entiendas.

Me sorprendió su respuesta, pero solo asentí.

—Claro, Lucy, no hay problema. No quiero meterme en lo que no me importa…, lo que pasa es que esto es tan… loco que quiero saber a qué me enfrento. Quiero saber quién nos amenaza a mi esposo y a mí…, de qué tipo de peligro se trata.

Lucy asintió con la cabeza, tomó mis manos en las suyas y me vio a los ojos.

—Te diré lo siguiente: si haces exactamente lo que les dijimos, cada estación y cada vez que el espíritu se presente, no estarás en peligro y todo irá bien. Sé que esto es demasiado, que es totalmente aterrador; no voy a mentirte, el verano y el otoño son más difíciles que la primavera, y quiero que sepas que Dan y yo haremos todo lo que esté en nuestras manos para asegurarnos de que tú y Harry estén a salvo. ¿Está bien, Sasha? Te lo prometo con el corazón.

Pese a que no suelo hacerlo, en ese momento confié en ella de inmediato. Sentí que podía ver su alma, y cada parte de mi cuerpo y ser creyeron que me hablaba con honestidad. Pude sentir que las lágrimas se asomaban a mis ojos, pero me contuve.

—Gracias, Lucy, de verdad.

Me habría gustado seguir interrogándola acerca de los Seymour y lo que fue de ellos cuando se marcharon, sobre

Joe y su familia, de por qué el espíritu desaparece en invierno, y hablarle de lo que yo sentía, sobre cada pequeño detalle de esa locura que me había pasado por la mente en las semanas anteriores, desde que ella y su esposo fueron por primera vez a nuestra casa y nos contaron todo. Sin embargo, me imaginé que habría más caminatas y más charlas.

Emprendimos el camino de regreso a casa lentamente, mientras le lanzaba una vara a Dash. Le conté a Lucy cómo nos conocimos Harry y yo, sobre el paso de mi esposo por el Cuerpo de Marines y acerca de la relación tensa o casi inexistente con mis padres. Ella me escuchaba atenta y me hacía preguntas que demostraban un interés sincero. Pero yo tenía una pregunta más que quería plantearle, una que no podía esperar hasta nuestra próxima reunión.

Cuando estábamos por llegar al acceso a mi propiedad, volteé para ver a Lucy y le pregunté directamente.

—Lucy, ¿hay alguna manera de… derrotar al espíritu o, más bien, de neutralizarlo de manera permanente?

Mi vecina alzó la mirada hacia mí con lentitud, con una expresión en su rostro que no pude definir.

—No, Sasha, no creo que se pueda. Créeme, le hemos hecho a Joe la misma maldita pregunta cientos de veces de muchas formas distintas y se limita a decirnos lo que yo te comenté: «No, pero, si siguen las reglas, estarán bien. El espíritu forma parte de esta tierra, como el clima, como las estaciones».

No quedé contenta con su respuesta, pero tampoco insistí. Nos despedimos y me pidió que me pusiera de acuerdo con Harry para ir a cenar con ellos. Me dijo que le gustaría que la visitara para que me enseñara a montar sus caballos y pudiéramos cabalgar juntas. Estaba muy emocionada con el plan y le prometí que lo haría.

Esa noche, y durante los días que siguieron, le conté a Harry cada detalle de nuestra conversación y me escuchó con genuino interés. Lo pude notar en las preguntas que me hacía, cuando me pedía más detalles, y me sugirió algunas preguntas para mi próximo encuentro con ella. Sin embargo, creo que su recelo respecto a ciertos detalles, como lo que hizo que los Seymour se marcharan, solo sirvió para recrudecer sus sospechas acerca de Dan y Lucy, o al menos su creencia de que no nos estaban diciendo toda la verdad.

Solo me quedé con una cosa de aquella tarde que compartí con Lucy, el único tema que en verdad me inquietaba, del que quería saber más y sobre el que estuve dándole vueltas en la cama por varias noches seguidas, y era lo que les sucedió a los Seymour antes de que se fueran.

Tomé la decisión en unos días. Iba a encontrar a los Seymour y a averiguarlo por mí misma.

13

Harry

Aquí, la transición de primavera a verano es sutil pero decisiva. Los atardeceres son más largos, los grillos comienzan a cantar, las flores silvestres empiezan a abrirse y el polvo se queda en el aire más tiempo. Entonces, de repente, caminas al aire libre por la mañana, ya no ves tu aliento y puedes oler que el verano ha llegado. Es el momento favorito de Sasha, como la amante del sol que es.

Me daba gusto que Sasha disfrutara de la compañía de Lucy. Se notaba que le tenía admiración y que se había encariñado con ella muy pronto. A mí también me agradaba Lucy, incluso Dan, pero aún no estaba listo para comportarme como su gran amigo y me resistía a sus esfuerzos por conocerme más.

Para principios de junio, Dan y Lucy venían sin avisar al menos una vez por semana y nos traían pan fresco o una herramienta que les sobraba y tenían por ahí. A pesar del enorme estrés, la confusión y la frustración que habían traído a mi vida con su cuentito de miedo, era innegable que en todos los demás aspectos eran unos vecinos increíbles.

Dan estaba muy ocupado haciéndose cargo del ganado con la ayuda de algunos trabajadores temporales. Tan solo la irrigación era un trabajo de tiempo completo, por no hablar de todo lo demás que se tenía que hacer. Por lo que pude enterarme de su día a día, me impresionaba la manera en que estaba al tanto de todo. Entretanto, yo me mantenía un poco alejado de la relación entre nuestras familias.

Sasha comenzó a verse con Lucy para dar un paseo por las tardes por el camino que conducía hacia el parque nacional. Dash las acompañaba mientras buscaban champiñones, pájaros, flores y hablaban de la vida. Al principio tenía mis dudas y le expresé mi preocupación de que confiara tanto en ella. Pero Sasha siempre ha sido mejor para conocer a las personas. Tiene mucha más sensibilidad social que yo, es mucho más perceptiva cuando se trata de leer a las personas y, desde antes que nos mudáramos aquí, había confiado en sus instintos casi por completo y sin dudarlo. Así que decidí que debía confiar en que tomara sus propias decisiones. Sin embargo, insistí en que se llevara a Dash con ella cuando estuviera con esos dos.

Dash puede parecer un *golden retriever* bastante despreocupado, pero nuestra pequeña bestia es un protector feroz de Sasha. Al cazar con él durante los últimos cinco años, lo he visto enfrentarse a varios coyotes. He visto la rapidez con la que le gruñía y tiraba la mordida a algún borracho o pordiosero que se le acercara mucho a mi esposa en Denver. Sabía que cuidaría de ella.

Parte del trato que Sasha hizo en su trabajo, a cambio de que le permitieran crear un puesto remoto para sí misma, era que viajara a Denver una vez al trimestre durante más o menos una semana, al menos por el primer año. En ese momento se agendaban las reuniones presenciales más importantes, con los ejecutivos de las compañías para las que ella fungía como gerente de cuenta.

Le programaron el primero de estos viajes para la tercera semana de junio y le compraron el boleto con mucha anticipación, prácticamente la semana cuando nos mudamos. Hace apenas un mes estaba muy emocionada por hacer estos viajes, a mí me daba gusto por ella. Es una persona muy sociable, sabía que extrañaba a mucha gente, así que pensé que los viajes serían un descanso necesario de la soledad que significa la vida en el rancho, un cambio de escenario, comer en un buen restaurante y pasar algo de tiempo con sus amigos.

Sin embargo, durante las últimas semanas su entusiasmo había disminuido, empezó a ponerse nerviosa y buscaba cambiar el viaje o posponerlo. Sabía que le preocupaba que yo me quedara solo por una semana con la locura del espíritu en pleno apogeo, pero la convencí de que no se podía aferrar a quedarse en la propiedad para siempre. La noche anterior a su partida estaba muy nerviosa de que me quedara solo, así que me dispuse a usar su lógica contra ella.

—Vamos, Sash. Tú eres la más comprometida en vivir en esta tierra de manera activa y vivir en armonía con esta estupidez del espíritu estacional sin dejar que domine nuestras vidas. No puedes decirme que el proceso incluye no volver a viajar, ¿o sí? Además, tú querías seguir trabajando y que funcionara. Estas reuniones son parte importante de eso.

Ella sabía que tenía razón, pero estaba angustiada.

—Lo sé, Harry, es solo que... es verano. Y no quiero que te quedes solo aquí, con la locura de la persecución del oso.

Me miró para evaluar mi reacción y vio que acertó cuando puse mis ojos en blanco.

—Cuando el hombre desnudo llegue corriendo, le ofreceré una cerveza y le daré una pipa de mariguana. Creo que necesitamos drogarlo y, por qué no, presentarle unas chicas, ya sabes, hacer que se relaje un poco, hombre, ¿me captas?

Trató de mirame con severidad, pero no pudo evitar reírse.

—Harry, no puedes burlarte de esto mientras no esté aquí, en serio.

—Voy a burlarme de esta ridiculez en cualquier circunstancia y siempre que me dé la gana hacerlo, mujer.

Por decir eso me aventó a la cama. La extrañaría y, aunque aún estaba convencido de que estas estupideces solo eran mentiras, estaría alerta. Para ser honesto, había pensado en que, si la persecución del oso era real, lo daría todo para que Sasha no estuviera cerca. Dan y Lucy lo describieron como algo verdaderamente aterrador, así que, si sucedía, la apoyaría para que pasara cada verano lejos de este lugar, aunque también empezaba a pensar que, después del primer encuentro, quizá solo nos quedaríamos el tiempo necesario para meter nuestras cosas en la camioneta e irnos.

A la mañana siguiente llevé a Sasha a Idaho Falls. Era muy bueno tener un aeropuerto a una hora y quince minutos de la casa, y de ahí salían tres vuelos diarios a Salt Lake, de donde podías ir a cualquier lado. Desde que nos mudamos, manejar hacia esa terminal me hizo sentir por primera vez que, después de todo, no estaba tan alejado de la sociedad. Le di un fuerte abrazo y un beso antes de que se fuera. Sostuvo mi cara en sus manos y me miró.

—Harry, no puedes olvidarlo, y lo digo en serio.

—¿Olvidar qué?

—El plan que acordamos.

Quedamos en que siempre que alguno de los dos estuviera afuera del patio cercado durante el verano llevaríamos un rifle y no escucharíamos música ni *podcasts* con audífonos.

—Recuerda que nuestro plan, Harry, no solo se aplica para mí, ¿okey? Prométeme que tendrás un fusil a la mano mientras trabajes y que no escucharás música, ¿sí?

—Lo prometo, amor. Iba a llevarme uno de todos modos, recuerda que los osos reales del mundo ya están muy despiertos y en busca de un bocado.

La miré caminar hacia la terminal y voltear hacia atrás para mandarme un beso. Iba a extrañarla, pero más me entusiasmaba la idea de estar solo.

A la mañana siguiente planeaba retirar los escombros que se habían acumulado por una década en el lecho del arroyo y en el desagüe que pasaba por debajo de la entrada.

Cuando desperté, llamé a Sasha para reportarme y ella me recordó que no debía escuchar música y que cargara con el rifle. Le prometí que así lo haría. Alimenté a Dash, desayuné y tomé un café, también empaqué un sándwich para el almuerzo. Me di cuenta de cómo necesitaba yo también de algo de tiempo para mí. Mi estrés se había incrementado de manera inconsciente, porque sabía que Sasha estaba muy cerca de cosas inexplicables y presuntamente peligrosas que yo no podía controlar. Con ella en otro lugar, podía sentir cómo el estrés disminuía.

Fui al cobertizo y empecé a equipar la carretilla con una pala, un rastrillo, un pico y una barra para jardinería, y después fui hacia la caja donde guardaba mis armas. La abrí, saqué mi rifle de caza .30-60, pero me detuve cuando pasé la mano por el cañón de una de las carabinas 5.56 que había hecho a lo largo de los años.

No te permiten quedarte con armas del servicio cuando te «retiras» del ejército, pero si hubiera tenido la opción, con gusto habría elegido quedarme con mi rifle, a cambio de la «baja honorable», escrito con letras elegantes en la parte superior del certificado de baja del ejército DD 265. Me sentía desnudo y solo sin él. Una semana después de haber regresado a la vida de civil, empecé a armar un fusil que fuera lo más parecido posible a la carabina M4 con la que combatí en Afganistán y desde entonces he armado muchas más.

Dejando a un lado la cadencia de tiro, estos rifles eran lo más parecido posible a los que usaba en el servicio. Misma empuñadura, culata, riel, cañón, correa, y casi me gasté todo mi sueldo en una mira telescópica. La única diferencia real entre el que tuve en Afganistán y este era que el que tenía ahora rechinaba de limpio. Es increíble lo pulcro que se mantiene un rifle cuando no vives en medio de montañas polvosas ni lo usas como un tercer brazo.

Lo retiré de su funda para sentir su familiar peso en mi mano. El hecho de solo sujetar el fusil y sentir su contorno era como el olor de la casa de los abuelos, o algo por el estilo, una nostalgia familiar. Creo que es como mi manta de seguridad.

Entonces pensé: «¿Por qué no?», y tomé un cargador y caminé hacia la carretilla, dejé el rifle sobre las herramientas, pero luego lo empujé hacia abajo deliberadamente para que se raspara un poco, para darle algo de carácter.

Por las siguientes cinco horas, Dash y yo nos la pasamos dragando el canal del arroyo, que estaba lleno de troncos, ramas, hojas, raíces y rocas que lo habían obstruido a lo largo de los últimos diez años. La escorrentía del inicio del verano hacía que la corriente de agua fuera espesa y helada, pero, como hacía mucho calor, daba gusto hacer ese trabajo y el perro estaba más contento que un cerdo en el lodo y jugaba en el agua, tomaba siestas en el banco del riachuelo y perseguía a los saltamontes.

Más tarde ese día caminé hacia la ladera desde el arroyo, hasta una roca que sobresalía en el horizonte. Me senté, bebí el agua de golpe y devoré el sándwich que llevaba. Dash estaba acostado a mis pies, mientras le quitaba el lodo de sus patas. De pronto se incorporó, lo cual me puso los pelos de punta. Miró al sureste hacia el límite del bosque que colindaba con el parque nacional.

Miré hacia el mismo lugar y no vi nada. No puedo negar que lo primero que me pasó por la cabeza fue «¿Se trata del hombre desnudo, amigo?», pero no había rastro del oso ni del tipo. Me quedé sentado un rato mirando el límite del bosque, aguzando mis sentidos, pero todo lo que podía escuchar era el sonido de la corriente que competía con la cadencia sinfónica de los grillos.

Me puse de pie y Dash me miró. Le dije:

—Oye, amiguito.

Tomé una rama del pasto, la sostuve a una altura que casi tocaba su nariz, le sonreí y la tiré cuesta abajo, hacia la pradera donde había dejado la carretilla junto al arroyo. No se movió y ni siquiera siguió el palo con la mirada. Solo me miró a los ojos fijamente y se volteó hacia el límite del bosque. Sentí una descarga de adrenalina por todo el cuerpo.

Debo decir que este perro ha estado a mi lado por casi seis años. Su afición por traer cosas es total, incurable, es un adicto patológico. Nunca, y quiero enfatizar, nunca, ni una sola vez en la vida ha perdido la oportunidad de ir por un objeto arrojado por una persona. Puede estar profundamente dormido en el patio, y si alguien lanza algo sin hacer ruido, un instinto primario manda la señal a su cerebro de que hay algo que atrapar. Así que, cuando no lo hace, significa que está extremadamente enfermo o que hay algo de suma importancia que ha captado toda la atención de su cerebro perruno. Volteé hacia el límite del bosque.

—¿Qué es, amigo?

Dash me miró por unos instantes, después volteó hacia al bosque y empezó a bajar la cabeza, pero no la mirada. Esa era la señal de que había algo sospechoso que debíamos tener en la mira, y por fin logré verlo.

Descendí por la ladera a toda velocidad desde donde me había sentado a tomar el sol, en dirección a la carretilla que había dejado junto al riachuelo y que traía mis herramientas y mi fusil. Le grité a Dash para que me alcanzara.

Con facilidad me rebasó en la carrera hacia al arroyo y regresó a su postura de «hay algo sospechoso por allá», con la mirada fija en el bosque.

La memoria muscular se apoderó de mis dedos en el instante en que toqué la empuñadura del rifle. Con un movimiento que conocía muy bien, me pasé la correa sobre el hombro, metí de golpe el cargador y, mientras me daba media vuelta, tiré de la manija de carga, quité el cerrojo con el pulgar y me apoyé en una rodilla cuando me coloqué la culata en el hombro y el ojo en la mira. Examinaba el límite del bosque, tratando de oír y, en ese preciso instante, los grillos dejaron de cantar.

No estaba seguro de que eso me hubiera sucedido antes. Cuando caminas muy cerca de un estanque por la noche, las ranas se callan, pero los grillos nunca lo hacen, menos en el calor del día.

Entonces oí lo último que quería escuchar, un hombre gritaba. El sonido parecía venir del este o del sureste. No se distinguía palabra alguna, pero el tono se podía distinguir con claridad, era pánico.

Mi corazón se desbocó de inmediato y sentí cómo el rostro se me entumía por la adrenalina. Caminaba de espaldas con el rifle en el hombro mientras le gritaba a Dash que me siguiera.

El riachuelo se extendía unos treinta metros en la dirección hacia la que me estaba moviendo. Luego desembocaba en un enorme cauce que pasaba por debajo de la entrada y se conectaba con el canal natural que dividía el pastizal del lado opuesto.

Justo había reforzado considerablemente la cerca del ganado alrededor de la entrada. Ahora lo que quería era pasar al otro lado de esa cerca. La frase «Felicidades, Dan, me traes corriendo como alma que lleva el diablo con tu espectáculo del espíritu guardián» pasó por mi mente por un instante, pero se vio interrumpida cuando la primera palabra reconocible se escuchó entre los gritos de terror: «¡Ayuda!».

Me encontraba en un pequeño surco del arroyo, de tal manera que la pradera hacia el sureste quedaba oculta detrás de un montículo, sin embargo, sabía que de ahí venía el alboroto. Quizá ya estaba a unos veinte metros de la cerca, pero Dash no se había alejado de la carretilla, desde donde ladraba en dirección a los alaridos, con las patas separadas, la cabeza baja y pelando los dientes como un coyote.

Le agregué mucha más fuerza a mi rugido: «¡Ven, DASH!», lo que funcionó porque por fin se dio la media vuelta y se apresuró hacia donde yo estaba. En cuanto vi que mi perro empezaba a moverse, también di la vuelta y empecé a correr a toda velocidad hacia la valla. Cuando llegamos a la pequeña elevación que conducía a nuestra entrada, miré por encima del hombro y, por una fracción de segundo, alcancé a ver lo que parecía ser un hombre desnudo que agitaba sus manos por encima de la cabeza. Sentí el corazón en la garganta.

Me puse el rifle al costado, tomé a Dash y como pude lo aventé al otro lado de la cerca, del lado de la entrada. Puse el pie en el alambre de en medio, que se sostenía entre un par de postes, y brinqué.

Al bajar di un traspié y puse la mano en la grava para no caer, me acerqué el rifle, me di la vuelta y puse el ojo en la mira. Empecé a respirar de forma entrecortada cuando contemplé lo que llenaba el lente del fusil.

Desde el bosque, un hombre desnudo corría cuesta abajo por la pradera hacia el banco del riachuelo opuesto a donde había dejado la carretilla. Se veía un poco mayor que yo, de unos cuarenta años, su escasa barba estaba mal cortada y su cabello despeinado era del mismo color café arena. Sus pies descalzos sangraban y su miembro colgaba de un lado a otro para que el mundo lo viera, tal como Dan lo prometió. Me veía directo a los ojos a través de la mira. Se veía aterrado, desesperado, exhausto y casi vencido. También podía escucharlo con más claridad:

—¡Ayuda! ¡Espere! ¡Ayúdame, por favor! Va a matarme, señor, por favor, ¡POR FAVOR!

Demonios, no podía creer que estuviera pasando esto. Dash estaba hecho una fiera, gruñía y ladraba como poseso. Entonces, por primera vez vi lo que estaba detrás del hombre: un oso negro. Observé el animal por la lente y en general se veía como muchos que había visto antes. Era un macho grande, de más de 200 kilos, pero nada de pesadilla ni antinatural, más allá de que iba a una velocidad considerablemente menor de la que son capaces de alcanzar esos animales.

Volví a enfocar al hombre, quien estaba a punto de aventarse al arroyo. Me miraba a mí, al oso a sus espaldas y de nuevo a mí. Noté que estaba llorando y que sus sollozos eran patéticos.

—¡Por favor, señor, no me deje morir! ¡Ayúdeme!

Para entonces, mi diálogo interno era de un furor desenfrenado; pensaba que debía dispararle al oso, al oso, al maldi-

153

to oso, Dan nunca me dijo que no lo hiciera, pero ¿qué pasa si esto es real y solo se trata de una coincidencia?, ¿permitiré que alguien salga herido?

El hombre estaba a punto de salir del lecho del arroyo, se encontraba entre la carretilla y yo, mientras que el oso iba a pasar justo por un hermoso claro en donde podía realizar un disparo certero a sus órganos vitales. Entonces pensé que frente al hombre y a plena vista había una carretilla llena de herramientas largas y afiladas, y él estaba corriendo directamente hacia ellas. Ahí, más adelante, había una pala, un pico y una barra. Así que le empecé a gritar al hombre:

—¡Toma la pala! ¡Agarra la barra o el pico y defiéndete! ¡Toma una! Es un oso negro y se supone que debes contraatacar. Si le pegas con la pala te dejará en paz, ¡pégale! ¡pelea!

Estaba lo suficientemente cerca para oír cada palabra que le decía, pero no dejó de suplicar ni se detuvo a escucharme. Estaba casi al lado de la carretilla. Empecé a gritarle a todo pulmón:

—¡Oye, agarra la pala y lucha! ¡Protégete, pelea!

Pasó corriendo al lado de ella, ni siquiera la miró de reojo y nunca dejó de hacer contacto visual conmigo.

—Ey, ¿qué te pasa, hombre? —Sentí que las lágrimas me inundaban los ojos, Dash estaba gruñendo y el hombre seguía llorando y rogando a poco más de veinte metros de mí.

—¡Señor, por favor, sálvame, solo ayúdame, señor, por piedad!

No podía hablar y apenas podía respirar. Apareció en mi mente una versión resumida del viejo mantra que usaba para prevenir los ataques de pánico en combate: «Respira profundo, necesitas moverte, respira profundo, necesitas moverte».

Tomé a Dash del collar y lo arrastré hacia la entrada. Seguí gritándole al hombre mientras lo hacía.

—Oye, ¿por qué no peleas contra él? ¿Por qué no lo haces?

Quería una respuesta humana de su parte, cualquier frase que fuera un intento por responder a lo que yo estaba diciendo. Era como si toda mi cordura, mi comprensión de la realidad dependiera de que él dijera algo que me demostrara que era una persona real y pensante. Todo lo que balbuceaba era repetitivo y para entonces resultaba extraño que no respondiera nada, aunque en verdad estuviera aterrado y en *shock*.

Pensé en intentar algo más y le grité más fuerte para que me oyera entre sus ruegos. Ya estaba a menos de diez metros y disminuyendo la velocidad a medida que se acercaba por la pendiente que daba a la entrada de mi casa.

—Señor, si me dices cómo te llamas, te dejaré pasar por la cerca. ¡Dime tu maldito nombre y mataré al oso!

No dejó de rogar ni de llorar. Ni siquiera manifestó escuchar que le hablaba. Parecía un ser sobrenatural, un autómata con un guion. Esperaba que al menos se callara un segundo cuando le hablé, pero no fue así.

Empezó a encaminarse hacia la valla y ahora estaba a pocos metros de distancia. Con desesperación apuntaba alternadamente entre el esternón del hombre y el oso detrás de él. Dash ladraba menos, pero gruñía sin quitarle los ojos de encima. El tipo cambió el rumbo y empezó a subir en diagonal para seguirnos mientras yo me abría paso con lentitud hacia la entrada de la casa.

Estábamos todos tan cerca que podía ver lo que llamaba la atención del perro; no veía al oso, tenía los ojos fijos en el hombre. Cuando el hombre llegó a la cerca, le grité a Dash que se acercara y señalé la grava tras de mí. La orden al menos funcionó para que el perro retrocediera unos pasos y se quedara a mi lado, gruñendo y tirándole mordidas al hombre.

Él se detuvo cuando llegó a la cerca, sujetó el alambre entre las púas, mirándome y llorando como un niño, apenas podía entender lo que decía. Mientras que, por alguna razón, yo le seguía hablando.

—Amigo, mataré al oso si me dices tu nombre. ¡Solo dime cómo te llamas!

Hice un movimiento brusco a la derecha y apunté al oso sin dejar de mirar al hombre a los ojos.

—Si me dices tu maldito nombre, lo mato. ¡Menciona el nombre de cualquier persona y mataré al oso!

Parecía que ni siquiera podía escucharme.

—Por favor, señor, ayúdeme a pasar la cerca, no me deje morir así, por piedad.

Todavía seguía gritándole al hombre que balbuceaba incoherencias cuando el oso lo alcanzó. En una fracción de segundo, el oso levantó las garras delanteras. Estaba por dispararle, presionaba el gatillo un poco más cuando de repente algo me jaló por el codo, haciendo que levantara el cañón del rifle. Bajé la mirada y vi a Dash que tenía parte de la correa del rifle entre los dientes jalándola como si estuviéramos jugando al tira y afloja con uno de sus juguetes.

Solté la empuñadura y el gatillo, y agarré a Dash por el collar.

—No, Dash, no, ¿¡qué demonios te pasa!?

En el preciso momento en que volteé para ver al hombre —quien seguía parado detrás de la cerca, sujetando el alambre de púas, llorando, con los mocos escurriéndole por los labios y la barbilla, y mirándome a los ojos—, el oso se alzó en sus patas traseras a espaldas del hombre, le hundió las garras en su hombro derecho y lo atravesó como si fueran navajas. Se abrieron unas enormes heridas blancas en la piel y el músculo del hombre, y vi cómo se llenaron de sangre con rapidez.

En ese mismo momento, el oso encajó su quijada en el espacio entre el cuello y la clavícula del costado izquierdo del tipo. Vi que los ojos del hombre se abrieron de par en par con un horror puro e infantil antes de que el oso lo soltara. El hombre cayó sentado y trató de agarrar al oso y de liberarse con todas sus fuerzas.

Un río de color carmesí brillante brotaba desde la mordida, bajaba por su pecho y barriga hasta llegar a su vello púbico. Sus gritos habían alcanzado un tono nuevo y más agudo. Ya lo había escuchado antes: era el sonido perturbado y aterrado de un dolor absoluto que te cambia la vida.

Por unos momentos, el oso trató de llevárselo en esa extraña posición y luego soltó a su presa. El hombre aprovechó la oportunidad para agacharse y apoyó las manos en el suelo. Tenía la boca abierta y la saliva chorreaba por su barba mientras lentamente sollozaba su derrota.

Cuando empezó a gatear hacia mí, el oso desgarró el omóplato del tipo, volteando su costado derecho hacia el cielo, y después mordió la pálida piel expuesta justo en la base de la caja torácica. El animal movió la cabeza y pude escuchar cómo crujían las costillas del hombre, quien apretó los párpados, cerró los puños y su cuerpo se retorció de dolor como si hubiera recibido un choque eléctrico. Con las fauces aún clavadas en el estómago del hombre, el oso puso una de sus enormes garras sobre el pecho del tipo y otra sobre su cadera, y jaló con una fuerza feroz.

Pude ver cómo la parte inferior del tórax se desbarataba como si fueran astillas cuando empezó a salirse del cuerpo y la manera en que, de la boca del oso, debajo de la pálida piel del vientre, salían las hebras brillantes de los intestinos que caían del tronco en espiral, como si fueran parte de una medusa grotesca y moribunda.

Los ojos del hombre se movieron por un momento y dejó salir un quejido gutural. Miró su herida, sus ojos se agrandaron por el estupor y empezó a respirar con dificultad, como si acabara de saltar a un lago helado. El oso soltó su bocado de piel, fragmentos de costillas y vísceras, y con las zarpas puso al tipo de espaldas.

El oso vio al hombre de una forma que solo puede describirse como curiosidad. El tipo miró los ojos salvajes del oso y gritó con una fuerza inédita hasta el momento. La bestia encajó la quijada en la cara de su presa, sus fauces parecían abarcar todo el rostro y hasta las orejas del tipo, y abruptamente sofocó el alarido como si fuera una almohada. El hombre empezó a lanzar patadas desesperadas, golpeó y rasguñó los hombros del oso, cubiertos de pelo negro azabache, y la bestia empezó a sacudir la cabeza del hombre violentamente de un lado a otro. Y entonces escuché el chasquido profundo y húmedo del cuello del sujeto.

La pierna derecha del hombre se estiró a un costado de su

cuerpo, con los dedos de los pies en punta como si fuera una bailarina, mientras sus nervios disparaban la última ráfaga de vida. Después, cada uno de sus músculos quedó distendido. Sentí algo en ese momento, un alivio cálido y agradable que me hizo estremecer.

El oso soltó la cabeza del hombre de sus fauces y lamió un par de veces la sangre que había empezado a escurrir de las orejas de la presa, luego me miró. Dio tres o cuatro pasos tranquilos hacia la cerca y me sacó del trance en el que había caído mientras presenciaba la muerte brutal del tipo. Arrastré los pies hacia atrás, estaba tan azorado que di un traspié y caí sentado. Tiré con fuerza de la correa para tomar el rifle y ponerlo a la altura de la cabeza del oso. Estaba a punto de gritar y presionar el gatillo cuando Dash se puso a brincar al lado mío, se interpuso entre la boca del fusil y el oso, y dio unos pasos hacia la cerca. Me imaginé que quería desafiar al oso y protegerme, así que empecé a gritar su nombre y quise pararme de golpe, después dudé.

La cola de mi perro se movía de un lado a otro y se arqueaba hacia arriba, a manera de saludo, lo que solo hacía cuando estaba feliz. Miré atrás de Dash, adonde estaba el oso, y me di cuenta de que la bestia no me veía, sino a mi perro. Entonces, juro por mi vida que asintió al mirar a Dash, le devolvió el saludo, maldita sea.

Fue sutil pero indudable, como cuando saludas con la cabeza a alguien al cruzar por la banqueta. Mi perro volteó para ver al oso y pareció responderle, agitando apresuradamente la cola, con un brinquito rápido y levantando sus patas delanteras del piso unos centímetros, como lo hace cuando juega conmigo. Me quedé anonadado.

El oso alzó la mirada hacia mí por un instante, solo de pasada, con lentitud giró y se encaminó hacia el hombre. Le encajó las fauces en el brazo y empezó a arrastrar el cuerpo despedazado para llevárselo. Los abundantes jirones de entrañas se arrastraban detrás del cuerpo y yo no podía dejar de ver cómo se atoraban en las matas de pasto, ensuciándose de tierra y grava. Estaba asombrado.

Solo dejé de mirar cuando advertí que Dash me estaba lamiendo la mano. Las lágrimas corrían por mis mejillas y había soltado mi rifle, el cual colgaba de la correa bajo mi brazo. Por reflejo, respiré hondo, lo cual de inmediato se convirtió en un intento desesperado por jalar aire, porque yo —o mi cerebro— me di cuenta de que no lo había hecho en un buen rato. Me puse una mano en el pecho y mi respiración quedó bajo control. Mi boca sabía a vómito. ¿Había devuelto el estómago? No. ¿O tal vez sí? No creo. ¿Qué demonios me pasó?

Me arrodillé y abracé a Dash, que movió su cola de *golden retriever* en forma de pluma, me lamió la cara y me trajo de regreso a la Tierra. Pensé en todo lo que sucedió y volví a tomar la cara de Dash entre mis manos para mirarlo a los ojos. No sé por qué le hice la pregunta:

—Amiguito, ¿te acabas de comunicar con un oso?

Tampoco sé bien qué esperaba. Dash seguía siendo un perro común y corriente que jadeaba en mi cara. Sin embargo, lo que me impresionó más fue lo normal que se veía, lo aliviado que parecía sentirse, como en la primavera, en las cuatro ocasiones que encendimos el fuego y la luz desapareció.

Caminé hacia la casa y me dejé caer bajo una llave de agua, donde seguramente bebí casi cuatro litros de agua. La siguiente media hora me la pasé aturdido, una sensación muy conocida en batalla, como después de un tiroteo luego de haber permanecido despierto cuarenta horas seguidas, fatiga de combate tal cual.

Me senté en los escalones del porche y traté de encontrarle sentido a lo que había pasado. Lo que me impresionaba más era cómo me quedé parado ahí, pasmado, viendo cómo un oso destripaba y mataba a un hombre que me pedía ayuda a gritos. Sí, sucedió precisamente como Dan y Lucy dijeron que pasaría, y ese hecho solo sirvió para intensificar mi angustia y miedo. Advertí que, al no ayudar al hombre, había sucumbido a la estúpida historia del espíritu. Me quedé ahí, armado con un fusil capaz de matar a un oso, un arma que sé usar muy bien, y solo dejé que un hombre terminara hecho pedazos en mi cara. Me sentí débil, aterrado, humillado y ridículo. Empecé a caminar de un lado a otro, a sentir ganas de llorar o de estrellar mi cabeza contra uno de los muros de la casa.

Antes de que me diera cuenta de lo que estaba haciendo, ya me había precipitado hacia la cocina, había retirado el teléfono del cargador y balbuceaba que acaba de ver cómo un oso negro había atacado y matado a un tipo en mi propiedad. La voz de la operadora del 911 parecía la de una joven algo molesta.

—Señor, cálmese por favor. Dígame en dónde vive, ¿sí?

Por alguna razón, el hecho de que me pidiera mi dirección solo sirvió para que se recrudeciera mi batalla interna, la cual, en mi estado de pánico, se debatía entre la posibilidad de que me hubiera vuelto loco al permitir que mataran a un hombre frente a mí o que de hecho había presenciado un suceso perpetrado por un espíritu. Su voz me provocó la necesidad inmediata de disculparme por haberle hecho perder el tiempo y de querer colgar el teléfono, lo que desencadenó el repugnante descubrimiento de que había empezado a creer en toda esa tontería del espíritu. Como no estaba listo para aceptarlo, le di mi dirección.

Pude sentir toda mi conciencia y voluntad vertiéndose en cada sílaba que pronunciaba, como si por el hecho de informar sobre el ataque del oso pudiera legitimar mi incredulidad acerca del espíritu de la montaña y reafirmar su naturaleza fantástica. La joven dijo que alguien de la oficina del alguacil del condado de Fremont iba en camino y le colgué cuando me sugirió que esperara su llegada en un lugar seguro.

Mientras esperaba en los escalones que conducían a la puerta desde la cerca de nuestro patio, donde tenía una vista idónea para ver llegar a los servicios de emergencia por el camino, ensayaba con nerviosismo el recuento de los hechos. Al mismo tiempo, no sabía cómo iba a explicarle a Sasha mi decisión de llamar al 911 ni cómo justificaría mi escepticismo ante Dan y Lucy después de haber presenciado un suceso que no solo predijeron hasta el último detalle, sino que se esforzaron para prepararme a enfrentarlo.

Después de lo que me parecieron diez minutos vi una camioneta blanca con el emblema del alguacil del condado que se abría paso levantando una pequeña polvareda. Revisé mi reloj y vi que en efecto habían pasado casi quince minutos desde que llamé al 911. Me puse de pie, me sacudí los pantalones y con torpeza levanté la mano para saludar al conductor de la camioneta cuando pasó por la entrada, se estacionó al lado de mi 4Runner y salió.

Era un hombre de mediana edad que traía un sombrero blanco de ala ancha. Por su uniforme almidonado, insignia y placa de identificación advertí que se trataba de alguien de rango superior al de ayudante del alguacil. Tocó su sombrero a manera de saludo, cerró la puerta de su camioneta y miró la casa y el patio mientras se acercaba.

—Me preguntaba si algún día se iba a vender esta propiedad o si el viejo Joe la tomaría.

Caminaba más despreocupado de lo que imaginé que haría un policía que llegaba a la escena del ataque de un oso. Se quitó los lentes de sol y los puso en el bolsillo de su camisa mientras se acercaba, después extendió la mano hacia mí y me miró de una manera casi compasiva.

—Qué tal, soy Harold Blakemore, mi esposa y yo compramos la propiedad y nos mudamos hace unos meses.

Asintió y estrechó mi mano.

—Soy el subalguacil Edward Moss. Usted, eh… —Soltó mi mano y señaló los pastizales sin dejar de verme—. La operadora me dijo que reportó el ataque de un oso negro a un hombre desnudo de mediana edad. Me imagino que le contó que sucedió en su terreno.

Dije que sí con la cabeza.

—Así es, estaba trabajando en la zanja cuando lo escuché y yo…

El hombre alzó las palmas hacia mí para que hablara más despacio.

—Espere un segundo, señor Blakemore. —Señaló los es-

calones en los que había estado sentado—. ¿Podemos sentarnos un momento?

Me tomó desprevenido.

—Sí, claro…

Me senté y él tomó asiento unos metros a mi izquierda. Se
quitó el sombrero, se pasó los dedos por el cabello y después
volteó para verme. Me sostuvo la mirada por un buen rato y
estudió mi rostro antes de hablar.

—Señor Blakemore, no hay razón para que nos hable por
este tipo de sucesos. Sé de buena fuente que usted y su esposa ya fueron… informados, creo, por los Steiner sobre las
peculiaridades únicas de este valle. Comprendo que quiera
ponernos sobre aviso, pero creo que ya sabe que no podemos
hacer nada y sabe bien por qué.

Mi cabeza empezó a dar vueltas, estaba tan sorprendido
que ni siquiera se me ocurría qué decir. Estaba murmurando
una respuesta en tono molesto y a la defensiva diciendo que
era perfectamente normal llamar a las autoridades cuando
ves que un oso hace pedazos a un hombre, cuando el subalguacil me interrumpió con una voz lo suficientemente firme
como para que lo mirara.

—Señor Blakemore. —Se puso de pie lentamente, se colocó el sombrero y volteó para verme—. No sé si esta es la primera vez que oye a alguien decir esto en voz alta, pero lo que
le dijeron los Steiner sobre este lugar, y lo que la familia de
Joe le diga al respecto, bueno…, es verdad. Quizá no parezca
posible, pero lo es. Es necesario que los escuche y tome en serio lo que le indiquen, porque de lo contrario la policía no va
a poder hacer una maldita cosa por usted. ¿Entiende? —Me

164

le quedé viendo, totalmente mudo, como un idiota. Me miró con una mezcla de lástima y compasión, de la manera como vería a un viudo en el funeral de su esposa—. Señor Blakemore, nuestro trabajo es servir a los ciudadanos que habitan este condado y no quiero que dude en usar los servicios de emergencia, pero, cuando se trate de este asunto… —Movió su brazo para abarcar el valle y luego me vio—. Está solo. En este valle, el único que puede ayudarlo es usted mismo. —Lo miré de forma inexpresiva, incapaz de pensar qué decir, bajo el peso de la certeza de que esta locura era real. El subalguacil se puso los lentes y empezó a hablar—: En una tierra tan antigua como esta, señor Blakemore, pasan cosas muy extrañas. Siga las reglas, es todo lo que hay que hacer.

Me obligué a asentir antes de que se diera media vuelta y se marchara hacia su camioneta. Me quedé ahí sentado, con la misma expresión estúpida, mientras él manejaba hacia la salida. Permanecí ahí un buen rato, mucho después de que el auto despareciera de mi vista.

Esa noche estuve sentado en los escalones del porche principal durante varias horas. El agotamiento y el estupor se habían desvanecido, mientras que la realidad me invadía como lava. Me había pasado la última hora en un silencio total, mis ojos iban de Dash, que no se había separado de mí en todo el día, al teléfono, y pensaba una y otra vez en llamar a Dan y a Lucy, o a Sasha, lo cual era aún más importante.

Después de la visita del subalguacil, lo poco que me quedaba de duda o escepticismo había desaparecido, pero llamar a los vecinos y contarles lo sucedido era un paso que no estaba listo para dar.

165

Cuando pensé en llamarle a Sasha, sabía, ante todo, que antes de que acabara de decir la primera frase iba a dejarlo todo, a comprar el primer vuelo a casa y, si era necesario, renunciaría de inmediato a su trabajo sin vacilación o consideración alguna. Era domingo y sus reuniones más importantes, las que prácticamente justificaban el viaje, serían a la mañana siguiente y el martes. También había convencido a sus padres de que manejaran hasta Denver para cenar con ella el jueves, lo que no era poca cosa al considerar lo holgazanes, egoístas y viciosos que son ese par de buenos para nada. Va a sonar un poco duro, pero me quedé muy sorprendido cuando aceptaron manejar desde Pagosa Springs solo para ver a su hija, y sé que Sasha también lo estaba, además de que estaba muy emocionada por verlos. Asimismo, había hecho planes para ir a comer, a cenar o por un café con sus mejores amigos casi cada día de la semana, y eso era lo que más la motivaba de este viaje.

Por una parte, mi sentido del deber me decía que debía ser honesto con ella y contarle todo, lo cual, sin contar algunas experiencias en Afganistán, había hecho muy bien desde que empecé a salir con ella diez años antes. Por otra, si le hablaba de lo sucedido, dejaría todo y tomaría el primer vuelo a casa. De esta manera, el cálculo se reducía a sopesar *a)* lo mucho que se iba a enojar si no le contaba sobre mi encuentro con el espíritu de la persecución del oso sino hasta después de la cena con sus padres el jueves y *b)* el enorme daño que la interrupción prematura del viaje les provocaría a su carrera y su bienestar emocional, por perderse la oportunidad de pasar tiempo con su familia y sus amigos.

Decidí quedarme con la opción *a)*. Estaba al tanto de que me enfrentaría a un drama descomunal muy merecido, pero supuse que era mejor que se enfadara conmigo a que se perdiera ese viaje. Sin embargo, sabía que, si me esperaba para contarle hasta el final de la semana, más valía haber hablado con Dan y Lucy para entonces, porque lo primero que me iba a preguntar era si ya lo había hecho o no, y su siguiente llamada sería para contarles lo sucedido en mi lugar.

Me senté en el porche, bebí y pensé hasta bien entrada la noche, con Dash y mi rifle M4 al alcance de mi mano. Llegué a un par de conclusiones. La primera fue que esta pendejada era real, o al menos tan auténtica como cualquier cosa en esta vida. La segunda, que jamás podría, en ninguna circunstancia, permitir que Sasha se enfrentara a la persecución del oso sola.

Me tomó varios días empezar a sentirme más o menos bien y en los que siguieron me la pasé deambulando por la casa o de excursión con Dash en el parque nacional. Cuando hablara con Sasha, haría lo posible por ocultar el cúmulo de emociones y autocompasión que inundaban mi cabeza. Para el jueves, aunque sin duda me seguía sintiendo emocionalmente distante y en *shock*, ya me estaba recuperando.

Es decir, mi comprensión total del orden natural del mundo había quedado hecha mierda por culpa del aparente asesinato de un hombre desnudo y un oso, en el cual había estado pensando mucho y, para mi sorpresa, concluí que era en realidad genial. Entonces, a medida que empezaba a sentirme relativamente tranquilo, expliqué mi comportamiento como un estado prolongado de confusión emocional.

Llamé a Dan el viernes por la mañana, un día antes de recoger a Sasha. Le conté que había pasado por todo el calvario de la persecución del oso por primera vez y que solo me estaba reportando como me lo había pedido. No pareció sorprendido por mi llamada ni por el motivo de esta, y solo preguntó si él y Lucy podían darse una vuelta más tarde. Llegaron unos veinte minutos después.

Les ofrecí café y nos sentamos en el porche trasero. Después de que los puse al tanto de los hechos, Dan permaneció en silencio por un momento y luego comentó:

—Bueno, Harry, en verdad lamento que hayas tenido que lidiar con eso, que por muy desagradable que sea y aunque parezca una locura, en realidad con el tiempo se vuelve más fácil. Después de varios veranos y unas decenas de acercamientos con la persecución del oso, empezarás a ver lo rutinario que es, que el hombre es en realidad un ente no humano. Sé bien lo desagradable que es ver cómo lo destrozan, pero te recomiendo encarecidamente que la próxima vez solo le dispares a ese bastardo llorón.

Lucy intervino en la conversación.

—Harry, eso no quiere decir que no sea traumático dispararle a un hombre por primera vez, sin importar que forme parte del ritual desquiciado de un viejo espíritu. Eso también es difícil a su manera, en especial cuando no estás acostumbrado a hacerlo. Aunque sea una manifestación espectral, dispararle a un hombre que llora no es sencillo, pero créeme que cada vez será más fácil, aunque resulte difícil de creer.

Levanté la mirada hacia Lucy.

—He matado a hombres antes, Lucy, hombres reales. Me perturba mucho más la existencia de este condenado… espíritu que el hecho de dispararle a alguien que representa una amenaza para mi esposa y mi casa.

Ambos se quedaron callados sin saber qué decirme. Me vino una pregunta a la mente que nos regresó al tema, para su consuelo.

—Bueno, ya les mencioné lo que pasó entre el perro y el oso, tuvieron su… momento. ¿Me pueden decir por qué rayos sucedió eso?

Dan se encogió de hombros, sonrió y miró a Lucy para invitarla a contestar.

—Hemos tenido varios encuentros con la persecución del oso cerca de los pastizales, donde se quedan los caballos. En el momento de la aparición, los caballos se espantan mucho con el hombre, pero cuando llega el oso es como si se reconocieran entre ellos. Los Seymour se consiguieron un perro unos años después de que se mudaran aquí y nos contaron lo mismo, que el oso reaccionaba primero con el perro antes que con ellos. Después de notarlo varias veces con los caballos, y poco después de que los Seymour nos contaran de su perro, fue lo suficientemente evidente para hablarlo con Joe y sus hijos una vez que fuimos a cenar a su casa. No dijeron gran cosa, pero sienten que…, bueno, el oso representa algún tipo de equilibrio. Es como prender el fuego para contrarrestar la luz del estanque. No lo sé…, supongo que quizá es como una especie de yin y yang.

No supe qué responderle, pero mi mente ya se había puesto en acción.

—Quiero conocer a Joe, quiero hablar con él de esto. ¿Puedo llegar en mi camioneta, presentarme y ya?

Esta vez Lucy miró a Dan para que contestara.

—Harry, Joe es un hombre ocupado y retraído. Estoy seguro de que vendrá a presentarse pronto, y que preferirá hacerlo cuando esté listo.

Esto me molestó un poco.

—Se trata de circunstancias muy extremas, Dan. Si Joe está más o menos cuerdo, me imagino que entenderá por qué es importante que Sasha y yo sepamos todo lo posible de esta estupidez.

Dan asintió y alzó las manos para intentar calmarme, lo que me hizo advertir que quizá cierto nerviosismo innecesario se había filtrado en mi voz.

—Te entiendo, Harry, pero debes recordar que aquí siempre ha sido así. Si Joe se hubiera salido con la suya, ustedes nunca se habrían mudado al valle. Y no porque tenga nada contra ti, pero su familia ha tratado de comprar todas las parcelas de los alrededores por más de un siglo para que nadie venga a vivir aquí y se enfrente a esto. Joe es un hombre único, difícil de entender, pero es bueno, Harry, el mejor que he conocido y me ha salvado la vida varias veces. Pero déjame decirte que no le va a gustar la idea de que te debe algo y, bueno… —Dan alzó la vista y forzó una sonrisa tan cálida como fue capaz—. Estás fuera de ti, Har, enfurecido por el hecho de que todo esto es real, pero a Joe eso le va a dar igual. Si no se hubiera ido con sus hijos a una subasta en Montana cuando este lugar salió a la venta, se lo habría adueñado lo más rápido posible y ni siquiera estarías aquí. No va a dejar de tratarte con cortesía porque no logró comprar este lugar, es un hombre justo, pero creo que deberías tranquilizarte un poco antes de presentarte en su casa de buenas a primeras. Lo voy a ver la próxima semana para revisar lo de un permiso de pastorero que estamos tramitando para el arrendamiento de parcelas del servicio forestal, y me aseguraré de despertar su interés para que venga y se presente contigo, ¿de acuerdo?

Encogí los hombros.

—Me parece bien.

Cuando nos terminamos el café, los acompañé a la salida. Dash caminaba junto a Lucy dando brincos y mirándola con adoración. Ella se inclinó para rascarle la cabeza y después volteó para verme y dijo con una sonrisa traviesa:

—Apuesto lo que sea a que no le has contado a Sasha sobre la persecución del oso.

Dan se giró para verme, con fingida sorpresa.

—Ay, Harry, eres un estúpido bastardo. Te va a desollar vivo.

No pude evitar soltar una risita nerviosa sin saber qué decir. Lucy movía el dedo en señal de desaprobación, mientras me decía:

—A estas alturas ya conozco a tu mujer lo suficientemente bien para suponer dos cosas. La primera es que, si ya le hubieras dicho, habría movido cielo, mar y tierra para regresar aquí. La segunda es que, si no lo hiciste, va a estar terriblemente enojada.

—Estás en lo correcto en ambas cosas, Luce. Nos vemos pronto.

A la mañana siguiente, de camino al aeropuerto para recoger a Sasha, empecé a ensayar mi justificación. Estaba más emocionado que nunca por verla. No solo la extrañaba, sino que también me había dado cuenta de la tensión que había puesto en nuestra relación por mi resistencia a creer en la locura del espíritu. Desde el principio habíamos sido del mismo bando en casi todo, desde lo más importante hasta lo irrelevante, y siempre estuvimos en la misma sintonía, ya se tratara del lugar donde vivir, la gente que nos caía bien, la que nos desagradaba, nuestros restaurantes favoritos, nuestras expectativas como pareja, qué hacer en el tiempo libre, los platillos y los lugares para esquiar que más nos gustaban, cada maldita cosa.

Creo que lo más importante era nuestro compromiso por hacer de cada día y cada acción una cita romántica. Cada noche que cocinábamos la cena, que veíamos una película, que sacábamos al perro a pasear en nuestro viejo vecindario en Denver, cada excursión que hacíamos, cada minuto que pasábamos arreglando el jardín, incluso cuando teníamos quince minutos antes de irnos a trabajar para zamparnos un bagel, lo hacíamos todo juntos deliberadamente, como si lo hubiéramos planeado un año antes.

No sé cuántas personas han tenido una relación así, pero yo me siento el hombre más afortunado del mundo. Al manejar por la autopista 20 hacia Idaho Falls, sentí de golpe el gran amor que le tengo a Sasha. Estaba loco por ver a mi esposa, estar cerca de ella y tomar en serio todos los aspectos de nuestra nueva vida.

Sin embargo, recordaba una y otra vez una mañana en especial, hace mucho tiempo, y lo que sentí en aquel entonces. Estaba en el primer año de la universidad, el día anterior me habían arrestado por manejar ebrio y me metieron a la celda de los borrachos. Recuerdo haberme sentado esposado al fondo de la sala del juzgado, a la espera de que leyeran mis cargos mientras una resaca feroz arrasaba con mi estómago y sistema nervioso, y me quemaba por dentro. Con desesperación, trataba de recordar si el oficial de policía había encontrado la mochila en la que traía mi Glock 17, un montón de cocaína y que, por el pánico, arrojé por la ventana del copiloto a un banco de nieve antes de que me detuvieran.

Un par de días después comprobé que nunca la encontró. Aún tengo esa pistola. No sé por qué ese recuerdo regresaba a mí tan vívidamente, pero en ese momento, como en este, desde luego que sabía que estaba en serios problemas.

14
Sasha

En la camioneta quería extender el brazo por el tablero para darle un puñetazo en la mandíbula, pero sabía que el silencio jodía más a Harry que el enojo. Ni siquiera habíamos salido de la terminal cuando dijo algo como:

—Tengo algo que decirte. —Pero yo ya lo sabía, podía leerlo en su cara.

Lo obligué a que me contara absolutamente todo, desde el instante en que escuchó al hombre por primera vez hasta el momento en que el oso arrastró el cuerpo hacia el bosque y lo perdió de vista. Después hice que me volviera a narrar la historia, más detalladamente, y que contestara mis preguntas. Me dijo que había visto a Dan y a Lucy para platicar del asunto, casi como si tuviera que agradecerle por hacerlo, lo que solo me exasperó más.

Harry y yo habíamos acordado no decirles nada a nuestros amigos ni a nuestra familia sobre la característica más extraña de nuestro nuevo hogar, así que con una semana fuera me moría por tocar el tema. Tal expectación hizo que su confesión fuera aún peor.

Me di unos sesenta segundos para vociferar sobre lo desgraciado que era y lo importante que era para mí ser completamente honestos y abiertos como pareja, en especial cuando se trataba del estúpido espíritu, pero me forcé a respirar y cambiar de táctica.

Harry es el tipo de persona que con su palabrería puede salirse con la suya de la mayoría de los problemas, incluso cambia la dinámica de una discusión para que empieces a ver las cosas a su manera. El imbécil tenía que haber estudiado derecho. Aunque debía admitir que tenía un buen punto, no lo admitiría en voz alta. No iba a ceder ni un milímetro en esto, así que recurrí a una mejor estrategia que, además, era un método infalible para confundirlo: el silencio.

Continuar una pelea como esta solo le daría ventajas a Harry, así como el tiempo para justificar sus decisiones. Mi mutismo acabaría con su habilidad para librarse de esta riña y lo haría revolcarse en su propia mierda.

Con todo, lo extrañé como una loca. Pese a que hemos estado juntos por más de diez años, estar lejos de él por una semana me hizo sentirme como una adolescente, me la pasé viendo sus fotografías y contando los minutos que faltaban para verlo. Tal vez es normal hartarse de alguien en algún momento de la vida y me he preguntado si por haberme casado a los 23 años me terminaría pasando eso. Pero juro que quiero besar, abrazar, tener sexo y reírme con este hombre hasta que sea demasiado vieja para besar, abrazar, tener sexo y reírme. De todas formas, puede ser exasperante.

Cuando llegamos a la entrada, sentí que Harry me miraba. La tarde era bellísima, el sol brillaba, todo estaba muy verde y la brisa mecía las hojas. No pude evitar sonreír. Miré hacia donde según Harry sucedió la persecución del oso y, aunque sentí escalofríos, para mi sorpresa estaba muy contenta de estar en casa.

Dejé salir a Dash del asiento trasero, saqué mis maletas de la cajuela, con toda la intención de quitarle a Harry la oportunidad de hacerlo, y pasé por la cerca para entrar al patio.

—Sash…

Ya había decidido fingir no escucharlo hasta que llegara a la casa y me diera un baño. Escuché que corría para tratar de alcanzarme.

—Sasha, cariño, vamos. —Con suavidad me tomó del codo, giré bruscamente para verlo sin decir nada.. Me miró y respiró hondo—. Perdóname por no haberte contado lo de la persecución del oso, tal vez fue una decisión muy estúpida y tú tienes la última palabra al respecto, solo quiero que sepas que lo siento.

Alcé las cejas.

—También lamento no haber tomado este… lío en serio. Me arrepiento de haberme burlado de lo que nos dijeron Dan y Lucy, y siento haberme reído de lo que te contó Lucy sobre el espíritu durante sus paseos. No puedo creer que en realidad vaya a decir esto en voz alta, pero ahora estoy completamente consciente de que lo sobrenatural… existe, y existe aquí, de una manera en que puede lastimarme, y lo más importante es que puede hacerte daño a ti. La semana pasada, durante las cuarenta y ocho horas posteriores a que sucediera la persecución del oso, estuve planeando la mejor manera de convencerte de mudarnos o insistir y raptarte si tratabas de quedarte. —Harry tomó mi cara entre sus manos y me besó—. Somos un equipo, siempre lo seremos y debí haberte contado del… encuentro tan pronto como pasó, perdóname por no haberlo hecho, ¿sí?

Asentí y tomé sus manos.

—No me puedes excluir así. No vives solo aquí y no te toca decidir qué cosas puedo o no manejar. Está de más que pienses en lo que haré y no importa si crees que hubiera dejado Denver, que habría perdido mi trabajo y la oportunidad de ver a mi familia y amigos. Lo que haga con la información y la manera en que decida actuar en consecuencia es mi decisión, ¿entendiste? Decidiste casarte conmigo, maldita sea, así que estás obligado a hacer dos cosas. La primera es cumplir con el deber y el voto de compartirlo todo conmigo, en especial las idioteces importantes que te cambian la vida. La segunda es lidiar con mis reacciones a la información, sean las que sean. Yo decido qué hacer con ella, al igual que tú, y tú no puedes decidir qué decirme y cuándo hacerlo.

Harry asintió.

—Lo sé, lo siento.

—Harry…, si vamos a vivir con esto…, con lo que sea que pasa aquí, la única manera de lograrlo será comunicándonos y manteniéndonos al tanto todo el tiempo respecto a todo lo que sepamos, veamos y sintamos. Aquí eso es fundamental para sobrevivir. Has visto y enfrentado cosas terribles, lo sé, y quiero saber cada detalle, aunque gran parte de eso haya pasado antes de que nos conociéramos, así que no me voy a entrometer y sabes bien que jamás lo he hecho. Pero esto, lo que sucede aquí, sin importar qué sea o lo mal que esté, no vas a sepultarlo para protegerme ni para protegerte. —Sabía que estaba tocando temas profundos que habíamos enfrentado con el paso de los años, pero supuse que la situación lo ameritaba—. Harry…, esto es una nueva batalla, para ti y para mí, para los dos, y sé que aún no he presenciado la persecución del oso, pero no le tengo miedo, ¿sabes? No me asusta este lugar, no si tú y Dash están aquí. Lo sé porque por primera vez estuve lejos de aquí, en nuestro viejo hogar, con nuestros amigos, en una ciudad normal donde lo del espíritu se sentía falso y ficticio, y estaba impaciente por regresar contigo a esta casa. Para que aceptara este lugar y todas sus cosas extrañas, una parte importante fue el hecho de que estuviéramos juntos en esto. Ni una vez más me des una razón para pensar que no somos un equipo.

—No lo haré, lo prometo.

Mientras hablaba con Harry, me sorprendió percatarme de que decía en serio cada una de mis palabras. Después de pasar una semana en un lugar donde viví tanto tiempo, con amigos que quería, en realidad me hizo darme cuenta de lo mucho que me gustaba este lugar. Tal vez, y solo tal vez, este espíritu existía para que amáramos las peculiaridades de nuestro hogar aún más. Pararme en el patio frontal, contemplar las montañas, sentir el calor del sol, escuchar el movimiento de los árboles del bosque cercano, cercano a mi casa, me hizo pensar que estaba lista para esto, realmente lista para lograrlo, solo tenía que echarme este trago espiritual y vivir de forma consciente, conocer cada matiz de este lugar.

Esa tarde, Harry y yo caminamos por la propiedad hasta el lugar donde vio al hombre por primera vez y donde lo mató el oso. Cuando estábamos cerca del lugar donde ocurrió el terrible suceso, levanté la mirada y vi que estaba paralizado mirando algo en el suelo.

—¿Qué pasa, Har? —Caminé para ponerme a su lado y mi voz lo sacó de una especie de trance. Me miró rápidamente, luego volteó para ver el piso y se arrodilló.

Hizo el pasto a un lado y pude ver de qué se trataba: una huella de oso grande y bien definida, con zarpas y todo.

—¡Carajo! —Volteó para verme y con su sola mirada pensamos la misma idea, «Esto en verdad sucedió».

La siguiente semana fue, quizá, mi favorita desde que nos mudamos aquí. El martes por la tarde fuimos a cenar con Dan y Lucy. Nos enseñaron todos sus graneros e invernaderos, y asamos unos filetes. La carne era de «un novillo que nació bajo aquellos árboles el año pasado», afirmó Dan mientras señalaba la arboleda con una espátula vieja y oxidada.

Unos días después, Lucy me dio mi primera lección de equitación. Sacó una de sus yeguas más viejas, Lemons, a la que mi vecina describió como «dulce y tranquila, perfecta para aprender a montar». Me enseñó a ensillarla y a ponerle la brida. Lo básico parecía lo bastante claro: si te inclinas hacia adelante, ella camina; si te enderezas, cabalga más despacio; no hay que tensar las riendas y se deben mantener los talones abajo. En unos minutos ya estábamos trotando por el corral. Lucy quería que practicara unos días en el cercado para que me familiarizara más con Lemons, después me llevaría a pasear por los pastizales y con el tiempo por los senderos del parque nacional. Me quedé tan encantada que esa noche después de cenar, mientras veíamos la televisión, le enseñé a Harry varios caballos que estaban a la venta en la zona.

La tarde del día siguiente, Dan y Lucy nos presentaron a su amiga Joanne, quien buscaba rentar pastizales para más de veinte ovejas. En cuanto la conocimos, quisimos aprovechar la oportunidad, pues crecimos en lugares donde eran frecuentes los incendios forestales y nos urgía tener animales que se comieran el pasto, que en algunos lugares de los pastizales alcanzaba ya una gran altura. Ese día también llevamos una celosía prefabricada hasta donde Harry comenzó a construir el cobertizo, cerca de los árboles que Dan y Lucy señalaron como el lugar en que las ovejas pasaban la mayor parte del tiempo.

Alrededor de las cinco de la tarde bajé a la casa para ir al baño y rellenar mi botella de agua. Apenas había pasado por la cerca y por los álamos hacia el porche trasero cuando Dash, que me aventajaba un buen trecho, todavía con la vara con la que jugamos en el hocico, giró tan rápido que me sobresalté.

—¡Dios mío!, Dash, ¿qué pasa?

El perro vio algo detrás de mí, bajó la cabeza y lanzó un gruñido grave y profundo.

Giré la cabeza de inmediato, como él lo había hecho, y traté de seguir su ángulo de visión Se me erizó la piel de los brazos y se me secó la boca: un hombre gritaba presa del pánico.

Me eché a correr por el patio hacia la puerta trasera, llamando a gritos a Harry antes de saber con exactitud qué gritar. Rodeé la enorme arboleda de álamos para ver dónde estaba Harry. Él ya se había bajado de la escalera donde estaba cuando me fui y a toda prisa se abría paso por la pradera hacia la cerca que daba al patio trasero.

Miré a la puerta justo en el momento en que Dash salía disparado hacia la pradera, aullando y ladrando como si se tratara de un perro de mayor tamaño.

—¡Dash, ven! —Salí corriendo detrás de la cerca para ir por él.

Harry ya estaba cerca, a mi izquierda, y me ayudó a perseguir a Dash, que iba hacia donde el pastizal desciende hasta el estanque. De repente se detuvo, como si estuviera clavado al piso, bajó la cabeza y empezó a gruñir con una furia que nunca antes había visto.

Harry llegó corriendo hasta nuestro perro antes que yo. Vi que traía su rifle en la mano izquierda cuando tomó a Dash del collar y empezó a jalarlo hacia mí.

En ese preciso momento lo vi y me paralicé.

Un hombre desnudo salió disparado del bosque, la palidez de su piel contrastaba de manera alarmante con el verde oscuro del rodal de abetos jóvenes por el que corría, agitaba los brazos sobre su cabeza y, tal como dijeron, pedía ayuda a gritos. Miré a Harry incrédula cuando hizo el gesto de que me regresara a la casa. Me habló con calma de forma deliberada.

—Atrás de la cerca, ahora.

Pese al disparate sobrenatural que tenía lugar frente a mí, estaba igual de sorprendida con Dash, por lo enojado que estaba, por la manera en que se resistía a los jalones de Harry y por cómo ladraba y gruñía hacia donde estaba el hombre desnudo, al otro lado del pastizal. Llegamos a la valla, entré, me hice a un lado para que Harry y el perro pudieran pasar y después la cerré con el pestillo. Tiré las herramientas de la carretilla y la volteé para recargarla sobre la cerca. Escuché la voz de Harry a mis espaldas.

—Sasha, por favor, ayúdame a llevar a Dash al porche trasero.

—¿Qué vas a hacer?

Movió hacia atrás la palanca de su rifle, lo que significaba que ya estaba cargado, se pasó la correa por el hombro y me miró.

—Voy a pegarle un tiro a ese bastardo. No tenemos por qué ver cómo se lo comen vivo.

Asentí.

—Está bien, pero quiero ir contigo. Quiero verlo. —Me miró fijamente a los ojos—. Voy a ir y punto.

Me dijo que sí con la cabeza y caminamos hacia la valla del lado sur del patio para acercarnos a donde el hombre desnudo corría. Entonces pude verlo: tenía la apariencia común y corriente de un hombre de mediana edad. Lloraba, rogaba, sacudía los brazos en el aire y su pene se columpiaba de un lado a otro. Miré a Harry:

—¿Es el mismo tipo? ¿Se veía igual a este?

Asintió lentamente.

—Mismo hombre, todo igual.

Pude ver con claridad al oso. Supongo que era idéntico a cualquier oso negro. Lo sorprendente era la velocidad, parecía que trotaba en cámara lenta.

Volví a mirar a Harry, quien alzó la vista al cielo, cerró los ojos, jaló aire, lo retuvo un segundo, exhaló despacio y después posó la mirada en el hombre. En ese momento Harry tenía una expresión en el rostro que no creí haber visto antes. Se veía furioso y peligroso.

—Harry. —Me costaba trabajo sujetar a Dash del collar. Con sus zancadas desesperadas, el hombre se acercaba a la valla, que estaba a unos nueve metros de distancia—. Harry. —Pareció salir del trance y me miró—. ¿Cuándo le vas a disparar?

—Voy a dejar que llegue a la cerca. Si se repite lo de la última vez, se detendrá y será un tiro sencillo.

Dije que sí con la cabeza y vi su rostro cuando miró la escena que se aproximaba a nosotros. Después observé al hombre, que lloraba mientras la baba y los mocos le escurrían por la barbilla.

—Ayúdame por favor, tiene que ayudarme, voy a morir, ¡por piedad!

Era asqueroso, sentí náuseas de verlo. No sentía nada de compasión por ese hombre, por esa… cosa. Podía sentir que era una farsa y que fue diseñado para ser una trampa. La escena entera me daba repulsión. Miré a Harry y parecía que estaba a punto de descargar su ira, como si su cuerpo estuviera hecho de cadenas que estallarían a causa de la tensión. De hecho, me sorprendió advertir mi deseo de dar un paso atrás para alejarme de él.

El hombre disminuyó la velocidad a medida que se acercaba a la valla y el oso, ahora claramente a la vista, hacía lo mismo. El pelo de la bestia, de color negro obsidiana, destellaba bajo el sol de la tarde y sus ojos eran casi igual de oscuros. Creo que el animal era muy impresionante e incluso hermoso.

Mi esposo empezó a caminar hacia la cerca y se volteó para mirarme.

—Mantén la distancia, ¿quieres? En caso de que algo suceda.

De todas formas lo seguí. Me detuve a tres metros detrás de él, una vez que Harry llegó a la cerca, lo cual supuse que era suficiente para detener al hombre. Para mi asombro, así fue.

Los dedos del tipo se entrelazaron en el alambre y empezó a empujar la cabeza entre sus manos, sin dejar de llorar y de suplicar. ¿Qué quería esta cosa? ¿Por qué empeñarse en hacerle estas locuras a la gente que vive aquí?

Lo que sucedió después me sorprendió tanto como el grotesco espectáculo de la persecución del oso.

Harry bajó el cañón del rifle, dio un paso hacia el hombre y se inclinó hasta quedar a cinco centímetros de su cara. El oso estaba cada vez más cerca. Estaba a punto de gritarle a mi esposo cuando lo escuché hablar:

—Esta tierra es mía. Te la arrebaté y jamás vas a recuperarla.

De una manera impresionante y abrupta, el semblante del hombre cambió. La desesperación, la tristeza y el pesar desaparecieron de su rostro. Todo el pánico que desfiguraba sus facciones se desvaneció como si fuera una máscara que se hubiera desprendido. Su expresión impasible era de una incredulidad pura. Estaba en blanco, cual tabula rasa.

El tipo miró hacia nuestra izquierda, al oeste. El oso estaba quizá a unos diez metros y empezaba a disminuir la velocidad. Estaba a punto de pegar un alarido, pero me quedé absorta en la manera como el rostro del hombre empezó a cambiar. Vi que su frente se empezó a arrugar un poco. Entonces pareció que se había dado cuenta de algo, como si mirar la pendiente del valle lo hubiera ayudado a advertir dónde estaba.

Volteó para ver a mi esposo directo a los ojos con una expresión de urgencia en el rostro. El oso estaba a sus espaldas y empezaba a pararse en sus patas traseras cuando lo vi. Un sutil destello de enojo, casi imperceptible, atravesó la cara del tipo.

Y Harry le disparó.

El tronido profundo y repentino del fusil me dejó sin aliento, al mismo tiempo que vi cómo la bala entraba por la oreja izquierda del hombre. Su cabeza cayó hacia atrás, rota por la fuerza de la bala. En ese preciso instante dejé de sentir tensión en la cabeza y ansiedad.

Los dedos del hombre soltaron el alambre de la cerca, fragmentos de cráneo y de cerebro cubrían la parte superior de su cuerpo, y una nube de vapor rosa que se tornó ocre por el sol del atardecer envolvía su cuerpo. El oso regresó a sus cuatro patas y miró al tipo, cuya cabeza estaba inclinada hacia nosotros. En el lugar de su ojo izquierdo y el puente de la nariz había un cráter irregular y sanguinolento. Daba la impresión de que su ojo derecho había estado a punto de salirse, pero logró adherirse antes de abandonar por completo la cuenca.

La mandíbula del hombre se movía de arriba abajo con los últimos impulsos de su sistema nervioso. La sangre fluía a raudales de su nariz y boca, y quedó inerte en un montículo, entre el pasto verde y crecido en la base de la cerca. Solté a Dash y di algunos pasos para estar junto a Harry y mirar juntos el cadáver del tipo.

El oso dejó de mirar el cuerpo desnudo para verme a la cara. La sangre y la materia gris del hombre habían salpicado los ojos negros y salvajes del oso.

Después, el oso observó a Dash, que estaba parado del lado opuesto de la cerca, sin rastro alguno de enojo ni angustia. El ligero jadeo del perro lo hacía parecer sonriente de una manera intencional. Se me cayó la cara de sorpresa cuando vi que el oso le hizo un gesto de saludo a mi perro. Dash movió la cola y con suavidad puso las patas en la cerca. Harry volteó a verme, el asombro de sus ojos había reemplazado el enojo mientras señalaba a Dash. No pude hacer más que corresponder a su mirada de incredulidad.

El oso quitó la mirada de Dash y nos vio de pasada. Luego observó el cadáver, empujó la rodilla del hombre con el hocico y enterró la quijada en la espinilla y la pantorrilla, haciendo crujir los huesos de forma perceptible. Me estremecí, pero no le pude quitar los ojos de encima. La bestia se dio media vuelta y empezó a arrastrar el cuerpo hacia la pradera. Harry y yo nos tomamos de la mano en el mismo instante y observamos la macabra procesión en silencio, hasta que Dash nos sacó del trance al caminar en zigzag entre nuestras piernas mientras movía la cola de un lado a otro.

Después de que, de alguna manera, olvidé la violencia de

los últimos segundos, recordé el interludio de Harry y su decisión de hablarle al hombre. Volteé a verlo:

—Harry, ¿qué demonios fue eso?

Se veía como un niño de diez años que se siente algo culpable, mientras dejaba que la correa que colgaba de su hombro cayera por su propio peso.

—La verdad no tengo idea, Sash. Solo… quería ver si podía quitarle su careta.

No sabía qué responder, pero la idea de meterse con el espíritu, con la intención de hacerlo enojar me parecía extraordinariamente estúpida y peligrosa.

—No creo que debamos hacer esas cosas, Harry. Tengo un muy mal presentimiento en cuanto a tratar de joder a esta cosa de manera premeditada.

Al mismo tiempo, ambos empezamos a caminar de regreso al porche porque teníamos la necesidad de sentarnos.

—Tienes razón, Sash, es solo que… ¿Dan y Lucy alguna vez te comentaron algo al respecto? ¿Lucy mencionó algo sobre hablar con el hombre o que algo como lo que pasó pudiera suceder? Es decir…, ¿verlo confundido y frustrado?

—Hasta donde recuerdo, no. Pero de cualquier manera no me gusta, Harry. ¿Por qué lo hiciste? ¿Cómo fue que se te ocurrió hacerlo?

Por un momento, la furia sorda y desconcertante que vi en los ojos de mi esposo cuando el tipo corría hacia la cerca invadió su cara, pero desapareció con igual rapidez. Harry se descolgó el rifle, lo recargó sobre el barandal y tomó asiento en los escalones del porche.

—Me tomó desprevenido vivir la escena otra vez, verte

correr detrás de Dash por la pradera, mirarte asustada, escuchar el miedo en tu voz. Creo que mi fascinación por el acto se desvaneció y solo me quedé con… lo cruel y retorcido que es. No sé qué pasó, cariño, me enojé. —Harry miró el pasto a sus pies y continuó hablando—. Quería ver su verdadero ser. —Se giró para verme a los ojos.

Oírlo decir eso me sobrecogió. Sin embargo, comprendía lo que me decía. La manera en que mi esposo lo había descrito, la naturaleza manipuladora y cruel de la experiencia… También a mí me irritaba, ver cómo la persecución se acercaba a nosotros. Me senté a su lado.

—De todos modos, Harry, necesitamos entender esto mejor. No podemos provocarlo ni intimidarlo para que nos revele quién es. Creo que solo debemos… seguir las reglas, como Joe les indicó a Dan y Lucy. «Sigan las reglas y podremos vivir una vida tranquila en este lugar», eso es lo que nuestros vecinos nos han estado diciendo y pienso que eso es lo que deberíamos hacer.

Harry asintió.

—Tienes razón. —Volteó para verme—. Debo eliminarlo en cuanto aparezca, sin perder el tiempo en estupideces, no lo volveré a hacer.

Esa noche me pasé horas mirando el techo oscuro de nuestra habitación, pensando en la experiencia de principio a fin. Ver la reacción del hombre cuando Harry lo desafió me hizo pensar, por primera vez, en una solución para todo esto. Supongo que ver al tipo suspender su actuación me hizo sentir que detrás de esto había más que un modelo estricto de encuentro con la manifestación estacional del espíritu, obediencia a las reglas, desaparición y repetición. Me parecía demasiado simple y superficial.

Cada temporada tenía su propia regla o ritual, y en realidad me parecía una locura considerar que seguir una regla o un ritual pudiera hacer que todo desapareciera. ¿No habría alguna norma que se pudiera aplicar todo el año, que lo neutralizara más tiempo o algo que pudiera interrumpir el ciclo?

Estuve muy ocupada la semana siguiente a la persecución del oso, pero me costó trabajo concentrarme. Empecé a anotar las preguntas que quería hacerle a Lucy. El oso, el oso y el perro, la reacción que Harry provocó en el tipo, todo aquello congestionaba mi mente.

Para aumentar mi distracción, por fin encontré unos registros referentes a la familia Seymour, que vivió aquí antes que nosotros. Por algún motivo, me había resistido a contarle a Harry sobre mis esfuerzos para rastrear a esa familia. No estaba muy segura del motivo por el cual no le compartía el progreso de mis hallazgos, pero me dije que pondría al tanto a mi esposo una vez que descubriera algo significativo.

Me encontré en un callejón sin salida cuando intenté investigar sobre los Seymour en la oficina del condado de Fremont, una tarde después de hacer una parada en la tienda de Saint Anthony. Había algunas cosas, pero básicamente se trataba de viejos duplicados de documentos que venían junto con nuestras escrituras: impuestos y títulos a su nombre, ese tipo de cosas.

Sin embargo, en una búsqueda en la base de datos de la secretaría del estado, me encontré con una empresa ya desaparecida que había iniciado operaciones en el 2008 y estaba a nombre de ambos Richard y Molly Seymour. Se trataba de ellos, la pareja que vivió en nuestra casa.

Esta sociedad había desaparecido varios años antes, pues en la columna del informe anual de 2012 se leía «no presentado», y un documento titulado «Disolución en trámite» de fecha 2013 señalaba que la sociedad se disolvió por inactividad. No obstante, en los documentos de la constitución de sociedad venía el nombre de un representante llamado Jack Freeman, quien se encargó de enviar los informes anuales de 2009 a 2011. Lo encontré y descubrí que se trataba de un abogado privado en Idaho Falls, y su dirección correspondía a la que venía en los informes. La página de los servicios que ofrecía estaba relativamente actualizada e incluía un comunicado de prensa del año anterior, así que me entusiasmé ante la posibilidad de encontrar al hombre.

Otra tarde de esa misma semana, Harry se llevó a Dash a dar un paseo al parque nacional. Al terminar una videoconferencia del trabajo, tenía una media hora libre antes de mi siguiente reunión, así que marqué el número del despacho legal de Jack Freeman. Después de que sonara unas cuantas veces, contestó una mujer que se escuchaba algo entrada en años. Le solicité hablar con el abogado y ella me pidió que esperara en la línea para confirmar su disponibilidad.

Cuando se empezó a oír una extraña música de espera, me di cuenta de lo poco preparada que estaba para hablar con este señor, no sabía ni qué le iba a decir. Empecé a dar clic en el collage de PDF que había abierto en mi escritorio, tratando de encontrar información sobre la vieja sociedad, cuando escuché la voz ronca de un hombre mayor.

—Habla Jack Freeman.

—Eh, hola, señor Freeman, mi nombre es Sasha Blakemore y el motivo de mi llamada es para preguntarle sobre una pareja que creo que fue clienta de usted, Richard y Molly Seymour. Usted está registrado como el representante de la sociedad que formaron en 2008 y en los informes anuales hasta 2011. —No sabía qué decir después de eso, así que guardé silencio.

Respondió de inmediato, con un tono de sorpresa en su voz.

—Pero, hombre, no he pensado en ellos en siglos. Por Dios, claro, Richard y Molly, trabajé con ellos para constituir una sociedad hace más de diez años. ¿Dijiste que te llamabas Sarah?

—De hecho, me llamo Sasha.

—Ah, discúlpame. Bueno, Sasha, ¿cómo puedo ayudarte? ¿Conociste personalmente a los Seymour?

¿Habrá hablado en pasado intencionalmente?

—En realidad no los conozco, pero mi esposo y yo acabamos de comprar el rancho que poseían, y ellos fueron los últimos en vivir aquí. Todo lo que sabemos es que una compañía de bienes raíces le compró la propiedad al fideicomiso de la familia de Richard Seymour para usarlo como parte de un acuerdo de intercambio de tierra, o algo así, con el parque nacional, pero el proceso se extendió mucho o no prosperó. Ignoro lo que sucedió en realidad, pero nosotros compramos el terreno a la inmobiliaria hace unos meses.

—Okey. —Fue todo lo que respondió.

Demonios, necesitaba algo más si quería sacarle información a este señor. Como me gustó lo que improvisé en el momento, continué con ello.

—Nos mudamos la primavera pasada y nos encontramos con varias cosas que les pertenecen a los Seymour. Algunas parecen tener un gran valor personal para la familia, así que estoy tratando de contactarlos para hacerles saber que tenemos sus cosas y que queremos regresárselas.

Salió mejor de lo que esperaba.

—Bueno, Sasha, desafortunadamente Richard y Molly murieron…, creo que fue en el mismo 2011. ¿Puedes esperar un momento en la línea? Voy por su archivo.

—Sí, no hay problema.

Mi pulso se aceleró y pensé en que debía relajarme, porque debía tratarse de una coincidencia. Solo tuve que esperar un minuto antes de que el abogado tomara el teléfono y pude notar que me puso en el altavoz mientras pasaba unas páginas.

—Hola, Sasha, sí, tenía razón cuando te dije que murieron en mayo de 2011. Los Seymour tenían tres hijos y, ahora que lo recuerdo, dos de ellos también murieron el mismo año, eran gemelos, Mark y Courtney. Fue muy triste porque solo tenían 17 años. Lo sé porque al año siguiente le pedí a otro abogado, un colega de Boise, que me contara qué había sucedido. Él tenía un poder notarial sobre el fideicomiso que Richard contrató unos años antes; estaba calculando sus activos y en el proceso de vender el rancho en el condado de Fremont, el cual supongo que es de tu propiedad.

—Discúlpeme por el sonido de las teclas, señor Freeman, estoy tomando unas notas.

—No hay ningún problema. De hecho…, eso es todo. Acordé con el abogado de Boise que su sociedad expirara y se disolviera porque es lo más barato, no hay que pagar cuotas por procesar la documentación ni nada. Y bueno, eso fue lo último que supe de ellos. Fue una tragedia, recuerdo que eran buenas personas.

—Es muy triste saberlo. Señor Freeman, usted mencionó que eran tres hijos, pero solo mencionó a los gemelos que murieron. ¿Sabe cómo se llamaba el tercer hijo?

Se aclaró la garganta antes de responder.

—Sí, Bethany era la tercera, hija de Richard de un matrimonio anterior, y la única beneficiaria del fideicomiso que estaba gestionando el abogado de Boise, aquí lo tengo por escrito. En la primavera de 2012, a nombre de Bethany Rueckert, le dio seguimiento a la venta de lo que ahora es tu rancho. Todo lo que sé sobre ella me lo dijo mi compañero, pero solo es su nombre y número, que parece ser un teléfono fijo. Nunca he hablado con ella, pero podría darte sus datos para que pueda recibir las pertenencias de su familia.

Anoté la información que me dio, le agradecí varias veces y tan pronto como colgué le marqué a Bethany. Empecé a sentir un ataque de pánico cuando escuché el tono de la línea telefónica, porque no sabía qué le iba a decir, pero me calmé cuando se activó el buzón de voz. Le dejé un mensaje en el que le pedía que me devolviera la llamada, hice una vaga referencia a que se trataba de su propiedad y colgué.

Todo sucedió en un lapso de diez minutos, luego me recargué en el respaldo de la silla y respiré hondo varias veces. Mis primeros pensamientos giraron alrededor de la historia de Lucy sobre la huida de los Seymour después de que algo saliera mal con el ritual de primavera, su resistencia a decirme qué había pasado con ellos y lo que hicieron Dan y Joe para ayudarlos y salvarlos. Mi ansiedad y pulso se incrementaban al unísono a medida que armaba el rompecabezas en mi mente. Me obligué a escribir la información que había recabado sobre la familia Seymour.

La familia consistía en los padres, Rich y Molly, los gemelos Mark y Courtney, y Bethany, de un matrimonio anterior.
Compraron el rancho en 1996.
En la primavera de 2011, todo se fue a la mierda cuando no prendieron el fuego al ver la luz.
Dejaron el valle inmediatamente después, en la primavera de 2011.
Richard, Molly y los gemelos murieron en mayo de 2011.
Una de sus hijas seguía viva, al menos hasta la venta de la propiedad en la primavera de 2012.

Releí mi lista y sentí que un millón de ideas y preguntas angustiosas inundaban mi mente. Jalé aire y me obligué a escribir los siguientes pasos, algo que solía hacer cuando me sentía agobiada.

Hablar con Lucy sobre la razón por la que los Seymour se marcharon.
Preguntarle si sabía que Rich, Molly, Mark y Courtney murieron unas semanas después de marcharse.
ENCONTRAR A BETHANY.

15
Harry

La crueldad de esta última y desastrosa persecución del oso se veía exacerbada porque contrastaba por completo con la belleza del paisaje que nos rodeaba. Los veranos aquí eran totalmente increíbles, incluso empezaba a ver estos encuentros con el espíritu más como una molestia que como un motivo de trauma, como los mosquitos o las moscas. Vivir el verano aquí era demasiado bueno. Además, había descubierto un nuevo pasatiempo: jugar con el espíritu.

Después del encuentro más reciente con él, Sasha me preguntó qué me motivó para provocar al hombre cuando estaba parado en la cerca. Quería saber por qué me metía con él. Mentí al decirle que no estaba seguro y que no volvería a hacerlo.

Sabía muy bien por qué lo hice, había pensado en ello desde la primera vez que me topé con el hombre desnudo, y funcionó mejor de lo que esperaba.

Repasé mil maneras distintas de experimentar con esta «manifestación del verano», atrapar al hombre y enjaularlo, dispararle al oso, dispararle al oso y luego atrapar al hombre, atraparlos a ambos por separado, arrojarles espray repelente, interponer una reja eléctrica entre ambos y mil cosas más. Por alguna razón, una de las soluciones más viables me pareció encarar al hombre de alguna manera.

Ver a Sasha tan aterrorizada cuando el hombre desnudo avanzaba a trompicones por la pradera y el miedo en sus ojos mientras perseguía a Dash me enfureció de una forma nueva y desconocida para mí. Quería fastidiar al espíritu, torturarlo. Quería ver de qué estaba hecho y sabía que una de las mejores maneras de encender a un hombre era provocándolo y metiéndome con él. Me imaginé que funcionaría con el espíritu, y vaya que puse sal en su maldita herida.

En cuanto le dije que le había «arrebatado» su tierra, su teatrito se vino abajo. Su expresión aterrorizada desapareció. Me complació hasta las profundidades de mi alma verlo así, pero ignoro por qué. De cualquier modo, mi intención era explorar esa vía y continuar martirizándolo de ser posible. Desde mi punto de vista, si podíamos establecer que esta cosa tenía emociones, o que era parecido de alguna forma a un ser humano y podía ofenderse, entonces había manera de lastimarlo. Sasha no podía enterarse de mi pequeño plan y supuse que eso era lo mejor. Tenía razón en cuanto al peligro de provocar algo que ni siquiera entendemos, pero qué bien me sentí al descubrir que podía sacarlo de sus casillas. Lo hacía humano, mamífero, y los hombres y las bestias que actúan por enojo cometen errores. Lo he visto y me ha sucedido. Quería aprovechar eso o al menos tantear el terreno un poco.

Pese a toda esta locura, la vida era buena, incluso genial. Nuestros jardines germinaban, las tardes eran cálidas y había abejas y pájaros por todos lados. Por fin dejé de estar tan ocupado y empecé a pescar. Los ríos habían empezado a fluir un poco más después del deshielo de la primavera y destiné un par de tardes a la semana para explorar los brazos de los ríos Henrys Fork y Fall, ricos en truchas, y que en auto estaban tan solo a unos minutos de casa. Pocas cosas disfruto más que perseguir a estos peces con mi caña de pescar en las tardes templadas del verano; es lo más que me puedo divertir con los pantalones puestos.

Casi una semana después de la persecución del oso fui a la casa de Dan para beber una cerveza. Sasha había insistido en que lo conociera mejor, así que por fin lo llamé y le pregunté si podía llevar un six-pack para pasarla bien y platicar. Le fascinó la idea. Mi mujer me empezó a molestar cuando salí y me dijo que esperaba que disfrutara mi «primera cita» con Dan.

Me llevé a Dash. Bajamos por el camino hasta los extensos pastizales que conducían a la casa de los Steiner. Era una caminata de unos veinte minutos de corrido, cerca de un kilómetro y medio. Su propiedad era imponente: estaba más alejada del bosque nacional que nuestra propiedad, pero tenían una vista fantástica de la cordillera Teton que no se ve desde nuestra casa porque estamos más cerca de las montañas.

Pude ver un tractor entre los dos grandes graneros de paja, lejos de la casa principal, levantando una estela de polvo que parecía desaparecer cuando la ocultaban las olas de calor centelleante que se levantaban del pasto abrasador.

Cuando nos acercamos más a la casa, subimos a un canal de riego de medio metro de profundidad, el cual llevaba con rapidez una corriente de agua cristalina a los pastizales y a una hilera de enormes pinos, donde unas ocho vacas descansaban tumbadas a la sombra. Hacía calor y ver el agua me recordó tomar un trago de mi botella. Dash de inmediato se aventó al canal, se echó y abrió el hocico de par en par para beberla. Cuando guardaba la botella en mi mochila, Dash salió y se sacudió a mi lado. No me encanta bañarme en agua con olor a perro mojado, pero estaba tan fresca que fue genial.

Vi que Dan se bajó de un salto del tractor y me hizo señas con las manos. Dash corrió hacia él y empezó a dar vueltas a su alrededor y entre sus piernas. Con sus enormes manos, Dan le daba palmaditas en su lomo.

—Lo siento, Dan, está un poco mojado. Cuando vio el canal no se pudo resistir.

Extendió la mano hacia mí.

—Ah, no hay de qué disculparse, Harry.

Señalé el tractor.

—¿Necesitas ayuda con algo?

—De ahora en adelante, te llamaré Ampolla.

No entendí a qué se refería y lo notó por la expresión de mi cara, por lo que mi vecino continuó.

—Te llamaré Ampolla porque te gusta aparecer en el preciso momento en que termino el trabajo, ¿o no?

Me hizo reír. Este tipo en verdad era un arcón de frases viejas y bobas.

—Bueno, hubiera llegado más temprano de haber sabido que necesitabas una mano.

Dan agitó la mano para desechar mi comentario.

—Solo te estoy molestando, Har: ya terminé mi jornada y estoy listo para pasar a otra cosa. ¿Nos tomamos una cerveza?

Giré y señalé mi mochila con la cabeza.

—Claro, traje unas, pero me temo que para este momento ya están tibias.

Mi vecino hizo un gesto con la mano para que lo siguiera a uno de sus graneros.

—Vaya, es mi segundo tipo de cerveza favorita.

Lo seguí al gigantesco almacén y subimos por una escalera pegada a uno de los costados, hacia lo que parecía ser un viejo pajar. Ahí había unas sillas Adirondack y una mesita para café cerca de una enorme abertura que daba al este, hacia la cordillera Teton. Caminé hasta ahí y miré el paisaje.

—¡Santo cielo! —no pude evitar decir en voz alta.

—Todo un espectáculo, ¿verdad? —Dan caminó hacia una de las sillas, se sentó y estiró la mano para darme una lata helada de cerveza Modelo.

Alcé las cejas mientras él señalaba con el pulgar un viejo minibar que estaba apoyado en la pared.

—Supuse que era buena idea tener unas latas bien heladas aquí, para disfrutar de la vista y todo.

Puse mis cervezas tibias en el refrigerador, me senté en la silla al lado de mi vecino y Dash se dejó caer a nuestros pies. Como telón de fondo teníamos unos pastizales que se extendían hasta los bosques de pino bajo el dramático y escarpado contorno de granito de la cordillera Teton. Dos de sus cumbres eran tan altas que casi alcanzaban la parte de arriba de la abertura en la pared por donde mirábamos desde el pajar.

—Muy bien, Dash. —Mi perro miró al anciano y, en señal de que había reconocido su nombre, movió la cola unas cuantas veces—. Podrías ser un modelo con un escenario como este, amigo.

Dan volteó para verme.

—¿Cómo se van aclimatando por allá? Ya tienen un par de persecuciones del oso a cuestas, ¿no? Siempre es una experiencia desagradable y espero que al menos se acostumbren a eso.

Asentí. Aunque Sasha y yo habíamos aceptado lo que pasaba en este lugar, y lo conversábamos y tomamos con filosofía, me parecía una locura hablar de eso con alguien que no fuera ella.

—Sí, creo que cada vez es menos extraño. ¿Qué hay de ustedes? Supongo que lidian con las mismas estúpidas manifestaciones del espíritu cada estación. ¿Ven la luz en el estanque que está cerca del granero?

Dan apretó los labios y me dijo que sí con la cabeza.

—En efecto, de ahí sale la luz. Hay más, pero ese es el único que podemos ver desde la casa. Me imagino que por eso se aparece ahí, no sería justo que surgiera en un lugar donde no pudiéramos verla, ¿no crees?

No sabía qué contestar ante la insinuación de Dan de que había algo «justo» en la manera como operaba este jodido lugar, así que continué con mi siguiente pregunta:

—En lo que va del verano, ¿se han enfrentado a episodios de la persecución del oso?

Dan empezó a asentir antes de que terminara de darle un trago a su cerveza.

—Claro, hasta ahora dos. Es un tipo de mediana edad, con el cabello oscuro, su pene va columpiándose en el aire, y va aullando y pidiendo ayuda a gritos porque trae al viejo Bruno a sus espaldas. Así le decimos al oso, no sé bien por qué, pero se le quedó. Es la misma pendejada cada verano.

Dan siguió contándome que, de hecho, en parte diseñaron el plano de su finca para que siempre tuvieran una ventaja razonable en la persecución del oso. Por la manera en que estaban dispuestas las cercas y los pastizales, solían tener a su favor varios metros antes de que el tipo siquiera se acercara. En ambas ocasiones esta temporada, Dan había derribado al hombre desnudo con un rifle de cerrojo que llevaba con él. El encuentro más reciente había sucedido apenas unos días antes.

—Sí, esta vez logró acercarse quizá a unos cien metros. ¡Me dio vergüenza porque el hijo de puta apareció cuando estaba por orinar!

Platicamos más durante la siguiente hora. Como sucedió desde el día en que lo conocí, y con todo y mi resistencia, cada vez que veía a este anciano me caía mejor. Había en él una autenticidad, cierta simplicidad y desenvoltura que sugerían una inteligencia más profunda. Toda su vida adulta se la había pasado estudiando, trabajando y viviendo las particularidades de esta tierra.

Nos desviamos del tema para hablar de su sistema de rotación de pastizales, del tiempo que las vacas permanecían en un lugar antes de moverse a otro, sobre la necesidad de hacer una estimación correcta según la estación y el crecimiento del pasto, del trabajo destinado a irrigar los pastizales y el momento para empezar a hacerlo, de los diferentes aspectos del derecho de uso de aguas subterráneas y superficiales durante la temporada de riego, cuándo y por qué desplazaba las vacas hacia y desde los terrenos del parque nacional arrendados para el pastoreo. Era mucho trabajo. Cuando me explicaba que él y Joe tuvieron varios contratos de pastoreo juntos, usé la referencia a ese hombre para averiguar un poco más.

—Dan, ¿qué pasa con Joe? Me muero por conocerlo. ¿Le planteaste la idea de vernos luego de la reunión que tuviste con él y de la que me contaste hace unas semanas? Tengo mil preguntas que hacerle, sobre la historia de la región y la manera en que su padre, abuelos, bisabuelos y tatarabuelos vivieron y lidiaron con el espíritu. Creo que a estas alturas ya resulta extraño no haberlo conocido.

Dan decía que sí con la cabeza mientras yo hablaba.

—Le conté que querías conocerlo y me dijo que pasaría por tu casa cuando lo considerara pertinente. Para Joe, eso no significa mucho en términos de un momento preciso. Pero, Harry, no es necesario forzar el encuentro. Como te dije antes, irá y se presentará. Es un tipo tímido y muy ocupado. Sus dos hijos y sus familias viven en el rancho, y es una locura con los nietos. Entre gestionar la operación de un rancho de 2 600 hectáreas y asegurarse de que sus hijos entiendan la naturaleza del trabajo en el rancho, para que un día tomen el mando, no le queda mucho tiempo para la vida social. Además de eso, el poco tiempo libre que le sobra lo dedica a sus nietos, les enseña su antigua lengua, a perseguir, atrapar y cazar, a montar a caballo y que aprendan a rezar a la vieja usanza. —Dan le dio un trago a su cerveza y continuó—: Joe se considera un shoshone y un bannok, y está muy orgulloso de sus tradiciones tribales. Su gente ha vivido en la parte alta de Snake River Valley por miles de años. Su tataratatarabuelo gobernaba junto con un tipo llamado Pocatello, que era jefe, pero cuando se empezó a elaborar un tratado en la década de 1860, el tataratatarabuelo de Joe se rehusó a mudarse de la reserva Fort Hall y logró un acuerdo por la concesión de tierras originarias, donde su finca aún sigue en pie. Joe cuenta que su tataratatarabuelo pensó que bastaba con obtener un papelito que dijera que eras propietario del lugar y que con eso los soldados lo dejarían en paz. Hasta cierto punto, ese fue el caso. Los antepasados de Joe y otros shoshone y bannok que se negaron a abandonar el valle se establecieron en esas tierras. Desde luego que la familia de Joe tuvo que lidiar con ladrones de ganado, cazadores de indios y una muchedumbre que quería lincharlos. Pero, como dice mi amigo, en aquella época el gobierno solo buscaba la integración y supuso que un indio que pudiera leer, escribir, hacerse cargo del ganado y tener los títulos de las tierras estaba muy bien asimilado. Entonces dejaron de molestar al grupito de los shoshone y bannok casi por completo, por el hecho de que se habían establecido según la ley.

Había leído bastante sobre los shoshone y los bannok desde que llegamos aquí, así como de Fort Hall y el tratado de 1860 que Dan mencionó. Saber que la familia de Joe fue parte de la historia solo aumentó mis ganas de conocerlo y sumó más preguntas a mi lista.

—El punto es que la familia de Joe no solo es la propietaria más antigua de este valle, como todos los estadounidenses lo entenderían, sino que estuvieron aquí miles de años antes de que el primer hombre blanco pusiera los ojos en este continente. El legado de Joe se limita a lo que les enseña a sus hijos y nietos, y que a su vez aprendió de sus padres y abuelos. No quiere que sus hijos ni sus nietos se agobien con la carga de llevar de la mano a unos gringos que no saben cómo lidiar con el viejo espíritu. Durante mucho tiempo ha trabajado muy duro para quitarse ese lastre de encima, lo cual es comprensible. Entre 1870 y 1940 este valle se llenó de gente que se mudó al conseguir concesiones de tierras de los federales.

Asentí.

—Sí, vi en los antiguos registros de propiedad que hubo un momento en que hasta trece o catorce familias vivieron aquí.

Dan dijo que sí con la cabeza.

—Es correcto, y la familia de Dan es la única que sigue aquí. Joe tiene mi edad, pero ya verás que… él es la sabiduría de esta tierra. Es el custodio de las reglas y los rituales en los que estamos atrapados. Y aunque tenga poco más de setenta años, en su alma y su corazón carga con el peso del conocimiento que tiene cientos o miles de años. Tú y yo… —Dan hizo un gesto con la mano que abarcaba la tierra y las montañas—. Estamos de paso por el gran esquema de las cosas. La familia de Joe ha estado aquí antes de que la gente como nosotros llegara y permanecerá mientras el aire sea respirable. Debes entender el significado de eso. A él no le interesa entretener a nadie con viejas leyendas, y aún menos a un joven recién llegado como tú. Te quedan un montón de años por delante en este valle, hijo. No hay razón para apresurar las cosas.

Asentí, un poco a la defensiva.

—Estoy haciendo todo lo posible para irme con tiento. No tenía idea de que Joe quería comprar mi propiedad cuando hice la oferta, ni de que iba a estar embrujada. Es solo que…, cuando te mudaste aquí, Joe te enseñó lo que sabía sobre el espíritu y lo que significaba. Me gustaría aprender algo de eso también, de quienes en verdad son de aquí…, sin ofender.

Dan sonrió.

—Harry, yo era más joven que tú cuando compré este rancho. De alguna manera, Joe y yo crecimos juntos, pasamos de ser unos mocosos testarudos a los viejos cascarrabias que somos hoy. Arreamos ganado, cazamos, lidiamos con el servicio forestal, nos ocupamos de ayudar a los vecinos a saber qué hacer con los rituales de cada temporada…, lo que se te ocurra, ya lo vivimos juntos. Sé paciente, él irá a verte.

Sentí que ya había insistido mucho con el tema y además Dan lo puso en términos que me dieron una nueva perspectiva. Todo lo que sabía es que había un maldito espíritu de la tierra que nos amenazaba a mi esposa y a mí. Buscaría cualquier información sobre él, aunque tuviera que ir al fin del mundo por ella. Hasta ahora no había pensado mucho en el impacto que representaba el hecho de que viviéramos aquí.

Dash y yo regresamos caminando a casa, y para cuando llegamos a la entrada ya estaba demasiado oscuro para ver algo. Sasha se moría de ganas de que le contara todo sobre mi conversación con Dan y lo hice lo mejor que pude.

La siguiente fue una semana muy ocupada. La señora

Joanne, que rentó nuestros pastizales, vino a dejar más de veinte ovejas. Hicimos el trato de que, en lugar de que nos pagara por el espacio y el agua, recibiríamos un porcentaje de la venta de los animales en la subasta y podríamos quedarnos con algunos corderos. Era divertido tener animales a mí alrededor, me hacía sentir en un rancho de verdad.

Ese verano también llegamos al punto de que solo cenábamos ensaladas con verduras que provenían completamente de lo que cosechábamos en el huerto. Teníamos lechuga, acelga, jitomate, cebolla, rábano, col de Bruselas, montones de hierbas y muchas más papas de las que podíamos comer. Nos preocupaba que la temporada de cultivo fuera demasiado corta para tener un huerto productivo. Sasha estaba en lo correcto al querer que instaláramos un invernadero, pues de esta forma todo armonizó a la perfección.

—Bueno, amor, ¿qué se siente?

Estaba parado en la parte trasera del porche, mirando los pastizales y a las ovejas pastar alrededor del estanque. Acababa de caer una tormenta vespertina, así que la luz de la tarde en el pasto mojado hacía que la propiedad entera se viera resplandeciente. Volteé para ver a Sasha.

—¿Qué se siente qué?

Señaló la pradera.

—¿Ya te sientes todo un ranchero de verdad?

Me senté junto a ella.

—Hay que esperar y ver que no se las coman los coyotes, lobos, pumas y osos antes de que podamos considerarnos rancheros, ¿no crees?

Dash estaba echado en el borde del porche y tomaba una

siesta. Estaba a punto de ponerme de pie para entrar a la casa y llenar mi copa de vino cuando vi que el perro paró las orejas y volteó hacia atrás, hacia el cobertizo que construimos en el límite del bosque. En un segundo giró para pararse y lo hizo tan rápido que Sasha y yo nos miramos, y luego vimos a Dash.

Lentamente bajó la cabeza y puso las orejas hacia atrás. Esta vez no esperé. Como había aprendido a confiar en el perro más que nunca antes, salí disparado a la cocina, hacia la caja fuerte donde guardaba las armas; saqué la M4, un cargador e incluso se me ocurrió tomar un par de orejeras para Sasha. Cuando regresé corriendo por la cocina hacia el porche trasero, vi a Sasha parada junto a Dash, volteó para verme con los ojos abiertos de par en par.

—Él está aquí.

—¿Puedes oírlo?

En cuanto Sasha alzó la mirada y asintió, pude escuchar el primer alarido de pánico del hombre, lo escuché pedir ayuda con unos gritos que hacían eco en la casa desde algún punto en los árboles hacia el noreste.

Sasha empezó a caminar con rapidez por el porche y lo repentino de sus movimientos me sobresaltó. Tomó la correa del perro que teníamos en la mesa exterior, la anudó al barandal y la enganchó al collar de Dash cuando este empezó a ladrar. Él la vio con ojos de súplica y reproche. Mi esposa sonrió y se arrodilló para rascarle las orejas.

—No te preocupes, amiguito, lo tenemos bajo control.

Maldición, me descubrió viéndola con lo que debió ser una mirada de idiota.

—¿Qué? —preguntó con una mirada burlona, casi indignada.

—Nada, amor, estás en todo… Eres lo máximo.

Me sonrió y luego miró los árboles, donde los gritos que pedían ayuda con desesperación eran cada vez más claros. Con una expresión seria, giró para verme y hablarme directamente:

—Harry, esta vez yo voy a dispararle. —Continuó antes de que empezara a protestar—: Harry, no. Necesito hacerlo, no puedo depender de que estés aquí cada vez que esto pase.

Estiró la mano para que le diera mi rifle. No dije más. Tenía razón. Le había enseñado a usar mis carabinas a lo largo de los años, la última vez apenas dos meses atrás, cuando les disparamos a unos blancos en la pradera.

—Bien, pero ven conmigo, necesitamos elegir un lugar en la cerca del este donde podamos darle un buen tiro cuando llegue desde la pradera. —Empecé a caminar hacia los álamos y continué hablando—. Pondremos el rifle sobre la cerca para que no le dispares accidentalmente al alambre o a los soportes de la valla.

Cuando nos aproximábamos a la cerca, vi al hombre por primera vez. La palidez de su piel lo hacía fácil de identificar, más porque aún estaba cerca de los troncos oscuros y las ramas bajas de los árboles. Lo señalé con el cañón del fusil.

—¿Lo ves, Sash?

Me dijo que sí con la cabeza. Elegí un orificio en la cerca que estuviera a la altura de los hombros de Sasha. Me incliné para ver por la mira y asegurarme de que tenía un buen ángulo de visión. Después di un paso atrás, preparé la descarga y con el pulgar quité el seguro. Con la otra mano activé el silenciador en los auriculares y se los pasé a Sasha.

—¿Te acuerdas de cómo funcionan? Vas a poder escucharme, pero voy a bloquear el sonido del arma.

Mi esposa se veía nerviosa, pero asintió, se sujetó el cabello en una cola de caballo con una liga que traía en la muñeca y se puso las orejeras.

—¿Me escuchas? —Ella confirmó—. Muy bien, ya quité el seguro, ¿entendido? Recuerda recargar la culata en tu hombro y no poner el dedo en el gatillo hasta que estés lista para disparar. Pon la retícula y la punta de la flecha roja justo en el blanco. Trata de apuntarle a su pecho, unos veinte centímetros arriba de su vientre, ¿okey? Ni muy arriba ni muy abajo.

Volvió a decir que sí con la cabeza. Tan pronto como las palabras salieron de mi boca —me escuché decirle a mi esposa en dónde dispararle a un ser humano para matarlo—, por un instante quise girar, dispararle y ya. Como si pudiera intuir mi lucha interna, Sasha puso la mano en mi hombro y me miró.

—Harry, quiero hacer esto, necesito y puedo hacerlo. —Me limité a asentir y le hice un gesto para que tomara la empuñadura del fusil.

Así lo hizo. Respiró hondo cuando colocó la culata en su hombro y puso el ojo en la mira. No sabía si mirar al hombre o a la igualmente disonante escena ante mí: mi hermosa esposa traía un vestido de verano y le apuntaba con un rifle a un hombre desnudo, demoniaco y en llanto.

El hombre estaba a menos de cien metros y venía directamente hacia nosotros Ya había dejado atrás el último árbol y corría por la pradera, sollozando, gritando y con el pene columpiándose de un lado a otro; se trataba del mismo tipo, la misma vibra, la misma mierda. No pude evitar negar con la cabeza abiertamente, ¿de qué carajos se trataba esta tontería?

Sasha alternaba entre vigilar sobre la mira y a través de ella para poner al hombre en el blanco, lo que pareció haber logrado cuando se acomodó, se colocó la culata en el hombro y sujetó con fuerza la empuñadura frontal del riel del rifle.

—Muy bien, ya lo tengo en la mira. La flecha está apuntando a su pecho. —Pude ver que sus hombros le empezaron a temblar un poco.

—Solo respira hondo y dispara cuando estés lista. Hay treinta balas en el cargador y, si no das en el blanco, lo único que tienes que hacer es tirar otra vez. Si deseas parar o si el rifle se atasca, pondré mi mano en tu espalda, ¿de acuerdo?

Movió la cabeza sin quitar los ojos de la mira. Di un paso atrás y otro a la izquierda de Sasha. Ver a mi esposa pasar por este momento fue, para mi sorpresa, mucho más fascinante y perturbador que la ancestral persecución del oso guiada por un espíritu. Dash estaba hecho una fiera en el porche a nuestras espaldas y el eco de sus ladridos se escuchaba en la ladera. Alcé la vista, vi que el hombre estaba a unos sesenta metros y luego miré a Sasha. Ella jaló aire, exhaló lentamente y, cuando volvió a respirar, disparó.

Vi que el cuerpo del hombre se sacudió mientras que se sujetaba con una mano el costado izquierdo de su vientre. Trastabilló un poco y estiró el otro brazo para no caerse. Recuperó el equilibro y continuó con su extraño trote. Ya estaba a menos de treinta metros de la cerca y su rostro se percibía claramente. Pude ver que la sangre le escurría bajo su mano por el vientre y la cadera.

—Hazlo otra…

Mi frase se vio interrumpida cuando Sasha disparó dos veces sucesivas, una después de la otra. Levanté la mirada para ver que el hombre dejó caer los brazos a los costados y sus piernas se pusieron rígidas. Pude distinguir que había dos puntos negros en su pecho: el primero a unos tres centímetros de su pezón izquierdo, y el otro a casi diez centímetros de donde comenzaba el esternón, justo en el centro del pecho.

Sus extremidades quedaron inertes, su cara perdió toda emoción y se veía somnoliento y confundido. Por el impulso cayó hacia adelante como un pequeño árbol, de manera que sus rodillas y su cara se estamparon en el suelo en el mismo instante, levantando una bonita nube de polvo. Su cuerpo quedó inmóvil en línea recta entre el oso y nosotros.

Los ladridos de Dash acabaron cuando el cuerpo del tipo azotó, y un sentimiento de euforia se extendió por mi cuerpo.

Me acerqué al rifle, le puse el seguro y lo tomé por el brocal del cargador mientras colocaba la otra mano en la espalda de Sasha. Ella contempló el cuerpo del hombre unos segundos más por la mira, luego soltó la empuñadura y me miró con la expresión de una niña que acababa de ver un truco de magia, por completo maravillada.

—Buen trabajo, amor, excelentes disparos. —Ella volteó para ver al oso, el cual supongo que veía más allá de nosotros, adonde estaba el perro. Ambos miramos hacia Dash, quien ya estaba tranquilo y sentado, como a la espera de un premio. Su cola se movía sobre el suelo del porche.

Regresamos la vista al oso en el momento preciso en que alzó el antebrazo del tipo con la quijada y volteó hacia el bosque. Con el movimiento, el cuerpo del hombre giró y quedaron a la vista grandes chorros de sangre que provenían de las dos heridas en su pálido pecho, apenas ocultas por la tierra y el pasto que se adherían a la sangre.

Me colgué el rifle al hombro y dejé la mano en la espalda de mi esposa. Cuando el oso llegó al límite del bosque Sasha volteó a verme lentamente, aún con ojos de asombro y estupor.

—¿Estás contenta de haberlo hecho?

No pareció haber advertido mi pregunta, pero después de unos cinco segundos cerró los ojos, se puso la mano en el pecho y respiró hondo. Cuando exhaló, abrió los ojos y me miró.

—Sí lo estoy. Necesitaba hacerlo. O sea, yo nunca…, eso fue una locura. —Hablaba muy rápido—. Le disparé al tipo, pero no sentí como si le hubiera disparado a alguien, ¿eso tiene sentido? Ni siquiera siento como si hubiera matado a un insecto, fue como… si estuviera limpiando algo, como si quitara una mancha.

Nos pasamos el resto de la noche bebiendo vino y repasando lo sucedido varias veces. Sentí una combinación de culpa y orgullo por haberle permitido experimentar eso, pero pensé que ella también vivía aquí y tenía que enfrentar estas calamidades tanto como yo. No tenía que protegerla del hecho de que teníamos que acatar las reglas y seguir estos pasos. Parecía satisfecha y confiada, y era contagioso.

A partir de entonces el verano transcurrió rápido y sin mayores contratiempos, por lo que disfrutamos cada día.

De hecho, tomamos un vuelo a Colorado para asistir a la boda de un antiguo compañero de habitación de la universidad, y fue la primera vez que me alejé de la propiedad. Dan y Lucy aceptaron cuidar a Dash con gusto y echarle un ojo a nuestra casa. Me angustió mucho irme, pero, cuando estaba en la recepción, rodeado de amigos y conocidos, hubo un momento en que aprecié nuestra nueva vida más de lo que jamás me habría creído capaz, con todo y la mierda del espíritu loco ese y todo lo demás. Obviamente no tocamos ese tema en nuestras conversaciones con nuestras amistades, todos estaban embelesados con nosotros y estoy seguro de que ese fin de semana nos fuimos con diez planes tentativos con diez personas distintas que querían visitarnos en el otoño. En la práctica, no estaba seguro de cómo iba a funcionar eso de hospedar gente en la casa, pero supusimos que lo resolveríamos cuando llegara el momento.

En la tarde cuando regresamos, mientras manejaba por el camino hacia nuestra casa y teníamos casi a la vista la parte más baja de la pradera, Sasha se me acercó y me puso la mano en la mejilla.

—¿Cómo estás? ¿Cómo te sientes de regresar después de ver a todo el mundo en el lugar que solíamos llamar hogar?

La miré.

—Como si tuviera resaca.

Me sonrió y me dio un golpecito con el dorso de la mano.

—¿En serio?

—Me siento más feliz que nunca.

—Yo también, Har, yo también.

Dan y Lucy nos esperaban en la entrada de nuestra propiedad con Dash, que brincó a nuestros brazos en cuanto salimos del auto. Les prometimos a los Steiner que les devolveríamos el favor cuando lo necesitaran, por cuidar a nuestro perro y echarles un ojo a las ovejas, y los convencimos de regresar esa tarde para cenar.

Por lo común, cenar con un par de ancianos después de estar de fiesta por tres días consecutivos, tomar un vuelo con resaca y manejar una hora y media habría sido una experiencia especialmente infernal para mí y la habría evitado a cualquier costo. Sin embargo, y pese a mi resistencia, empezaba a sentir que Dan y Lucy eran parte de mi familia.

No solo el espíritu y los rituales estacionales ayudaron a crear el vínculo, en verdad eran buenas personas. Sentí como si llenáramos un vacío para ellos, dado que nunca tuvieron hijos. De hecho, Lucy opinaba lo mismo y se lo decía a Sasha con frecuencia.

Eso me puso a pensar en lo mucho que quería tener hijos. Empecé a tocar el tema con Sasha en varias ocasiones durante el último mes. Traté de no hartarla, sobre todo porque varios años antes le había dejado claro que ella tomaría esa decisión, pero, carajo, cómo deseaba tener hijos con esa mujer. Las veces que lo hablamos después de mudarnos aquí era sencillo poner el asunto en segundo plano porque, durante ese par de meses, pensaba que teníamos unos vecinos desequilibrados, y los siguientes tratamos de asimilar el hecho de que vivíamos con un extraño y malévolo espíritu de la montaña. Sin embargo, esa incertidumbre comenzó a diluirse cuando empezamos a entender de qué se trataba todo y con eso regresó mi interés natural de tener hijos. Después de platicarlo algunas veces, Sasha sugirió que nos comprometiéramos a tomar la decisión después del otoño, una vez que hubiéramos vivido la estación de los espantapájaros y todo lo que el espíritu tenía preparado para nosotros. Para ese entonces estaríamos en la tregua del invierno, la «temporada baja», como la llamaba Dan.

Pero yo ya estaba listo, quería hijos, desde antes de que nos mudáramos, y cada día que pasaba solo me hacía desear aún más tener una familia.

16
Sasha

—¡Buen trabajo, amor!

Caminaba por la pradera cuesta abajo junto a Dash. El calor era insoportable. Harry se pasó toda la mañana abajo, cerca del pozo, quitando los matorrales de la bomba y el medidor. Acabábamos de hacer que nos instalaran accesorios nuevos, con una potencia mayor que nos permitiría instalar un sistema de riego.

Lo había hecho muy bien hasta ahora, por lo que podía ver. Había un espacio circular de tres metros alrededor de la bomba que estábamos reemplazando y Harry usó la desbrozadora y después una pala para deshacerse hasta de la última raíz, y despejar un área de trabajo decente. Soltó la pala, se quitó los guantes antes de secarse el sudor de la cara con el antebrazo, levantó la vista hacia mí y sonrió.

—Mírate, vaquera, ¿ya te vas de paseo?

Levanté mi nuevo sombrero Stetson de la cabeza y le hice

a Harry una reverencia torpe y exagerada. Durante el último mes me había ido a cabalgar con Lucy al menos dos veces por semana y en ocasiones hasta tomábamos algunos senderos más largos hacia el parque nacional. Le había tomado cariño a Lemons, la vieja yegua de Lucy en la que me había enseñado a montar. Me estaba familiarizando con sus singularidades y me encantaba el vínculo que tenía con la yegua, así como acostumbrarnos la una a la otra. Además, me fascinaba tener un pretexto para usar la ropa vaquera.

—Voy a llevar la Subaru a su casa y de ahí nos iremos a caballo. Ya se me hizo tarde. Vamos a subir por la vereda hacia la primera pradera grande, así que quizá nos tomará unas cuatro o cinco horas. Te traje un poco de agua.

Puse la botella cerca de la pala y le di un beso.

—Cuídate, Sash.

Me di la vuelta, empecé a caminar hacia la entrada y le respondí:

—Lo haré, no te preocupes.

—¿Guardaste la…?

Giré e interrumpí a Harry.

—El repelente para oso, la mochila de hidratación, el cuchillo, el encendedor, la comida y el radio. Todo bien empacado.

Me devolvió la sonrisa.

—Bueno, ya estás lista. Ten cuidado, amor, en serio.

Les dije adiós a Harry y Dash con la mano mientras conducía por la salida.

Este paseo en el sendero era especial y me moría por hacerlo. No se debía a la vereda en sí, sino por lo que iba a platicar con Lucy.

Una semana antes estaba trabajando en la oficina cuando entró una llamada de un número que no reconocí. Contesté, esperando que se tratara de alguna grabación sin importancia, y me sorprendí al escuchar la agradable voz de una mujer.

—Hola…, habla Bethany. Recibí una llamada de este número hace un par de semanas, pero estaba de vacaciones. Regresé hace unos días y me estoy poniendo al corriente con el correo de voz. La persona que llamó dejó un mensaje que trataba sobre la herencia o el fideicomiso de mi padre, ¿o algo así?

¡Por Dios! Me enderecé en la silla y traté de sofocar el asombro en mi voz.

—Ah, vaya, sí, Bethany, ¿me podrías confirmar que tengo el número correcto? ¿Hablo con Bethany Rueckert, la hija de Richard Seymour?

—Sí, soy Bethany Rueckert, Richard era mi padre. ¿Me puede decir con quién hablo?

Podía escuchar el ruido de la televisión y a unos niños que hablaban y se reían al fondo. La angustia que me provocaba lo que estaba a punto de preguntarle a esta mujer empezaba a invadir mi mente.

—Claro, lo siento, mi nombre es Sasha Blakemore. Te llamo porque…, bueno, la primavera pasada mi esposo y yo compramos un pequeño rancho en el condado de Fremont. Por favor detenme y corrígeme si tengo la información incorrecta. Nos lo vendió una firma de inversión inmobiliaria, que fue su propietaria por varios años, después de comprársela a las últimas personas que vivieron ahí, que fueron, si no me equivoco, tus padres, Richard y Molly Seymour. —El otro lado de la línea se quedó en silencio por unos diez segundos. De no haber escuchado a los niños, habría asumido que me había colgado—. Bethany, ¿sigues ahí?

—Discúlpame, dame un segundo. —Oí que arrastraba los pies y el sonido de una puerta que se cerraba, lo que de inmediato silenció las voces de los niños—. Necesitaba moverme a un lugar donde te pudiera escuchar mejor. —Hubo otra pausa larga, pero esta vez no tuve que dar pie a una respuesta—. ¿Cuándo dijiste que tú y tu esposo se mudaron a la propiedad?

—Esta primavera, así que hemos vivido aquí por casi seis meses.

—Entonces…, perdón, pero ¿me puedes decir cuál es el motivo de tu llamada, por favor?

Me imaginé que había llegado el momento de decir la verdad, así que continué.

—Bueno, no sé qué tan bien llegaste a conocer este lugar, pero es… muy especial y el proceso de acostumbrarnos a vivir aquí ha sido muy interesante. Yo, nosotros, nos enteramos de que tú y tus padres se marcharon en la primavera de 2011, según entiendo, de una manera más bien abrupta, de un día para otro. Y, Bethany, dado lo único que es este lugar, pensé que sería de gran ayuda, para mi esposo y para mí, saber cómo era la vida aquí antes de nuestra llegada y quizá, si es posible, conocer más sobre las circunstancias que los motivaron a ti y a tus padres a marcharse.

Pude escuchar su respiración temblorosa.

—¿Me puedes repetir tu nombre, por favor?

—Me llamo Sasha, Sasha Blakemore…

—Sasha, muy bien, bueno... Primero, dejé la propiedad en marzo de 1996 y desde ese día no he vuelto a poner un pie en el condado Fremont. Segundo, Molly no era mi madre, la mía murió varios años antes de que mi papá conociera a Molly. Mark y Courtney eran sus hijos, eran bebés cuando nos mudamos al rancho y yo casi tenía 18 años. Solo estuve ahí por un par de meses. Así que... no tengo mucha experiencia que pueda ser de ayuda, además fue hace mucho tiempo.

—Ah, muy bien, me disculpo por hacer falsas suposiciones, no estaba segura. Bueno, me preguntaba si sabías por qué tus padres se fueron. Mira, los vecinos de aquí me hicieron creer que se marcharon en circunstancias excepcionales... y solo quería tratar de averiguar más al respecto.

—Sasha, para ser totalmente honesta contigo, no volví a hablar con mi padre desde el día en que me fui hasta alrededor de una semana antes de que él, Molly y los gemelos murieran. Mi padre y yo nos peleamos y, cuando me marché..., francamente quería alejarme lo más posible de esa propiedad.

Sentí un escalofrío en la espalda.

—Ah, entiendo y lamento escuchar eso. Entiendo que..., bueno, que te sientas incómoda compartiendo esto. ¿Te podría preguntar si tu padre mencionó por qué dejó este rancho cuando hablaste con él antes de que muriera?

Hubo un largo silencio antes de que Bethany contestara.

—Bueno, fue una conversación breve. En el trabajo recibí un mensaje de un número desconocido y la recepcionista me dijo que se trataba de alguien que decía ser mi padre. Me arrepiento un poco porque al principio no le devolví la llamada. De hecho, esperé unos dos días antes de decidir si quería hablar con él. Marqué el número que dejó y pertenecía a un pequeño motel en las afueras de Pendleton, Oregon. Me comunicaron a la habitación donde se estaba hospedando. Contestó Courtney, pero no le dije quién era yo, solo que quería hablar con Rich. —Se quedó callada un rato antes de continuar—. Sasha, nuestra conversación fue muy corta y no la recuerdo a la perfección, pero mi padre estaba muy alterado. Hablaba como si se hubiera vuelto loco. Estaba hablando de que eso, o algo, los había seguido, a él, a Molly y a los gemelos, y que... ¡ay!

Pude escuchar que Bethany empezó a llorar.

—Bethany, lamento mucho haber tocado este tema, me siento muy mal por ello, solo quería...

—No, está bien, todo bien. Sí, solo hablaba de que estaban atrapados o algo así. No dejaba de decir: «No nos deja ir, no nos deja ir». —Bethany lloraba sin parar y el terror eclipsaba con rapidez mi sentimiento de culpa por hacerla revivir el momento—. En realidad, eso fue todo. Traté de calmarlo, de convencerlo de venir a Boise, de quedarse conmigo y mi esposo, y de que viniera a conocer a sus nietos que ni siquiera sabía que existían, pero se negó, dijo que no podía llevar eso, o lo que sea, cerca de nosotros, que no quería que eso me encontrara.

Apenas podía hablar y estaba tan aterrada que me empezaron a temblar las manos.

—Bethany, ¿tienes alguna idea de qué estaba hablando?

—Bueno..., sí tengo una idea, pero no sé si creer en ello. Un par de semanas después de que nos mudamos, la pareja propietaria del rancho grande..., no recuerdo sus nombres, pero sí que al principio parecían buenas personas, fueron a visitarnos y nos hablaron de algo. No recuerdo bien todo, ya pasaron más de veinte años de eso, pero sí recuerdo que, después de que los vecinos se fueron, mi papá, Molly y yo tuvimos una fuerte pelea por eso. Yo me quería ir esa misma noche porque la pareja de ancianos me horrorizó. Unas cinco o seis semanas después regresaron y nos dejaron leña, agua bendita o algo así. Dijeron que era para el «ritual de primavera» y, como ya se avecinaba, que lo tendríamos que hacer. Algo en la conversación me aterró y me sacó de quicio. Discutimos de nuevo, lo hicimos toda la noche hasta la mañana siguiente, y entonces, me marché. Me fui a vivir con la hermana de mi madre a Boise y yo…, nosotros… nos dejamos de hablar. Mi tía llamó a mi papá muchas veces para decirle que yo estaba sana y salva, pero él le contestó que no quería saber nada de mí, que me deseaba lo mejor, y eso fue todo.

Estupefacta por lo que acababa de escuchar, los ojos se me llenaron de lágrimas. Tuve que esforzarme para responder.

—Oh, Bethany, lamento que hayas pasado por todo eso. Lo siento mucho.

—Sasha…, ¿esa cosa es real? ¿Lo que nos contaron en verdad… existe? ¿Era algo sobre un oso, unas muñecas o algo así?

—Bueno…, en cierto modo creo que sí existe. O sea, hasta donde sé es real. Oye, ¿puedo preguntarte algo más? Si no quieres contestar no tienes que hacerlo, pero ¿me contarías cómo murieron tus padres y tus hermanos?

—Sí, claro…, salió en las noticias, al menos en las locales, y en algunos periódicos pequeños en el este de Oregon.

Unos seis o siete días después de que hablé con mi papá, él, Molly y los gemelos iban en auto por una carretera lejana en las montañas del condado de Grant, en Oregon, y chocaron. Quienes se encargaron de la investigación dijeron que al parecer se habían impactado con un oso, el carro giró y se salió de la autopista. Pero eso no fue lo que los mató. Los cuatro viajaban juntos y pudieron salir por su propio pie del auto destrozado. A unos cinco kilómetros del accidente encontraron los cuerpos de mi papá y Molly. Los aplastó un árbol que cayó. Dijeron que era enorme y que seguramente murieron al instante. Sin embargo, los investigadores estaban desconcertados porque el árbol estaba vivo. Según ellos fue algo inesperado; parecía como si lo hubiera tirado una ráfaga de viento arrancándolo desde la raíz, pero era el único árbol caído. Los investigadores me dijeron que probablemente Mark y Courtney trataron de sacar los cuerpos que habían quedado debajo del tronco, pero se dieron por vencidos y siguieron caminando por el valle, cuesta abajo, hacia unos ranchos. Ellos… —Empezó a llorar otra vez y tuvo que tomarse un segundo para respirar—, me imagino que ese mismo día hubo un incendio; se piensa que lo causó un rayo que arrasó varias hectáreas. Encontraron los cadáveres de Mark y Courtney juntos, en la base de un saliente rocoso porque al parecer trataron de escapar del humo y las llamas.

—Bethany, lo siento tanto, no sé qué decir.

Después de un rato, continuó.

—Y eso… fue todo. Mi padre había creado el fideicomiso antes de que nos mudáramos allá y yo fui la única beneficiaria que quedó, así que durante los siguientes dos años los abogados y el estado…, no sé cómo funciona eso, vendieron sus cosas, me hicieron un cheque y eso fue todo.

Le agradecí a Bethany por su tiempo y le dije la verdad sobre la manera en que me puse en contacto con ella, y me disculpé por mentirle al señor Freeman, el abogado, al decirle que tenía unas cosas de su familia. Ella lo entendió y me dijo que podía llamarla otra vez si era necesario. Sus últimas palabras estuvieron haciendo eco en mi cabeza desde entonces y hasta el momento en que llegué a casa de Dan y Lucy. Me dijo: «Sasha, ten cuidado».

Fui al establo con Lucy y ensillamos los caballos. Le di a Lemons una manzana que traje de casa y cabalgamos cuesta arriba por la propiedad hacia una cerca que conducía a las tierras de Joe. Ahí seguimos por un camino bien marcado que iba hacia otra cerca y al camino principal, próximo al punto de partida hacia el parque nacional. A medida que el verano avanzaba, el lugar se llenaba cada vez más con mochileros y senderistas. Los guardabosques del Servicio Forestal manejaban por el camino de ida y vuelta varias veces al día; por la tarde ya era normal ver veinte carros estacionados ahí y los fines de semana llegaban a ser el doble. De hecho, eso me agradaba, me hacía sentir que no estábamos tan aislados. Además, me gustaba ver la expresión en la cara de las personas cuando pasaban en sus autos y admiraban por las ventanas la belleza de nuestra propiedad y nos devolvían el saludo a Harry y a mí.

Había una pradera increíble unos tres kilómetros hacia arriba de uno de los senderos principales y ya habíamos cabalgado por ahí varias veces. Tenía un riachuelo donde llevábamos a los caballos para que tomaran agua mientras Lucy y yo aprovechábamos para descansar, comer algo y platicar. La última vez incluso nos tomamos una cerveza que ella llevó en su alforja. Me supo a gloria.

En esta ocasión llegamos a la llanura mucho más rápido. Hay algunos lugares rocosos y escarpados que me intimidaron las primeras veces que los recorrí, pero ya sentía natural este paso. Lemons y yo empezábamos a comunicarnos con el puro tacto, con un ligero cambio en la presión de los muslos o en mi postura. Lucy había llevado cervezas otra vez y nos sentamos sobre un tronco al lado del arroyo, mientras los caballos pastaban por ahí cerca.

—Señorita Lucy, quiero preguntarte algo que he traído en mente.

Lucy me miró, fingiendo sorpresa.

—Vaya, señorita Sasha, dígame de qué se trata, por favor.

Respiré hondo.

—Ya ha pasado un buen rato desde que me dijiste que querías conocerme mejor antes de contarme lo que sucedió con los Seymour. Y, bueno, me dio un poco de curiosidad. ¿Recuerdas a Bethany Seymour, la hija mayor de Richard?

Lucy parecía por completo asombrada.

—Yo…, bueno sí, vagamente. Me acuerdo de que se fue poco después de que la familia llegara. ¿Qué sucede con ella?

—Bueno, pues hablé con ella la semana pasada…

Le conté a Lucy toda nuestra conversación. Ensayé cómo relatarle cada detalle y me preparé bien. Le dije que Bethany se acordaba de cuando ella y Dan fueron a visitar a su familia, sobre la pelea con Richard, que no se hablaron durante casi

15 años, los pormenores de la última conversación que tuvo con su padre y cómo murieron Richard, Molly y los gemelos. Para cuando terminé, las lágrimas corrían por las mejillas de Lucy mientras se tapaba la boca. Tomé las manos de mi vecina entre las mías y la miré a los ojos.

—Lucy, necesito que me digas lo que les pasó. —Cuando vi a una mujer tan dulce así de alterada, no pude evitarlo y también me puse a llorar—. Quiero que me digas qué significa todo eso.

Lucy se puso ambas manos en la cara y sollozó como una niña durante unos buenos quince segundos. No sabía qué hacer hasta que al final alzó la mirada. Se veía muy hermosa en aquella pradera, aunque tuviera los ojos enrojecidos e hinchados. Temblando, Lucy jaló aire varias veces antes de hablar.

—Mi querida Sasha, no podemos abandonar este lugar. Tú, Harry, Dan, yo misma… no podemos irnos de este valle. No podremos hacerlo nunca. Es parte de lo que hace el espíritu, cariño, de la locura en la que estamos atrapados.

Sentí que me iba a desmayar y empecé a ver borroso. No anticipé que yo fuera a reaccionar así, en especial con Lucy, pero antes de que me diera cuenta ya estaba de pie gritando.

—¿Qué, Lucy? ¿Es una maldita broma? ¿Cómo pudiste ocultarnos esto?

Me desplomé y caí sentada justo ahí, en la pradera, y empecé a llorar como una chiquilla. La presión y el estrés que todo esto me provocaba al final me reventó. En algún momento mi vecina se acercó y me abrazó. Después de que más o menos recuperé el aliento, ella me soltó para sentarse frente a mí.

—Sasha, lo siento tanto. Lamento mucho no habértelo dicho. Sucedió que… de habérselos dicho cuando los conocimos, tú y sobre todo Harry no nos habrían tomado en serio ni en un millón de años. Creo que lo sabes y, para el momento en que ya estaban listos para creerlo, era demasiado tarde. —Lucy respiró hondo y miró al cielo antes de continuar—. Hasta donde Joe y su familia saben, y según lo que hemos visto Dan y yo, al espíritu le toma una estación poner las garras sobre ti, como le gusta decir a mi esposo. Nuestra única experiencia fue con los Henry, una de las últimas familias que adquirieron una propiedad aquí. Se llamaban Bill y Virginia Henry. Cuando Dan y yo compramos el rancho, solo vivía aquí Joe, los Jacobson, que estaban en donde tú vives, y los Henry, en una parcela de 65 hectáreas, hacia arriba desde tu casa, al oeste del camino. Estuvieron ahí por tres décadas y dos años después de que nos mudamos decidieron que estaban hartos. Nunca olvidaré que Dan y yo fuimos al estacionamiento de su propiedad para rogarles que se quedaran. Joe les decía que ya sabían a lo que se atenían si trataban de marcharse, sabían que el espíritu los alcanzaría poco después para matarlos. Sin embargo, no les importó, sabían cuál era el precio y estaban dispuestos a pagarlo. Sintieron que… elegir dónde morir era mejor que ser prisioneros de este valle. Siempre recordaré cuando los vi manejar por el camino. No habían pasado tres semanas cuando los alguaciles nos visitaron, de paso hacia la casa de los Henry para hacer un avalúo y vender la propiedad. Nos contaron que murieron en algún lugar de la costa del norte de California. Acamparon cerca de un río y de pronto todo se inundó, a causa de la corriente más

227

fuerte jamás registrada en el lugar, y ambos se ahogaron. Joe compró su propiedad y derribó la casa, pero aún se pueden ver los cimientos que sobresalen del pasto. —Lucy movió la cabeza de un lado a otro y se secó las lágrimas—. Esa fue la única vez que sucedió, hasta que los Seymour se fueron. Supimos lo del accidente automovilístico y del incendio en el que murieron. Joe sabía qué iba a pasar antes de que los Henry se marcharan, ellos mismos también lo sabían, después de ver cómo otras personas trataron de marcharse en los cincuenta. Joe nos dijo que el espíritu nos mataría si tratábamos de huir y que podíamos quedarnos aquí, adaptarnos a las estaciones, a la tierra y tener una buena vida, o irnos y acabar muertos en menos de un mes. Le suplicamos a Joe que nos revelara cómo liberarnos del yugo del fantasma, lo que fuera, pero nos dijo que ya no había manera de lograrlo. Nos comentó que quizá en algún momento la hubo, pero el espíritu la descubrió y ya no hay nada que hacer. —Lucy se enderezó y tomó mis manos—. Sasha, cuando nos enteramos de que alguien había comprado la propiedad en febrero, fuimos a ver a Joe para ponernos de acuerdo en la manera en que les hablaríamos del espíritu. Solo lo habíamos hecho en una ocasión, con los Seymour, y salió tan mal que su hija se fue de la casa. Pese a que estábamos petrificados teníamos que contarles, de lo contrario, al ver la luz en el estanque, no hubieran prendido el fuego y no habrían sobrevivido a su primera primavera aquí. Es difícil intentar que gente desconocida sigan las reglas de este valle, ya no digamos convencerlos de que se vayan de inmediato o estarán malditos para siempre. Debieron pensar que estábamos locos, ni siquiera sabíamos si tomarían en serio el ritual del fuego. Después de hablar con Harry, Dan supuso que ustedes tenían cincuenta por ciento de probabilidades de sobrevivir su primera temporada. Si les hubiéramos dicho: «estarán atrapados aquí para siempre si se quedan en este valle unas semanas más», ¿qué habrían pensado de nosotros? ¿Nos hubieran hecho caso y se habrían ido?

En ese momento, a pesar de sentir horror por lo que decía Lucy, supe que ella tenía razón. Antes de saber qué decir, ya estaba divagando:

—Pero Lucy, ya me he ido dos veces, he hecho dos viajes distintos desde que nos mudamos aquí y no ha pasado nada.

Mi vecina extendió las manos y negó con la cabeza.

—Bueno…, el espíritu conoce la diferencia entre un viaje y marcharse para siempre. Nosotros también nos vamos de viaje, al igual que Joe, pero siempre tenemos planes de regresar. No sé qué decirte, pero el espíritu sabe distinguir entre ambas cosas. Cuando no tienes la intención de volver, te persigue.

Sé que ya me había contestado lo que iba a preguntar, pero necesitaba más información.

—¿Y le han preguntado a Joe la razón de esto? ¿Le han suplicado que les comparta cualquier cosa que nos permita largarnos y romper con esta locura de mierda?

Lucy asintió lentamente.

—Sasha, si me dieran una moneda por cada vez que Dan y yo les hemos preguntado a Joe y sus hijos sobre una manera de deshacernos de esta maldición, sería una mujer muy rica.

Me quedé sentada moviendo la cabeza de un lado a otro.

—Cuando Bethany me contó cómo habían muerto sus padres, pensé que se debía a que habían cometido un error en el ritual de primavera, porque me dijiste que eso había pasado antes de que se marcharan. Nunca pensé que estuviéramos atrapados aquí para siempre, bajo pena de…, bueno, algo que suena como una muerte natural.

Decir eso en voz alta me recordó la promesa de Lucy de que me contaría lo sucedido con los Seymour una vez que me conociera mejor y decidí preguntarle. Me incliné, tomé la mano de Lucy y le hablé con la mayor firmeza posible.

—Lucy, quiero que me cuentes exactamente lo que pasó cuando arruinaron el ritual primaveral de 2011, y necesito que me lo digas ahora.

Y así lo hizo.

Según Lucy, Courtney, la hija menor de los Seymour, vio la luz una noche e intencionalmente no le dijo nada a nadie. Era una adolescente, tenía 17 años y solo quería ver qué sucedería. Me imagino que Richard y Molly advirtieron la presencia de la luz cuando escucharon el sonido de los tambores proveniente de la montaña. Aterrados, prendieron la fogata de todas formas, pero el tamboreo solo se escuchó más fuerte y más cerca. Lucy no supo en realidad qué fue lo que sucedió mientras los Seymour permanecieron encerrados en la casa, por qué Richard y Molly decidieron huir a toda prisa en cuanto Dan y Joe llegaron, luego de haber estado atrapados durante tres días en mi maldita casa. Todo lo que le dijeron a Dan y Joe fue que estuvieron «cercados», por qué o quién, no lo sabían.

Joe y Dan habían programado una reunión con Richard para instalar un sistema de riego nuevo. Como Richard nunca llegó, ambos subieron al camión para ver si estaba en casa. Cuando llegaron al estacionamiento, vieron que treinta vacas y ovejas habían sido desolladas. Las pieles estaban cosidas entre sí por los tendones y se extendían como velas de barco sangrientas y grotescas en los álamos que rodeaban la casa; además, las entrañas de los animales adornaban las ramas y los cadáveres despellejados estaban amontonados para bloquear la entrada. Lucy no estaba segura de por qué la visita de Dan y Joe frenó el caos, pero de alguna manera puso fin a este inquietante asedio que sufría la casa. El que ahora era mi hogar. Dijo que cuando Dan y Joe retiraron los cuerpos de los animales que obstruían la puerta, y Richard y Molly salieron de la casa, estaban exhaustos y cayeron en un ataque terrible de furia, se desplomaron en el suelo desvariando sobre «cosas en el techo que se reían y chillaban».

Al escuchar la historia completa, me quedé pasmada. Fue una sensación alucinante escuchar esa historia repugnante y terrible mientras estaba ahí sentada en esa pradera de belleza abrumadora. Más tarde, cuando el sol empezó a descender, bajamos de la montaña.

En el descenso rebasamos a un grupo de cinco mochileros. Parecían universitarios, jóvenes y en buena forma, ataviados con prendas deportivas elegantes y a la última moda de Patagonia y Arc'teryx. Todos se hicieron a un lado cuando cabalgamos por el sendero, nos sonrieron y se despidieron con la mano. Una de las chicas incluso sacó su teléfono y me preguntó si me podía tomar una foto porque, según ella, mis botas y mi sobrero eran geniales y me veía fantástica. Ni siquiera le pude responder. Solo la miré algo confundida mientras Lemons y yo nos alejábamos trotando. Era gente joven y feliz, no mucho más joven que yo. Pudo haber sido cualquier grupo de mis amigos de Colorado, mi antiguo hogar al que jamás podría volver.

Lucy se disculpó y, cuando llegamos a su casa, lloró una vez más. Dan nos dio la bienvenida y nos ayudó a desensillar los caballos y a cepillarlos. Notó que algo andaba mal, y todo lo que tuvo que hacer Lucy fue murmurarle algo y mirarlo de cierta forma para que él supiera. Antes de irme se acercó y me abrazó. Por un minuto me tomó de los hombros antes de dejarme ir y me miró.

—Sasha…, si pudiera regresar el tiempo y tener la oportunidad de convencerlos a ti y a Harry de que se marcharan, te juro que lo haría. Pero sospechamos que no nos escucharían por nada del mundo.

He tenido algo de tiempo para pensar, después de enterarme de todo hace unas horas en la montaña. Se vieron en una posición muy difícil y lo comprendía y valoraba. Tuvieron la opción de contarnos todo y que no tomáramos nada en serio, o de decirnos cómo superar la primavera. De cualquier manera, no nos hubiéramos ido, por lo menos nos habríamos quedado durante la primavera y para entonces también habría sido demasiado tarde.

—Entiendo la decisión que tomaron, Dan. —Vi que una lágrima rodó por su mejilla.

Antes de que me subiera a la Subaru para regresar a casa, Dan me llamó.

—Sash, si me permites la pregunta…, ¿cómo planeas darle esta noticia a Harry? Me preguntaba si debo ocultar a Lucy

232

en el bosque por algunos días. Por buen hombre que sea, creo que no va a ser tan comprensivo como tú con esto.

También había pensado en eso.

—Dan, voy a tomarme unos días para reflexionar. Creo que lo mejor para todos será decírselo juntos. De todas formas, antes de hacerlo le avisaré a Lucy.

Cuando entraba por el acceso a nuestra propiedad, recordé el camino a casa desde el aeropuerto, en junio, cuando me enojé tanto con Harry por no contarme sobre su primer encuentro con la persecución del oso. Sabía que estaba siendo muy hipócrita, pero también que lo mejor sería guardarme esta información un rato, hasta encontrar la mejor manera de decírselo. Era mi turno de guardar un secreto por un bien mayor, o al menos esa era la excusa a la que me aferraría por un tiempo.

17

Harry

—Diablos, Dan, solo pregúntamelo y ya. Tantos rodeos terribles y agotadores para ver si te doy respuestas macabras a tus preguntas macabras. No me da miedo hablar de estas cosas, es solo que no voy a tocar el tema, así que tendrás que preguntarme.

—Carajo, Harry, como ya no habíamos hablado de eso quise irme con tiento, como con un rifle nuevo o una mujer, ¿sabes?

Me reí entre dientes y estiré la mano para tomar otra cerveza. Estábamos en el pequeño pajar de Dan, un espacio exclusivamente masculino, admirando la hermosa vista. Era sorprendente la manera como los diferentes tonos de verde del valle se vieron reemplazados por colores tostados y cafés a medida que el calor del verano asoló la tierra. Dan y yo habíamos convertido nuestras sesiones de «cerveza en el pajar» en una actividad bastante frecuente. Mi vecino era un hombre inteligente y un caudal de sabiduría. Disfrutaba mucho hablar con él. En ocasiones, cuando sabe que tengo mucho trabajo, se toma el tiempo para ir a ayudarme.

Hace unas semanas llevó su tractor Ditch Witch para echarme una mano y excavar unas zanjas para el drenaje en la entrada, nos regaló paja y pienso para las ovejas, rechazó mi oferta de pagarle en efectivo y me dijo que al final del año me diría cuánto le debía. Me decía: «Es bueno meterle algo de alfalfa a su dieta y yo tengo una bodega llena, Joanne las mantiene vivas alimentándolas con lo más barato, pero hay que consentirlas de vez en cuando».

Hasta me enseñó la mejor manera de reparar fugas en el irrigador que teníamos en todo el patio. Me llevó a la tienda de herramientas del pueblo para mostrarme el tamaño correcto de los conectores que tenía que comprar y luego me ayudó a arreglarlo. Era como… mi papá, o al menos la primera figura paterna que tuve en la vida. Abrí mi cerveza cuando Dan por fin hizo la pregunta que había querido hacerme hacía mucho.

—Entonces…, ¿mataste a alguien allá?

Terminé mi primer trago y asentí.

—Sí, a algunos tipos.

—Y…, ¿cuántos fueron?

—Por lo menos, cuatro que vi morir cuando les disparé, pero no sé de cierto si fueron más. Pude haber matado a otros. No es tan claro como en las películas o como cuando le disparas al hombre de la persecución del oso. A veces sí es así, pero la mayoría de las ocasiones no. Un día alguien dispara al azar a tu patrulla, desde la cima de una montaña;

entonces una docena de nosotros respondemos a discreción, luego encontramos al sujeto muerto, pero no se puede saber quién fue el que lo mató. O a veces piensas que le diste un tiro a alguien y se cae, pero se levanta y se va corriendo; pudiste haber dado en el blanco, no haberlo tocado para nada o haberle agujereado el hígado y verlo huir para desangrarse en un campo de amapola; no puedes estar seguro. Este tipo de cosas pasan en el combate.

Dan me miró por un buen rato bajo la luz tenue de la tarde.

— Bueno, ¡que me parta un rayo! ¿Quién fue el primero?

Mientras le relataba la historia, recordé un momento seis meses antes, sentado en la clínica para veteranos de Denver, compartiendo la misma experiencia con el doctor Peters: cuando les disparé a los dos hombres que se escondían detrás de un auto viejo y oxidado. Le conté a Dan los detalles básicos de aquel día y, mientas estábamos sentados en silencio, pensé en cómo el primer tipo se desplomó de bruces y en la mirada de asombro del segundo antes de morir.

—Bueno, ¿y quién fue el tercero?

Solté una risita y tomé otro trago de cerveza.

—Ah, sí, claro. El tercero murió un par de días después. Fue un hombre canoso como tú, de unos 55 o 60 años por lo menos. Estábamos en una ciudad llamada Marjah y fue un caos y una gran batalla, de hecho. Protegíamos el paso de un canal, dispuestos a manera de L, como en una emboscada, y estábamos agazapados en un escondite. En ese momento, llegaron dos viejas camionetas Toyota llenas de tipos armados con AK que se detuvieron detrás de un sedán que usamos para bloquear el camino. De pronto inició el tiroteo, no supe quién fue, pero de golpe el pelotón entero descargaba todo lo que tenía en las dos camionetas. Yo estaba a la derecha, detrás de una pared de estuco, y le apuntaba a la puerta del pasajero del segundo vehículo cuando un talibán anciano trató de salir. Lo último que hizo en la vida fue intentar escapar, porque murió en el acto.

Reflexioné sobre ese momento. La puerta de la camioneta estaba atascada o algo, como si tuviera puesto el seguro para niños, porque el hombre sacó la mano por la ventana para abrir por fuera y le disparé en el antebrazo. Recuerdo lo impresionado que estaba por la gran cantidad de sangre que salía por el agujero que le había hecho, por cómo los hilos de sangre color rojo brillante se abrían paso por el polvo que cubría la puerta del vehículo. Extendió el brazo para probar de nuevo con la mano izquierda, pero al asomarse dejó al descubierto su cabeza y entonces le disparé, una vez en la mandíbula, otra en la ceja...

—Por Dios, Harry, ¿estás insinuando que hay un cuarto?

—El número cuatro llegó unas semanas después de que las peleas más encarnizadas se calmaran en Marjah. Seguíamos en Helmand, en la misma zona, pero en el campo de amapola, de droga. —Dan se rio—. Estábamos patrullando cuando fuimos emboscados por lo que parecía ser unos cincuenta tipos, que al final resultaron ser cuatro. Le dispararon al suboficial de mi pelotón y todos nos tiramos al piso. Repté por un costado del campo, a lo largo de una zanja, y vi que un tipo corría encorvado y directamente hacia mí con un AK. Casi me orino del susto, pero... el ángulo en el que me encontraba me dio ventaja y ahí todo se acabó para él, murió en ese campo de amapola.

En realidad, al ver al hombre me asusté tanto que vacié todas las balas de mi fusil en él, o en su dirección, porque la mitad de los tiros no dio en el blanco. Estaba temblando a tal grado que seguramente le disparé en el pie, en el cuello y en otras diez partes intermedias. Nos espantamos muchísimo tanto él como yo y recuerdo su mirada de desconcierto cuando murió.

Dan asintió lentamente.

—¿Qué pasa con los muertos potenciales? ¿Tienes más claridad respecto a algunos?, ¿hay candidatos más fuertes que otros?

Me rasqué la barbilla.

—Durante la batalla más cruenta en Marjah, en febrero, un auto lleno de combatientes trató de irrumpir en nuestro sector y se topó con nuestra sección entera. Yo no estaba en una buena posición cuando llegaron, así que para cuando me puse delante de una pared y empecé a disparar ya todos estaban muertos. O sea, por lo menos diez o doce de los tipos ya estaban agonizando, así que la probabilidad de que alguno siguiera con vida era muy baja, aunque no estoy seguro. Había un hombre en la parte de atrás, al que recuerdo haberle disparado. Como dije, muchos estábamos ametrallándolos y creo que uno de esos pobres pudo disparar tal vez una o dos veces, pero ya estaban muertos desde el segundo en que se encontraron con nosotros.

Durante un rato, Dan y yo nos quedamos sentados en silencio, con nuestras cervezas en mano.

—Bueno, gracias por compartirme esto, Harry. Aunque sé que eres un tipo duro, revivir esos momentos puede ser difícil sin importar quién seas. Me fascina escucharlo porque…, si me pusiera a contar, técnicamente he matado a un tipo…, veamos…, ¿unas doscientas veces? Pero se trata de nuestro visitante del verano y, a pesar de que grita y llora como hombre, en realidad no lo es. Así que al final resulta extraño escuchar historias sobre matar gente de verdad.

No había pensado en eso. Dije que sí con la cabeza y miré a Dan.

—Mira, si te consuela…, desde el punto de vista anatómico es muy parecido dispararle a un hombre real y al tipo desnudo. Parece estar hecho del mismo material.

Dan y yo nos volvimos a quedar en silencio. Miré mi reloj y me di cuenta de que ya debía emprender mi regreso a casa para llegar a cenar. Se lo comenté a Dan al levantarme y estirar la espalda.

—Solo una cosa más, Dan. —Titubeé un poco al pensar en una manera de formular mi petición sin parecer un mentiroso—. Algunas de las cosas que te dije… no se las he contado como tal a… —Miré la expresión de Dan, que se veía confundido. Suspiré, avergonzado por lo que estaba a punto de admitir—. No lo sabe Sasha. Hay ciertas cosas que he hecho y he preferido mantenerla al margen… Y como ella y Lucy se han vuelto tan cercanas, no quisiera que se enterara por…

—Ni una palabra más, amigo. Lo que me contaste se queda entre nosotros.

Observé su cara, sorprendido por su consentimiento inmediato y ausencia total de juicio o de sermón sobre ser más abierto y transparente con mi esposa. Solo frunció el ceño, como si dijera «De acuerdo».

Esa tarde, de camino a casa, noté que el clima había empezado a cambiar. No de una manera drástica, sino en pequeños detalles, como la luz de la tarde, las puntas de las hojas de los álamos que cambiaban de color, el aroma del viento.

Nos empezamos a preguntar si tendríamos otra catastrófica persecución del oso o más bien cuándo sucedería. A medida que fueron pasando las semanas, aumentó mi nerviosismo, como si quisiera que sucediera para tener una preocupación menos. Algo parecía preocupar a mi esposa, pero, con todo lo que estábamos pasando —vernos en la necesidad de asimilar y aceptar una reinterpretación total de lo que entendíamos sobre el mundo natural y lo que alguna vez pensamos que era «real»—, las preguntas sencillas como «¿En qué estás pensando?» y «¿Hay algo que te moleste?» se habían convertido en algo cómico, fuera de lugar y sin sentido.

A pesar de todo, estaba contenta, tal vez más feliz que nunca. Devoraba libros sobre jardinería, administración de la tierra y el ganado, cocinaba un platillo increíble tras otro con ingredientes provenientes de nuestro jardín, montaba a caballo varias veces a la semana con Lucy, les daba recorridos por videochat a todos sus amigos, sonreía y se carcajeaba más de lo que pudiera recordar. Su felicidad era todo lo que necesitaba para sentirme igual.

18
Sasha

En los días posteriores a mi conversación con Lucy, me la pasé dándole vuelta a todo en mi cabeza, sobreanalizando las cosas. Harry se dio cuenta de que algo me pasaba, pero yo era buena para disimular. Pese a que no le dije que estábamos atrapados aquí, y que jamás podríamos mudarnos otra vez so pena de enfrentarnos a una espantosa muerte natural, sí le conté sobre lo que encontraron Dan y Joe en el rancho cuando los Seymour no hicieron el ritual de primavera. Le hablé de los animales desollados, los cadáveres en la puerta principal y la forma en que los Seymour perdieron la cabeza y se marcharon ese mismo día.

No sabía de qué manera Harry iba a tomar la noticia de que estábamos aprisionados en este valle. Quería estar lo más segura posible de decírselo en el momento correcto. Después de todo, la gran revelación que me había estado persiguiendo era que tendríamos que vivir aquí para siempre, lo que al final era nuestro plan, ¿no? Supuse que quizá solo debía esperar a que la mudanza fuera una posibilidad real para decirle a mi esposo que el espíritu nos mataría si nos marchábamos.

Harry también estaba cada vez más cómodo aquí. O quizá cada vez asimilaba mejor el hecho de que nuestra propiedad estuviera poseída por un espíritu inmemorial. Se había ido a la caza de ciervos con arco el fin de semana anterior y ya estaba preparando a Dash para la temporada de urogallos. Estaba en el paraíso. Y verlo más feliz y satisfecho me ayudaba a justificarme y a no revelarle que jamás nos podríamos marchar de aquí.

Una tarde, estábamos en el jardín, a punto de concluir nuestro «gran día de papas». Nunca pensé que tendríamos un día de estos. Como terminamos con más madera y mucha más tierra de la que necesitábamos, después de construir las siete camas de cultivo elevadas que planeamos y llenarlas con las plantas del invernadero, nos quedamos con una gran cantidad de sobrantes. Harry aprovechó el material y construyó una cama de cultivo grande, de cuatro y medio por dos metros y la llenó solo de papas. Decidimos que, antes de que las noches fueran muy frías, las cosecharíamos y las venderíamos en el mercado de los granjeros. Se trataba de nuestra primera venta real de los productos de nuestra tierra y estábamos aturdidos por la emoción. Saqué un puñado de tierra con unas doce papas de cáscara roja y las sostuve frente a Harry para que las viera.

—Las hicimos juntos, amor, y vamos a venderlas para que la gente se las coma en sus hogares, ¿no te parece increíble?

Harry me sonrió, caminó hacia mí, me rodeó la cintura y me acercó hacia él.

—¿Y qué te parece si hacemos otra cosa juntos?

Lo miré exasperada y lo besé. Era uno más de sus chistes sobre tener hijos. Nunca me molestaban y él tampoco me presionaba gran cosa. Siempre sucedía de la misma manera: me hacía una broma al respecto, yo ponía los ojos en blanco y hasta ahí quedaba el asunto. Antes de que nos casáramos me dijo que la decisión de tener hijos la tomaría yo, y siempre lo había respetado, a excepción de estos comentarios ocasionales.

Entonces, la idea me arrolló como un camión. Desde que Lucy me contó en la montaña sobre el hecho de que «estábamos atrapados aquí para siempre», un millón de repercusiones pasaron por mi mente. Pero, de alguna manera, al estar en el jardín en los brazos de Harry comprendí por primera vez que tener hijos aquí significaría que ellos también serían prisioneros de este lugar, de por vida. Sentí náuseas cuando la idea provocó que una culpa muy grande y el pánico me revolvieran el estómago.

—¿Qué tienes, cariño?

Me repuse de inmediato.

—Nada, amor. Es solo que tengo algo de sed, hace mucho calor hoy.

Entré para servirme un vaso de agua. Siempre había estado de lado de quienes querían tener hijos. Nunca estuve en contra y tenía fantasías sobre criar a un niño o una niña y ver a Harry ser padre, aunque tampoco me moría por ser madre. De todas formas, por alguna razón, el peso de todo aquello y la certeza de que tener hijos significaba que nacerían en las garras del espíritu me llenó de lágrimas los ojos. Sentí que me invadía una ola de enojo hacia el espíritu y esta propiedad. Todo este tiempo mi percepción sobre el asunto del espíritu era como la del clima o la tierra en sí misma, algo atemporal y fuera de nuestro control. Pero cuando pensé en lo que esto significaba para mis hijos, si decidíamos tenerlos, entonces todo me pareció muy jodidamente personal.

Miré hacia afuera, por la puerta mosquitera que conectaba la cocina con el porche, y cuando vi que Harry llenaba una carretilla con papas, exploté. Las lágrimas se me salieron de los ojos. Fui al baño para sentarme y tratar de sosegarme. Necesitaba decírselo, ya no podía callar esto por más tiempo. Regresé al porche trasero y miré a Harry lavarse las manos con la manguera. No tuve que decirle nada para que se diera cuenta de que me pasaba algo.

—Sash, ¿qué tienes? —Cerró la llave mientras me miraba con preocupación. Después subió los escalones para sentarse junto a mí. Dash trotó por el jardín detrás de él.

—Harry, debo contarte algo —dije.

Me miró confundido y asintió para que continuara. Bajé la mirada un momento y después lo miré a los ojos cuando empecé a hablar.

—La semana antepasada, cuando Luce y yo fuimos a cabalgar por el sendero, hasta la pradera grande, me contó algo. Es solo que… no estaba segura de cuándo sería el momento correcto para decírtelo ni cómo decírtelo.

Harry no dijo nada, solo me sostuvo la mirada. Crucé el porche y me senté en la banca bajo una de las ventanas de la cocina.

—Te conté sobre lo que Dan y Joe encontraron aquí, en el patio, en los árboles, cuándo vinieron a ver qué había pasado con Richard, sobre lo que sucedió después de que los Seymour no encendieron el fuego en primavera cuando la luz apareció. Lo que no te conté es lo que pasó después, ni el significado de todo aquello...

A partir de ese momento le confesé todo sin interrupciones. El relato fue algo disperso y frenético, pero no quería que se perdiera un solo detalle sobre los Seymour, la conversación que tuve con su hija, la manera en que su familia murió, la forma en que fallecieron los Henry y lo que Lucy me dijo sobre estar atrapados aquí. Lo abarqué todo.

Durante mi monólogo, nos pasamos a la mesa exterior. Harry no había dicho una sola palabra, solo se sentó ahí a escucharlo todo. Una vez que terminé, se inclinó hacia adelante y me miró.

—Entonces, déjame ver si entendí bien... —Cuando conoces a alguien tan bien, solo necesitas escucharle decir algunas palabras para saber que está por cuestionar la validez de la información que tú misma acabas de recibir—. Cuando los Henry se fueron, en los setenta, murieron un par de semanas después en una inundación en California. Luego, cuando los Seymour se marcharon en 2011, fallecieron quince días después entre el accidente automovilístico, la caída del árbol y el incendio forestal. Bethany se fue antes de que la primavera empezara y está viva... Así que básicamente tenemos dos familias que murieron, con casi cuarenta años de diferencia, y fallecieron a causa de cosas como inundación, accidente automovilístico, caída de árbol, incendio forestal, que todos los años matan gente en el oeste de Estados Unidos. Lo siento, pero estás planteando toda una teoría sobre la condena de vivir aquí para siempre con base en tan solo un par de sucesos que pasaron en un lapso de cuatro décadas. ¿Esa es toda la evidencia que respalda esta teoría? ¿Solo esos dos incidentes?

Debía admitir que, aunque no tenía razones para dudar de lo que Lucy me había dicho, después de ver todas las cosas ridículas e imposibles que prometieron que se harían realidad, escuchar el punto de vista de mi esposo por unos segundos me hizo preguntarme sobre todo aquello.

—Bueno, no es que solo este par cosas pasaran poco después de que la gente tratara de mudarse de este valle, Harry. También hay que considerar el hecho de que, en la semana que Dan y Lucy se mudaron aquí, se les dijo lo que sucedería y sucedió. Luego, unos años después, se le dijo a otra familia que serían asesinados si trataban de irse, se fueron y pasó exactamente lo que les advirtieron que pasaría. Dan y Lucy nos comentaron que sentiríamos cuando el espíritu se fuera y así fue. Nos narraron cada detalle de la persecución del oso y sucedió tal como nos lo relataron. Hasta ese maldito policía te recomendó escuchar a Dan y a Lucy porque todo esto es real. —Harry estaba a punto de objetar, pero lo detuve—. Eres libre de no creer en nada de esto, ¿de acuerdo? Como elegiste no creer en que veríamos una luz de origen inexplicable en nuestro estanque, en que encender el fuego haría que desapareciera, en que la persecución del oso causada por un espíritu sucedería, después de verlo con tus propios ojos. Puedes dudar de esto también, pero ¿cuál es el común denominador de todas las otras cosas en las que optaste por no creer? Déjame decírtelo…, todas sucedieron y tú estás mal.

Eso sonó más agresivo de que lo que esperaba, pero me sentí bien. Me recargué en el respaldo de la silla y observé el rostro de Harry, que me miraba por lo que me pareció mucho tiempo. Se puso de pie y fue hacia el barandal del porche, de cara a la pradera. También me paré y mientras caminaba para ponerme a su lado se dio media vuelta para verme.

—Tienes un buen punto, amor.

—Harry, lamento no habértelo dicho en cuanto me enteré. Sé que soy una hipócrita por eso. Sucedió que…

Hizo una mueca traviesa y al verlo sonreír me sentí muy aliviada.

—Supongo que estamos a mano, Sash. Creo que te debía una por ocultarte mi primer encuentro con la persecución del oso.

—No, esto va más allá que eso y es más importante. Lo siento de verdad, Harry. Debí habértelo dicho de inmediato. Debí…

Harry se me acercó y me tomó de la mano.

—Te entiendo, Sash. No estoy molesto, ¿de acuerdo? Quizá también me habría dado un tiempo para pensarlo.

Lo besé y nos quedamos ahí, recargados en el barandal por un rato hasta que mi esposo volvió a hablar.

—Me imagino que esto pone punto final a la cuestión sobre tener niños, ¿no? Traer hijos al mundo para que estén aprisionados aquí para siempre tal vez habría funcionado hace cien años, pero… ahora no me parece correcto tomar la decisión por ellos antes de que nazcan.

Escucharlo de inmediato me hizo sentir tal punzada de culpa que se me hizo un nudo en la garganta. Me había tomado una semana y media empezar a pensar lo que significaba tener hijos en un lugar de donde jamás podríamos escapar y claramente esa fue una de las primeras cosas que pensó mi esposo. No pude evitar que se me llenaran los ojos de lágrimas.

—Lo siento tanto, Harry. Sé lo mucho que querías criar hijos y tener una familia aquí conmigo.

En ese momento bajé mis defensas, me dejé llevar y acabé llorando como una pequeña. Todo el peso de lo que estaba sucediendo cayó sobre mí y me sentí atrapada, culpable y enojada con la realidad que enfrentábamos. Mi esposo me atrajo hacia su pecho.

—No es tu culpa, Sash. Sé que tú estuviste de acuerdo en todo, pero al final fui yo quien te convenció de venir aquí. Además, durante meses hemos dicho que nos vemos viviendo aquí para siempre a pesar de toda esta locura. También es claro que aún podemos viajar, irnos de vacaciones y demás, mientras no nos mudemos para siempre. Honestamente, no es tan malo.

Me sequé los ojos en el hombro de Harry.

—Lo sé, lo sé… Es solo que… sé las ganas que tenías de tener hijos y estoy de acuerdo, sería cruel tenerlos aquí, a sabiendas de que se quedarán aprisionados toda su vida. Me siento muy mal, ya había empezado a imaginarlo y la idea de que jamás te veré ser padre ni darles cariño a tus hijos… Siempre he estado a favor de tener una familia y no sé… Enterarme de esto me hace sentir que me robaron algo… Lo lamento tanto.

Harry se inclinó y me besó.

—El hecho de no poder decidir me hace sentir fatal. Aunque no tuviéramos hijos, quería que fuera nuestra decisión y de nadie más. Me imagino que esa es la mayor desventaja de este nuevo aspecto de la… maldición.

Eso solo me hizo llorar más. Lo besé y nos quedamos sentados en silencio un largo rato.

—¿Estás enojado de que Dan y Lucy no nos lo hayan dicho de inmediato?

Harry apretó los labios y entrecerró los ojos.

—No, para nada… Es lógico que no nos lo hayan dicho de inmediato.

Su contestación no fue muy convincente.

—Har…, ¿estás seguro?

Me sonrió como respuesta.

—No estoy enojado con ellos ni contigo, Sash.

19

Harry

La mañana que siguió al día cuando Sasha me puso al tanto del hecho de que estábamos atrapados aquí para siempre, como en cadena perpetua, le dije que iba a pescar por un par de horas. Tomé mi caña, mi bolsa de señuelos y mis botas, y las puse en la 4Runner, pero no tenía intención de irme de pesca; fui a toda prisa a la casa de Dan y Lucy.

Vi que estaban juntos en uno de los pastizales, iban en una camioneta con remolque para paja a sus espaldas. En cuanto me vio, mi vecino me saludó con la mano y se dio la vuelta para dirigirse a su casa.

Me estacioné y me bajé de la camioneta. No sabía qué les iba a decir, pero estaba seguro de que esta vez no se saldrían tan fácilmente con la suya. Mi cara debió delatar mi enojo, porque antes de que salieran de su vehículo intercambiaron una mirada nerviosa.

—Qué tal, Harry, ¿qué sucede?

—Así que…, si tratamos de mudarnos, el espíritu va a matarnos Si tenemos hijos, se quedarán atrapados aquí para siempre Parecería información de suma importancia para compartirla con dos personas a quienes supuestamente aprecian, ¿no creen? ¿Se trata de una maldita broma? ¿Cómo no pensaron en decírnoslo en el mismísimo maldito segundo que llegamos aquí?

Esto era una versión mucho más suave del monólogo con el que toda la noche anterior había pensado encarar a Dan. En mi cabeza me lo imaginaba mascullando excusas y disculpas. Para mi sorpresa, Dan me miró con molestia y frustración, se quitó los guantes y los aventó al cofre de su camioneta.

—Ponte un momento en mis zapatos, Harold. Un tipo joven y temperamental que jamás has visto en la vida y de quien no sabes nada se muda al valle, y debes convencerlo de que se vaya de inmediato, que renuncie a la casa de sus sueños sin rechistar y se marche antes de que un antiguo espíritu de la montaña se apodere de él y de su esposa. Tú quieres decírselo, pero sabes que por nada del mundo te creerá una sola palabra. O puedes decirle algo igualmente descabellado, sobre una luz que se aparece en el estanque y la necesidad inmediata, de vida o muerte, de encender fuego para que la luz no libere una extraña fuerza que acabará con su vida. Dime, Har, ¿cuál opción elegirías?

No sabía qué decir. Él tenía razón, pero me aferré de todas formas.

— Dan, pudimos habernos ido, podríamos habernos liberado de este lugar si nos hubieras hablado de esto antes, ¿en qué demonios…?

Dan espetó una respuesta con tal rapidez y fuerza que me sobresaltó.

—Cállate, Harry, y déjate de estupideces. Si te lo hubiera dicho cuando nos conocimos, me hubieras llamado viejo loco y me habrías sacado a patadas de tu casa, y sabes bien que eso es verdad. Yo lo sé, lo sabe Lucy y lo sabe tu esposa. No vengas a mi casa a tratar de verme la cara al decirme que hubieras hecho las cosas de otra forma de habértelo contado antes.

Tenía razón, maldita sea. Su mirada de conmiseración solo me hizo enojar más.

—Bueno, ¿cómo carajo sabes que eso es verdad, Dan? Vieron marcharse a dos familias que murieron por causas que matan a muchas personas cada año. ¿Y esa es la única evidencia que tienes para considerarlo una verdad indiscutible?

Dan se puso una mano en la cadera y se recargó en su camioneta.

—Bueno, Harry, cuando nos mudamos aquí, me dijeron…

Extendí la mano hacia Dan para interrumpirlo.

—Sí, Joe te lo dijo, Dan. Y déjame adivinar, comentó que así eran las cosas, ¿cierto? ¿Es verdad porque Joe te lo dijo? Ni siquiera se ha molestado en presentarse conmigo, no sé ni cómo se ve, así que perdóname por dudar de lo que un idiota al que jamás he visto considera una verdad irrefutable.

Dan me volvió a mirar con hastío y esta vez había enojo en sus ojos.

—¿Por qué diablos Joe se molestaría en hablarnos sobre las reglas para enfrentar cada estación si quisiera jodernos? Dime. Pudo haberse quedado callado sin decir nada al respecto, y en este momento todos estaríamos muertos, y lo sabes muy bien. Sé que no conoces a Joe ni confías en él, pero ¿por qué se aseguraría de qué supiéramos cómo sobrellevar este lío cuando pudo no hacerlo y ver cómo moríamos en un par de meses?

No supe qué más decir. Me sentí como un tonto, como un niño, y me limité a mirar la tierra entre las botas de Dan. Mi vecino se quitó el sombrero, se limpió la frente con el antebrazo y volvió a ponérselo.

—Harry, tal vez tienes razón…, quizá es solo una coincidencia que tanto los Henry como los Seymour hayan muerto unas semanas después de irse de aquí, a miles de kilómetros de distancia, y tal vez también es una casualidad que eso haya sido exactamente lo que la familia más antigua del valle les dijo que pasaría si trataban de marcharse. —Se encogió de hombros—. Podría ser todo producto del azar… Lo que yo te digo, Harry… —Dan miró el paisaje y dirigió su robusto brazo hacia las montañas—. Con todas las cosas locas que pasan en este valle…, pues, maldita sea, te juro que a mí no me parece una coincidencia.

Respiré hondo y mientras exhalaba pude sentir que mi enojo cedía, y que la frustración y la vergüenza llegaban para tomar su lugar.

—Lamento haber venido hasta acá para esto, es solo que…, no sé. Lo siento.

Lucy dio un paso hacia mí y habló por primera vez desde que llegué.

—Harry, espero que puedas entender la razón por la que no te lo dijimos desde el primer día. De haber pensado que nos ibas a tomar en serio, te aseguro que les habríamos dicho que empacaran sus cosas y salieran corriendo lo más rápido posible. Pero sabes que no lo hubieran hecho. Eso te habría hecho creer que estábamos locos, y vaya…, de todas formas nos consideraste unos chiflados…

Asentí.

—Supongo que tienes razón, Luce.

Sin verlos a los ojos, me disculpé otra vez por haberme aparecido hecho un energúmeno. Trataron de convencerme de que me quedara a platicar, pero les dije que debía irme y me retiré. Manejé sin un destino en mente, sintiéndome infantil. Estaba más furioso que otra cosa, desesperado por estar aprisionado aquí. Antes de que me diera cuenta, estaba en uno de los lugares donde me gustaba pescar en el río Fall, así que supongo que pescaría después de todo.

Armé mi caña y le puse un pequeño anzuelo estilo Adams que compré en una tienda en Driggs. Empecé a abrirme paso y, en vez de moverme con lentitud y disimulo, y examinar el agua para ver si había buenas truchas o corrientes convergentes para pescar, como lo haría un pescador tranquilo y concentrado, entré al río pisoteando y salpicando, pateando y rompiendo los arbustos que me encontraba en el camino, y esparciendo las nubes de insectos voladores, que se dispersaron bajo la cálida luz del sol de la mañana.

Estaba enojado, y desquitar mi enojo en los ríos con truchas azules era algo conocido para mí. Llegué a una pequeña curva y levanté la vista de mis pies en el momento en que un pez grande saltó para engullir de golpe un insecto que estaba en la superficie. Respiré hondo y traté de calmarme mientras poco a poco me abría paso entre los matorrales, hacia un lugar alto en la orilla desde donde pudiera pescar. Acabé de sacar el sedal del carrete y hundí el anzuelo en el agua, y estaba listo para el primer intento cuando sentí un tirón que reconocía muy bien. Había atorado la caña en un arbusto y se me salieron varios «¡carajo!». Pude escuchar cómo mis palabras hacían eco en el río mientras bruscamente tiraba de la caña, arrancando y trozando una endeble ramita con mi anzuelo.

Vi que la enorme trucha subió otra vez y reventó la superficie del agua como un torpedo para tragarse otro insecto sentenciado a muerte. La presión y el tiempo que apremiaba para lanzar una buena línea y atrapar a una enorme trucha mientras se alimentaba se unieron a mi frustración por estar atrapado para siempre en este valle dejado de la mano de Dios. Sentía los latidos de mi corazón en los oídos. Liberé mi señuelo, ignoré las retorceduras y los ángulos de la línea, algo que un pescador experimentado tendría la paciencia de atender antes de intentar pescar otra vez, y empecé a mover el sedal de una manera cuidadosa y deliberada. El pez ascendió de nuevo y en esta ocasión su cuerpo entero voló por los aires. En un intento final, tiré de la línea dos veces y me incliné con todas mis fuerzas. Sentí otra débil sacudida en la caña, pero esta vez escuché un chasquido característico que significaba que no solo mi anzuelo se había atorado otra vez al retroceder, sino que se había quebrado la línea; mi señuelo se torcía en algún lugar entre los matorrales a mi espalda mientras la línea, o lo que quedaba de ella, flotaba en el río, desnuda y sin cebo.

Derrotado, vi que la línea vacía daba vueltas en el agua y

en ese momento la enorme trucha se dio una vuelta por la superficie para zamparse otro bicho, como si celebrara la manera en que arruiné por completo la oportunidad de engañarla.

Cerré los ojos con fuerza y lo único que pude ver fue el color rojo. Lancé la caña en las aguas poco profundas frente a mí y me puse a gritar en el río. Mi arrebato fue lo suficientemente fuerte como para que una parvada de patos que nadaba a contracorriente se asustara. Se pusieron a graznar cuando salieron volando y su aleteo se mezcló con el eco de mi alarido. Saqué la caña cuando la corriente empezó a jalarla, la aventé entre los arbustos detrás de mí y me dejé caer. Me sobé las sienes mientras miraba impasible la hermosura del río, sin ver nada mientras dejaba que el enojo fluyera dentro de mí sin supervisión, de la mano de las mismas palabras que palpitaban en mi mente: «No podrás tener hijos aquí, nunca podrás ser padre».

Me quedé sentado ahí cerca de una hora, viendo a la despiadada trucha atiborrarse y a otra que se le unió. Al final, mi ira se vio reemplazada por el remordimiento. Me di cuenta de que, en definitiva y antes de saber que estábamos atascados aquí, hablaba en serio cuando le dije a Sasha que nos veía pasando nuestra vida entera aquí juntos, con todo y el espíritu y su maldad. Sería una crueldad traer a un niño al mundo, solo para vivir bajo una maldición que lo mantendrá recluido para el resto de su vida, nacer vinculado con algo tan peligroso, encadenado al territorio de este maldito espíritu.

De camino a casa, después de la vergonzosa mañana que pasé atacando verbalmente a mis amables vecinos, y durante los días y las semanas que siguieron, los sentimientos de aceptación y remordimiento se apoderaron de mí. Fui yo quien se quiso mudar aquí, fui yo el que encontró este lugar, fui yo quien trajo a Sasha a esta cadena perpetua y, aunque podíamos ser felices sin mudarnos permanentemente, en realidad no había justificación para tener un hijo y condenarlo al mismo destino. Traté de negociar con esa justificación de muchas formas durante mucho tiempo en los siguientes días, pero fallé una y otra vez: «Es lo que hay».

Sasha siguió más feliz que nunca y, pese a la confusión y al desconcierto emocional relacionado con aceptar la locura de este valle, yo también estaba tan contento como ella. Si algún dios, espíritu o genio le hubiera preguntado a Sasha dónde quería pasar el resto de su vida, sin la posibilidad de irse, lo más probable es que hubiera diseñado un lugar como este. El hecho de reconocerlo facilitó la resignación.

Una tarde de finales de agosto, con la temporada de caza a la vuelta de la esquina, instalé unos blancos para rifle en el extremo sur de nuestra propiedad, para asegurarme de que las miras de mis fusiles estuvieran bien calibradas. Como estas armas eran muy ruidosas y la temperatura debía superar los treinta y siete grados, Sasha trabajaba muy feliz adentro de la casa.

Usé mi telémetro para elegir dónde colocar unos soportes para rifle en la pradera arriba del estanque, de manera que mi línea de disparo fuera paralela al límite de la propiedad al este, el cual colindaba con el parque nacional. Puse uno a 180 metros de los blancos y el otro a 275 metros. Extendí una toalla de playa para sentarme y puse un montón de sacos de arena en ambos puntos. Después de hacer cuatro rondas con mi .30-60 y quedar satisfecho, empecé a probar el .308, lo que supondría más esfuerzo porque acababa de cambiarle la mira. Después de dar unos cuantos tiros desde el bipié a 65 metros a la redonda y disparar una caja de proyectiles entera a 180 metros, con los últimos cinco tiros en el blanco, me sentí muy bien conmigo mismo y tomé otra caja para practicar un poco a 275 metros, desde el soporte más alejado. Me senté en la toalla y moví los costales de arena para acomodar el rifle, y puse los cartuchos en la recámara. Luego bajé la vista desde donde estaba hacia el patio, para asegurarme de que Dash siguiera dormido en el porche trasero y no hubiera decidido pasear por el campo de tiro. Se las había arreglado para escaparse por debajo de una de las verjas de la cerca que rodeaba el patio y no me había dado a la tarea de cerrar esa pequeña abertura. Al verlo echado en la sombra, en el mismo lugar donde lo encontré antes de los veinticuatro tiros de esa tarde, me concentré en el disparo que estaba a punto de dar y elevé la mira un poco para tener en cuenta el alcance extra. Me sentía cómodo; lentamente apreté el gatillo y sentí que el rifle dio un culatazo sobre mi hombro. Después parpadeé varias veces para evaluar la disposición del tiro en el maldito blanco. Vaya, este rifle estaba listo y puesto a punto.

Me quité los auriculares de la cabeza para ajustar mi sombrero y una sinfonía de grillos inundó mis oídos. Cuando estaba a punto de ponérmelos otra vez, noté algo que solo había pasado una vez. Todos los grillos en mi rango de audición se habían callado.

La adrenalina me inundó la cara y empecé a escuchar mi corazón, que se me subió a la garganta. Me puse de pie, jalé el cerrojo del rifle hacia atrás y de golpe lo llené de cartuchos nuevos. Contuve el aliento para escuchar lo mejor posible mientras empecé a examinar el límite del bosque en busca de lo que sabía que estaba a punto de ver: un hombre desnudo perseguido por un oso.

Como siempre, escuché sus alaridos patéticos y desesperados antes de que apareciera ante mis ojos. Para mi consuelo, esta vez el sonido provenía del otro lado de la propiedad, opuesto al mío, desde el bosque y detrás de los blancos a los que había estado disparando toda la tarde. Cuando vi su piel pálida mientras se zarandeaba entre los últimos árboles de la pradera, de hecho me reí en voz alta por la justicia poética del momento, por el hecho de que esta ridícula persecución del oso viniera hacia mí, que estaba sentado con dos rifles de caza recién calibrados, con los que había entrenado toda la tarde disparando exactamente al lugar donde iba a aparecer.

También sentí que se infiltraba en mí aquel enojo que ya había experimentado. Con rapidez miré hacia la casa para confirmar que Sasha no había salido y después observé al hombre. Como la última vez que presencié este ridículo hostigamiento, mi fascinación por el pánico y el terror del hombre había desaparecido, y todo el acto se veía vacío y sin sentido. Tomé este espectáculo repulsivo y manipulador por lo que era: una estrategia diseñada para aprovecharse del instinto de la gente por proteger, una táctica pensada para lastimar. Me hizo desear torturarlo.

Me recosté cerca de mi soporte para rifle y dejé que la retícula de la mira se posara sobre el pecho del hombre mientras pasaba por los blancos a los que les disparé toda la tarde. Ver su cara me enfureció. Por unos segundos quise correr por el patio, solo para tener un momento más con él, provocarlo, insultarlo, aprovechar la oportunidad de degradarlo y castigar al espíritu, para reírme en su cara mientras el oso acababa con su vida a zarpazos.

Entonces se me ocurrió otra cosa, algo que pensé la primera vez que presencié esta locura y consideré desde entonces, ¿qué pasaría si le disparo al oso? Dan y Lucy nunca me dijeron que no lo hiciera y, si estuviera «en contra de las reglas», me lo habrían dejado muy claro. Todo lo que me dijeron fue que no permitiera que el tipo me tocara, sino darle un tiro o dejar que el oso lo mate.

Ajusté la mira para colocar la retícula en su pecho, sobre el hombro del tipo desnudo que lloraba. Estaban a unos 230 metros. Algo en mi mente me dijo que le disparara y ya, que me dejara llevar. Algo más, la rabia quizá, mi yo más beligerante, me dijo que le diera un tiro a la bestia para joderme al sistema y al espíritu. Tenía el punto de mira en el centro de gravedad del animal, de forma que su pelo negro azabache llenaba la retícula mientras daba brincos arriba y abajo en su extrañamente lenta y antinatural persecución. Jalé el gatillo.

La bala entró en el pecho del oso mientras sus patas delanteras estaban suspendidas en el aire a media zancada. Cayó hacia adelante, por el impulso de su peso y la velocidad con la que caminaba, y su cuerpo dio varias volteretas sacudiéndose por la poca pronunciada pendiente. Después cayó de golpe, levantando una nube de polvo, y luego levantó la cabeza para rugir de una forma escalofriante, aguda y cavernosa a la vez, que hizo eco por todo el valle. El sonido mismo parecía palpable mientras el bramido iba subiendo desde los pulmones del animal, perforando el cálido aire veraniego por medio de una nube de vapor sanguinolenta, junto con los riachuelos de sangre que salían de su hocico. Como si el disparo lo hubiera paralizado, la bestia se arrastró hacia el bosque con su zarpa delantera, la única que parecía funcional. Con las patas traseras pateaba frenéticamente la tierra, como si tratara de sostener su peso, arrancando matas de pasto dorado y muerto, y más polvo detrás de sí, mientras continuaba resollando sus rugidos agónicos. Pese a que solo había pasado un segundo desde que le di el tiro, supe que había hecho algo malo, pude sentir que había hecho algo «antinatural».

En un instante puse más cartuchos en la recámara, pero no sabía si dispararle al hombre o darle el tiro de gracia a la bestia para acabar con su agobiante sufrimiento. El bramido agitado y triste del oso lastimaba mis oídos físicamente y también mi mente, como si mis pensamientos tuvieran un sistema nervioso capaz de sentir dolor. Ajusté la mira hacia el hombre y me sorprendí al ver que disminuía la velocidad de su paso, para después caminar y detenerse por completo y verme de forma inexpresiva. Me miraba a través de la distorsión provocada por el resplandeciente calor que emanaba de la pradera, directo a los ojos, a través de la mira del fusil. El tipo estaba por completo inmóvil y me sentí paralizado por un momento, mientras el oso continuaba abriéndose camino a rastras hacia el límite del bosque a sus espaldas. El terror me recorrió el cuerpo entero mientras me preguntaba qué demonios acababa de hacer.

Tenía la mira en el centro del pecho del hombre y ya estaba oprimiendo el gatillo cuando, por el rabillo del ojo, vi un destello rojo a la derecha, en la pradera. Sin mover el rifle, volteé para verlo y, antes de que supiera qué era, ya estaba gritando y dejé mi posición pecho tierra para echarme a correr.

Era Dash. Se precipitaba a toda velocidad hacia el hombre, con una rapidez jamás vista en cualquier otro perro. Yo también iba como alma que lleva el diablo y ahora perseguía a mi perro y gritaba su nombre a todo pulmón.

Tuve un momento de claridad y disminuí la velocidad de mi carrera. Pensé que debía dispararle al hombre antes de que Dash lo alcanzara. Me puse el rifle en el hombro y le apunté al tipo detrás de mi perro. Temblaba como una hoja e intenté estabilizar mi pulso al observar la temblorosa imagen del hombre por la mira, con el oso detrás él a unos metros del bosque, en parte oculto por los árboles más cercanos. Respiré hondo y en el medio segundo de estabilidad que tuve jalé el gatillo cuando la retícula pasó por el pecho del hombre.

No di en el blanco. Corrí el cerrojo y metí más cartuchos en el fusil, a sabiendas de que me quedaba un segundo antes de que Dash alcanzara al tipo. Yo seguía gritándole al perro con todas mis fuerzas mientras veía al hombre por la mira. En un santiamén, casi imperceptible antes de que jalara el gatillo, cuando el perro estaba a unos cuantos metros del tipo, este sonrió.

Un torrente de bilis me subió a la garganta y me provocó arcadas, como si alguien me hubiera metido los dedos más allá de las amígdalas. Eso le dio a Dash el tiempo suficiente para llegar al hombre. Lo brincó a toda velocidad y lo derribó con tal rapidez que el tipo azotó en el suelo antes de que siquiera pudiera meter las manos para amortiguar la caída.

Dash recuperó el equilibrio y se acercó al tipo emitiendo el gruñido más feroz que le he escuchado en la vida. El hombre extendió el brazo para tratar de impedir el ataque, pero el animal se aferró a él y empezó a moverlo de un lado a otro con tal violencia que pude verlo doblarse de una manera antinatural desde donde yo corría.

El hombre no dejó de sonreír ni de mirarme, pero ahora chillaba de dolor por su brazo roto, tiraba de él para protegerlo con su pecho y usaba su mano derecha para repeler el asedio de Dash, que hundió la quijada en ella y la desgarró con tal fuerza que tres de sus dedos se quedaron en la boca del perro, lo que provocó otro grito lastimero.

El tipo se cubrió la mano destrozada con el brazo que estaba roto y sangraba a chorros, y le lanzaba patadas a Dash para ahuyentarlo. Mi perro dio un paso atrás, se puso en posición de ataque, se abalanzó a pesar de las patadas inútiles y encajó los dientes en la cara del hombre, que se dejó caer de espaldas. Dash fue presa de un frenesí aterrador, dentellaba y desgarraba el rostro y la garganta del tipo. El hombre lloraba y aullaba con impotencia.

Abandoné la idea de dispararle al pecho del hombre sin lastimar a Dash y me dirigí a la pelea. Cuando el hombre trataba de defenderse desesperadamente de las acometidas del perro con lo que quedaba de sus brazos sangrantes y machacados, Dash le asestó una mordida despiadada y precisa en la manzana de Adán. Sus ojos se abrieron horrorizados de par en par mientras Dash le despedazaba la garganta con todas sus fuerzas. Pude ver su piel en la parte inferior de la quijada del perro, los litros de sangre que empezaron a brotar de la herida, y después de la boca del hombre, convirtiendo sus gritos en un balbuceo ahogado.

Cuando estaba a unos metros de distancia y empezaba a disminuir la velocidad, los músculos del tipo se relajaron, sus ojos se pusieron en blanco y Dash soltó su garganta como si sintiera que por fin estaba muerto. Con debilidad, el tipo colocó sus manos despedazadas y los dedos que le quedaban sobre la herida del cuello, como si algo pudiera detener una hemorragia tan severa. Mi perro tomó el tobillo del hombre con sus fauces y para mi asombro empezó a arrastrarlo hacia el bosque.

Volví a gritarle y caminé hacia adelante, con la intención de sujetarlo del collar, pero soltó al tipo y se dio la vuelta para encararme con tal rapidez que me hizo retroceder y gritar sorprendido. Apenas pude refrenar el impulso de tomar el collar cuando aventó una mordida hacia donde mi mano había estado. Emitió un gruñido y un ladrido feroces, y pude escuchar el chasquido de sus dientes, que reverberó en la pradera a mi alrededor. Me sostuvo la mirada, dejó salir un inquietante aullido que me estremeció y me fulminó con la mirada entrecerrada de un depredador, de un lobo. Lentamente se giró hacia el hombre mientras me veía con cautela, volvió a hundir los dientes en el tobillo del hombre y empezó a tirar del cadáver, ya completamente inerte, hacia la arboleda a mi izquierda.

Estaba tan impresionado que apenas podía moverme. Me había olvidado del oso y alcé la vista para ver el rastro sanguinolento que dejó en el pasto amarilleado por el calor del verano al desparecer en el bosque. Volví a mirar a Dash en el momento en que pasó bajo el primer árbol y estaba por dar un paso hacia adelante para seguirlo cuando se paró en seco y, sin soltar al hombre, volvió a gruñir en mi dirección, con tal gravedad que sin duda me advertía que no lo siguiera, casi como si me lo dijera con palabras.

Desapareció entre los árboles avanzando de espaldas y arrastrando a su presa ensangrentada y desnuda. Me quedé totalmente paralizado hasta que escuché a Sasha gritar mi nombre cerca de la casa, cada vez más asustada, y eso me sacó del trance en el lugar donde había visto desaparecer a mi perro. Me volteé y la vi correr por la cerca y mirar la propiedad de un lado a otro para encontrarme. La saludé con la mano y vi cómo el alivió la inundaba. Empezó a correr hacia donde estaba parado en el límite del bosque.

¿Cómo demonios le contaría lo que acababa de suceder? Por primera vez desde que tomé la pésima decisión de matar al oso en vez de al hombre, empecé a asimilar las implicaciones y la importancia de toda la experiencia, lo que me provocó un profundo sentimiento de confusión y pánico. Sasha estaba cerca de mí y gritaba a mis espaldas.

—Harry, ¿qué pasó? ¿Qué fue ese ruido?

Me di media vuelta para darle la cara, aunque estaba mudo. Señalaba los árboles, a punto de hablar, cuando oí algo en el lugar que había estado observando. Giré con rapidez, me puse el rifle en el hombro y me ubiqué en una posición entre el ruido y Sasha. Entonces vi a Dash.

Apareció por el mismo punto en el que lo vi desaparecer entre los árboles. Salió del bosque caminado, jadeando y moviendo la cola de un lado a otro. Corrió hacia mí, como lo habría hecho cualquier otro día en cualquier otra situación, con sangre por todo el hocico y hasta en los ojos. Se veía como un lobo después de haberse dado un festín con las vísceras de un alce. Dudé cuando se acercó a mí y me miraba como si estuviera sonriendo, a la espera de que le aventara una pelota. Apoyé una rodilla en el suelo mientras se aproximaba.

—Dash, amigo, ven aquí.

Puse el cerrojo de mi rifle y lentamente lo dejé en la tierra, con la esperanza de que este fuera el perro que conocía y no el despiadado Cerbero que le acababa de arrancar la vida a un hombre. Se recargó en mis piernas, giró para sentarse entre mis rodillas, me miró con su expresión ingenua de siempre y me lamió la cara.

Sasha se sentó a mi lado, mirándonos a ambos con incredulidad. Dash movía la cola rápidamente y lamía la cara de Sasha emocionado mientras ella le acariciaba un costado de la cabeza. No pude evitar empezarme a reír.

Sasha, estupefacta, miró su mano llena de la sangre que cubría la cara del perro.

—Harry, ¿esta sangre es de…?

—No, él está bien, estoy completamente seguro. No es su sangre.

Me miró con miedo y desconfianza, y luego a Dash.

—¿Qué pasó?

Traté de decir algo, pero solo pude sacudir la cabeza con escepticismo y sin saber por dónde empezar. Dash brincó, puso sus patas en mis hombros y empezó a lamerme la frente.

—Muy bien, amiguito, todo está bien.

Tomé su cabeza entre mis manos y empecé a rascarle las

orejas por un rato. Estaba impresionado con el hecho de que su afecto y emoción fueran genuinos, asombrado por la manera en que, de ser un bestia salvaje y primitiva, había retomado su personalidad normal de *golden retriever*. Me puse de pie y miré hacia el lugar donde toda la escena se había llevado a cabo. Sasha empezó a repetir su pregunta mientras yo ya comenzaba a hablar.

—Sash, no vas a creer lo que pasó...

Durante las siguientes dos horas, le conté a Sasha todo lo que había sucedido en la pradera, y luego se lo volví a contar cuando nos encaminamos al porche trasero. Me dijo hasta de lo que me iba a morir por haberle disparado al oso y por no seguir las reglas, pero sus insultos y su reprimenda bajaron de intensidad ante nuestra incredulidad por lo que Dash había hecho. No podíamos dejar de observarlo, atención que recibía con mucho gusto mientras iba de uno a otro dando lengüetadas y muestras de afecto.

Cuando el calor del día cedió un poco, extendimos una sábana en un lugar del pasto desde donde se veía la pradera y empecé a beberme un six-pack. Me disculpé muchas veces por mi decisión de dispararle al oso y poner en peligro a Dash, y ella reiteró la importancia de apegarnos a las reglas estacionales varias veces más, hasta que al final nos quedamos ahí sentados en silencio, con Dash dormido y echado entre los dos.

—Fue como si Dash se hubiera convertido en el oso —dijo Sasha, rompiendo nuestro largo y cómodo silencio—, o al menos supo que tenía que terminar el trabajo empezado por el oso.

Me encogí de hombros y sacudí la cabeza.

—Sí…, o sea, eso tiene tanto sentido como todo lo demás que pasa aquí…

Miró a Dash con desconcierto. Después se acercó y me tomó de la mano con una mirada llena de preocupación.

— No lo hagas de nuevo, Harry, no te metas con esta cosa.

Le besé la mano y me incliné para besarle los labios.

—Lo sé, tienes razón. Lo siento.

Me oprimió la mano, luego apoyó su cabeza en mi hombro y seguimos contemplando en silencio la belleza del valle. Las libélulas y los mosquitos relucían como diamantes en la pradera cuando quedaban atrapados en la luz oblicua y dorada de las tardes del final del verano.

Solo no le conté un detalle de la experiencia, un pequeño pormenor que haría que Sasha se enojara y se asustara. No le comenté sobre la manera en que el hombre sonrió y cómo su mueca me sorprendió, como un puñetazo en el estómago, y casi me hizo vomitar.

Una ligera ráfaga de viento cálido descendió de las montañas. Mi esposa y yo miramos el enorme álamo sobre nosotros, atraídos por el placentero susurro que el aire provocaba al remover las ramas de los árboles. Vimos que unas cuantas hojas se desprendieron y se dejaron llevar por el viento sobre nuestras cabezas hacia el pastizal.

—Bueno, aquí están…

Volteé para ver a Sasha, quien seguía mirando las hojas que bailaban arriba de nosotros.

—¿A qué te refieres?

Me vio y sonrió.

—Las primeras señales del otoño.

CUARTA PARTE
Otoño

20

Sasha

La transición del verano al otoño fue rápida. Del calor seco de montaña que teníamos a principios de septiembre pasamos a un paisaje digno de una postal de otoño en cuestión de unas pocas semanas. Los álamos estallaron con un amarillo intenso, las tardes refrescaron, escuchábamos a los ciervos balar desde la cresta de la montaña, la corriente de los riachuelos disminuyó hasta que solo quedó un pequeño cauce, las cimas de granito se cubrieron de capas de nieve y cada noche los grillos estaban más callados.

Los días que pasaron a partir de mi conversación inicial con Harry sobre el hecho de que estábamos atrapados aquí sin posibilidad de mudarnos nunca, a menos de que quisiéramos enfrentar una horrible muerte, lo estuve observando como halcón para descifrar cómo lo estaba tomando en realidad. Primero, me imaginé que iba a terminar explotando, más que nada con Dan y Lucy, pero me había quedado sorprendida por la manera en que enfrentó la noticia. Lo tomó mucho mejor de lo que esperaba.

Todo eso cambió después de que tomó la decisión de dispararle al oso en vez de al hombre. A veces parecía un niño rebasado por la impulsividad o por un ansia de poner a prueba los límites. Ya lo había visto comportarse así antes.

Poco después de que empezamos a salir, recuerdo que fuimos a hacer una larga excursión en un barranco al oeste de Boulder, donde caminamos por acantilados escarpados a más de sesenta metros del arroyo que corría abajo. Lo vi probar la resistencia de una roca en la orilla del precipicio con su bota, notar que estaba endeble y arrojarla. La piedra hizo mucho ruido al golpear algunas partes del acantilado, luego se escuchó un fuerte choque cuando se estrelló con las que estaban abajo y el eco se oyó a varios kilómetros a la redonda. Tengo muy presente su cara cuando vio la caída y el impacto de la roca; su expresión de asombro puro e infantil se transformó en una de sincera sorpresa cuando le pregunté por qué rayos había hecho eso sin avisarme.

—Lo siento…, no sé.

Me acuerdo bien de haberle gritado que podía haber caído sobre alpinistas o gente que paseaba en canoa allá abajo, y entonces vi su preocupación y un desconcierto genuino extenderse por su cara al darse cuenta de que yo tenía razón. Observó el cañón en busca de alguna señal de que hubiera gente abajo y vi el alivio en su rostro cuando advirtió que estaba vacío, luego se avergonzó.

Hubo un momento parecido varios años después. Un otoño estábamos explorando el río Deschutes y acampamos en una orilla. Desperté en la tienda de campaña, confundida por un extraño sonido, y vagamente me acordé de que Harry se había levantado más temprano y murmuró que iba a prender la fogata y hacer un poco de café. Me incorporé sin salir de la bolsa de dormir y abrí el cierre para mirar afuera. Me quedé sin aliento cuando vi el origen del ruido: una enorme víbora de cascabel enroscada, con la cabeza hacia atrás y la cola al aire emitía un sonido de advertencia continuo. Con desesperación traté de subir el cierre otra vez hasta que noté que Harry estaba ahí, a la izquierda, sentado en un tronco a unos dos metros y que veía a la serpiente directamente. Le hablé entre dientes para asegurarme de que hubiera visto a la víbora, pues pensé que por alguna razón no ha había visto. Después noté que tenía la mano llena de piedras y que se las estaba aventando a la serpiente con calma, una por una, de manera que rebotaban en su cuerpo enroscado y provocaba que ella se inclinara hacia adelante y aventara mordidas en dirección a Harry. Era como si echara piedras a un estanque inmóvil sin propósito alguno. Debió haberle lanzado unas diez piedras a la víbora antes de que me escuchara y con ello saliera de alguna especie de trance. Eso causó que se pusiera de pie, tomara unas ramas secas de salvia y ahuyentara a la cascabel para que desapareciera entre los arbustos.

Cuando le pregunté por qué diablos hizo eso, me contestó algo como «No sé…, aún estaba despertando y… no sé».

Ese tipo de situaciones no eran muy frecuentes ni tampoco tan irracionales, además él siempre parecía muy sorprendido cuando lo hacía volver a la realidad. No es un adicto patológico a la adrenalina en el sentido habitual del término, no es que siempre esté haciendo idioteces peligrosas o que demuestre una indiferencia total a su seguridad. Maneja y esquía de una forma segura y nunca empieza peleas. Solo hay momentos extraños como esos, cuando parece que es la única persona que queda sobre la tierra y con desinterés pone a prueba el mundo a su alrededor, como si no estuviera del todo convencido de que está vivo.

Así me sentí respecto a la forma en que estaba llevando a sus límites las reglas de este espíritu estacional. Se disculpaba cuando le mencionaba el daño que podía causar que provocara al hombre tan cerca de la valla o que le disparara al oso, y estuvo categóricamente de acuerdo conmigo en todos los puntos y me explicaba por qué había tomado aquellas malas decisiones. En pocas palabras, me decía todo lo que yo quería escuchar.

De todas formas, y aunque no lo presencié, cuando se trataba de momentos como la última persecución del oso, puedo apostar un millón de dólares a que tenía la misma estúpida mirada en la cara, esa que pone cuando patea rocas de un desfiladero, cuando les tira piedras a las víboras de cascabel o molesta un nido de avispas. Es la curiosidad de un niño peligrosamente divorciada de las consecuencias.

Le dije eso mismo mientras cenábamos una noche después de que le disparara al oso. No estaba a la defensiva y coincidió conmigo, en sus propias palabras, y me aseguró que de ahora en adelante no se pasaría de la raya. Otra vez me dijo lo que yo quería escuchar.

Dan y Lucy nos visitaron la siguiente tarde y trajeron la cortadora hidráulica de leña que les habíamos pedido prestada para empezar a juntar suficiente madera para el invierno. Nos enseñaron a usarla antes de que todos nos sentáramos en el porche un rato.

Sabíamos que este momento llegaría. Harry y yo nos vimos a los ojos antes de que Dan empezara a hablar. Con esa mirada, le pedí que escuchara. Vi remordimiento en los ojos de mi marido y también concentración. Asintió en el momento en que nuestro vecino tomó la palabra.

—Bueno, el otoño está oficialmente a la vuelta de la esquina… Y me imaginé que valdría la pena hablar de lo que escribimos en las notas sobre la estación. Sabemos que ya las leyeron de cabo a rabo, pero de todas formas queremos darles un resumen. A este le llamamos «El espantapájaros». Solo pasa dos o tres veces por temporada, a diferencia de la luz de la primavera y la persecución del verano, y solo se aparecerá de noche, cuando estén dormidos. —Dan hablaba gesticulando con las manos para hacer énfasis —. Cuando se levanten, van a encontrar un simple… espantapájaros, a menos de veinte metros de su casa. Es una especie de muñeco hecho de yute y lona del tamaño de una persona, ¿de acuerdo? Ya los han visto. Están rellenos de paja, visten ropa vieja y raída, su cara cosida parece real, miden de 1.20 a 1.50 metros y pesan de catorce a veinte kilos. Lo encontrarán en una postura despreocupada, como de un humano, en una banca, recargado en un poste de la cerca o sentado en el porche tal y como estamos ahora. Nunca se esconde, es como si quisiera que lo encontraran al salir de la casa. Si se acercan a él, notarán que no está vivo. Si le dan un golpecito, se caerá, porque está lleno de paja húmeda. Pero tienen que moverlo. De hecho, el punto con este es que deben quemarlo y esa es la única solución. El material del que está hecho no es distinto a lo que ya conocen. Una vez que se esté quemando de manera apropiada, se calcinará rápido, no tienen que avivar el fuego, quedará hecho cenizas en segundos y eso sucederá cada vez. Insisto, no es tan pesado, pero deben moverlo porque, si están a menos de veinte metros de su casa cuando le prendan fuego, despertará.

¿Este maldito anciano acaba de decir que despertará? Miré a Dan y luego a Lucy. Como si ella intuyera mi pregunta o mi incredulidad, asintió. Harry estaba sentado con la espalda recargada en la pared del porche y observaba a Dan, inexpresivo.

—Si despierta, tratará de meter su cuerpo en llamas a tu casa. Por eso deben llevárselo. Y es aquí cuando el asunto se pone... desagradable. En realidad, no luchará contra ustedes, pero tendrá una suerte de espasmos y empezará a hacer ruidos, pero solo mientras lo mueven a donde van a quemarlo, nunca lo hará cuando esté inmóvil. Puede espabilarse por unos instantes y eso es muy alarmante, pero solo permanecerá vivo o despierto unos segundos. Tratará de agarrarles la mano, de ponerse de pie o de desatarse de la cuerda con la que está amarrado; de hecho, recomiendo que se lo lleven con una correa para evitar el contacto directo, porque algunos son fuertes y tal vez intenten golpearlos. Pero esos efímeros momentos de vida son como contracciones, después vuelven a ser entes inanimados. —Dan cambió de posición, nos miró a Harry y a mí, y continuó—. En el momento cuando despierte, estará asustado. Temerá por su vida, como si supiera que va a morir. En esa fase también podrá hablar y llorar, o más bien sollozar. Repito, dura muy poco tiempo, pero durante esa suerte de ataques empezará a rogar por su vida mientras trata de liberarse. —Hizo aspavientos con las manos para llamar nuestra atención—. Ignórenlo. Es absolutamente necesario quemarlo al atardecer del día en que lo encuentren. Y escúchenme bien, ustedes dos, estoy hablando de algo muy simple: lo encuentran, lo arrastran lejos de la casa, cuando lo muevan y despierte no lo escuchen, y lo queman. Eso es todo lo que hay que hacer, ¿correcto?

Asentí de manera forzada. La incredulidad, la preocupación y la frustración por el asunto del espantapájaros se mezclaban con la reacción de Dan, que era de una obvia inquietud que se contagiaba. Dan miraba a Harry, quien veía más allá, en dirección al bosque, hacia nuestra casa.

—Har, ¿escuchaste todo lo que dije?

Harry suspiró profundamente, asintió y respondió sin desviar la mirada.

—Sí, lo siento, qué cosa tan interesante…, en fin, sí… —Harry se talló los ojos y después se enderezó antes de mirar a Dan—. Nos comentaste que estas cosas se ponen un poco nerviosas, pero hay que ignorarlas y quemarlas lejos de la casa.

Dan asintió.

—Así es, eso es todo.

Todos me miraron cuando empecé a hablar.

—Y… ¿estás seguro de que no pasa nada de nada en invierno? No me gustaría enfrentarme a una sorpresa. ¿Ninguna de las otras familias, que no sean la tuya ni la de Joe, vio algo?

Dan respondió con una mueca, encogiéndose de hombros.

—No, y el invierno es la mejor estación aquí porque es la temporada baja del espíritu. —Miré a Lucy, quien se limitó a sonreír y a asentir con la cabeza. Dan continuó—: No pasa nada en esa época, es como si se fuera a hibernar después de la quema del último espantapájaros y hasta que aparece la primera luz en el estanque.

Alcé las cejas y asentí, mientras me esforzaba por pensar qué más preguntarle. Dan bajó la mirada, decepcionado, y lentamente empezó a sacudirse algo de la rodilla con su enorme mano de piel curtida hasta que volvió a tomar la palabra.

—Me gustaría poder explicarles más, pero eso es todo lo que sé, el espíritu se aleja al final y al principio de año —dijo encogiendo sus enormes hombros.

Los días pasaron y se convirtieron en semanas, Harry y yo nos levantamos cada mañana a revisar el perímetro, en busca de algún espantapájaros demoniaco. Nunca antes levantarme había sido tan espantoso. Una tarde que fui a cabalgar con Lucy, ella me comentó lo mucho que odiaba el otoño y la comprendía muy bien.

Una noche después de cenar, Harry y yo encendimos la chimenea y nos pusimos a leer las notas de nuestros vecinos sobre el otoño, o lo que ellos llamaban «la estación de espantapájaros», como lo habíamos hecho muchas veces en las últimas semanas. Después de enfrentar el verano, las dudas de Harry sobre la existencia del misterioso espíritu habían desaparecido hacía mucho. De hecho, se estaba preparando para las próximas y breves apariciones como si se tratara de un proyecto laboral.

Nos sentamos en el sofá y leí el escrito en voz alta. Por alguna razón, la descripción de este ritual estacional me perturbaba profundamente, mucho más que el de primavera y el de verano, por la manera como los espantapájaros cobraban vida al moverlos o la forma en que rogaban, sollozaban y golpeaban. Aunque la luz y la persecución del oso también eran experiencias muy jodidas a su manera, algo en esta hacía que se me erizara el cabello, y el solo acto de leer la descripción de Dan y Lucy de lo que estaba por suceder era muy desagradable.

Harry me aseguró que se encargaría de lidiar con esto, al menos hasta que yo estuviera lista para hacerlo. Lucy me dijo que se sentía igual, que odiaba a los espantapájaros más que cualquier otra cosa y Dan se ocupaba de eso, porque ella no podía acercárseles sin tener un ataque de pánico, aunque estuvieran inmóviles en las posturas en que solían aparecer durante las mañanas otoñales. Mi esposo parecía casi emocionado.

—No entiendo por qué Lucy y Dan los odian tanto. Lo digo porque verlos no provoca miedo, son unos costales de yute comunes y corrientes con caras cosidas. Acabamos de pasar por meses de enfrentar la persecución del oso, cuando teníamos que asesinar a un hombre desesperado o ver cómo lo hacían pedazos. En comparación, esto parece pan comido. Te pones unos audífonos, pones a James Brown a todo volumen, le pones el lazo al muñeco, lo llevas a la pira y le prendes fuego. ¡Venga!

—Espero que no solo esté fanfarroneando, señor. —Me burlé.

Harry sonrió y se miró las manos.

—Claro que no… Bueno, ya veremos, pero creo que tendré todo bajo control. Ya tengo la hoguera, mi bidón de gasolina y el lazo. Estoy listo para lo que venga, amor.

Con eso me sacó una sonrisa. Me daba gusto que no le molestara, porque el solo hecho de pensarlo hacía que me carcomiera la ansiedad. Además, en verdad se había estado preparando.

Tenía lista una pira afuera de la cerca trasera, en un lugar adonde había acarreado un montón de arena, después de haber medido la distancia desde la casa. Eligió un bidón y lo puso junto a la puerta con una caja de cerillos resistentes al agua, e incluso compró una soga de uso profesional en la tienda para granjas y se puso a practicar con ella. Pensé que era algo bueno ser capaz de atar al espantapájaros guardando la distancia, para después arrastrarlo a la hoguera sin acercarse demasiado. Nuestros vecinos opinaron lo mismo.

Unas cuantas noches después, Dan y Lucy nos visitaron y les preparé la cena, una costumbre que se volvió semanal, en su casa o en la nuestra. Orgulloso, Harry les mostró sus preparativos para quemar el espantapájaros y, cuando nos dirigíamos al porche trasero, Dan hizo un comentario que me provocó un ataque de angustia sobre lo que estábamos por enfrentar.

—La soga fue la decisión correcta, Har. Recuerda que debes quemar al espantapájaros en cuanto lo veas, no debes cortarlo ni tratar de destrozarlo, porque eso puede causarte graves problemas.

Disfrutamos de una comida larga y abundante afuera, en la que imaginé que sería la última noche cálida del año. Después nos sentamos en unas sillas de exterior que acabábamos de comprar para descansar y hacer digestión. Dash se paseaba entre los cuatro mendigando caricias.

Ya éramos lo suficientemente íntimos como para hablar sobre el «folclor» del lugar, por decirlo de alguna manera. Mi esposo y yo aún no estábamos listos para aceptar que ya sabíamos todo lo que podía saberse del espíritu y no dejábamos de pedir más detalles cuando estábamos en compañía de Dan y Lucy. Ellos siguieron disculpándose por no decirnos que estaríamos atrapados para siempre si no nos mudábamos de inmediato. Una vez más les aseguramos que entendíamos su decisión y les reiteramos que no había resentimiento alguno de por medio.

Esa noche, al escuchar hablar a Harry, Dan y Lucy, pensé en algo. No oía su conversación, solo miraba la oscuridad mientras sus voces se fundían con el suave canto de los pocos grillos que todavía desafiaban el helado viento otoñal.

En ese momento me invadió un sentimiento, casi una pasión, que me tomó desprevenida. Tenía que ver con un comentario que hizo Harry varias semanas antes, cuando le dije que jamás podríamos irnos y hablamos de lo que eso significaba para tener bebés. Dijo estar molesto, pero no porque me hubieran quitado la oportunidad de tener hijos y darles una vida segura, sino porque me habían robado la posibilidad de decidir. Eso era muy personal, un ataque hacia mí y mi autonomía. Y el sentimiento de agobio se vio reemplazado por el impulso furioso de derrotar al espíritu, descifrarlo, superarlo.

Había algo en particular en la manera en que Harry, Dan y Lucy hablaban, de forma animada y amigable, oír cómo sus voces llegaban hasta los oscuros pastizales, saber que en esa oscuridad había una amenaza, algo que quería poner punto final a las conversaciones, a las cenas y a momentos como este.

Sentada ahí tomé una decisión que salió de la nada, pero a la que me dedicaría en cuerpo y alma. Si en verdad estábamos atrapados aquí, si en realidad nunca podríamos marcharnos y si este espíritu se había apoderado de nuestras vidas, ¿teníamos algo que perder?

Repasando el orden de las cosas, la naturaleza de causa y efecto de la luz en el estanque y el fuego, la persecución del oso y la aniquilación del hombre, la aparición del espanta-pájaros y su destrucción con fuego… había en todo aquello un equilibro, un sentido de intercambio. No podía creer que no hubiera otro ritual, una regla más, algo más a lo que pudiéramos recurrir para desaparecer al espíritu o mandarlo a descansar.

En ese momento y lugar lo decidí. Iba a averiguar cómo acabar con el poder que el espíritu tenía sobre nosotros, nuestra tierra y nuestros cuerpos. Tal vez no mañana, quizá ni siquiera este año, pero lo iba a lograr. Y estaba dispuesta a morir intentándolo, ya fuera a causa de la vejez o del espíritu.

21
Harry

Busqué en el buró en la oscuridad, tratando de ubicar mi celular que retumbaba con su odioso tonito de alarma. Cuando lo encontré, apreté todos los botones que pude hasta que se calló. Sasha se dio media vuelta y se quejó.

Pude escuchar las pequeñas uñas de las patas de Dash sobre el piso de madera de la sala venir desde su cama hasta nuestra habitación, también a él lo había despertado la alarma. Ya conocía el sonido y cuál era su propósito, lo cual me enterneció.

Esa mañana lo llevaría a cazar aves a un lugar en el parque nacional que había explorado el fin de semana anterior mientras hacía cacería con arco. No encontré ningún alce, pero asusté a varios vistosos urogallos. La noche anterior puse todo mi equipo en la oficina: mi chaleco de cazador, escopeta, los collares del perro, la mochila, todo. Dash sabe que cuando saco el chaleco y la escopeta es hora de cazar, y se entusiasma tanto como un niño en Navidad, hace graciosas piruetas y su cola se mueve sin control. Cazar pájaros es su actividad favorita en la vida.

Me di la vuelta en la cama y mi ímpetu se vio frenado por un dolor que se apoderó de todo mi cuerpo, sentí un ardor terrible subir por mi pierna desde la rodilla hasta el estómago. Cuando me acomodé para masajear mi herida, un dolor sordo pero agudo se extendió por mi espalda. «Maldita sea», pensé, no me había dolido en varios años. Exhalé, tembloroso, y me encorvé para seguir frotándome la pierna. Sasha puso la mano en mi espalda.

—¿Estás bien, amor?

Ella en verdad tenía un sexto sentido en lo relacionado con mis dolores, como si también pudiera sentirlos.

—Sí, es solo el dolor de siempre. Vuelve a dormir. Regresaremos en unas horas, ¿de acuerdo?

Ella asintió mientras me forcé a ponerme de pie. Después desapareció entre las almohadas y se estiró para aprovechar todo el espacio de la cama.

Lo último que recuerdo de Afganistán es estar sentado en el asiento trasero de un Humvee que pasaba por un camino polvoriento cuando una brillante luz azul invadió el panorama. Lo que vino después, según me dijeron, ocurrió varios días después: estaba sujeto a una camilla en un avión de carga de un enorme avión, con una suboficial de la marina sentada junto a mí. Tenía una voz amable.

—Qué tal, cabo, vamos hacia Alemania. —No me acuerdo de haberla visto otra vez.

En Alemania me dijeron que la luz azul fue provocada por

un explosivo que casi parte el Humvee por la mitad. Mi amigo Scott estaba en el asiento de al lado. Perdió la pierna izquierda. Mi colega Vásquez estaba en el asiento del copiloto. Murió de manera instantánea cuando una pieza del vehículo lo golpeó en la nuca y le rebanó casi por completo la parte superior del cráneo. Mi compañero Tucker iba manejando y al cabrón no le pasó nada, más allá de sentirse confundido quizá, pero pudo escapar sin un rasguño. Es una maldita locura cómo suceden a veces las cosas. También tuve mucha suerte, en comparación. Si bien la metralla se incrustó en mi espalda y en una de mis piernas, y varios cristales me cortaron la cara, el daño real de la explosión se limitó a una asunto ortopédico en mi costado izquierdo: mi omóplato quedó hecho añicos; el fémur, despedazado; tuve varias fracturas desde la rodilla hasta el pie; se me rompieron los dos huesos del brazo, también cuatro dedos, un par de huesos de la mano, seis costillas, y acabé con un pulmón perforado. Fue una mierda, pero al menos conservé todas mis extremidades, los dedos, los ojos y las pelotas. Así que no me fue tan mal.

Los médicos del ejército me cosieron, me engraparon y me repararon, después estuve en un triaje en una base de operaciones, luego me intervinieron los doctores designados a la evacuación de bajas, posteriormente me atendieron unos en Kandahar, otros en Alemania y, por último, me hicieron un par de operaciones en Walter Reed, Estados Unidos. Después de eso, estuve un par de meses en recuperación, en los que hice fisioterapia todos los días y viví en unas instalaciones repletas de hombres hechos pedazos a causa de explosivos.

¿Quién lo habría pensado? Una fuerza armada de clase

mundial conformada por los guerreros más rápidos, fuertes y desalmados, la mejor equipada para el combate… derribada por unos cuantos adolescentes analfabetos que tenían en su poder algunos explosivos viejos e imperfectos de la época de la Unión Soviética, un poco de cinta plateada, una pala y unos controles para carros a control remoto. La guerra parecía haber cambiado.

Me estiré un poco en la oficina hasta que los dolores comenzaron a ceder. Entonces me vestí y preparé café. Dash estaba muy entusiasmado porque sabía lo que íbamos a hacer esa mañana e iba y venía de la puerta donde había colocado mi chaleco, la mochila y la escopeta. Llené mi termo y le puse una cucharada de un extraño sustituto de crema para el café que mi esposa escogió, hecho de nuez de la India, cáñamo o almendras, o quién sabe qué, todos tienen el mismo sabor extraño y decepcionante.

Le puse el collar a Dash, me colgué en el hombro mi fusil de dos cañones, salí y giré para usar ambas manos para cerrar la puerta lo más silenciosamente posible. Cuando di el primer paso para bajar las escaleras del porche, el corazón se me subió a la garganta: un hombre estaba parado a mi derecha, a medio camino entre la puerta principal y el patio de la cocina.

Me quedé sin aliento, caminé agitadamente de un lado a otro levantando las manos; esto provocó que Dash empezara a ladrar. Regresé al porche, estiré el cuello para ver mejor y sentí que se me ponía la piel de gallina. Ahí, con las primeras luces del amanecer, en el crepúsculo de las mañanas otoñales, el momento en que lo familiar se vuelve salvaje, estaba nuestro primer espantapájaros.

Sasha, que se había despertado con los ladridos de Dash, abrió de golpe la puerta principal, todavía medio dormida, cubriendo sus hombros con una sábana y con el pánico reflejado en su mirada. Pareció entender lo que estaba sucediendo antes de dar un paso afuera. Caminó más lento y puso la mano en el marco de la puerta, mirándome con los ojos abiertos de par en par. Todo lo que tuve que hacer fue asentir. Salió con cautela y se asomó al porche, hacia lo que causaba el alboroto del perro.

Era un muñeco grande de yute, como dijeron Dan y Lucy. Traía un sombrero de paja y vestía un overol desteñido por el sol sobre una tela con botones. Sus pies eran unos bultos que apenas tenían forma y sus manos parecían ser guantes de trabajo hechos con piel de venado rellenos de paja. Con tan solo ver el costado de su cara cosida pude notar que sus facciones eran muy detalladas. Parecía un hombre de mediana edad, con una sonrisa serena y ojos azules. Estaba de pie, erguido, con los brazos doblados y sus pulgares enguantados estaban enganchados a los tirantes de la prenda.

Dash se calmó, se paró junto al espantapájaros y empezó a oler su extraño pie de yute como si fuera una nueva pieza de mobiliario. Sasha dio dos pasos hacia él.

—¿Por qué diablos está parado así? Se ve como si tuviera una estructura o algo para sostenerse.

En efecto, esa era quizá la característica más anormal del muñeco. Sus extraños y burdos pies apenas tocaban el piso, pero tenía una postura derecha y saludable. Busqué alambres o cuerdas que pudieran sujetarlo, le pasé las manos por encima y a los lados, y moví la cabeza.

—No sé... Dan y Lucy dijeron que lo encontraríamos en una postura humana y que colapsaría como una torre de paja húmeda en cuanto empezáramos a moverlo.

Tomé la escoba que habíamos dejado en el porche desde que las hojas empezaron a caer. Extendí el mango hacia la pierna del espantapájaros que tenía más cerca y después miré a Sasha para pedir su aprobación. Ella asintió. Le sumí la rodilla y de inmediato se desplomó como si fuera un costal lleno de hojas. Fue impresionante lo rápido que desapareció su apariencia humana y colapsó como nuestros vecinos lo describieron. Sasha y yo bajamos la mirada hacia el raro montón de yute.

Dash olisqueó la cabeza del muñeco, una espeluznante protuberancia con las facciones distorsionadas que se asomaba de aquel bulto. Verlo era estremecedor. Nos metimos y tomé mi equipo para espantapájaros: la soga, los cerillos y un pequeño bidón con gasolina.

—Sash, yo me encargo, en serio. Solo quédate aquí con Dash, pon algo de música en caso de que la cosa se ponga ruidosa. Acabaré en diez minutos, a lo mucho.

Le sonreí para que se tranquilizara. Ella se veía preocupada y asintió.

—Muy bien, cuídate, y lo digo en serio. Esa cosa es perturbadora hasta la médula.

No necesitamos decir más, ya habíamos repasado lo mismo cien veces. Salí, cerré la puerta detrás de mí y volteé para encarar al muñeco. Creo que en verdad emanaba una vibra muy desagradable. Pero, más que otra cosa, me sentía decepcionado. Miré atrás de él, hacia donde había hecho la pira, afuera de la cerca trasera. Decidí que lo mejor sería llegar por el otro lado, a cierta distancia del porche, y atar la cabeza deforme que sobresalía del resto del bulto. Eso me permitiría arrastrarlo en su posición actual hacia las escaleras que conducían al patio desde el jardín de la cocina.

Mi habilidad con la cuerda no estaba en su mejor momento y me tomó seis intentos ensartarla alrededor de la cabeza del espantapájaros. Cuando lo logré, la jalé y la vi ajustarse alrededor de su cuello. Demonios, pensé que en realidad era un mero costal de yute relleno de paja húmeda. No tenía ningún sentido que le fuera físicamente posible mantener una posición erguida, pero dejé esa idea para después. Empecé a retroceder paso a paso mientras apretaba el nudo con fuerza alrededor del muñeco. Era tan pesado que no podía moverlo a pesar de que lo había amarrado muy bien. Sabía que si aplicaba más fuerza se empezaría mover…, para lo cual quizá aún no estaba listo.

Mi corazón estaba desbocado. La manera como Dan y Lucy describieron que esta cosa cobraría vida en arrebatos despavoridos me había saturado la mente desde que el otoño empezó. Di una pequeña vuelta en el lugar donde estaba parado y sacudí mis manos, una después de otra. Respiré hondo y decidí darle tirones lo más fuerte y rápido que me fue posible hasta arrastrarlo escalones abajo y retirarlo del porche. Sujeté la cuerda, la puse sobre mi hombro y caminé hasta que pude sentir la tensión sin quitar la vista de la hoguera. Conté hasta tres y aceleré el paso, jalando la cuerda con todas mis fuerzas.

El muñeco era algo pesado pero no imposible de mover.

Tal vez pesaba unos quince kilos y después de dos o tres segundos lo oí caer por las escaleras del porche. Miré hacia atrás un segundo mientras lo remolcaba hacia el patio y todo iba bien hasta ese momento. Seguí avanzado y abriéndome paso por el césped. Corrí tan rápido como pude hasta que recorrí todo el camino hasta la cerca. Empecé a dar la vuelta y, cuando estaba por detenerme, sucedió.

Lo primero que noté fue que aferró las manos al cuello. Estaba de espaldas, con la cabeza hacia mí, y pude ver cómo trataba de quitarse la soga con desesperación. Sentir los movimientos agitados del muñeco con la cuerda que sujetaba entre las manos fue tan sobrecogedor que la tiré a un lado, como si estuviera cubierta de arañas, para después alejarme de ella. Lo podía oír respirar y se escuchaba como la respiración entrecortada de un hombre mayor que rechinaba los dientes. Me incliné hacia adelante un poco, en un intento por ver su cara bajo el ala del sombrero. En este instante, los pies y los hombros del espantapájaros empezaron a tomar fuerza, arqueó la espalda y alzó la pelvis mientras trataba de aflojar la cuerda alrededor de su pescuezo. En ese momento soltó el grito más trágico, angustiado e inquietante que había escuchado desde Afganistán. Entonces, como si lo controlara un interruptor, desaparecieron todas las señales de vida y energía, y el muñeco volvió a ser un bulto inanimado. Lo miré, incrédulo, mientras el eco de su grito se desvanecía y lo reemplazaba el pulso de mi corazón.

Demonios. Abrí la cerca, con calma tomé la soga y con cautela caminé hacia la hoguera, sin dejar de estar al pendiente de los movimientos terroríficos del espantapájaros. Di marcha atrás tensando la cuerda al máximo, después giré, me puse la soga en el hombro y avancé hacia la pira. Corrí hasta que me detuve a dos metros de mi destino y calculé que mi amigo de paja estaría en el lugar donde tenía que estar.

Miraba sobre mi hombro para confirmar la ubicación del muñeco cuando volvió a suceder. Esta vez pude ver su cara por la manera como la soga se había apretado alrededor de su cuello y eso me hizo volver a soltarla, como si romper el contacto me fuera a proteger de tan perturbadora escena. Me acerqué y traté de sujetar la cuerda, el bordado en su rostro era muy humano en un sentido grotesco, gesticulaba de forma inverosímil. Se veía más asustado de lo que yo me sentía. Estiró el cuello hacia arriba para verme directamente desde donde yacía en el piso y habló. O más bien gritó. Dijo una sola palabra, pero el volumen, el pánico y el terror visceral de su voz se amplificaba con cada mención.

—No, no, no, ¡noooo!

Por segunda ocasión se desplomó en la arena tan rápido como empezó a bramar. Volvió a estar por completo inerte antes de que sus alaridos dejaran de hacer eco en los pastizales grises y fríos.

Sentí náuseas y culpa, era como si esta cosa en verdad comprendiera el hecho de que iba a ser ejecutado. Recordé la advertencia de mis vecinos: «Ignora la empatía que sientas por estas cosas, debes destruirlas». Yo era muy bueno para eso, lo había hecho en la vida real.

Me acerqué al espantapájaros rápido pero con cuidado, me incliné, aflojé el nudo poco a poco y levanté la soga que rodeaba su sombrero de paja y cara de extrañeza. Retrocedí para tomar el bidón, le quité la tapa y vacié un poco de gasolina en las piernas del muñeco. Le dije, «Adiós, amigo», encendí un cerillo y se lo arrojé.

Dan tenía razón, estas cosas se quemaban de inmediato. En cinco segundos, todo el bulto estaba envuelto en llamas y en treinta no era más que cenizas, como si lo hubiera empapado de diésel.

Fue asqueroso. Al ver los restos humeantes, tuve que reconocer que la experiencia entera era más repugnante que atemorizante. Sin embargo, no fue tan malo como pensé que sería y cualquier día preferiría arrastrar a diez de estos malditos en vez de una persecución del oso.

Cuando entré a la casa, me encontré a Sasha junto a la mesa de la cocina, desde donde me miraba con una combinación de miedo y curiosidad. Le sonreí.

—Ya no está, Sash. Lo quemé y desapareció, no hay nada de qué preocuparse.

Me hizo como cinco preguntas en lo que parecieron tres segundos.

—¿Qué pasó con los espasmos? No lo escuché gritar ni llorar, ¿cómo fue? ¿Qué dijo? ¿Se resistió cuando lo moviste y cobró vida?

Alcé las manos.

—Vamos, nena. Es solo un espantapájaros, un muñeco, y siguió siendo eso, solo se retorció un poco para tratar de liberarse. Refunfuñó un poco y después volvió a ser un costal inanimado. Solo lo llevé hasta la pira, lo encendí y se quemó como si fuera una montaña de trapo empapada de combustible. Eso fue todo, la verdad no estuvo tan mal.

Tenía una mirada inquieta, pero el alivio rivalizaba con la preocupación y asintió. Se vistió y le enseñé la mancha de cenizas color gris oscuro que estaba sobre el montículo de arena.

No me sentía cómodo para irme después de lo sucedido, como si quemar un muñeco sobrenatural fuera algo de todos los días, así que decidí esperar una hora, ir al baño, darme una ducha y después llevar a Dash a cazar urogallos.

Al terminar de bañarme y vestirme, fui a la oficina donde Sasha estaba en una videoconferencia. Le hice un gesto para hacerle saber que nos iríamos y me acerqué para darle un beso. Cuando me di la vuelta para marcharme, con los dedos me hizo una señal para que me esperara y, mientras silenciaba el teléfono, se quitó los auriculares y giró para verme.

—Amor, me siento fatal por no haberte acompañado esta mañana para lidiar con esa cosa.

Negué con la cabeza.

—Eso es una tontería, Sash. Yo me encargo. Lucy tampoco se ocupa de esas cosas, lo hace Dan. Me gustó resolverlo y en realidad no es tan malo. Si quieres llevarlo a cabo la próxima vez, o ayudarme, está bien, pero preferiría ocuparme yo. Además, no me gustaría que te acercaras a esas malditas cosas.

Me oprimió la mano y bajó la mirada.

—Muy bien, la próxima vez será.

Alzó la mirada y sonrió. Luego Dash interrumpió el momento al golpear la puerta con sus patas. Volteamos para ver cómo nos miraba desde la sala y movía la cola con impaciencia, ansioso por empezar su mañana de cacería.

Metí a Dash en el auto y nos dirigimos al lugar que había

encontrado. Estaba en la pendiente al norte del río Fall, que se veía como si estuviera en llamas por los colores otoñales de los álamos. Mi perro y yo caminamos casi dos kilómetros antes de que él se empezara a poner «pajarero». Supongo que es diferente para cada perro de caza, pero cuando se familiarizan con el olor de las aves, se trate de faisanes, codornices, perdices o urogallos, se exaltan y el lenguaje corporal cambia dramáticamente. En ese momento es importante el entrenamiento, porque si tu perro no está entrenado para cazar, y no se queda cerca de ti, solo seguirá el rastro y hará que el ave levante el vuelo fuera del alcance del arma. Así que se debe entrenar para que permanezca junto a ti cuando hay un ave en la cercanía, eso es en realidad lo que hace o no un buen sabueso. Entusiasmo con disciplina.

Sin importar cuántas veces lo hayas visto, realmente es increíble ver a un perro levantador en acción. Se nota que tienen un instinto predatorio primigenio. La nariz de Dash estaba pegada al suelo del bosque mientras corría de ida y vuelta por un claro entre los enormes álamos.

—Daaash, tranquilo, amigo, aquí. Quédate conmigo.

Volteó para verme por un instante, con una mirada de frustración que ya había aprendido a reconocer y que quería decir «Oye, hay aves de caza por aquí cerca, no me molestes».

Empezó a encaminarse hacia un tronco seco y torcido. Movía el cuerpo entero para un lado y para otro, y su cola era una hélice. Quité el seguro de la escopeta con el pulgar.

Dash dio otro giro abrupto, con la nariz en la tierra y un par de urogallos aparecieron en el pasto a unos doce pasos de mi perro. Con razón la gente los llama «pájaros infarto». Uno de ellos volaba bajo, se alejó de mí y con rapidez desapareció en el sotobosque. El otro se acomodó a mi derecha y después se echó a volar desde el claro al cielo abierto. Le disparé y vi que el urogallo se quedó inerte en el aire, en medio de una nube de plumas suspendida sobre el ave que caía bajo la luz de la mañana. Mi perro se puso encima de él en cuanto cayó al piso.

—Dash, ven acá.

Trotó hacia mí, con el pájaro suavemente prensado en su mandíbula. Me apoyé en una rodilla y extendí la mano para que me lo diera, pero él lo soltó en el piso frente a mí y me dio la pata como si se la hubiera pedido. Me reí de él.

—Eso es todo, amiguito. ¡Buen trabajo, Dash!

Se quedó sentado y jadeando con tal expresión que parecía que sonreía para una fotografía navideña, con un anillo de plumas húmedas rodeándole la boca. En mi chaleco llevaba un dedo de queso para estas ocasiones. Le retiré la envoltura y le acerqué el premio para que pudiera darle una enorme mordida.

—Vamos a comer bien hoy. Buen trabajo, atrapemos unos más.

Cazamos por un par de horas más y perseguimos otros tres pares de urogallos. Cacé uno de la primera pareja, otro de la segunda y se salvaron los de la tercera. Así que teníamos tres aves para cenar. Cuando no doy en el blanco, debo llamar a Dash; de lo contrario sigue en busca del pájaro caído, impulsado por una fe ciega en la precisión de mi tiro. Juro que ha aprendido a mirarme con decepción cuando no derribo las aves y tengo que llamarlo para que no cobre la presa, entonces puedo ver que con su mirada me dice: «Solo tenías un trabajo que hacer, amigo, y yo aquí rompiéndome el trasero, ¡ponte a trabajar!»

Sasha parecía mucho más relajada cuando regresé y ya había puesto al tanto a Dan y Lucy sobre nuestra primera experiencia con el espantapájaros. Cociné el urogallo para cenar, uno de mis platillos favoritos. Mis tíos me enseñaron a escabechar las patas y las pechugas, y después a asarlo en un sartén bañado en mantequilla. Le di un poco a Dash mezclado con sus croquetas; mi esposa y yo nos comimos el resto con un arroz pilaf con hongos, y lo que pensé que sería la última ensalada del año que sacaríamos de nuestro jardín.

La vida continuó, quizá tan bien como siempre. Solía creer que octubre era el mejor mes hasta ese momento. Usamos las hojas de los árboles para cubrir las camas de cultivo, drenamos los irrigadores que teníamos en el patio, hicimos excursiones cuesta arriba y por el rancho de Dan y Lucy casi todos los días. Incluso logré que Sasha me acompañara a cazar urogallos unas cuantas veces.

Había fracasado en derribar a un alce el mes anterior, durante la sesión de arquería, lo cual era mucho pedir de todas formas. Lo logré una vez en la universidad, pero no era algo fácil de repetir, en especial en un lugar nuevo. Así que, cuando llegó el turno de los venados en la temporada de caza, me lo tomé en serio. Quería llenar el congelador. Sasha y yo empezamos a fantasear con comer carne, pescado y las presas que cazáramos con nuestras propias manos, así que puse todo mi empeño en conseguir un ciervo. Instalé cámaras en los lugares del parque nacional donde había visto venados y había buena señal, y algunos ciervos que vimos de madrugada pasaron por nuestra propiedad.

A Sasha le encantaba cocinar y comer lo que yo cazaba, pero no le entusiasmaba la idea de ver a los animales morir. Lo soportaba en el caso de los urogallos, los faisanes y los patos, pero no en el de las presas grandes. Me imagino que su umbral de sensibilidad empezaba con los mamíferos. En la primera mañana de la temporada de caza me levanté muy temprano y subí hacia una pradera a dos kilómetros y medio de nuestra propiedad, donde vi muchos venados. Me abrí paso en la oscuridad hasta aquel lugar con mi lámpara de cabeza. Ese momento me hizo recordar. Además de las relaciones y los vínculos que hice en el camino, no rememoro mi época en el Cuerpo de Marines con gran estima. Pero con el rifle en mano y una mochila pesada en la espalda, avanzar por una pendiente escarpada cuando gran parte del mundo seguía dormido me hizo sentir una punzada de nostalgia. Lo que más extrañaba era a los muchachos de mi sección. Sus bromas, las mismas bobadas de siempre. Estar aquí sin ellos me hizo sentir solo.

Poco después del primer rayo de sol, un grupo de ciervas pasó trotando por el claro del bosque donde me había instalado, a menos de cien metros delante de mí. Había cazado lo suficiente para saber que, aunque el celo no fuera un factor de por medio, si había una manada de hembras, era muy probable que un macho las estuviera siguiendo a cierta distancia. Las vi y mantuve la mira de mi fusil de cerrojo .308 en el área por donde salieron del bosque. Como lo esperaba, un ciervo robusto entró a la pradera caminando lentamente y con cautela, en busca de amenazas a cada paso que daba. Tan pronto como avanzó por el claro lo suficiente para quedar en un buen ángulo lateral, le disparé. El animal cayó en seco mientras la manada de ciervas salió huyendo en todas direcciones.

En la caza de mamíferos, nunca me ha gustado la parte de retirarles las vísceras. Sin importar cuántas veces lo haya hecho, siempre es desagradable, por no hablar del proceso extenuante de acarrear la carne hacia la tienda, el camión o, en esta ocasión, la casa. Me tomó unas horas descuartizar al animal y llevarme la primera ronda de carne. Sasha estaba emocionada porque le encantaba no tener que comprar carne en la tienda. Ella y Dash me acompañaron por la segunda tanda. Tomamos las cuatro patas, el lomo, las costillas, el pecho, el hígado, el corazón y hasta el tuétano y la piel. Cuando terminamos, todo lo que quedó en la pradera fue un montón de vísceras y la caja torácica.

Esa noche cenamos filete de venado con setas silvestres de nuestra propiedad y papas del jardín. Después nos abrigamos, nos sentamos en el porche trasero y, por primera vez desde que llegamos aquí, escuchamos el aullido de los lobos en el parque nacional. Se oía como si viniera del lugar en donde habíamos destazado al ciervo. El sonido era claro y en ocasiones se podía escuchar el eco de un rugido y ladridos en la parte baja del bosque. Me imaginé que se peleaban por los restos de mi animal. Sasha, Dash, yo y los lobos nos alimentamos de la misma carne esa noche.

Hicimos filetes, salchichas, cecina y, con todas las jaleas y conservas que guardamos gracias a la generosidad de nuestro jardín, disfrutamos un platillo increíble tras otro y probamos nuevas recetas cada noche durante varias semanas. Comimos como reyes. Amamos y reímos cada día como si fuera el último de nuestras vidas.

La mañana del último sábado de octubre, estaba en el baño cuando escuché a Sasha gritar con urgencia desde la cocina. Por el tono de su voz supe que algo no andaba bien y que el segundo espantapájaros había llegado.

Fui a la cocina y mi esposa estaba de pie, en bata, mirando por la ventana mientras Dash tenía las patas en el alféizar. Me acerqué a echar un vistazo y la escena era estremecedora.

Esta vez se trataba de una muñeca que tenía la pinta de una adolescente. Sus manos de paja enfundadas en guantes blancos se posaban una sobre otra en su regazo. Estaba sentada, con la espalda erguida, en la barda de piedra que atravesaba el patio, llevaba un vestido pasado de moda y un tocado blanco. Su rostro en realidad era algo dulce. Serena y tranquila. Me dio escalofríos. Sasha me miró y puse mi brazo a su alrededor.

—Yo me encargo, nena. —Sabía que ella quería que quemáramos juntos el siguiente, pero al mismo tiempo no quería que se acercara a estas cosas—. No es nada del otro mundo, solo quédate con Dash, pon música por si esta es más escandalosa que el anterior y regreso en quince minutos, ¿de acuerdo? Puedes venir a ayudarme si quieres, pero yo puedo ocuparme de esto, en serio.

Sasha miró a la espantapájaros con menos repulsión que la vez pasada, pero aún con asco. Respiró hondo antes de responder.

—Lo siento, Har, no quiero estar cerca de esa cosa…

Le aseguré que todo estaba bien e hice todo lo posible para convencerla de que no había razón para que ambos lidiáramos con la misma mierda, y fui a reunir mi ecléctico equipo que estaba al lado de la puerta principal.

Salí para idear una estrategia, así como la mejor ruta de escape de la barda a la cerca trasera. La miré por un rato y otra vez la examiné en busca de alambres, varillas o algún tipo de estructura que pudiera estarla sujetando y darle una posición tan humana. Era muy impresionante ver cómo estos costales húmedos, endebles y atiborrados de paja podían tener posturas tan precisas antes de que los moviera. ¿Salían de la nada? ¿Llegan a la casa desde el bosque por su propio pie? La sola idea hizo que se me pusiera la piel de gallina. Observé la línea de los árboles y una parte de mí esperaba ver deambular otros muñecos o que me estuvieran vigilando a la distancia.

Supongo que se trataba de algún tipo de maldición de la montaña. Últimamente, mi lista de estupideces inexplicables había crecido de una manera exponencial, así que la agregué a la lista llamada «Es lo que hay», que ahora siempre estaba en constante expansión.

Para esta ronda, primero fui a abrir la cerca y luego caminé de regreso hasta la muñeca. Logré acordonarla en el segundo intento y, cuando la soga llegó a la altura de su cintura, empecé a ceñirla. Aumenté la tensión hasta que se vino abajo sobre el pasto y con eso se extinguió su postura humana y dignidad de dama. Solo quedó un costal de paja deforme.

Me apoyé bien en el sueño. Me preparé colocándome bien la cuerda en el hombro y empecé a avanzar por el patio, hacia la cerca y la hoguera que estaba más adelante. Esta era un poco menos pesada y tal vez medía metro y medio. Cuando estaba por llegar a la verja, sentí una extraña resistencia en la cuerda, la cual me envió una descarga de miedo tan fuerte a la espalda que solté la soga y corrí hacia un lado antes de voltear. Me quedé pasmado con lo que vi.

El espantapájaros, o en este caso la niña, yacía sobre su costado, con torpeza manipulaba la cuerda que rodeaba su cintura con sus manitas enguantadas y sollozaba quedamente. Levantó su cabeza cubierta con un sombrero para verme. Me quedé paralizado por la incredulidad y el desagrado ante la cara del espantapájaros que se veía tan real, y que ahora al girarse hacia mí, asemejaba el rostro de una joven aterrorizada.

—No tiene que hacer esto, señor. Por favor, no tiene que lastimarme. No…

La vida la abandonó en un instante y quedó hecha un bulto inerte de una manera tan súbita que me impresionó casi tanto cuando despertó. Dios mío, estas cosas son verdaderamente repulsivas. Di una pequeña vuelta a su alrededor, en dirección al extremo final de la soga, y agité las manos para mejorar la circulación de mis dedos. El miedo en su voz y la sinceridad de sus ruegos me hizo odiar a este fantasma otra vez. Me llenó de un enojo ya conocido que tenía que ver con la manera artera en que operaba, las formas retorcidas como se manifestaba y trataba de joderme la mente.

Con fastidio, tomé la cuerda, casi deseando que se despertara otra vez, y no me molesté en voltear para verla mientras la jalaba. Pasamos por la cerca antes de que volviera a suceder. En esa ocasión la muñeca empezó a jadear, se incorporó hasta tocar sus rodillas, se rodeó el pecho con los brazos y se meció hacia atrás y adelante hasta que su frente casi tocó el piso. Me quedé parado viéndola. Lentamente miró hacia donde yo estaba, lo que fue tan desagradable como la primera vez.

—¿Por qué me está haciendo esto? ¿Qué le hice? Por favor, dígame qué hice, por favor, por...

Esa vez, tan pronto como la vida abandonó su cuerpo y volvió a ser un remedo de espantapájaros, de inmediato jalé la soga y no me detuve sino hasta que quedó en el mero centro de la pira. Sus súplicas eran tan realistas y sobrecogedoras que tuve que obligarme a pensar en un mantra: «Es solo el espíritu, no hay una chica ahí, es solo el espíritu, no hay una chica ahí».

Me moví con lentitud hacia la muñeca y lentamente empecé a aflojarle la cuerda. Mientras la retiraba por su cabeza y trataba de moverla lo menos posible, cobró vida de una manera tan abrupta que di un traspié hacia atrás en la arena de la hoguera. Respiraba con dificultad, como si la acabaran de sacar de una ducha con agua helada, y luego se llevó los puños a los ojos para cubrirlos y empezar a llorar. Me acerqué a la temblorosa espantapájaros y la miré a la cara mientras ella, o más bien eso, bajaba las manos y me miraba con ojos implorantes.

—¿Por qué? ¿Por qué me lastima?

En el momento en que escuché la patética súplica de aquella cosa, me enfureció la escena y la teatralidad del montaje del espíritu, el demonio o lo que fuera. Con indiferencia salpiqué gasolina en su vestidito antiguo y raro, y respondí su pregunta antes de que la muñeca poseída volviera a quedar inanimada.

—Porque esta tierra ahora es mía y te la quité.

Justo antes de que la pequeña criatura llorosa volviera a ser una espantapájaros, justo al final de mi frase, su cara se tornó inexpresiva. No estaba seguro de haber visto eso y por un instante dudé. Luego, prendí un cerillo, se lo arrojé y ¡puf! La muñeca entera se rostizó hasta quedar reducida a cenizas en veinte segundos.

Sasha estaba tranquila por su desaparición y caminó junto a mí mientras le explicaba lo sucedido: que la cosa tenía momentos de una vitalidad abrupta y sombría cuando la arrastraba. Pareció arrepentida y desanimada por no ayudarme a deshacerme de ella, pero nuevamente le aseguré que era un gusto para mí ocuparme de eso.

—Acuérdate también, Sash, de que Dan y Lucy dijeron que por lo general solo encontraban muñecos dos o tres veces al año, así que este podría ser el último. Tal vez ya acabamos y nos enfilamos a la «temporada baja» de invierno. Sería genial que ya hubiéramos acabado con estas tonterías hasta la luz del estanque en primavera.

Mi esposa alzó la vista de la montaña de ceniza que había tenido la forma de una adolescente atormentada unos momentos antes.

—Sería buenísimo, pero…, no sé. ¿No crees que es extraño que no sintamos que el espíritu se va, como cuando prendemos el fuego en primavera o muere el hombre desnudo?

No había pensado en eso y aceptar que Sasha tenía razón hizo que se me erizara un poco el pelo. Sin embargo, no iba a

empezar a quejarme por la ausencia de algo inexplicable, aterrador y relacionado con el espíritu. Estaba feliz. Estuvimos a
nuestras anchas y nos la pasamos muy bien los últimos meses. Reímos mucho. No podía esperar a tomarme un descanso de las estupideces del espíritu por un tiempo. Me encogí
de hombros y abracé a Sasha mientras nos dábamos la vuelta
para encaminarnos hacia la casa.

—Eh, bueno…, no sé, cariño, lo cierto es que me siento
bien de haber quemado esa cosa tan desagradable, y sé que lo
mismo le pasa a Dash.

Sasha le sonrió al perro que caminaba en zigzag delante
de nosotros y daba brincos anticipándose a que mi esposa le
lanzara una vara que había recogido para jugar. Sasha lanzó
la rama y volteó para verme, sonriendo y asintiendo.

—Sí, creo que estoy pensando de más. El espantapájaros
está calcinado y nosotros sanos y salvos.

22

Sasha

Bajé la vista hacia la piedra que había estado pateando por los últimos cien metros.

—Creo que me inquieta que no sintamos que el espíritu se marcha cuando quemamos los espantapájaros. Cada vez que se presenta como la luz del estanque o el tipo desnudo puedo sentir cuando llega y, tan pronto como acatamos las reglas y encendemos el fuego o matamos al hombre, puedo advertir que se va. ¿No te parece extraño que aún no lo experimentemos con este? Es que, para empezar, eso es lo que lo hace desagradable, el sentimiento que indica que su manifestación está presente. Entonces, ¿por qué ese aspecto está ausente esta temporada?

Miré la cara de Lucy, tratando de discernir cualquier expresión de preocupación o recelo. No vi nada.

—No lo sé, Sash. Tal vez… es un poco distinto para cada persona. Sé que es extraño. He visto a Dan arrastrar cientos de muñecos a la hoguera a lo largo de los años y me imagino que siento algo cuando los quema. Incluso en esta temporada, la semana pasada lo sentí…, pero en realidad no sé a qué se deba. Y tampoco me preocupa tanto.

Lucy se agachó y recogió la pelota de tenis que Dash trajo consigo desde que salimos de la casa. La lanzó hacia adelante por el camino que recorríamos para recoger el correo. Hay una distancia de casi dos kilómetros entre el acceso a nuestra propiedad y el buzón, el cual se encuentra en la intersección con la autopista estatal. Por lo general lo tomamos cuando pasamos con el auto, de ida o de regreso, pero también es buena excusa para hacer una caminata por la tarde.

La respuesta de Lucy sobre por qué nuestros espantapájaros no nos producían esa sensación de euforia cuando eran quemados no me ayudó gran cosa, pero de todas formas asentí.

Desde que tomé la decisión de que iba a investigar la esencia de este espíritu, para descubrir la manera de derrotarlo, había pensado más y más en aquella ocasión cuando mi esposo le habló aquel día de verano, cómo lo provocó al decirle que le había arrebatado su tierra. Ver que el miedo y la emoción del hombre se desvanecían, y que casi parecía confundido y frustrado me hizo sentir cierta extrañeza y que algo andaba mal.

—Lo que no entiendo es el significado detrás de todo esto, Lucy, el propósito. Debe haber algún tipo de simbolismo o… un motivo asociado con las formas en que el espíritu se presenta.

Vi que Lucy ladeó la cabeza, como si estuviera reconsiderando a profundidad el tema del que habíamos estado hablando durante la última hora.

—Bueno, Sasha, como ya dije, creo que hay un equilibro natural que subyace a todo. Un intercambio o un yin-yang. El mal de la luz que aparece en el agua se compensa al encender el fuego, el mal del hombre se neutraliza con la persecución del oso, el mal de los espantapájaros…, bueno, se contrarresta al quemar a los malditos.

Lucy se volvió para verme desde donde estaba, varios pasos adelante, esperando una respuesta de mi parte.

—¿Qué pasa? ¿Le parece que mi análisis no es sólido, señorita Sasha?

—Es que…, no sé. Tu teoría no se sostiene con los muñecos. O sea, unos espantapájaros espeluznantes aparecen de la nada mientras estamos dormidos ¿y se contrarresta la energía negativa al destruirlos? Parece poco contundente comparado con lo demás, ¿no?

Lucy asintió.

—También he pensado en cómo…, más que los matices complejos de las personas y sus rarezas, el espíritu solo parece entender los impulsos humanos que son, en cierto modo, el simbolismo que subyace en la forma en que se presenta.

Incliné la cabeza.

—¿A qué te refieres?

Lucy pensó un momento antes de responderme.

—Buena, piensa en que, si tratamos de marcharnos, el espíritu nos mata, pero no lo hace si nos vamos de vacaciones. Solo sucede si tenemos la voluntad, en cuerpo y alma, de no volver. Nuestro impulso es irnos, en vez de continuar viviendo aquí en extraña coexistencia con este antiguo fantasma de la montaña. Sin embargo, nos vemos obligados a evitar ese impulso o pagar las consecuencias. Por ejemplo, en la primavera se manifiesta algo maligno o peligroso representado por la luz que aparece en el agua. Las reglas indican que se debe prender fuego para proteger a tu familia de ese mal, y en el acto de calentar tu hogar para que tu familia no pase frío hay algo inherentemente humano, ¿no crees?

—Creo que te entiendo... ¿Cómo funcionaría con la persecución del oso y los espantapájaros? ¿Qué papel tendría el impulso humano ahí?

—Bueno, con la persecución del hombre desnudo y suplicante, el impulso es proteger al tipo y dañar al oso proveniente de la naturaleza hostil, pero el ritual requiere precisamente lo inverso. Hacer lo contrario a la naturaleza humana es lo que te mantiene a salvo. En cuanto a los espantapájaros, el impulso consiste en reconocer la humanidad en el otro y sentir empatía y conmiseración, pero debes destruirlo con fuego. También se podría decir lo opuesto, que en otoño abrazamos ese impulso que la mayoría de la gente tendría al ver aparecer a un espantapájaros horroroso, el cual es destruirlo para alejarlo de la casa.

—Supongo que... su naturaleza estacional es un fastidio, porque es distinto en primavera, en verano y en otoño..., y luego no pasa nada en invierno. Tal vez eso último simboliza esa época del año, la pausa en el crecimiento, cuando gran parte del mundo natural muere o hiberna. Aunque no estoy segura de cómo se relaciona eso con el impulso humano...

Lucy reflexionó antes de contestar.

—Me imagino que las personas somos los únicos seres que reconocemos la estricta separación entre las cuatro estaciones. Me refiero a que las aves y los animales tienen temporadas de hibernación y apareamiento, pero las cuatro estaciones, con sus límites temporales y las diferentes manifestaciones del espíritu que funcionan en armonía con estos periodos estacionales que solo son reconocidos por los humanos... Tal vez la presentación estacional del espíritu es un reflejo de su comprensión de las maneras en que reconocemos y categorizamos el paso del tiempo según los cambios del mundo natural que nos rodea. Las flores y el clima cálido equivalen a la primavera, el calor y la vida corresponden al verano, la caída de las hojas y el enfriamiento del aire significan otoño y el invierno es como... el borrón y cuenta nueva, la tabula rasa natural que queda en blanco para el siguiente ciclo.

Moví mi cabeza hacia atrás.

—Cielos..., eso fue fascinante, amiga mía. Me resulta difícil de creer que toda tu vida has sido una ranchera y nunca tuviste una fase de LSD.

Ambas nos reímos.

—Bueno, Sash, leo mucho y estoy condenada a pasar mi vida entera en un valle plagado de sucesos imposibles y sobrenaturales. Creo que eso da para reflexionar mucho.

Apuré el paso para alcanzarla y tomarla del brazo.

—Eres como una especie de bruja de la montaña, en el sentido más encantador, Lucy. O sea, literalmente eres una guía espiritual que comparte rituales de protección para los jóvenes recién llegados y luego deambulas por las montañas recolectando frutos del bosque y hongos para hacer tés y guisados.

Soltamos una risita, Lucy me miró con ojos de ofensa fingida y me dio una palmadita en el hombro.

—Bueno, me imagino que podría ser algo peor.

Cada una tomó su correo y en el camino de regreso hicimos una parada para sentarnos en una banca que Lucy hizo muchos años atrás, con un enorme tronco de pino ponderosa que estaba tirado junto al camino. Lucy utilizó una motosierra para tallar una hendidura plana a lo largo del tronco.

Se sentía un frío diferente en el aire de noviembre, uno que nunca había sentido antes. Todavía hacía frío cuando nos mudamos en marzo, pero en el aire se adivinaban días más cálidos, había un olor a humedad. En cambio, ahora se sentía un viento helado que te hacía querer estar en casa, un olor y una sensación en el viento que te invitaba a hibernar; era casi como si solo el aroma y la caída de las últimas hojas garantizaran noches más largas y frías.

Lucy me dio una palmadita en la pierna.

—¿Por qué has estado pensando tanto en estas cosas, Sasha? Creo que es normal que una habitante de este valle lo haga, pero no te rompas la cabeza con el tema. Tienes… todo el tiempo del mundo para meditarlo.

Me forcé a sonreír y miré más allá hacia la cordillera de Teton, que cada día parecía estar más blanca; sus riscos de granito, los picos y su silueta se desvanecían bajo las capas de nieve cada vez más espesas.

— Bueno…, creo que no sé cómo decir esto.

Lucy se inclinó para retirar algo de polvo y pasto de sus botas, y después cambió de posición para verme de frente.

—Pues…, inténtalo.

Pensé en las palabras que iba a usar antes de continuar.

—Me resulta muy difícil creer que no haya una manera de romper el ciclo, que no haya un modo de inactivarlo, que debamos aceptar la naturaleza perpetua de todo esto. Hay una regla y un ritual por estación, ¿cómo es que no hay nada para toda una vida de lidiar con el espíritu? —Volteé para verla—. Piénsalo de esta manera, obviamente hay una suerte de vínculo entre el fantasma y la vida de la gente que habita el valle. Parece que solo puede poner las garras sobre las personas que han pasado una estación entera en esta tierra, de otra forma Bethany, la hija mayor de los Seymour, habría sido asesinada al tratar de marcharse. Además, tan pronto como la gente que vive en el valle muere, el espíritu duerme hasta que alguien más llega. No es que la luz en el estanque, la persecución del oso y los espantapájaros siguieran apareciendo en la propiedad entre que los Seymour se marcharon y cuando nosotros nos mudamos aquí, ¿cierto? Es más, el hecho de que pueda matarnos en cualquier lado significa que en definitiva está atado a la gente, en vez de al lugar. —Lucy asintió, pensativa, y me instó a continuar—. El espíritu parece estar vinculado a la persona que posee y tiene derechos sobre un pedazo de tierra. En realidad, no puedo imaginar que entienda algo de leyes de propiedad, de estudios topográficos o de las escrituras que están en la oficina del condado. Por ello, creo que está más relacionado con el sentimiento de control que una persona tiene sobre la tierra, más que la tierra en sí.

Lucy rio y asintió.

—Entonces, el espíritu debe ser capaz de percibir los lazos que una persona tiene con una propiedad en este valle, o algo parecido. Es como si pudiera intuir que nos consideramos dueños del lugar, con el privilegio de controlarlo. Sin embargo, me gustaría hacer hincapié en que los Henry le vendieron su terreno a Joe el día en que se mudaron. Le firmaron las escrituras antes de subirse al auto, así que no solamente tiene que ver con el sentido de pertenencia.

Asentí con entusiasmo.

—Bueno…, me rindo. —Y entonces… mierda. Me reí y dejé caer los hombros en señal de derrota. Lucy rio conmigo—. Lucy, no puedo evitar pensar en que hay una manera de romper el ciclo. El espíritu está vinculado a la vida de la persona, y la manifestación lo está a sus creencias. Así que…, ¿cómo es posible que no exista una manera de corregir ese arreglo, de frustrar esa regla de tal forma que se pueda evitar que el espíritu se ponga en marcha? Por decirlo de alguna manera.

Lucy me miró por un buen rato y asintió. Luego bajó la vista a sus manos callosas y las masajeó.

—Ese es un buen punto, las necesidades del espíritu, todo su comportamiento y cómo este está relacionado con la vida y las creencias de una persona. Creo que debo darte la razón en cuanto a que parece ser una fórmula que precisa para… existir de una manera que podemos ver y sentir. Sin embargo, debo decirte que… no tengo idea de cómo carajo interrumpir el ciclo o qué demonios tendríamos que hacer para lograrlo. También debo decir que cualquier alternativa que me pasa por la mente suena más peligrosa que el infierno.

Estaba de acuerdo en eso.

La semana siguiente Joanne, la culpable de que decidiéramos dedicarnos al negocio de las ovejas, vino a dejar un carnero para que se cruzara con las hembras. Harry estaba cazando urogallos con Dash, así que bajé a saludarla.

—Hola, Joanne, ¿cómo estás?

Ella recogió una bolsa de pienso, la lanzó al compartimento trasero de su camioneta y respondió con la voz tensa.

—Bueno, sigo viva.

Me aproximé a la cerca que separaba el acceso a nuestra propiedad de los pastizales, donde ella estaba recargada mirando el nuevo animal que caminaba lentamente entre la manada de ovejas nerviosas que habían corrido para conocer a su nuevo compañero. Joanne era una mujer fuerte, hosca, de mirada penetrante y un rostro que parecía haber pasado toda la vida bajo el sol. En cierto sentido, había aprendido a disfrutar su naturaleza huraña. Para mí ya era un hábito acompañarla cuando iba a ver cómo estaban los animales, los vacunaba o les dejaba comida, lo que últimamente hacía con más frecuencia por la falta de pastizales. Me parecía que no le caía muy bien, por ser una citadina progresista y liberal. Pero ahora me daba la sensación de que le gustaba el hecho de que yo le desagradara, de una forma disimulada, que disfrutaba tener una relación extraña y conversaciones más o menos habituales y breves con alguien tan diferente a ella.

Miré su enorme vehículo y el remolque para caballos donde había traído al carnero. Tenía una calcomanía que mostraba la silueta oscura de un lobo en un escenario color rojo, entre miras de rifles que parecían a punto de dispararle. Debajo de la imagen había un letrero garabateado que decía: «Fuma una cajetilla al día».

—¿Qué significa esa calcomanía?

La vio, después me miró por un instante y luego puso los ojos en las ovejas.

—No me gustan mucho los lobos. No sé por qué los ambientalistas luchan por ellos y los regresan a este lugar. Lo hacen porque no se ocupan del problema. Nos deshicimos de ellos por una razón, una muy buena. Esos bastardos son una amenaza para el modo de vida de los rancheros.

Al principio no supe qué responder. Me encantan los lobos e incluso son de mis animales favoritos.

—Bueno…, los rancheros que tenían ovejas y ganado por todo el oeste de Estados Unidos en el siglo xix parecen haber prosperado cuando había muchos lobos alrededor. ¿Cómo lidiaban con ellos?

Joanne escupió sobre la cerca antes de contestar.

—Les disparaban a los que estaban a la vista, cariño. Hicieron un trabajo exhaustivo. —Maldita sea. Tenía razón en eso y, para mi asombro, continuó hablando sin provocación alguna—. Los ecologistas los llaman especie clave, pero no son nada más que depredadores, bestias destructivas que se comen todo lo que pueden, incluso entre ellos. ¿Sabías eso? Está en su naturaleza ocultar que están heridos. Tratan de disimularlo. Los perros domésticos aún siguen haciendo eso. Si un lobo queda lastimado y cojea o algo así, y no lo puede esconder, su propia manada se vuelve contra él, lo hacen pedazos y se lo comen como si jamás lo hubieran visto. No hay nada en esa especie que amerite más que un disparo.

—Son parecidos a nosotros, ¿no? Me suena igual a la manera en que la gente se comporta. Tal vez tenemos más en común que lo que las apariencias sugieren.

Joanne me respondió con un gruñido y volteó para verme.

—¿Lo dices en serio? —Sacudió su mano enguantada hacia el este, hacia el parque nacional y las montañas—. Hay leyes para conservar a los ciervos, los venados y otros animales que viven allá arriba, y hemos establecido límites para nosotros porque entendemos el concepto de escasez y uso moderado. Esa es la manera en que la gente maneja la tierra. Pero ¿los lobos? Ellos avanzan con rapidez en ese mismo bosque y lo destrozan todo hasta que no queda nada más, y matan de hambre a los de su propia especie. Las personas podemos hacer cosas horribles, pero al menos sabemos que hicimos mal. En cuanto a los lobos…, está en su naturaleza destruir.

Asentí.

—Pero ese es precisamente el punto, ¿no? Está en su ADN y en su instinto de supervivencia. Viven en manadas, tienen jerarquías, no son solo máquinas caóticas de destrucción. Cuidan a los suyos y hacen lo único que saben hacer para sobrevivir. No me parece justo condenar algo a la extinción por su naturaleza.

Pude ver que Joanne ponía los ojos en blanco bajo el ala de su viejo y sucio sombrero Stetson.

—Claro, está en su naturaleza. Y, si ese es el caso, entonces estoy muy segura de que también está en la naturaleza del hombre aniquilar a una bestia que sale del bosque y devora los animales que cuidamos y de los que dependemos, además de comérselos vivos. Hemos hecho eso desde que vivíamos en las cavernas, así que matar a esos perros aulladores también debe ser nuestra naturaleza, ¿no?

La miré e incliné la cabeza. Luego volví a mirar hacia la pradera.

—Bueno…, gracias a Dios ya no nos compartamos de la manera como lo hicimos cuando aún vivíamos en cuevas, ¿no crees? En principio, sé de cierto que solíamos matar y devorar cualquier cosa comestible y asesinábamos a los forasteros. Tú y yo seríamos esclavas. Qué bueno que los humanos pudimos evolucionar, superar esa fase y dejar nuestras tendencias violentas y trogloditas en las cavernas. Solo Dios sabe cómo se vería el mundo si no hubiéramos pasado por…

Joanne me miró de reojo de una manera sutil y rápida, y noté que se le estaban dilatando los agujeros de su nariz. Sin embargo, no respondió y con ello sentí la punzada de la victoria. Después de un rato volteó para mirarme.

—Troglo… ¿qué?

Me reí y hasta logré que sonriera.

—Ya debo regresar a casa. Hasta la próxima, Joanne.

Mientras caminaba por el acceso a nuestra propiedad, ella me gritó.

—Creo que esos árboles de allá arriba necesitan un poco de cariño, Sasha.

Volteé a verla y me carcajeé; hice un gesto con la mano para despedirme. Lo que pareció una sonrisa asomó a su rostro y con un dedo enguantado tocó el ala de su sombrero.

Noviembre avanzaba y, aunque era una época del año muy bonita, había algo sombrío e incluso deprimente en ella. En la cordillera, las mañanas de noviembre son algo intensas y, una vez que se caen todas las hojas, el color verde también desaparece. Es algo que está en la luz o la forma como el viento aúlla con gravedad cuando se precipita entre las montañas y los árboles más arriba de la casa. En realidad, no es deprimente en el sentido de triste, solo trae consigo una sensación de presagio, como si el viento hablara con un tono maternal de advertencia. Es como si la brisa, el descenso de las temperaturas y los sonidos del entorno te recordaran tener una cantidad suficiente de comida almacenada, leña y colchas.

Dan nos había prestado su cortadora hidráulica de leña y Harry la había estado aprovechando bastante. Un día dejó de funcionar y nuestro vecino vino esa tarde para ayudarnos a ponerla en marcha otra vez. Después, él, Harry y yo nos sentamos en el porche trasero y la charla giró alrededor de los espantapájaros que nos habíamos encontrado hasta ahora y su falta de… efecto sobre nosotros al quemarlos. Dan estaba confundido al respecto y, para ser honesta, había algo en su expresión que me hizo pensar que eso le preocupaba un poco.

Nuestras opiniones sobre el significado de aquello iban y venían, mientras mi esposo insistía en que no importaba que no sintiéramos nada cuando quemábamos los muñecos. Por otro lado, Dan y yo, aunque no necesariamente afirmábamos que hubiera un trasfondo ominoso, nos oponíamos a la actitud despreocupada de Harry. Me senté junto a mi vecino en la banca de la mesa exterior y mi esposo se recargó en el barandal del porche, lo que contribuía al antagonismo de nuestro desenfadado intercambio. Dan se quitó el sombrero y se limpió la frente con su brazo, tan robusto como un roble.

Me había encariñado con gestos como ese, me parecían entrañables. Miró a Harry.

—Harry, no es que sea un experto en estos esperpentos espirituales, ¿de acuerdo? Pero debo decirte que he arrastrado de dos a tres de esos costales espeluznantes hacia la hoguera desde antes de que tú nacieras y nunca he quemado uno sin tener ese sentimiento, ¿sabes?, de alivio, de sentir que mejora tu estado de ánimo. Siempre he tenido esa sensación al verlos quemarse, sin excepción. No digo que sea grave, o algo así, que ustedes no lo hayan sentido. Solo estoy, bueno… perplejo de que no y, bueno, sí, algo perturbado.

Harry respondió de inmediato.

—Conque perplejo y perturbado, ¡esas son dos grandes «p», Dan!

Dan y yo no pudimos evitar reírnos y poner los ojos en blanco. Harry y Dan se habían convertido en amigos íntimos y les gustaba molestarse un poco. Era adorable. Señalé a mi esposo con el pulgar.

—Es un sabelotodo sin remedio, ¿no lo crees?

Mi vecino asintió.

—No sé cómo lo soportas, pobre mujer, tienes la paciencia de una santa.

Harry sonrió y se cruzó de brazos.

—Mira, Dan, confío en ti sin reparos y siempre lo haré, pero eso fue lo que pasó, ¿okey? Los llevé a la hoguera, se oyeron algunas veces, lloraron y suplicaron, y los quemé… ¿Dónde está lo raro? Llama al viejo Joe si estás tan preocupado. Dile que venga. De todas formas, me muero por conocerlo, y a estas alturas resulta muy extraño no habernos encontrado. Tal vez pueda arrojar luz sobre nuestro problema con esta falta de satisfacción por lo que respecta a la quema de espantapájaros. Simplemente, no veo cuál es el problema.

Mi vecino miró al este, hacia las montañas, con la cabeza ligeramente erguida para rascarse la barbilla.

—¿Qué te parece lo siguiente, listillo? —Me sonrió y después levantó la vista hacia Harry—. Voy a reunirme con Joe y uno de sus hijos la semana que viene. Le contaré lo que está pasando aquí y le preguntaré su opinión. Tal vez hasta le pediré que, si puede, venga. Lo más tarde que hemos encontrado un espantapájaros es el 29 de noviembre, así que solo quedan un par de semanas o menos para que se aparezca el tercero. Entonces, te propongo lo siguiente, si se deja ver un tercero en los siguientes días, háganme el favor de llamarme. Vendré enseguida. Me gustaría evaluar sus métodos.

Harry dijo que sí con la cabeza una sola vez.

—Por supuesto, estaré encantado de que me veas jugar con la soga.

Eso también me hizo sentir bien, como solía sucederme al «recurrir a los ancianos» para beneficiarnos de sus estrategias y consejos espirituales. Sabía que mi esposo también se sentía mejor después de hablar del tema con nuestros vecinos, pese a su pretendida indiferencia.

A la mañana siguiente me levanté temprano para ir a correr con Dash por el camino hacia el buzón. Era una caminata de unos cinco kilómetros de ida y vuelta. Me puse los zapatos, los guantes, el sombrero, el suéter, tomé el repelente para osos y salí. Estaba cerrando la cerca detrás de mí y me colocaba un audífono cuando de la nada sentí náuseas.

Apenas tuve tiempo de recogerme el cabello antes de vomitar sobre la grava. Dash levantó sus patas delanteras, me vio con una mirada de preocupación y me dio unos empujoncitos con su nariz.

Me apoyé en una rodilla y escupí varias veces. Después me senté en el suelo para respirar hondo. No sabía qué me pasaba, me había sentido muy bien la noche anterior, cenamos la sopa que había preparado una semana antes y llevaba tres días comiéndola. No podía estar embarazada. Había tomado pastillas anticonceptivas por muchos años y me habían quitado el DIU unos dos meses antes porque los efectos secundarios eran terribles. Llevaba un mes con la píldora y Harry y yo fuimos cuidadosos entretanto, o al menos eso creía…

Maldita sea. Corrí de regreso a la casa, tomé las llaves, metí a Dash al auto y manejé hasta el pueblo. Por impulso, compré cinco pruebas de embarazo y volví a toda prisa. Harry ni siquiera se había despertado, así que empecé a dar vueltas afuera mientras tomaba agua y sentía pánico al darme cuenta de que ya tenía ganas de orinar y de que lo había hecho con frecuencia durante las últimas dos semanas. Fui al medio baño que había en la sala y usé dos pruebas. No tuve que esperar mucho para ver que ambas eran positivas. ¡Demonios! Por alguna razón me convencí de que para estar segura debía esperar a usarlas todas. Ese día pasó muy despacio. Cuando llegó la tarde, me llevé otras dos al baño y mientras las abría deseaba que fueran negativas.

Una hora después estaba sentada en el porche trasero, al borde de las lágrimas, haciendo todo lo posible por contenerme. Estaba embarazada, carajo. Me sentía tan alterada que casi llamo a mi madre, lo cual era algo que jamás consideraría en un momento de tanto estrés. Estar encinta no significaba esperar un bebé y ya. Significaba traer un hijo que iba a nacer sin la libertad de salir al mundo y tener una vida como la que yo tuve. Lo que me impresionó aún más fue el hecho de que, hasta este punto, y si alguien me lo hubiera preguntado un mes antes, no habría tenido reparos ni dudas en abortar. Sin embargo, ahora estaba molesta conmigo misma, con Harry, pero sobre todo con lo que esto implicaba. Quería tener la libertad de decidir si iba a tenerlo o no.

Ahora, sin la posibilidad de elegir, la irresponsabilidad de criar un hijo aquí era tan clara que la decisión ya estaba tomada. No podía traer un niño para que se quedara atrapado en un mundo de sinsentidos y estupideces. Era imposible y exasperante. A menos que pudiera descubrir cómo acabar con esta locura del espíritu y romper con ella, desparecerla o aniquilarla, no había manera de que yo pudiera vivir con esa carga.

Durante el siguiente par de días interioricé mi estrés como una experta de clase mundial. Sabía que Harry acababa de pasarlas negras al guardarme la noticia de que moriríamos si tratábamos de mudarnos, pero esto era diferente. Esto era personal. Era mi cuerpo el que estaba formando a un ser que viviría una desdichada servidumbre a disposición del espíritu. Revelaría esta noticia a mi propio tiempo y en mis términos. Lo que pensaba por sobre todas las cosas era qué se podía hacer para que este niño no se convirtiera en alimento para el espíritu. Tenía que haber una manera de derrotarlo, de romper con él. Iba a descubrirlo o moriría intentándolo. Ya había sentido eso antes, pero nunca tan visceralmente como ahora.

Se acercaba el Día de Acción de Gracias y aún no había aparecido el tercer espantapájaros. Dan y Lucy organizaron una cena para celebrar y asistieron varios personajes importantes de la localidad. Eran buenas personas y a algunos ya los conocíamos. Joanne acudió también; me senté junto a ella y estuvimos discutiendo durante la cena. Todo el mundo se emborrachó alegremente, todos excepto yo, pero afortunadamente nadie pareció darse cuenta. Dash y otros perros de los invitados corrían alrededor de la mesa en busca de sobras. Después de cenar, Lucy tocó algunas canciones navideñas en su viejo piano y todos la acompañamos cantando. Dan y Lucy en verdad se habían convertido en parte de nuestra familia. Miré alrededor de la estancia y el asunto del espíritu que me había estado ofuscando se desvaneció al ver a esta adorable y dichosa pareja de rancheros, rodeada de amigos, en una hermosa casa. Desde el otro lado de la habitación, mis ojos y los de Harry se encontraron y ambos sonreímos. Sabía que él veía y apreciaba lo mismo que yo.

Maldito espíritu. Podríamos tener una buena vida aquí. Y, en realidad, ya teníamos una buena vida aquí.

23

Harry

El sábado después de Acción de Gracias me levanté temprano para llevar a Dash a pescar truchas y cazar urogallos en Henrys Fork; la conocida sobredosis deportiva de cazar y pescar en el mismo viaje. Los ríos se congelarían muy pronto, así que me sentí obligado a salir a pescar una vez más antes de que el invierno irrumpiera con todas sus fuerzas.

Seguía medio dormido cuando fui hacia la cocina para hacer un poco de café. Vi que Dash miraba la puerta del patio y le murmuré que lo dejaría salir a orinar en un momento. Cuando me incliné para sacar unas tazas, por el rabillo del ojo noté que había algo fuera de lugar. Me sobresalté y giré la cabeza para mirar hacia el porche trasero, y ahí estaba, el espantapájaros número tres.

Esta vez era un chico. Parecía tener unos catorce años, vestía unos pantalones de lona amarrados con un cinturón de cuerda y su cabello de estambre rojo brillante llevaba un corte de hongo. El pequeño bastardo lucía una sonrisita fanfarrona en su rostro. Tenía los brazos cruzados y se sujetaba los bíceps con las manos de paja enfundadas en guantes de trabajo. Recargaba la espalda en las largas y elegantes macetas de barro que, para nuestra sorpresa, la madre de Sasha se había tomado la molestia de comprar y enviar como un regalo por la mudanza a nuestra nueva casa. La pierna que lo sostenía estaba estirada y la otra doblada, con la planta del pie apoyada en la maceta.

Era distinto a los otros dos en un sentido notable. Los primeros, el hombre de mediana edad y la adolescente, en principio eran espeluznantes como el infierno, pero tenían cierta serenidad en el semblante, y en las poses originales en que los habíamos encontrado veían hacia adelante, a nada en especial, con miradas contemplativas en sus extraños rostros de yute. En cambio, este bastardo miraba hacia la derecha, directo a la ventana de la cocina, y tenía una sonrisa complaciente y espeluznante. Pensé que, cuando este despertara, me aseguraría de decirle «imbécil» antes de que perdiera el espasmo de vida.

Como lo prometí, tomé el teléfono de la encimera y le llamé a Dan. Por lo general se levantaba a las 4:30 de la mañana, así que me imaginé que ya llevaría unas dos horas despierto. Tenía razón, contestó después de un tono y me dijo que terminaría lo que estaba haciendo y vendría inmediatamente después.

Fui a la recámara, donde Sasha dormía hacía cinco minutos apenas, para encontrarla sentada con la espalda erguida, con los ojos muy abiertos y pálida como un fantasma.

324

—Harry... El espíritu está aquí ahorita, puedo sentirlo.

El miedo en su voz hizo que mi corazón se desbocara de inmediato. Me senté en la cama para ponerle las manos en los hombros.

—Lo sé, amor, acabo de verlo, está en el porche trasero. Es igual a los otros dos, en todo. Ya llamé a Dan, está en camino, y yo...

Sasha me interrumpió y se inclinó cuando empezó a notar un destello de pánico en mi propia voz.

—No es como los otros, Harry. Lo sé. ¿Acaso no puedes sentirlo? Sé que puedes.

Empezó a llorar, la rodeé con los brazos y la atraje hacia mí.

—Amor, todo está bien, bajo control. Ya lo hemos hecho, lo haremos ahora y lo volveremos a hacer.

Con cada palabra que decía, lo sentía más y más. Mi esposa tenía toda la razón. Me sentía como cuando la luz aparecía en el estanque o el hombre avanzaba hacia la cerca. Es un sentimiento de terror intrusivo, como un contagio viral que no viene de tu mente, sino que penetra por la fuerza. Mis oídos empezaron a zumbar.

Sasha insistió en ver al espantapájaros, pese a que le sugerí que se quedara en cama hasta que Dan y yo lo quemáramos.

—No, Harry, tengo que verlo con mis propios ojos.

La seguí a la cocina. Dash seguía parado frente a la puerta de la cocina, gruñendo con un tono grave, con la cabeza baja y los pelos del lomo erizados. El solo hecho de verlo así hizo que me invadiera una descarga de adrenalina, cuyo hormigueo sentí en las manos y los pies. Mi perro apenas había reaccionado ante los otros muñecos y ahora actuaba como cuando aparecía la luz en el estanque o se aproximaba el obsceno espectáculo de la persecución del oso.

Ambos nos quedamos parados en silencio, mientras mirábamos al niño espantapájaros que, con despreocupación, se recargaba en una maceta del porche trasero y nos encaraba con su sonrisa amenazante. El único sonido eran los gruñidos guturales del perro y el gorgoteo de la cafetera. Volteé a ver a Sasha.

—¿Ves, cariño?, es casi igual que antes.

En cuanto acabé de hablar, Sasha se inclinó y devolvió el estómago en el piso de la cocina, el río de vómito manchó el tapete que teníamos entre el fregadero y la isla de la cocina, y unas gotas cayeron en las puertas de la alacena. Fue tan inesperado que me sobresaltó.

La tomé de los hombros para que recuperara el equilibrio y la llevé al fregadero. Dash empezó a ladrar. Mi esposa escupió varias veces, se limpió la boca con el trapo de la cocina, abrió la llave del grifo y se le quedó viendo con la mirada perdida. Una y otra vez veía al espantapájaros, a Sasha y a Dash. Pensé que tenía que mantenerme tranquilo. Llené un vaso de agua para mi esposa y le masajeé los hombros.

—Todo está bajo control. Estamos preparados para esto. Sé qué hacer y ahorita es inofensivo.

Lentamente negó con la cabeza mientras las lágrimas resbalaban por sus mejillas. Luego, alzó la mirada hacia mí.

—Harry, hay algo malo en esa cosa. No es solo… un muñeco como los demás. Puedo sentirlo. Hay algo maligno esta vez, algo está mal.

Empezó a temblar y apenas terminó de hablar se puso a llorar con más fuerza. La abracé un rato, la llevé a la sala y la senté en el sofá. Necesitaba componer las cosas. Me rebelé contra el enojo que crecía dentro de mí y traté de calmar a Sasha. Le puse las manos en la cara, la besé y le sonreí.

—Dan va a llegar en cualquier momento y, cuando esté aquí, voy a salir a toda prisa, voy a mandar a ese espantapájaros del mal a las profundidades del infierno y después haremos café con leche, tal vez avocado toast, y tendremos una mañanita muy agradable, ¿qué te parece?

Asintió mientras sonreía con reticencia. No estaba seguro de que fuera apropiado hacerme el tonto y me quedó claro que no era un buen momento cuando vi que la sonrisa pronto se vio reemplazada por una mirada de pánico. Fui por Dash, que para entonces ya estaba hecho una fiera en la cocina y le gruñía y lanzaba mordidas a la puerta. Lo llevé a la sala y traté de calmarlo un poco, pero se retorció para soltarse, se plantó frente a Sasha con la cabeza baja y gruñía hacia el pasillo que conducía de la sala a la cocina.

Escuché el crujir de la grava cuando la camioneta de Dan se acercaba por el acceso a nuestra casa, así que empecé a juntar el equipo necesario para eliminar al espantapájaros. Fui a abrir la puerta principal y Sasha me tomó de la muñeca.

—Harry, ten cuidado, ¿sí?

La besé y le acomodé el cabello detrás de la oreja.

—Lo tendré, solo quédate aquí, ¿de acuerdo?

Abrí la puerta principal, bloqueando la salida con mi pierna porque Dash se quería escapar.

—Te vas a quedar aquí adentro con mamá, amiguito.

Me vio con una mirada que significaba «Pero ¿qué te pasa? Pensé que éramos un equipo» mientras me escabullía rápidamente con la cuerda, el bidón y el café. Cerré la puerta detrás de mí. Dan estaba cruzando la valla en lo que yo bajaba las escaleras del porche para reunirme con él.

—¡Buenos días, Harry! Conque ya llegó el tercero y el fin de tu primer otoño. ¿Dónde está?

Intuí que Dan trataba de actuar con demasiada despreocupación, como yo lo intenté con Sasha unos minutos antes. Eso me puso ansioso. Caminamos por el frente de la casa hacia donde el porche se conectaba con el jardín de la cocina. Hice un gesto hacia el «niño» con mi café y observé el rostro de Dan para ver si reaccionaba con preocupación. Mi vecino estudió al muñeco.

—Es pequeño, bueno, vayamos por él. Déjame ver hasta dónde puedes lanzar esa soga, pueblerino.

Logré lazarlo en el primer intento y la cuerda quedó a la altura del esternón del espantapájaros, sobre sus brazos cruzados. Apreté el nudo hasta que el espantapájaros se cayó y su postura juvenil y arrogante quedó reducida a un tosco e inerte costal de yute relleno de paja. Dan asintió, se veía nervioso y yo me sentía igual.

Caminé con la soga hasta que llegué a un punto en el patio donde podía jalar al espantapájaros en dirección a las escaleras del porche. La solté y fui a abrir la cerca trasera. Mi corazón latía con fuerza ante la expectativa de los arrebatos episódicos y despavoridos que hacían tan desagradables a estas cosas.

Caminé hacia atrás con la cuerda hasta que se tensó, volteé a ver la valla que conducía a la hoguera y empecé a avanzar.

Sentí que el cuerpo de paja y yute bajaba golpeando los escalones. Este era el más pesado que me había tocado, debía pesar más de veinte kilos. Me incliné, sujeté mejor la soga y la jalé con todas mis fuerzas para abrirme paso por el patio hacia la cerca.

Faltaban doce metros, luego nueve, y traté de acelerar el paso lo más posible hasta que estuve a seis y después a tres metros. Cuando llegué a la valla, parecía que el malnacido había aumentado cincuenta kilos durante el recorrido. Mis hombros y piernas me ardían. Solté la cuerda y volteé hacia donde estaba Dan, a unos doce pasos detrás del muñeco. Lo señalé y empecé a hablarle y a jalar aire.

—¿Alguna vez habías llegado tan lejos sin que despertara ni dijera ni pío?

Mi vecino se veía más nervioso que antes. Se había puesto pálido y no le quitaba los ojos de encima al bulto inerte.

—No, Harry, nunca.

Me puse las manos en las rodillas y miré al espantapájaros que yacía boca arriba, con su sonrisita altanera en la cara y su estúpido corte de pelo. Alcé la vista hacia Dan, quien observaba el entorno como si examinara el aire y después me miró.

—Está aquí, hijo, el espíritu. Tal vez no sucedió con los dos primeros muñecos, pero ahorita se siente su presencia.

No podía negarlo porque también lo sentía. Los tentáculos del pánico se extendían por mi mente y el viento arreciaba. En el tiempo que habíamos estado ahí había dejado de ser una brisa ligera para convertirse en estremecedoras ráfagas que sacudían los álamos encima de nosotros. Dan bajó la vista de los árboles hacia mí.

—Acaba con esto, hazlo ahora.

Con rapidez tomé la soga del césped cubierto de hojas y caminé de espaldas hasta que la cuerda se tensó, entonces apuré el paso con toda mi energía, como si estuviera jugando tira y afloja. Mis pies pisaron la arena congelada de la pira. La cabeza del muñeco acababa de cruzar el umbral de la cerca, y entonces sucedió.

El espantapájaros se incorporó de golpe para alejarse de mí, con una fuerza y rapidez tales que me arrancó la cuerda de las manos y caí hacia atrás, dándome un fuerte golpe en el trasero. Me asusté tanto que grité como un niño. El muñeco no me miraba a mí, sino a Dan, quien se echó hacia atrás de forma tan repentina que también se cayó. En el instante en que esa cosa alcanzó a sentarse bien gritó.

Su bramido primero sonaba como el de un niño, pero después el tono se fue haciendo más grave, hasta que pareció expandirse y sonar como cinco alaridos distintos a la vez, el de un hombre, una niña, un caballo y un cerdo. La presión del aire cambió de manera dramática y mis oídos zumbaron con tanta fuerza que me dolió. De inmediato sentí náuseas. Apenas podía respirar bien. Sentí como si estuviera en un cuenco lleno de lodo espeso y pesado. Cuando empezaba a llevarme las manos a las orejas para tapármelas, toda la vitalidad del espantapájaros se extinguió en un instante y volvió a ser un bulto de yute tosco, inerte y relleno de paja que miraba hacia el cielo con una horripilante sonrisa.

Me puse de pie tan pronto como pude, salté hacia el muñeco y luego corrí hacia Dan, que estaba recargado en sus codos con una mirada ardiente fija en el costal demoniaco. Me arrodillé y él volteó a verme.

—Bueno, supongo que para todo hay una primera vez.

Agradecía su sentido del humor porque me ponía los pies en la tierra. Ambos recuperamos el aliento por unos segundos y después Dan me puso la mano en la espalda.

—Ahora sabes por qué odio estas cosas como la peste. Pero debo decirte que nunca antes había escuchado ese tipo de alaridos. Sonaba como un coro del infierno.

No supe qué decir y me limité a repetir su indicación anterior.

—Hay que acabar con esta mierda.

Dan dijo que sí con la cabeza y tomó el bidón. Ambos salimos rápido por la cerca y pasamos lo más lejos posible del muñeco. Tomé la soga otra vez y poco a poco di algunos pasos hacia atrás sobre la arena de mi hoguera, dejando mis huellas sobre la ceniza de los otros dos mucho más ecuánimes espantapájaros de la temporada. Caminé de espaldas hasta que sentí tensión en la cuerda y miré a Dan. Creo que en ese momento aprecié más la compañía de mi vecino que la de ningún otro hombre en mi vida. Me miró con severidad y asintió.

Jalé la cuerda hacia mí y tiré de ella con todas mis fuerzas. Arrastré al muñeco y, cuando logré sacar la mitad de su cuerpo de la cerca, sucedió otra vez.

De pronto, el muñeco colocó los brazos a un costado, se dio la vuelta boca abajo y se puso a gatas, enterrando sus pies, rodillas y manos de paja enguantadas en piel de venado. Traté de oponer resistencia, pero era como tratar de jalar una cuerda atada a la camioneta de Dan. Otra vez la soga se me escapó de las manos y caí hacia atrás. Mi vecino se alejó con cautela del muñeco y lo miraba con los ojos abiertos de par en par por el terror.

Vi que el espantapájaros poco a poco empezó a alzar la cabeza, hasta que pude ver sus ojos, que entre los mechones de cabello de estambre rojo miraban directamente a los míos. Me puse de pie en un instante, salté hacia la soga y, cuando mis manos estaban a punto de agarrarla, el niño la jaló y vi con horror que la cuerda se enroscó frente a él. En ese momento, el muñeco empezó a reírse.

Lo que empezó como una carcajada se convirtió de pronto en un cacareo maquiavélico que hizo que se me helara la sangre y se me erizara la piel. La risa se hizo más fuerte, hasta hacerse estridente y ronca. Una risa incontrolable. Sus ojos estaban entrecerrados y sus pupilas de un azul brillante y penetrante me veían a los ojos. Sentía un hormigueo en la piel, como si estuviera cubierto de insectos. Empecé a sentir arcadas.

Luego, la vida abandonó al niño diabólico tan pronto como llegó y su cuerpo se desplomó en el suelo como si fuera un montón de cadenas. Dirigí la vista hacia Dan, quien me veía con auténtico miedo, una mirada que nunca antes le había visto. Temblaba como una hoja y yo sentía el ácido gástrico en la garganta. Me forcé a pararme, sentí como si fuera a vomitar, me puse las manos en las rodillas y escupí en la arena varias veces. Recuperé el aliento y logré decir algunas palabras.

—¿Alguna vez los habías escuchado reírse?

Dan no me respondió ni desvió la mirada, solo movió la cabeza de un lado a otro, hasta que consiguió decir algo.

—Hijo, necesitamos sacar esta cosa de la entrada ahora mismo.

Sentía que mis emociones explotaban, algo que jamás me había sucedido. Experimentaba cientos de sentimientos al mismo tiempo y todos a su máxima intensidad. Como si un espíritu incandescente se agitara en mi cerebro y mis entrañas. Sentí que la ira irrumpió en mí por un instante y me aferré a ella como si fuera un salvavidas, como si fuera mi última oportunidad.

Me precipité hacia el muñeco y volqué mi peso entero en su cara estropeada. Lo tomé del cuero cabelludo, aquel grasoso estambre rojo, y con toda la fuerza física y voluntad que había en mi cuerpo y alma lo acarreé sobre la cerca, gritando a todo pulmón, hasta que sentí que mis pies pisaron la arena de la hoguera.

Al soltarlo, me asaltó una oleada de pánico cuando su mano se abalanzó para sujetarme del brazo como si fuera una pinza y sus guantes estuvieran rellenos de frío acero. Frenéticamente traté de liberarme con la mano que tenía libre arañándolo y desgarrándolo. Dan corrió desde donde se encontraba para ayudarme a sacármelo de encima. No advertí cuándo empezamos a gritar, pero Dan y yo gritábamos con horror, repulsión y por el tremendo esfuerzo que hacíamos.

Cuando empezó a enderezar la cabeza para mirarme, estiró la otra mano y con ella asió el cuello de Dan con una fuerza tremenda. Dejé de intentar de liberarme y empecé a tirar de la mano que estrujaba el cuello de Dan al grado de que sus dedos estaban casi por completo hundidos en su garganta.

Los ojos y las venas de Dan parecían estar a punto de reventar mientras su cara tomaba un tono púrpura rojizo cada vez más oscuro. Vi impotente cómo la sangre salía por su boca y escurría hasta su barbilla, y gruesos goterones resbalaban por sus orejas. Su ojo derecho explotó en la cuenca, su córnea azul se desgarró verticalmente y liberó un torrente de fluido que se mezcló con la sangre que caía, empapando el brazo del muñeco.

Bajé la mirada para ver al espantapájaros, que aún levantaba la cabeza para mirarme a la cara. Cuando sus ojos se encontraron con los míos, sonrió. Sentí que liberaba mi vejiga e intestinos y empezó a salir sangre de mi nariz y orejas. Mis ojos comenzaron a temblar. Sentía que mis dientes se habían convertido en larvas y se retorcían para escapar de mis encías. No podía moverme ni escuchar nada más que el antinatural golpeteo de la sangre en mi cabeza.

La siniestra boca cosida del espantapájaros empezó a girar y a moverse como para articular palabras y, aunque no decía ni se entendía nada, fue el sonido más fuerte que escuché jamás. El muñeco no emitía ningún sonido aparente, pero tenía voz, una voz profunda, gutural, atrayente, que penetraba y retumbaba en mi mente con una cadencia diabólica.

—¿Dices que tú me arrebataste mi tierra? Ninguna bestia ni ser humano me la puede arrebatar, visitante. Han llegado forasteros en grupos y clanes a reclamar este lugar, los que tallaban piedras, los cazadores de bestias, los señores de los caballos, los shoshone, los bannock, los recolectores de pieles, los mineros de oro, los sacerdotes, los hacendados, todos han venido a decir que tienen derecho sobre este territorio, pero tus huesos, al igual que los de ellos, quedarán hechos polvo antes de que desaparezca mi esencia, porque YO SOY ESTA TIERRA.

En ese instante nos soltó y el espantapájaros, Dan y yo colapsamos en la arena. No pude contenerme y vomité mientras yacía pecho tierra, se me llenó la boca de bilis y tuve un ataque de tos, lo cual pareció devolverle a mi cuerpo un destello de autocontrol por reflejo. Me aparté de lo que ahora era un costal de paja flácido, me puse de rodillas y me forcé a sentarme, tratando de respirar. Alcé la mirada al cielo e intenté recuperar el aliento. Mi cuerpo estaba cubierto por una mezcla de arena, vómito y sangre. Me di cuenta de que no podía ver, me llevé las manos a los ojos para quitarme la arena húmeda y asegurarme de tenerlos abiertos. Cuando los toqué me invadió el pánico porque seguía sin poder ver, pero eso me ayudó a aclarar mi cabeza por primera vez. Lo primero que me llegó a la mente fue Sasha. Mi esposa. Yo nos puse en peligro, la había arriesgado a ella. ¿Qué demonios había hecho?

Entonces recordé a Dan. Lo busqué a tientas desesperadamente hasta que sentí la mezclilla tiesa de su pantalón. Lo tomé de sus tobillos y lo alejé unos metros. Me abrí paso hasta donde caímos los tres, tratando de encontrar al espantapájaros. Cuando lo hallé, de inmediato retrocedí. Busqué los cerillos en mis bolsillos, saqué la caja y usé mi pulgar para encontrar la lija. Tomé tres o cuatro fósforos y poco a poco me incliné hasta que mi mano encontró la espalda del espantapájaros. En mi mente tomé nota de su ubicación lo mejor que pude, sostuve los cerillos al revés y cuando escuché que la flama había llegado a la resina y empezaba a crepitar, la solté sobre el bulto inanimado de yute y paja. No estaba seguro de que se prendería, hasta que sentí en el rostro el calor intenso de las llamas. Regresé a donde había dejado a Dan y me detuve cuando sentí sus piernas.

Todo estaba volviendo a mí. Los detalles de lo sucedido cuando el espantapájaros me agarró del brazo y sujetó a Dan del cuello me laceraban la mente como si se tratara de un aturdimiento inducido por drogas. Lloraba y sollozaba como un niño cuando fui palpando su cuerpo y metí los brazos bajo sus axilas. Solo podía adivinar hacia dónde estaba la puerta, pero necesitaba alejarlo de las llamas.

Solo había avanzado unos cuantos metros cuando mis músculos se agarrotaron, lo que provocó que Dan cayera sobre mí y me costara aún más trabajo respirar. Me di cuenta de que estaba pidiendo ayuda a gritos. Llamaba a Scott y a Tucker. Tanteaba mi chaleco táctico en busca de mi torniquete y me tocaba el cuello para sujetar la correa del casco. Scott estaba sentado a mi lado. ¿También estaba muerto? «Necesitamos bajarnos de aquí». Empecé a llamarle a gritos a un médico del ejército. «¿Dónde está mi rifle? Lo necesito, debo moverme. Debo encontrar mi maldito fusil, maldita sea, necesito avanzar. ¿Dónde demonios está el médico? ¡Demonios! Voy a morir aquí. Maldita sea, moriré aquí».

Mi último alarido me provocó un ataque de tos tan fuerte que volví a vomitar; fue tan intenso que me ayudó a recordar en dónde estaba. Justo antes de desmayarme, sentí que Dash me lamía la cara y oí que Sasha me llamaba a gritos.

24
Harry

Estaba sentado y sujetaba algo cuando recobré la conciencia. Me encontraba en un lugar cálido. Podía ver. ¡No estaba ciego, maldita sea! Estaba en cama, recargado en la cabecera. Sujetaba un vaso en los labios con ambas manos y le daba sorbos. No tenía idea de dónde estaba y, aunque me dio un ataque de pánico, no podía dejar de beber. Cerré los ojos y seguí tomando hasta que se acabó el líquido y empecé a respirar con dificultad.

Abrí los ojos nuevamente y una mano enorme se extendió frente a mí, se llevó el vaso vacío y me dio otro lleno. El líquido era de un color verde mineral. Me habló una voz desconocida.

—Bebe.

No había nada más que quisiera tomar en la vida y de inmediato obedecí. Sorbí la mitad del vaso, hice una pausa para respirar y eructar, y me bebí la segunda mitad. ¡Sasha! Apoyé una mano en el colchón, saqué las piernas y a toda prisa empecé a bajarme de la cama cuando un par de manos grandes de pronto me tomaron por los hombros, me regresaron a la suave cama inmovilizándome.

—¿Sasha? ¡Sasha!

Alcé la mirada hacia el hombre que me sujetaba, aún incapaz de ver más allá de luz y siluetas mientras con desesperación parpadeaba para tratar de ver. Entonces, sentí que la rabia se apoderaba de mí. Agarré los pulgares del hombre que me sujetaba y estaba a punto de doblárselos hasta las muñecas cuando habló de nuevo.

—¡Basta, detente, amigo! Sasha está bien. ¡Dash! Dash, ven aquí.

El hombre me quitó una mano de encima y empezó a darle palmaditas al edredón. En ese segundo, mi perro brincó a la cama, agitando su cola con tanta fuerza que todo su trasero se movía de un lado a otro. Se trepó en mí y me lamió la cara.

—Sasha está bien, Harry. Está con Lucy. Le dije que me quedaría aquí contigo. —Le rasqué la cabeza a Dash con ambas manos, en parte porque su afecto era reconfortante y conocido, y también para moverlo porque me estaba sofocando y no me dejaba ver nada. La voz grave volvió a hablar—. Dale un respiro, amiguito. Dash, ven aquí.

Mi perro se me quitó de encima y saltó al suelo. Me enderecé para recargarme en la cabecera y por reflejo me tallé los ojos, como si eso me ayudara a descifrar qué demonios estaba pasando. Miré hacia la voz y con cada parpadeo mi visión era más nítida y detallada. La escena ante mis ojos era sorprendente.

A dos pasos de mi cama estaba parado un gigante. Era un tipo impresionante y alto, vestía una camisa de franela bajo un overol Carhartt gastado y manchado de aceite. Su cabello era largo, de color negro obsidiana, y lo llevaba atado en una cola de caballo. Se veía como de la edad de Dan, de poco más de 70 años, pero con los hombros tan amplios como mi ropero y una postura que delataba una fuerza portentosa. Para mi sorpresa, Dash estaba sentado a sus pies, movía la cola en el piso y lo veía como si estuviera mirando al rey del universo. Alcé la vista al rostro del hombre y me sobresalté como un tonto cuando habló.

—Harry, puedes llamarme Joe.

Dio un paso hacia la cama y extendió una mano del tamaño de una manopla de beisbol. La tomé y fue como sujetar una rama de roble.

—J... Joe. Hola, Joe. ¿Dónde está Sash...?

Joe me interrumpió.

—Sasha está con Lucy, en casa de ella. Te dejó esto.

Me entregó un pedazo de papel con un breve mensaje garabateado.

Estoy bien, oso Harry, junto a Lucy.

Volveré pronto.

Habla con Joe.

Y luego descansa todo lo que necesites.

A sabiendas de que desconfiaría hasta que la viera con mis propios ojos, utilizó mi viejo apodo y el mensaje tenía su caligrafía.. Solté la nota, me sobé los párpados, luego las sienes y después vi a Joe.

—Joe, ¿qué pasó?

Sin cambiar la expresión de su rostro, respondió:

—Tú dime.

Me puse los dedos en la frente, como si pudiera masajearme el cerebro y activar en mi mente una función que me hiciera recordar. «Espantapájaros, niño, ojos azules, su voz, su maldita voz. Hablaba. DAN». Alcé la mirada, con un pánico renovado que me recorría el cuerpo, y me incliné hacia adelante.

—Joe, ¿qué le pasó a Da…?

Dio un paso adelante otra vez y puso su enorme mano en mi hombro. Lo hizo con menos fuerza, pero de una forma que me hizo cerrar el pico de inmediato. Me miró y sus facciones cambiaron con sutileza. Había compasión en sus ojos.

—Harry, Dan Steiner está muerto. Seguía con vida cuando Sasha los encontró ayer en la mañana, pero no resistió, falleció esta mañana.

Sentí una oleada de emociones: enojo, confusión, odio y culpa que hacían que me hirviera la sangre. Como si intuyera la necesidad de dar por terminado ese tema, Joe me sujetó el hombro dándome una ligera sacudida.

—Harry, necesito que te vistas. Te espero afuera porque necesitamos hablar.

Solo pude asentir. Me sentí como un niño, como si estuviera en quinto grado y me hubieran sorprendido robando baratijas en un centro comercial y mi madre llegara por mí. Joe me sostuvo la mirada un rato, después giró lentamente y salió de mi cuarto, mirando de pasada a Dash, quien con entusiasmo corrió atrás de él.

Me puse las manos en la cara y lloré como un pequeño por un minuto entero, mientras mi mente reconstruía a toda prisa lo que había sucedido. Recordé todo, desde el momento en que nos atrapó hasta lo que dijo, cómo lo quemé a ciegas y la forma en que traté de alejar a mi vecino de las llamas.

Al final me levanté de la cama, me puse unos pantalones y una sudadera con capucha y metí los pies en unas viejas botas que había en mi clóset. Salí de la habitación lentamente, sin saber dónde se encontraba Joe; me sentía como si deambulara por una casa ajena en la que me hubiera emborrachado la noche anterior. Cuando busqué en la cocina, lo vi parado en la terraza trasera, viendo las montañas. La luz era cegadora y tuve que entrecerrar los ojos para que mi visión fuera más nítida. Él señaló la pradera.

—Vamos a caminar.

Todo lo que pude hacer fue asentir e ir detrás de él dócilmente. Caminamos por el lugar sin hablar y llegamos hasta el estanque. Dash corría junto a mí, lamiéndome las manos. Joe aflojó el paso cuando llegamos a un montículo junto a la laguna. Después se detuvo, puso los pulgares detrás de los tirantes de su overol y miró a la cordillera.

Me paré unos metros atrás de él, admirando su formidable estatura y porte, viéndolo de la misma forma en que él miraba las montañas. Joe estuvo en silencio por lo que me pareció mucho tiempo, lo suficiente para que mi mente rememorara los últimos recuerdos que tuve antes de desmayarme: sollozos y gritos, la humedad de mi orina, heces, vómito y sangre. Cuando se dio la vuelta para mirarme, alcé la vista casi sobresaltado y me sentí como un pedazo de mierda seca en una acera.

—Dan y Lucy me hablaron muy bien de ti y de tu esposa. Me cae bien Sasha, al parecer es una mujer fuerte y sabia.

Asentí.

—Lo es. —Luchaba por continuar con los comentarios de cortesía, pero la cabeza me punzaba y tenía estrujado el corazón por la noticia de la muerte de Dan—. Tenemos…, bueno, este es un lugar especial y entiendo que, si no fuera por tu sabiduría, la cual nos compartieron, no creo que Sasha y yo podríamos haber sobrevivido por mucho tiempo aquí.

Joe se limitó a mirar «dentro de mí». Después volvió a girar el cuerpo hacia la cordillera y habló.

—Parece que trataste de desenmascarar al espíritu.

—Yo…, ¿qué?

—Al provocarlo, al hacerlo enojar.

Me sentí acorralado.

—Yo… no sabía. O sea…, creo que solo intentaba mantenerlo a raya o entenderlo más…, ver si… Sí, quise molestarlo. Solo… pensé que había alguna manera de que nos dejara en paz.

Al mirar el perfil de Joe, noté que sonrió con desdén y respondió sin voltear para verme:

—Así no funciona, tipo duro.

—Bueno, ¿cómo demonios iba a saber lo que está pasando? —Pude escuchar que el enojo y el pánico se apoderaban de mi voz—. No sé qué es esto ni sé cómo lidiar con esta porquería. Tú eres quien sabe qué sucede y no te tomaste la molestia de venir sino hasta que pasó esta tragedia, y yo sigo sin saber qué diablos es esto. ¿Y no hay nada que podamos hacer para que deje de molestarnos? ¿Tu gente no lo sabe a estas alturas? Todo el tiempo que han vivido en el valle, todo un maldito milenio, ¿y no han descubierto algún estúpido ritual nativo o alguna danza espiritual que...?

Joe giró y se acercó tanto a mí, con tal rapidez y potencia que Dash brincó a un lado y yo trastabillé hacia atrás y por poco me caigo. No habló con enojo ni irritación evidente, sino que lo hizo de forma desbocada.

—¿Crees que mi gente controla esto y que tiene algo que ver? ¿Crees que puedes hacer que los indios vengan, hagan un bailecito, canten unas canciones y arreglen tu problema, hombre blanco? No sabes nada. Este espíritu es más viejo que yo, que mi pueblo, es más antiguo que las rocas de allá arriba. Ha subyugado a todos los que han habitado este valle, desde las primeras personas que pusieron un pie en este lugar, diez mil años antes de que mi gente llegara. Lo único que podemos hacer por ti, hombre blanco, es recordarte que no seas estúpido. —Joe desvió la mirada, escupió en el pastizal, se limpió la boca con su enorme brazo, me miró con los ojos encendidos y por primera vez me habló con la voz corroída de tensión y enojo—. Dan era el amigo más viejo que me quedaba y murió por tu estupidez y tu cabeza dura. Si no fuera por Sasha y por el cariño que Lucy y Dan le tienen a ella, ya estarías bajo tierra, muchacho. ¿Me explico? Dan me dijo que eras un buen hombre más de una vez, y le debes la vida, porque, si no fuera por él, no te habrías levantado esta mañana.

Me quedé anonadado, sin saber qué decir. Solo levanté las manos, como si así pudiera disculparme. Finalmente, Joe retrocedió y cruzó los brazos de nuevo, y después de un silencio cada vez más incómodo, me dijo:

—Escúchame con atención y hazlo por tu bien. Lo último que quieres hacer en la vida es tratar de desenmascarar a un espíritu. No solo te pones en peligro tú, como ya te diste cuenta. Si tan solo hubieras seguido las recomendaciones de tus vecinos, estarías sano y salvo. Esto es todo lo que tienes que hacer y eso es todo lo que puedo decirte. Puedes tener una vida plena aquí y, mientras tu corazón siga latiendo en tu pecho y permanezcas en esta tierra, tendrás que acatar las reglas; tienes que prometer que lo harás, Harry. —Dio un paso hacia mí, señaló la tierra bajo mis pies y se inclinó hacia mi cara—. En este momento.

Lo hice de inmediato, sin pensar y a sabiendas de que lo decía en serio, y desde el fondo de mi alma.

—Lo prometo, Joe, en serio, lo prometo.

Joe arqueó las cejas y asintió.

—Bien.

Se alejó de mí y volteó a ver las montañas. Quería hacerle diez mil preguntas, pero sabía que a lo mucho solo podría plantearle una.

—Joe…, lo que hice…, ¿empecé algo irreversible? ¿Sasha está en peligro? ¿Puedo retractarme y vivir seguro aquí…, como lo hacía antes de que sucediera todo esto?

Creo que terminé haciendo tres o cuatro preguntas. Joe les sonrió a las montañas, entre divertido y molesto.

—El espíritu no guarda rencores, Harry, si a eso te refieres. Da lecciones y parece que necesitabas una, ¿no crees? —Se volteó para encararme—. Se necesitan condiciones excepcionales para que el espíritu rompa sus normas como lo hizo ayer. Te puedo asegurar que no lo hará en mucho tiempo, y si lo hace, será solo si tú le das algún motivo. No, su conducta volverá a ser la misma de siempre. Pero no sé si seguir los preceptos de la primavera, el verano y el otoño le vaya a importar a un hombre como tú.

Una mezcla de vergüenza, culpa, alivio y, más que nada, confusión me pegó tan fuerte que sentí ganas de llorar. Joe se volvió hacia la casa y dio algunos pasos en esa dirección, pero se detuvo. Sin mirar atrás, habló con una voz fuerte y firme.

—Eres un guerrero y eso puede ayudarte a ti y tu familia a llevar el tipo de vida que se necesita en una tierra ancestral como esta. Pero no en todos los casos, el corazón del guerrero se debe atemperar. La soberbia y la furia pueden matar a un hombre estúpido como tú en cualquier lugar, pero más todavía en un sitio como este. Sasha, tu esposa, es una mujer sensata. Piensen y actúen juntos, no hagas las cosas por tu lado ni con impetuosidad. Y ese perro, Dash, es uno de los fuertes. Sabe más de lo que podrías suponer. Esa es tu familia. Confía en ella y en los métodos que mi gente comparte con los tuyos, y podrás vivir con el espíritu a lo largo de las estaciones.

Le dije que sí a su espalda.

—Lo haré. Vinimos a construir un hogar, una vida.

Joe se volteó para verme, con una mirada casi inquisitiva. Estudió mi rostro, asintió lentamente y después retomó la palabra.

—Deberías…, que tú y tu esposa hagan sus vidas aquí o en cualquier otro lado dependerá de cómo lidies con los días por venir.

—Espera…, ¿qué quieres decir? ¿Qué significa eso? —Joe no me quitó la vista de encima, como si tratara de descifrar algo o como si literalmente tratara de leer algo escrito en mi frente. Insistí—: ¿Qué más necesito saber, hombre? ¿Qué no me has dicho?

Joe seguía observándome detenidamente, examinaba cada centímetro de mi rostro. Me recordó la manera en que los loqueros en el hospital de veteranos te evalúan mientras respondes a una pregunta aparentemente diseñada con ese propósito. Al final cruzó los brazos y miró hacia los pastizales a mis espaldas.

—Los inviernos en este valle pueden ser largos, oscuros y difíciles para salvajes como tú, Harry. Más largos, oscuros y difíciles que para los demás.

Su respuesta críptica me provocó ganas de gritar, así que empecé a masajearme las sienes para tratar de recuperar la calma. Joe advirtió que estaba a punto de soltarle otra retahíla de preguntas y alzó la mano.

—Harry, después seguiremos con esto. Ahora necesito estar con Lucy, tú debes estar con Sasha y eso es lo último que te diré por ahora.

Más que disuadir cualquier comentario adicional de mi parte, su semblante y tono de voz lo prohibían. Con rapidez se dio media vuelta y se precipitó a la casa. Cuando estaba por seguirlo, sentí que algo frío me tocaba la nuca con suavidad.

Volteé, miré los pastizales y vi que había empezado a nevar.

QUINTA PARTE
Invierno

25

Sasha

Enterramos a Dan Steiner el primer martes de diciembre. Me pasé los últimos días al lado de Lucy, quien a veces estaba aturdida por el dolor y otras se comportaba como una persona equilibrada y realista. Mi propio estado emocional apenas era un poco más sereno que el suyo, pero me esforzaba por tratar de darle algo de fuerza y apoyo. Ese primer par de días casi olvidé que estaba embarazada.

Los amigos de Dan y Lucy entraban y salían de la casa todo el tiempo; conocidos de toda la vida traían comida suficiente para alimentar a un pequeño ejército. Muchas de las personas que trabajaron para Dan en el verano viajaron desde Montana, Oregon y Wyoming. Se trataba de verdaderos vaqueros, hombres leales y fuertes. Las arrugas de sus rostros y las cicatrices en las manos evidenciaban que habían pasado una vida de arduo trabajo bajo el sol ardiente y el viento helado. Se aseguraron de que mi vecina no tuviera que levantar un solo dedo para que el rancho siguiera funcionando y nunca se habló de ningún tipo de pago; solo se pusieron a trabajar. Sin embargo, tampoco me sorprendió escuchar a Joe prometerles que su ayuda sería remunerada.

Joe pasó casi el mismo tiempo que yo en la casa de mis vecinos durante los días que siguieron al «incidente». Con calma se pusieron de acuerdo en la historia que se iba a contar, la cual consistía en que Dan había tenido un accidente con el tractor. El alguacil llegó temprano esa tarde. Joe lo recibió en la puerta y los vi intercambiar unas pocas palabras desde la cocina, donde yo lavaba los platos. El alguacil casi no hizo preguntas ni cuestionó cómo había muerto mi vecino. Me quedaba claro que sabía muy bien qué había sucedido y no pidió más explicaciones. Solo asintió, puso unas flores para Lucy en la mesa cerca de la puerta principal, estrechó la mano de Joe y se marchó. No estaba sorprendida para nada. Solo continué lavando y preparé el té. Cosas extrañas suceden en un lugar como este.

En la mañana cuando todo sucedió, me senté en el sofá mientras Harry y Dan salían a encargarse del espantapájaros. Me quedé ahí un par de minutos, tratando de guardar la calma, hasta que decidí que tenía que hacer algo para distraerme de lo que estaba pasando. Casi me había olvidado por completo de que vomité en toda la cocina, así que fui y empecé a limpiarla. De la nada, se fue la luz de la casa y en ese instante sentí una descarga de terror que me golpeó como si se tratara de la onda expansiva de una explosión. No podía hablar, apenas podía respirar y sabía que algo estaba muy, muy mal. Me senté en el piso de la cocina, tratando de respirar hondo mientras Dash sufría un ataque de pánico y lloraba; gemía e iba de un lado a otro frente a mí. De repente, giró la cabeza de golpe hacia la puerta, en donde estaban Harry y Dan, y aulló de la manera más estremecedora que había escuchado en un animal, al menos nunca en mi *golden retriever*. Me hizo reaccionar al instante, abrí la puerta de la cocina de golpe y quedé aterrorizada al escuchar a Harry. Mi esposo gritaba con todas sus fuerzas.

Me eché a correr hacia la cerca trasera con Dash, que con rapidez tomó la delantera. Llegué hasta donde pude ver los troncos grandes y retorcidos de los álamos, y me quedé sin aliento cuando vi que Harry estaba cubierto de sangre y arena, y daba de alaridos mientras Dan estaba encima de él, inmóvil.

Harry llamaba a gritos a un médico militar, lo que solo le he escuchado cuando tiene pesadillas. Oír a mi esposo gritar con tal terror que hacía eco en la gélida mañana fue uno de los recuerdos más estremecedores del día.

Vi la cara desfigurada de Dan y con impotencia sacudí a Harry; le rogué que se tranquilizara y que se pusiera de pie. Parecía estar alucinando. Vociferaba otros nombres, de muchachos que también fueron marines. Corrí de vuelta a la casa para llamar a Lucy, que llegó en cinco minutos. Cuando vi que arribó otra camioneta dos minutos después, de alguna manera supe que se trataba de Joe, incluso antes de que se estacionara. El hijo de Joe, Elk, estaba con él. Ese día supe que era asistente del médico que tenía la clínica en el pueblo.

Joe llevó a mi esposo a la cama mientras Elk revisaba a Dan. Después ambos se marcharon para llevarlo a su casa. Elk dijo que el anciano parecía estar casi en coma e hizo que parte de su personal fuera a la casa de mis vecinos para montar un cuarto de hospital provisional.

Harry durmió durante casi veintiséis horas. A la mañana siguiente, Joe tocó a mi puerta para decirme que Dan había muerto poco antes del amanecer. Nos sentamos un rato junto a la mesa de la cocina a beber café. No me había bañado ni cambiado la ropa, y apenas había tomado agua desde la mañana anterior. Al final me quebré y empecé a llorar a medida que asimilaba la muerte de Dan. Joe no pareció molestarse por mi estado, solo acarició a Dash, que parecía haberse encariñado con él.

Estaba a solas en mi casa con un señor desconocido y enorme, un hombre en quien había pensado todos los días durante los últimos ocho meses. Me había pasado horas ensayando las preguntas que iba a hacerle en nuestro primer encuentro, pero solo nos quedamos sentados en silencio. Lo único que se oía era el reloj de la pared de la cocina, la brisa que amortiguaban los cristales de las ventanas y corría por las ramas deshojadas de los árboles del patio, y mi llanto. Sin duda ha sido el momento más extraño de mi vida. Joe por fin alzó la mirada.

—¿Tienes idea de lo que sucedió ayer en la mañana? —En realidad, no sabía nada. Le dio un trago a su café y sostuvo la taza con ambas manos como si tratara de calentarlas—. No es fácil, ni una casualidad, que el espíritu haga algo así. Antes de morir, Dan pudo escribir algo de lo que pasó. Dijo que el espantapájaros… habló. Lo poco que pudo garabatear sugería que esa no era la primera vez que tu esposo intercambiaba palabras con el espíritu.

Me quedé sorprendida, pero enseguida dejé de estarlo. En

los siguientes quince minutos le conté todo a Joe. Describí nuestra experiencia con la luz, los cuatro encuentros con la persecución del oso, cuando Harry le dijo al hombre desnudo que le había arrebatado su tierra, cómo eso provocó que el tipo dejara de llorar y suplicar y mirara al oeste, y los últimos dos espantapájaros. Se quedó callado por unos momentos, tomando café lentamente.

—Sasha, ¿Harry fue soldado?

—No, fue marine. Lo siento…, sí fue un soldado, estuvo en la infantería, pero en el Cuerpo de Marines se ponen sensibles si se les llama soldados. Parece que eso se me pegó…

Por Dios, me sentía muy extraña. Joe asintió.

—¿De ahí sacó las cicatrices que vi en su cuerpo, de la infantería?

—Sí. Él… fue víctima de una explosión. Sucedió antes de conocernos, al final de su misión, dos semanas antes de que lo mandaran a casa desde Afganistán…

Joe ladeó la cabeza.

—¿Sabes algo de lo que hizo allá? ¿Sabes sobre los hombres que pudo haber matado?

La pregunta me tomó desprevenida y me moví, incómoda. Sentí un inesperado ataque de vergüenza porque no podía darle una respuesta. No podía describir a detalle lo que mi propio esposo había enfrentado.

—Creo que deberías preguntarle tú mismo.

Joe dijo que sí con la cabeza y bajó la mirada a su taza. A partir de ese momento regresamos a nuestro mutismo, mientras las preguntas que deseaba plantearle volvían a mí. Iba de una a otra, tratando de pensar en la información que me resultaría más útil, y a sabiendas de que debía tener tacto. No sé por qué hice lo que sucedió después. Tal vez fue por el sonido de las manecillas del reloj; quizá por mi esposo, a quien limpié la sangre, vómito y mierda el día anterior; probablemente fue la falta de sueño o el estrés y el dolor de que un hombre al que veía como a un padre fuera brutalmente asesinado en mi patio trasero. Quizá fue todo eso lo que me hizo decirlo, pero lo solté así, sin más.

—Joe, estoy embarazada.

Joe me vio con gesto severo, lo que imagino es su forma de manifestar sorpresa. Me sostuvo la mirada por unos quince segundos antes de responder.

—Me da la impresión de que no fue algo planeado.

Asentí mientras las lágrimas se desbordaban de mis ojos.

—No, y Harry aún no lo sabe.

Joe ladeó la cabeza ligeramente.

—¿Y por qué lo sé yo?

Una vez más, no tenía una respuesta adecuada. Mi sentir era que no me nacía decirle a Harry que íbamos a tener un hijo hasta que pudiera encontrar una solución, alguna manera de vencer al espíritu. Una forma de otorgarle una vida a nuestro hijo que no supusiera su esclavitud a un pedazo de tierra ni la obligación de llevar a cabo rituales para ahuyentar un peligro sobrenatural. Quería derrotar a esa cosa, pero creo que me avergonzaba demasiado articular en voz alta mi osadía de pensar que iba a encontrar un modo de darle la vuelta a todo esto a menos de un año de vivir aquí. Miré a Joe mientras las lágrimas corrían por mis mejillas, pero no permití que me temblara la voz.

—Sé que es posible deshacerse del espíritu… para siempre. Debe serlo. Sé que les dijiste a Dan y a Lucy que no se puede, pero quizá se los dijiste porque la respuesta es muy peligrosa o difícil. Pero si hay una solución, alguna manera de lograrlo, debes contármela ahora, Joe.

Me miró por un largo rato antes de contestarme. Su única reacción ante mi súplica fue entrecerrar los ojos. Noté que intentaba no parpadear.

—Sasha, has hecho bien al tratar de aprender a vivir aquí. Has hecho bien al escuchar a la tierra, a la cual pareces entender. Eso significa mucho para mí. Pero en este momento, esta mañana, es necesario que vayas a acompañar a Lucy. Debo hablar con Harry cuando despierte y no quiero que Lucy esté sola. Te quiere como a una hija y me gustaría que fueras a cuidarla ahora mismo. Por favor.

Y eso fue lo que hice. A partir de esa mañana, y hasta el funeral y el sepelio, apenas me separé de ella. Sabía que Harry me necesitaba y yo a él, pero quería estar ahí para Lucy. No era tan difícil ponerme en sus zapatos, dadas las circunstancias, y admiré su fortaleza durante cada uno de los minutos que estuve a su lado.

Pude pasar algunas noches con mi esposo, quien parecía ser una persona completamente distinta. O, más bien, se asemejaba al hombre que conocí en el bar universitario hace tantos años: retraído, en su mundo, ahogado en culpa. Lloré cuando vi a Lucy tomar la cara de mi esposo entre sus manos y que ambos sollozaban.

—Harold Blakemore, viviré cada día que me queda en este mundo con la certeza de que la muerte de Dan no fue tu culpa. Nuestras vidas y cada hora que pasa están sujetas a la voluntad y el capricho del espíritu, estamos juntos en eso y, al final, nos lleva a todos. Dan te amaba, Harry. No habría querido morirse de ninguna otra forma.

Lo mismo le repetí a Harry a mi regreso de casa de Lucy durante esa última semana. Yacía en silencio en la oscuridad mientras yo le masajeaba la espalda e insistía en que no podía llevar esa carga ni albergar esa culpa. Se quedaba callado y sabía que no me escucharía sin importar lo que le dijera.

Vi a Joe acercarse a la tumba de Dan el día que lo enterramos. Vi a sus hijos, a sus cuñadas y a sus nietos. Vi que una lágrima resbaló por su mejilla. Ante mis ojos, de ser el patriarca de este valle poseído se convirtió en un anciano que sepultaba a su viejo amigo. Vi el bien dentro de él y noté que quería a Dan. Incluso con las breves conversaciones que tuvimos en la casa de mis vecinos a raíz de la tragedia del espantapájaros y el funeral de Dan, supe que se preocupaba por mí.

También tenía la certeza de que él conocía la forma de acabar con el espíritu. No sé cómo, pero yo lo sabía. Lo podía ver en su mirada. Me enojaba al preguntarme el motivo por el cual se habría guardado el secreto. De alguna manera, también intuía que, fuera lo que fuera, la vieja regla o el antiguo ritual que podía liberarnos del espíritu tendría un precio muy alto. No me importaba, porque iba a averiguar de qué se trataba y, después de todo esto…, estaba dispuesta a pagar lo que fuera y mil veces más.

26

Harry

La semana que pasó entre el catastrófico encuentro con el espantapájaros y el funeral Dan, y la que siguió, estuve deambulando de un lado a otro en un aturdimiento parecido al que provoca el insomnio.

Había puesto a Sasha en peligro y Dan estaba muerto por mi enojo y mis estupideces. Me burlé del espíritu, lo provoqué y se desquitó con creces. Me sentía más despreciable que nunca.

Empezaba a sentirme seguro en esta tierra, en casa. Ahora veía hacia la pradera nevada y era como mirar la superficie de un planeta hostil. Ya no podía confiar en mí mismo por las condicionantes que suponía vivir en este lugar. Sasha hizo lo que pudo para convencerme de que la muerte de Dan no era mi culpa. Lucy también. Hasta Joe habló conmigo a solas durante el entierro y me dijo que Dan le había hablado muy bien de mí en los pasados ocho meses. Sabía que lo hacían con la mejor intención, pero mentían. Fue por completo mi culpa.

Con frases sueltas de Sasha pude armar el rompecabezas de la conversación que tuvo con Joe en nuestra cocina y en casa de Lucy mientras la ayudaban y preparaban juntos el funeral de Dan. Esa conversación, o la suma de esos intercambios, le había dado a Sasha una nueva y sorprendente confianza. Algo le había pasado en los días posteriores al incidente, algo que parecía catalizar una conexión más profunda con el lugar, un entendimiento más significativo de la tierra. Me daba envidia, pero también era cierto que yo no había hecho nada para establecer ese vínculo.

En los días posteriores a la muerte de mi vecino solo pude pensar en cortar leña. Me había atrasado con esa tarea, así que, día tras día, metí troncos en la cortadora de leña, jalé la palanca y vi cómo la navaja hidráulica hacía el corte lentamente mientras yo fumaba un cigarro tras otro. Estaba meditabundo. O tal vez solo era una distracción. De cualquier forma, me pasé ese tiempo dándole vueltas al asunto desde la introspección y la autocompasión. Sin embargo, de alguna manera esa rutina me permitió ver debajo de mi máscara y reflexionar acerca de qué estaba hecho.

A mi regreso de Afganistán, me tomó un buen rato «estar bien» mientras retomaba la vida de civil. No me refiero a lo corporal, sanar y hacer terapia física era la parte más sencilla. Se trataba de los lastres que traía a cuestas y descubrir cómo volver a ser normal. Una parte importante de ese proceso consistió en repensar el trauma, digerirlo y dejarlo atrás en el camino de mi vida.

En mi cumpleaños número dieciocho yo era un idiota y un inútil sin ninguna experiencia en la vida. Abandoné la preparatoria, me trepé a un camión que iba al centro y le vendí mi alma a una organización que a lo largo de la historia se había distinguido por su capacidad inigualable para destrozar jóvenes, rediseñarlos desde cero y convertirlos en combatientes con cerebro de gorila. Por los siguientes seis años, la infantería del Cuerpo de Marines fue mi vida entera. Gran parte de ese tiempo lo pasé en una monotonía fluorescente e insomne que solo se veía interrumpida por periodos de entrenamiento en las planicies cercadas del oeste de Estados Unidos. El resto la pasé en Afganistán.

Aunque nunca tomé una decisión sobre mis acciones, cuando llegué a Afganistán fue el primer momento de mi vida que me sentí libre, realmente libre e independiente. Ahí aprendí en qué aspectos era único y por primera vez me sentí valorado por mis superiores, hombres a los que admiraba. Por primera vez experimenté que podía reconfortar a los demás y que mis colegas, otros hombres y otros idiotas como yo, me apreciaban por algo.

También me fascinó la experiencia del «combate» entre hombres. Es un servicio y una forma de interacción humana definitoria e inveterada. Es tan vieja como el ayuno, la danza, el amor monógamo, la música… Diablos, es más viejo que la agricultura. Y no me refiero a la guerra, esa estrategia geopolítica de alto nivel, hablo del combate.

Hay simplicidad en ello. Sus fundamentos trascienden el tiempo y la cultura, y establecen una conexión con algo inmemorial, algo que se siente profunda y trágicamente humano. Sus circunstancias sencillas y concretas son casi liberadoras, de una manera nefasta. En esencia, el combate es una acción muy honesta y directa.

Estoy en este valle frío y polvoriento para hacer pedazos el cuerpo de ese hombre con fuego y acero…, mientras que él tratará de hacer la misma maldita cosa con el mío. Esa claridad abyecta y aterradora es intoxicante.

Sin embargo, gran parte de mi paso por Afganistán fue… frustrante. Un batallón de infantería de marines compuesto por una serie de tipos rápidos, fuertes, competitivos y tontos, de dieciocho a veintidós años, programados para comer vidrio y hacer lo que sea para protegerse entre sí, es algo aterrador, capaz de hacer atrocidades. Un batallón de esa naturaleza no es el tipo de herramienta que se deba usar para todo.

Entre el campo de entrenamiento básico y la base de entrenamiento de infantería te conviertes en un fusilero a secas, luego en fusilero de infantería y por último en soldado de infantería. Estás diseñado con el propósito expresamente articulado de matar al enemigo, atacar costas, sitiar fortificaciones, iniciar invasiones o morir desangrado en el intento.

Desde mi punto de vista, enviar marines malhumorados a las calles como si se tratara de policías en una zona llena de civiles e insurgentes hostiles disfrazados de gente común es verdaderamente absurdo, y tremendamente estúpido. Pero, desafortunadamente, eso era lo que se esperaba de nosotros: establecer puestos de control, registrar autos, catear ancianos, esquivar a los francotiradores, manejar por el lugar, desarmar bultos envueltos con cinta plateada que contenían explosivos que databan de treinta y cinco años antes y estaban enterrados por el camino. ¡Y que hacían un estruendo de muerte!

Después de un año haciendo eso, mi batallón se unió a una coalición de siete países para invadir Marjah. Esa fue mi mejor época, porque esa sí que fue una batalla. Dejamos de jugar a policías y ladrones para luchar con talibanes aguerridos que se curtieron en la guerra con los soviéticos, cuando yo todavía usaba pañales. Estos eran los tipos malos que habían salido del Hindú Kush y del Pakistán tribal, quienes abierta y orgullosamente se autodenominaban la inquisición religiosa. Si los matábamos, ya no podrían pegarles a las mujeres y a los niños por vestirse con ropa de colores ni matar a jóvenes por aprender a tocar la guitarra o por replicar. Esta contienda significaba algo.

Cuando esa operación concluyó, sentí que mi trabajo se limitaba a involucrarme en riñas con tontos como yo, tipos que estaban muy resentidos. Era el fin. La chispa estaba muerta. Yo no quería ser un maldito policía de barrio. Luego, salí volando por los aires, lo cual fue horrible, pero me dio la oportunidad de irme de manera expedita y brinqué de gusto. Sin embargo, eso significaba que debía resolver la ecuación de reintegrarme a los Estados Unidos del siglo XXI, lo cual, para mi sorpresa, terminé logrando. Por supuesto que hubo momentos oscuros, pero lo hice.

En gran medida se debió a que conocí a Sasha, pero otros amigos también me enseñaron que no era necesario estar rodeado de gritos, pánico y muerte para «encontrarme a mí mismo».

Desde entonces, me he convertido en una persona más amable y cariñosa, y he aprendido a apreciar el inmenso valor de las experiencias y las relaciones fuera del Cuerpo de Marines. Ya no siento que mi misión en la vida sea pelear.

Dicho lo anterior, no estoy programado para pensar en

una amenaza física, sino para escupirle en el ojo, darle un cabezazo y pisotearle los nudillos y los testículos una vez derribado. Así que, cuando se trata de sobrellevar con gracia las manifestaciones grotescas, horribles y violentas de un condenado espíritu de la tierra, que además parece haber desarrollado una aversión única y personal por mi bienestar y salud mental, tengo todo en contra.

Otra cosa en la que he pensado durante esta semana de autocompasión en que fumé tantos cigarros y corté tanta leña fue lo que Joe me dijo la mañana que desperté y lo encontré en mi cuarto. Las frases crípticas que utilizó empezaban a sacarme de quicio: el comentario que hizo sobre los «hombres como yo», que podríamos encontrarnos con que los inviernos aquí son más difíciles que otras estaciones; su vaga referencia a que quizá «podríamos» tener una vida aquí si superábamos lo que estaba por venir. Durante los primeros dos días pensé que se refería a que podía suicidarme, pero ya empezaba a dudar de esa interpretación.

También le conté a Sasha lo que Joe me dijo. Ella me comentó que él le había preguntado sobre lo que hice en Afganistán antes de la explosión, lo que animó su propia búsqueda de anécdotas al respecto. Usé las tácticas de conversación de siempre para cambiar de tema, pero era claro que aquellas experiencias que me había guardado le interesaban más que nunca.

La semana posterior a la muerte de Dan, Sasha empezó a limitar el tiempo que pasaba en casa de Lucy. Al principio, se quedaba a dormir en su sofá casi todas las noches y estaba todo el tiempo con ella, después pasaba con ella solo los días y ahora se limitaba a visitarla por las mañanas y las noches para ver si estaba bien. Fui con ella una vez, para asegurarme de que todo estuviera en orden y supiera que también podía contar conmigo.

Para nuestra sorpresa, nuestra vecina estaba muy bien, cada día mejor. Era una persona realista, así que creo que desde mucho tiempo atrás había asimilado el hecho de que el espíritu los mataría directamente o al tenerlos atrapados aquí en cadena perpetua.

Ver a Lucy me era difícil. A pesar de las palabras Sasha, yo sabía que la muerte de Dan era mi culpa. Supe que mi provocación al espíritu causó que el pequeño espantapájaros atacara a Dan de una manera explosiva, lo mutilara y le causara la muerte. Y que la viuda del hombre que había fallecido como resultado directo de mi estúpida terquedad me consolara cuando yo lamentaba la muerte de su esposo, y no al revés, era difícil de digerir.

Trataba de disimular mi culpa, dolor y rabia con mi esposa. Esa mañana, ella había intervenido de manera decisiva cuando Dan y yo no dábamos para más. Cuidó de mí y de Lucy, mandó a hacer la lápida de Dan a toda prisa, puso en orden a las hordas de personas que fueron a dar condolencias y platos de pastel de carne, incluso había empezado a ayudar con la administración del rancho de Dan y Lucy, al tratar con los trabajadores y con Joe, y al asegurarse de que todo siguiera funcionando bien, pese a la falta de supervisión de Dan. Además de todo eso, mientras yo me abandonaba al caos emocional y a la incapacidad de hacer cualquier cosa, Sasha tenía un nuevo ímpetu; su concentración en el espíritu era casi febril, quería descifrar sus facetas y complejidad como si se tratara de un acertijo. Realmente parecía decidida a convertirse en la detective de lo sobrenatural. Verla hacer todo eso y pensar en que limpió la sangre, el vómito y la mierda de mi cuerpo inconsciente, y me dio un baño de esponja como si fuera un paciente de hospital, me había hecho llorar de coraje y lástima por mí mismo en varias ocasiones en las últimas dos semanas. Ella era una diosa que yo no merecía. Lo único que podía hacer para compensarla era apoyarla y tratar de poner mi cabeza en orden.

Salí con Dash a guardar la leña en el cobertizo que habíamos construido durante el verano. Sasha había salido muy deprisa y entusiasmada hacia la casa de Lucy, porque por primera vez desde la muerte de Dan, quería sacar los caballos para dar un paseo por los alrededores del rancho. Sabía que Lucy había sido una jinete de toda la vida y que mi esposa había mejorado mucho en los últimos ocho meses. Los caballos me intimidan bastante y siempre siento alivio cuando Sasha me llama para decirme que está bien. Esa tarde no fue la excepción, mi teléfono vibró y, cuando contesté, de inmediato supe que algo estaba mal por el tono de su voz. Sonaba como si estuviera llorando o como si estuviera conteniendo el llanto.

—Sash, ¿qué pasa? ¿Estás bien? ¿Lucy está bien?

—Harry, sí, estoy bien, estamos bien. Solo necesito que vengas ahora y que traigas a Dash.

Subí al perro a la 4Runner, manejé a toda velocidad y casi me vuelco al doblar hacia el rancho de Dan y Lucy. Me detuve entre su casa y sus graneros, y pude ver que la yegua café que mi esposa montaba, Lemons, aún estaba ensillada y atada a la cerca frente a la casa. Vi a ambas mujeres. Sasha estaba sentada en los escalones que subían al porche de nuestros vecinos y cubría con sus manos su rostro. Estaba llorando. Lucy estaba sentada un escalón más arriba y la rodeaba con sus brazos, le daba una suaves palmaditas y apoyaba la barbilla en el hombro de mi mujer.

Estaba muy confundido. Lentamente me bajé de la camioneta, mientras que Dash brincó al asiento del piloto y luego saltó para correr hacia Sasha y Lucy. Mi esposa se limpió los ojos cuando me acercaba, Lucy le dio un beso en la cabeza y ambas abrieron los brazos para darle la bienvenida a Dash, lo colmaron de caricias mientras él trataba de subirse a su regazo. Parecía que mi vecina también estaba llorando. Ambas llevaban las botas para montar, pantalones de mezclilla y estaban manchadas del lodo del sendero de los pies a la cabeza. Alzaron la vista y Lucy, a pesar de tener lágrimas en los ojos, me sonrió con calidez y sinceridad.

Sasha se puso de pie e hizo todo lo que pudo para sonreírme mientras caminaba hacia mí, pero su esfuerzo se vino abajo, se puso las manos en los ojos, ocultó la cara en mi pecho y empezó a sollozar.

—Sash, amor, ¿qué pasa?

Miré a Lucy, quien sostenía la cara de Dash en las manos, le rascaba ambas mejillas y orejas mientras él le sonreía y le lamía la nariz. Nuestra vecina le dio un largo beso al perro en la frente, luego se levantó y se limpió las lágrimas de los ojos. Me vio con otra sonrisa tranquila y honesta que me pareció muy fuera de lugar dado el estado de ánimo de mi esposa. Agité la cabeza y busqué respuestas en el rostro de Lucy mientras acariciaba a mi esposa.

—Sasha… Lucy…, ¿qué sucede?

Mi esposa separó la cabeza de mi pecho, alzó los ojos y me miró con un profundo dolor y tristeza. Con la respiración entrecortada y la voz temblorosa, me dijo:

—Harry…, Lucy va a marcharse.

—¿Qué?

Miré a mi vecina, quien me sonrió con los labios cerrados y asintió señalando su enorme camioneta. Al verla, noté por primera vez que la batea estaba llena de bolsas, cajas, jarras, lo que parecía ser equipo de campamento y una buena cantidad de leña. Todo estaba muy ordenado.

—Se va del valle, Harry.

Miré de nuevo a Lucy, quien me sostenía la mirada mientras asentía lentamente. No fue necesario que mi esposa dijera «para siempre», sabía que se trataba de algo definitivo. Mi vecina tenía una expresión de paz en el rostro, una mirada llena de fortaleza y seria determinación. Estreché los hombros de Sasha y le besé la frente antes de soltarla y caminar hacia Lucy.

—Luce, ¿adónde vas?

Mi vecina avanzó para acercarse a mí. En lugar de responder, extendió los brazos hacia adelante, me tomó de las mejillas y así se quedó un rato. Después, una sonrisa invadió su rostro y me jaló para darme un gran abrazo. Nos quedamos así, en silencio, por un buen rato, hasta que me tomó de las manos y dio un paso hacia atrás.

—Nunca te he pedido nada, pero ahora voy a exigirte dos

cosas. La primera es que dejes atrás todo tu dolor relacionado con la muerte de Dan. Déjalo ir. No es legítimamente tuyo de todas formas, así que deshazte de él. —Respiró hondo, vio a Sasha, que estaba atrás de mí, y después volvió a mirarme a los ojos—. Lo segundo es que quieras, celebres y apoyes a tu increíble esposa. Eso implica que confíes en ella, que seas un buen oyente, que la sorprendas, que compartas cosas con ella, que la motives, y también conlleva que la estimules y debatas con ella. Pero, sobre todo, significa que la ames con todo tu ser hasta el último día de tu vida. —Ahora las lágrimas resbalaban por mis mejillas—. ¿Puedes hacer eso por mí, Harry?

—Claro que sí, Lucy —le dije.

Soltó mis manos, dio otro paso atrás y miró más allá de mí, hacia los pastizales. Respiró larga y profundamente, luego se encaminó hacia su enorme camioneta. Le dio un par de golpecitos a la salpicadera y volteó con su hermosa sonrisa.

—Me voy, Harry. Me voy para jamás regresar. Soy una anciana. Viví una vida larga, feliz y plena en este valle, con todas sus peculiaridades y bellezas. Tuve la oportunidad de amar a un buen hombre la mayor parte de mi vida, de vivir con toda mi fuerza de voluntad y de conectar con la naturaleza de una manera que nunca creí posible. Y ahora…, bueno…, tomaré las riendas de mi vida un rato. —Lucy vio que estaba a punto de interrumpirla, pero insistió—. Lo sé, Harry, por Dios que sé muy bien lo que significa marcharme sin tener la intención de regresar, pero por eso mismo lo hago. Soy dueña de mi destino y sé que no tendré mucho tiempo allá afuera. —Su expresión era de confianza y certeza—. Estoy en paz con esto. No me interesan todas estas complicaciones sin Dan a mi lado. Esto es lo que quiero, Harry. Esto es lo que necesito.

Tartamudeé mi pregunta. No sabía qué decir hasta que lo dije.

—¿Qué va a pasar con el rancho? ¿Adónde te irás?

—El viejo Joe se marchó poco antes de que tú llegaras. Gritó y pataleó por esto, hizo todo lo que pudo para convencerme de que no me marchara, pero sabía que era una decisión tomada. Casi tuve que obligarlo a firmar, pero acabo de cederle las escrituras. Cada centímetro de esta propiedad ahora le pertenece. Y siempre debió ser así, Harry. Vivimos aquí, en una tierra y con un tiempo prestados, y aunque no me arrepiento ni por un segundo, estas tierras nunca fueron nuestras. Les dejé unas cosas en el granero a ti y a Sash, algunas herramientas y un tractor viejo y destartalado que Dan nunca quiso regalar. Son cosas que pensé que podrían resultarles útiles para su casa. —Me quedé mudo, la cabeza me daba vueltas y solo me quedé parado como un idiota hasta que ella continuó—: Dan y yo solíamos ir a una playa en el sur de Oregon cada año. Es un lugar por el que puedes manejar atravesando los bosques, las dunas, y salir a la arena y acampar ahí. Rara vez te topas con alguien más. Puedes pescar mojarras y cangrejos, hacer enormes fogatas, y hay arroyos de agua fresca en los bosques de la parte alta de las dunas. Siempre decíamos en broma que, si el mundo se iba al diablo, iríamos a vivir ahí. Así que eso es lo que planeo hacer. Ahora ese será mi nuevo hogar.

Lucy me hizo una mueca, después se subió a la defensa de su vehículo, puso las manos alrededor de su boca y le gritó al cielo sobre las montañas.

—Ya lo escuchaste: no voy a regresar a este valle. Tengo un nuevo hogar, viejo amigo.

Se bajó y nos sonrió a Sasha y a mí. Tenía fuego en la mirada, una emoción jovial que era extraño ver en el rostro de una mujer de más de setenta años. Se veía feliz. Se veía viva.

Se acercó a Sasha y le dio un gran abrazo. Se estrecharon y lloraron un buen rato. Lucy le murmuraba palabras a Sasha que parecían hacerla llorar más y abrazar a la anciana con más fuerza. Finalmente dio un paso atrás y con los pulgares le limpió los ojos a mi esposa.

—Te amo, Sasha Blakemore, como si fueras mi propia hija. Es tu oportunidad, cariño. No pierdas el tiempo cuando me haya ido. Tienes algo que hacer, ¿no?

Caminó hacia mí, me dio un abrazo rápido e intenso, le dio otro beso en la frente a Dash y se subió a su camioneta. Abracé a Sasha por la cintura y ella hizo lo mismo mientras nos hacíamos a un lado para que Lucy pudiera maniobrar con la camioneta. Cuando pasó cerca de nosotros, se detuvo y bajó la ventana.

—Ustedes dos fueron una bendición para Dan y para mí. Van a superar esto. Su amor puede vencer cualquier cosa en este mundo, incluido este maldito espíritu. —Lucy sacó unos lentes de sol de algún lugar de la cabina, se los puso y nos miró sonriendo—. Ahora… es momento de tomar el control un rato. Adiós, queridos.

Sasha y yo nos tomamos de la mano con fuerza hasta que vimos desparecer la camioneta por el camino. Después, Sasha se alejó de mí, me tomó del cuello con ambas manos, jaló mi cara hacia la de ella y me dio un beso tan apasionado que me sorprendió. Separó sus labios de los míos y me miró a los ojos.

—Harry, estoy embarazada.

Sentí que el corazón me dio un vuelco. Una tormenta de emoción, felicidad, temor y pánico empezó a revolverme el estómago mientras pensaba en qué decir, pero solo me acerqué a su cara y volví a besarla. Por primera vez en esa tarde me sonrió, yo le devolví la sonrisa y empecé a sacudir la cabeza.

—Sasha…, ¿cuándo…?, ¿cómo…?

—Harry, te amo más que nada en este mundo y hablaremos de esto en un rato. Tengo algo que hacer. Es algo muy importante y debo hacerlo sola, ¿de acuerdo? Confía en mí. Llévate a Dash a casa. Estaré de regreso en unas horas.

Me quedé sin palabras. La confusión se unió al coctel de emociones que me invadían. Sasha caminó con rapidez hacia Lemons.

Colocó las cuerdas sobre el lomo de la yegua y con un movimiento rápido, tan practicado que parecía que lo había hecho toda su vida, metió el pie en el estribo, se subió al caballo y lo llevó hacia donde yo estaba.

Por un momento, me quedé parado mientras veía con asombro a mi esposa. Estaba cubierta de lodo, tenía la mirada encendida y su cabello estaba atado en una trenza bajo su ya desgastado sombrero Stetson. Era la cosa más bella que había visto en la vida.

—Sasha…, ¿adónde vas?

—Voy a la casa de Joe. Tengo que hablar con él. Estaré bien.

Sasha espoleó a Lemons para que corriera por la entrada de la casa de nuestros vecinos, más allá de la valla y hacia los pastizales.

27

Sasha

Nunca antes había llegado tan lejos en el racho Berry Creek, aunque apenas había unos dos kilómetros entre los límites de la propiedad de Dan y Lucy y la casa de Joe. El punto más alto de la colina estaba salpicado con rebaños de vacas que se hacían a un lado cuando yo pasaba. Desde ahí se podían ver los graneros, establos y una casa de un piso que estaba en ampliación.

Cuando me acerqué, pude ver una columna de humo desde lo que parecía una especie de gazebo que estaba en la pradera algo alejado de la casa. Disminuí la velocidad para tener mejor visión, ahí estaban Joe y su hijo Elk sentados en una banca de piedra cerca de una hoguera. Dirigía a Lemons hacia ellos cabalgando alrededor de la finca, para avanzar por los pastizales sin pasar por ninguna cerca. Entonces Joe me vio y me saludó con la mano.

Ya más cerca pude ver que Elk cargaba a una de sus hijas

que dormía profundamente. Ambos me hicieron un gesto lacónico con la cabeza y Joe me señaló la hoguera para que me uniera a ellos. Me bajé de Lemons, puse las riendas sobre su montura y la dejé pastar. Entré por una puertecita abatible que conducía a un camino que llegaba hasta la fogata. Pese a que Joe me esperaba, no supe qué decir cuando me acerqué al fuego, así que me limité a saludar: «Hola, Elk, hola, Joe», y luego acerqué mis manos frías y entumidas por el frío al fuego, hasta que sentí que mis dedos recobraban la sensibilidad.

Nadie dijo nada durante un tiempo. Entonces me senté en una silla descolorida por el sol cerca de la banca de piedra donde Joe y Elk estaban tumbados. Con un gesto de Joe, Elk se puso de pie con su hija en brazos, la niña se movió un poco y recargó la cabeza en el pecho de su padre.

—Me voy adentro. Fue un gusto verte, Sasha. Oye…, muchas gracias por cuidar de Lucy en estas semanas. Es muy afortunada por haber contado con alguien como tú.

—El placer fue mío, por supuesto.

Joe y yo nos quedamos sentados en silencio un rato, hasta que por fin volteó para verme.

—Lamenté ver a Lucy marcharse. Era como una hermana para mí, y también para mi esposa. Pero me imagino que no iba a aceptar ninguna otra alternativa.

En las semanas pasadas me enteré de que la esposa de Joe había muerto unos veinte años antes, cuando todavía era muy joven.

Pensar en Lucy me provocó una oleada de tristeza. Nunca volvería a verla y no podía evitar dejar de pensar en el sinnúmero de maneras diferentes de morir que podían aguardarle en algún momento de las semanas venideras. Sin embargo, pensar en ella me ayudó a darle forma a mi primera pregunta.

—¿Tenía que irse? ¿Debe morir allá afuera, sola? ¿En realidad no hay nada que podamos hacer?

Joe no contestó de inmediato, pero al final volteó hacia mí.

—Hay más cosas que debes saber. Sobre este lugar. Sobre lo que va a suceder.

Incliné la cabeza hacia adelante para invitarlo a decirme más, quería dejar claro que esperaba que así lo hiciera. Miró las espirales grises y el humo blanco que se elevaban de la fogata, y habló:

—*D'ommo*.

Traté de repetir la palabra y escuché lo extraña que se escuchaba mi pronunciación cuando Joe me interrumpió.

—El invierno, la estación que está en puerta.

Levantó los ojos para encontrar los míos.

—Una tregua, así nos la describieron Dan y Lucy a Harry y a mí. Un descanso de… todo esto.

La expresión endurecida de Joe me dijo que había más por saber.

—Es un respiro para algunos, no para todos.

Sentí el hormigueo frío y agobiante de la adrenalina en el estómago.

—¿Para quién, Joe? ¿Qué quieres decir? ¿De qué estás hablando?

Levantó la mano para detener mi sarta de preguntas.

—¿Alguna vez Harry ha matado a un hombre?

La pregunta de Joe hizo que me rascara un lugar en el brazo donde no tenía comezón. Me encogí de hombros.

—Eh…, sí. Sí ha matado a algunas personas, creo. Más de una sí, y eso es todo lo que sé. ¿Por qué, Joe? ¿Por qué me preguntas eso?

Joe se recargó un poco y después miró al fuego.

—Mira, Sasha, hay un ciclo o una manifestación invernal del espíritu, pero solo la experimentan quienes le han quitado la vida a otra persona.

Durante unos segundos no sentí nada. Fue como si lo que me decía hubiera borrado todas mis emociones. Después, el asombro, el terror y el pánico empezaron a invadirme. Joe permaneció en silencio, como si pudiera intuir la lucha interna que libraba para tratar de asimilar lo que acababa de decirme. Sentí ganas de llorar. No pensé que pudiera llorar tanto en un solo día, y me contuve.

—Joe, ¿qué va a pasar? ¿Cómo es el espíritu del invierno?

Joe lentamente sacó las manos de sus bolsillos, se inclinó hacia adelante y entrelazó los dedos mientras colocaba los codos en las rodillas.

—La manera como se manifiesta en invierno es por medio de… la gente que has matado. Se aparecen ahí, en tu propiedad. Juntos, si son más de uno. Es como si el espíritu los encontrara en algún lugar, o al menos da con algo parecido, y guía a los fantasmas hasta donde pueden atormentar a quien los asesinó. Tú no podrás verlos, Sasha, solo Harry, pero ciertamente podrás sentirlos e incluso escucharlos. Los animales también pueden intuir su presencia.

—¿Por qué solo Harry?

—Los fantasmas se revelan solo a quienes comprenden la verdad de lo que ocurrió entre el asesino y el asesinado. Puede que haya pasado en un instante, pero arrebatarle la vida a alguien es la más íntima de las conexiones y crea un vínculo permanente entre ambas partes. Solo aquellos que en verdad comprenden y sienten el peso de la muerte podrán ver al espectro. —Joe volvió a recargarse, cruzó las piernas y continuó—. Un día, pronto, tal vez mañana, la semana que viene o tal vez en febrero, Harry saldrá y verá los fantasmas de los hombres que aniquiló. Hasta donde sabemos, tendrán el mismo aspecto que antes de morir. No es que en realidad sean las almas de los asesinados, sino algo similar. Se quedarán en la propiedad alrededor de un mes. Mi tatarabuelo le dijo a mi abuelo y a mi padre que lo más que se quedan son seis semanas. Con el tiempo, reúnen las agallas para acercarse y se sentirán muy cómodos a su alrededor. Estarán esperando a que salga por la puerta principal. Estarán afuera de la ventana del baño, a la espera de que orine por la mañana. Cuando se acueste, estarán detrás de la ventana de su recámara, gritando y despotricando. Harán lo que sea para llamar su atención, para que los vea y escuche. El acto antinatural de matar deja a los espíritus descompuestos, insatisfechos. Necesitan que los reconozca el responsable de su muerte. —Empecé a negar con la cabeza mientras trataba de procesar esa información. Joe continuó—: Hay algo que deben hacer para mantenerse a salvo de los espíritus, y esa es la regla de la estación: del anochecer al amanecer, mientras los fantasmas estén en tu propiedad, deben mantener una vela encendida por cada uno de los espectros, una por cada asesinado. Mientras estén prendidas no podrán hacerte daño ni entrar a tu casa. A medida que pasen más tiempo en tu propiedad se volverán más agresivos y vengativos. A la larga, intentarán entrar a tu casa desesperadamente. Pero mientras las velas estén encendidas no podrán tener contacto contigo, ni tú con ellos.

Mientas lo asimilaba, había algo que me corroía. Las palabras salieron de mi boca antes de que mi mente pudiera ordenar la idea.

— No entiendo. ¿Qué tiene que ver esto con... todo lo demás, la luz el oso, los espantapájaros? — Me escuché divagar y me detuve. Me calmé, respiré hondo y lo intenté de nuevo—. Lo que quiero decir es..., ¿por qué esta estación se trata de nosotros? ¿O más bien de Harry y las personas que mató?

Joe agitó la cabeza y regresó la mirada al fuego.

—Se trata de la naturaleza y del lugar que el ser humano tiene en ella. —Tomó un pequeño atizador que estaba recargado en las piedras del pozo para fuego y trazó un círculo en la tierra, entre él y la silla donde yo estaba sentada—. La órbita de la luz representa el horno de la creación. El inicio. La madre de todos nosotros. El vientre del que nace toda la vida. —Continuó dibujando la burda zarpa de un oso—. El hombre y el oso representan el conflicto que el ser humano tiene con la naturaleza, pues quiere estar por encima de la cadena alimentaria cuando en realidad forma parte de ella. En eso consiste el conflicto interminable entre el hombre y las bestias que habitan los bosques y las colinas. —Luego dibujó una figura en forma de vara que representaba al espantapájaros—. Después está la manera en que el hombre domina su entorno, la forma como controla el suelo y las semillas, y engaña hasta a la naturaleza misma. —Delineó una X—. Y finalmente, cuando la humanidad ha evolucionado, ha domado a sus depredadores y dominado la tierra, emergen sus peores instintos. Unos se vuelven contra otros y hay derramamiento de sangre. No hay peor transgresión a la naturaleza que matar a los de tu propia especie.

Bajé la mirada para ver las imágenes. Mi mente giraba alrededor de este sencillo nexo entre las estaciones y sus significados. Lo miré, sacudiendo la cabeza lentamente.

—¿Cómo sabes todo esto? ¿Cómo es que conoces el significado… y el mensaje que subyace a todo esto?

Joe sonrió con un poco de arrogancia, algo que nunca antes le había visto hacer. Luego se encogió de hombros.

—No lo sé. Estas son meras historias, tradición oral que mi gente ha recibido. El espíritu es más antiguo que nosotros, más que el primero de mis ancestros que vivió en este lugar. Con el tiempo, cualquier grupo humano le asigna un sentido a lo inexplicable.

Me miré las manos y estiré mis dedos, los cuales cada vez estaban más rígidos después de tomar las riendas de un caballo y cabalgar en el frío hasta aquí.

—¿Qué historias te ha contado tu gente sobre derrotar o deshacerse del espíritu? ¿Qué historias tratan sobre la manera de acabar con él y que se vaya del valle de una vez por todas?

Cuando alcé la vista, Joe me estaba mirando y con lentitud posó los ojos sobre la extensa cresta desnuda que se elevaba detrás de su casa. Luego, levantó una de sus grandes manos y extendió un dedo en la dirección de su mirada.

—Los rayos nunca han caído sobre esa cima, nunca lo he visto en la vida. —Movió un poco la mano y apunto más lejos, hacia el sur, hacia las montañas más altas y a las cumbres que corrían por debajo de los picos de la cordillera—. Pero los relámpagos caen en los mismos árboles quemados de aquella montaña, durante toda la primavera y el verano, año tras año.

Miré aquellas cimas lejanas, sin saber a ciencia cierta a cuál se refería. Después volteé hacia Joe. Encogí los hombros y ladeé la cabeza…

—Muy bien, pero…

Joe se inclinó hacia el fuego, sosteniendo las palmas de sus manos frente las llamas. Empezó a frotarlas mientras me veía.

—Los rayos, o una fuerza natural como esa, existen en el cielo y se pasarán el día moviéndose con furia de una nube a otra. Solo descienden a la tierra de los vivos cuando tienen algo con qué vincularse, algo en lo que se pueden volcar. Necesitan una especie de receptor para descender de su ámbito y entrar al nuestro, un conducto. —Joe se enderezó y guardó las manos en los bolsillos de su enorme abrigo—. En algunas de las historias de mis ancestros se compara al espíritu con los relámpagos, y sugieren que hay algo dentro de nosotros como personas que incita la descarga y le permite entrar a nuestro mundo. No podría decirte de qué se trata, solo que esa es la manera en que algunos le han dado sentido a esto.

Joe y yo nos quedamos ahí sentados durante una hora más. Le hice preguntas que yo misma consideraba ingenuas y él me contestó con paciencia. Dijo que hacía mucho tiempo que no había conocido a nadie en el valle que hubiera lidiado con el espíritu del invierno, ni a nadie que hubiera matado a otra persona, pero prometió que nos ayudaría a prepararnos en la medida de sus posibilidades.

Yo sabía que no podría hacer gran cosa y que esto era un problema mío, de Harry y de Dash. Cuando el sol se empezó a ocultar, cabalgué de regreso a casa a través del rancho de Joe tan rápido como Lemons pudo llevarme.

28
Harry

Cuando Sasha me contó lo que iba a suceder, sobre la manifestación invernal del espíritu, creo que pasó una hora entera en la que no pude pensar, ver ni escuchar. Me quedé un poco ido, sentado en el sofá con una incredulidad debilitante. Sin embargo, en los siguientes días hablamos mucho sobre mi inminente reunión con los fantasmas de los hombres que maté, poseídos por el espíritu de la montaña.

Esas conversaciones con Sasha fueron más difíciles de lo que esperé, pero no por la afirmación de Joe de que las semanas por venir literalmente fueran a estar llenas de aparecidos, aunque el hecho era muy desconcertante. Más bien, aquellas charlas revelaron lo poco que en realidad le había contado sobre mi paso por Afganistán. Siempre dejaba fuera los detalles y matices en mis ocasionales recuentos de la experiencia porque, en efecto, años antes habíamos hecho un pacto de silencio entre los dos: ella no me exigiría que le contara sobre esos «sucesos traumáticos» siempre y cuando estuviera bajo control y continuara con el proceso terapéutico que me proporcionaban los veteranos. Mientras nos preparábamos para lo que sería, según Joe, un mes o dos de lidiar con mis lastres emocionales de una manera increíblemente jodida y ridícula, me sorprendí de las pocas anécdotas que le había compartido a mi esposa a lo largo de los años.

Una mañana, Sasha me hizo una sencilla pregunta que me dejó por completo azorado mientras la miraba a la cara, inexpresivo: «¿Sabes a cuántas personas has matado?».

No estaba asombrado por la magnitud de la pregunta ni por mi reticencia a considerarla y contestar con honestidad. Lo que me impresionó fue darme cuenta de que nunca se lo había dicho y que ella jamás me lo había preguntado de manera explícita. Como correspondía a mi resistencia y opacidad en el tema en cuestión, creo que le contesté algo como «Cuatro o cinco, no estoy seguro, me imagino que ya lo veremos» y, de acuerdo con sus estándares al respecto, a ella no le importaban las cifras concretas tanto como el hecho de que yo me sintiera en paz y confiado.

Quizá mi esposa tenía toda la razón al señalar que no había mucho que pudiéramos hacer para prepararnos en relación con el espectáculo del espíritu de esta temporada, más allá de tratar de estar lo más equilibrado posible en cuanto a lo que iba a enfrentar. Hasta ahí llegó la guía de Joe, según las breves conversaciones que tuvimos sobre el espíritu invernal durante las semanas cuando él reemplazó a Sasha.

—Tienes que tomarlo como viene, lo mejor que puedes es hacer es estar bien de la cabeza y mantener las velas encendidas.

Así que eso traté de hacer. El proceso, de hecho y para mi sorpresa, me puso los pies en la tierra. Reflexionar en las muertes que causé, además de asimilar la muerte de Dan y tal vez también la de Lucy, me condujo a un estado mental extraño pero armonioso. Creo que mi concentración continua en una construcción social como la moralidad me hizo sentir pequeño e insignificante de una manera que dotó al presente de una luz especial.

Mientras esperábamos la llegada de los fantasmas, entramos en una extraña fase de resuelta determinación. Sasha más que yo. Creo que se debió a que vio a Lucy marcharse con entereza y dignidad, a sabiendas de las consecuencias y consciente de su mortalidad.

Sentía que tanto Sasha como yo empezábamos a reconocer que, mientras viviéramos en este valle, cada platillo que cocinábamos, cada vez que comíamos, que preparábamos y bebíamos una taza de café en la cocina, nos besábamos, hacíamos el amor y nos abrazábamos podía ser la última. No era morboso, más bien era tranquilizador. El destino nos trajo aquí y no podíamos hacer más que permanecer en nuestro hogar acogedor en un valle cubierto de nieve. Sin embargo, ver a Sasha compartir ese estado mental era trágico. Al mismo tiempo, me motivaba y me daba fuerza de voluntad. Sobreviviríamos, como lo habíamos hecho durante las semanas pasadas. Haríamos nuestra vida aquí. Ver a Dash jugar y saltar en aquella blancura todos los días y a mi esposa bailar en la cocina por las mañanas me daba una razón para luchar y vivir. Esa noche, Sasha recargó la cabeza en mi pecho después de platicar un buen rato.

—¿Estás segura de que quieres tener a este bebé? —le pregunté.

Se levantó para mirarme y me besó.

—Sí, claro. No estaba segura de que alguna vez estaría convencida, pero ya lo estoy. Quiero tener a este niño. Deseo ser madre. Esa es la decisión que tomé. —Volvió a besarme—. ¿Tú quieres tenerlo?

Asentí.

—Sí, más que nada en el mundo. Pero quería que tú lo decidieras. Quiero que recuperes el control. De hecho, quiero que ambos lo tengamos.

Volvió a recargar su cabeza en mi pecho y, como en varias de las noches anteriores, nos quedamos callados durante mucho tiempo pensando en lo que estaba por ocurrir.

La mañana del 21 de diciembre me desperté y, al igual que lo había hecho durante la semana anterior, me senté, me di la vuelta y de inmediato miré por la ventana hacia los pastizales. Nada. Estaba nevando muy fuerte. Mi pánico al despertar se había reducido, pero cuando advertí que Sasha no estaba en la cama se activó de nuevo.

Nunca me quedo dormido cuando Sasha se levanta de la cama, en especial durante los días pasados, cuando despertaba orinándome de miedo por un pedo que se había echado el perro o cuando la caldera se encendía.

—¿Sash? —dije con fuerza para ver si estaba en el baño. Me levanté y casi corrí hacia la sala y la cocina—. ¿Sasha?

—¡Estoy en la cocina, amor! —dijo.

Pude escuchar una risa en su voz y me tranquilicé de inmediato. Entré y la vi sentada a la mesa de la cocina con un libro y un café. Dash estaba a sus pies y se acercó para saludarme.

—Perdón por no haberme dado cuenta de que te levantaste, yo… —Agité la cabeza, me incliné para besarla y cuando me alejé y sonrió, me di cuenta de que pasaba algo. No sabía de qué se trataba, pero conocía bien a esta mujer—. ¿Qué sucede? —le pregunté. En cuanto la pregunta salió de mi boca, ella dejó que la emoción se volviera a escapar con una sonrisa—. ¿Qué sucede, amor? —pregunté otra vez con un tono serio.

Cerró su libro y respiró hondo. Me pregunté si me diría que estaba embarazada de gemelos, pero se levantó, me tomó de las manos y me miró a los ojos. Tenía tanta fuerza en su mirada y tanta convicción que me impresionó. Entonces, habló.

—Harry, me despertó hace una hora, al amanecer, pero quería que siguieras durmiendo. Puedo sentirlo. Puede que sean los fantasmas o no, pero te lo digo desde ahora, el espíritu está aquí…, lo sé.

Su semblante de fortaleza no cambió para nada, mientras que mi corazón se me subió a la garganta y la adrenalina me invadió manos y piernas. No podía pensar en qué decir y no estaba seguro de ser capaz de hablar. Pensé que estaba preparado para esto, que ya había visto y sentido todo el ambiente de terror que podía causar el espíritu, pero estaba equivocado.

Tenía razón, yo también sentía al espíritu. Ahí parado en la cocina, tuve la sensación de que estaba a punto de vomitar. Al ver el rostro hermoso y determinado de mi esposa, percibí al espíritu en la presión del aire, lo veía en la luz y lo saboreaba en el fondo de mi garganta. En ese momento ignoraba si en la vida había sufrido un terror más infantil. Sentía como si estuviera en una pesadilla en la que estaba atrapado en un cuarto oscuro, sin poderme mover y a sabiendas de que algo me acechaba, se acercaba paso a paso y se reía en el vestíbulo.

Podía percibirlos. Sin verlos, sabía que eran cinco, que había matado a cinco personas. Más que a ellos, podía sentir al espíritu. Mi visión periférica empezó a oscurecerse. Mis oídos zumbaban y podía sentir los latidos de mi corazón en la cara. Jalé aire y cerré los ojos. Me dije: «Tranquilízate, hombre. Respira. No vayas a desmayarte sin siquiera ver a esos malnacidos».

—Harry. —Salí del trance y miré los ojos de Sasha mientras seguía tomando sus manos—. Todo está bajo control. Podemos con esto, ¿de acuerdo?

Asentí y volví a respirar hondo.

—Son cinco. Maté a cinco hombres y aquí están. Puedo sentirlos. Conozco a cuatro, pero no sé quién es el quinto.

Ante mi respuesta, una ráfaga de un miedo leve y pasajero cubrió el rostro de mi esposa, pero lo descartó, lo reemplazó con firmeza y jaló aire.

—Bueno, hay cinco.

Por reflejo, el antídoto para el pánico surgió como un secuaz demente: el deseo intenso de pelear me suplicaba a gritos que me enojara. Me tentaba, pero razoné con él dentro de mi cabeza: «No, ya lo intenté y no salió tan bien la última vez, imbécil». Fui al fregadero y tomé un poco de agua. Bajé la mirada hacia Dash y nuestro contacto visual activó el movimiento de su cola esponjosa.

Volteé a ver a Sasha. Pensé en lo afortunado que era al haberme encontrado con esa compañera. Sentí ganas de llorar de gratitud, terror, vergüenza y felicidad al mismo tiempo.

—Sash... Necesito ir por mi propio pie para encontrarlos. No haré nada ni me alejaré más que unos metros de la cerca, te lo juro. La primera vez necesito verlos a solas.

Me vio con una mirada desafiante y agitó la cabeza.

—Con la condición de que te lleves a Dash. Y saldré en diez minutos, ¿de acuerdo?

Asentí.

—Sí, claro.

Tuve ganas de explicarle mi necesidad de afrontarlos, pero creo que se trataba de algo que ambos sentíamos y no era preciso explicar.

Me vestí, tomé mis binoculares y seguí a Dash por el patio. Cada diez pasos me detenía a mirar alrededor. Llegué a la cerca y seguía sin ver nada. Dash y yo caminamos un poco por los pastizales, desde donde se podía ver una parte de la propiedad. Entonces se me heló la sangre y me puse blanco del miedo.

No necesitaba los binoculares. Aunque estaban a un cuarto de kilómetro, con claridad podía ver a cinco hombres de pie y en fila, separados entre sí por unos cuantos metros. La nieve recortaba sus siluetas como si fueran sombras. Mi corazón latía con todas sus fuerzas. El hombre de en medio sobresalía, incluso en la lejanía. Era el más alto. Su perahan tunban, su túnica y su gorro pakol eran de color negro azabache. Levanté mis binoculares y vi que me miraba directo a los ojos. Se trataba del anciano que maté en la emboscada mientras intentaba salir de aquel vehículo polvoriento.

Pensé que esto no podía ser real. Vi el cielo blanco, después la casa, me tallé los ojos y volví a mirar por los binoculares. El viejo no se había movido. Miré a los demás, pero ninguno me prestaba atención. Contemplaban el entorno de árboles y montañas. Se veían confundidos. Reconocí a los dos hombres que maté primero y al que le disparé en el campo de amapola, y luego el otro...

Maldita sea. Supongo que siempre sí maté a uno de esos chicos, en la parte trasera del camión mientras trataban de derribar nuestra línea defensiva. Era joven, tal vez de unos diecisiete o dieciocho años. Tenía una mirada feroz y violenta, aunque estaba parado con calma mirando hacia la montaña. Volví a poner los ojos sobre el guerrero anciano.

Cuando enfoqué su cara, aún tenía la mirada fija y sentenciosa de un padre; dio un paso en mi dirección y luego se detuvo. Sentí que la boca se me secaba y mis manos se entumían. Los otros cuatro lo vieron casi desconcertados, después todos voltearon a verme al mismo tiempo y noté que me reconocieron. Un sutil recelo seguido por la ira. Pero el más joven, el que me había sorprendido, se veía distinto. Aunque bajó la cabeza un poco, me sostuvo la mirada con una serena expresión de odio asesino.

Cuando volví a respirar, la furia, el miedo, la aflicción y el dolor de esos hombres pareció convertirse en un gas nocivo que me llenó los pulmones, donde se retorció y se convirtió en una punzada, en un quiste intenso que reventó en mi estómago y empapó todo mi sistema nervioso. Cuando exhalé, me hizo temblar, después empecé a toser y tuve arcadas. Me di cuenta de que Dash me estaba tocando con su pata. Le di unas palmaditas en la cabeza y hablé más para mí que para él.

—Todo está bien, amigo.

Me sentía molesto. Primero mi furia estaba volcada hacia esos hombres y después me obligué a reenfocarla, porque era como si el espíritu tirara del anzuelo de mi rabia, como si deseara mi desprecio. Entonces advertí que esta cosa quería darme motivos, quería mi cólera. Ya lo había pensado antes, con el espantapájaros, pero en ese momento lo sentí por primera vez. No se lo iba a dar. No podía hacerlo.

Al mirarlos, me pregunté si quedaría algún resto de lo que eran en vida, si les quedaba algún recuerdo o pasión en su nueva forma que hubiera sido imbuido por el espíritu. Me sentí como un niño otra vez, cuando caminaba por la cerca que rodeaba el basurero mientras una bestia corría a mi lado hecha una furia, y mis músculos engarrotados y enardecidos se preparaban para correr por mi vida. Luego sentí culpa.

No sentía remordimiento por haberlos matado, sino porque murieron luchando en su casa, o al menos relativamente cerca de ella, por la mano de tipos como yo, que veníamos del otro lado del planeta.

Había aceptado este hecho varios años antes, pero nunca me había quedado tan claro como en ese instante. No existe cantidad suficiente de argumentos sobre lo que significa realmente «servir a tu nación», la «inveterada naturaleza de los hombres en la guerra» o «pelear por la libertad» que pudieran refutar el derecho inalienable que tenían estos hombres a odiarme.

Y ahí estaban ahora, afuera de mi casa.

Me di media vuelta y caminé hacia el patio. Mientras cerraba la cerca, noté que Dash volteó, ladeó su cabeza como lo hace cuando huele un urogallo y me miró con impaciencia.

—Lo sé, amigo, vamos adentro.

Me senté con Sasha, le conté lo que vi y quién era el quinto hombre. Ella llamó a Joe para decirle que los fantasmas finalmente habían llegado.

—¿Cómo vas a llamarle al hombre sorpresa?

Los últimos días, Sasha me animó a nombrar a los cuatro que conocía, para que pudiera describírselos y fuera más sencillo explicarle qué estaba pasando y qué estaba viendo. Era una idea práctica pero muy lúgubre. Decidí llamar a los dos primeros tipos que maté, al principio de la batalla en Marjah, «Hank» y «Pete», al anciano que ejecuté en la camioneta «Bridger», y al cuarto, a quien le disparé como diez veces, «Buck».

—No sé, ya pensaré en algo.

¿En qué se había convertido mi vida? Durante el resto del día, Sasha trató de estar lo más alegre posible. Puso música navideña y leyó en voz alta lo que decía uno de mis libros de historia sobre las celebraciones del solsticio de invierno en todo el mundo. Traté de ponerme a su nivel, pero me resultaba difícil. Pensé en lo perverso pero adecuado que era que el espíritu hiciera su debut estacional este día. Una y otra vez miraba por la ventana hacia los pastizales para ver si los fantasmas habían empezado a moverse.

Escogimos una pequeña pícea al fondo del acceso a nuestra casa para cortarla y decorarla, y Sasha me preguntó si quería acompañarla para ir por ella. No necesitaba responderle para que ella comprendiera que prefería abstenerme.

—Harry, no podemos permitir que controlen nuestras vidas, ¿o sí? No quiero presionarte porque yo no puedo verlos, pero creo que así deberíamos manejar la situación.

Tenía razón.

—Vamos a hacerlo.

Tomamos la sierra de arco y caminamos dejando huellas frescas en la nieve, con Dash a la cabeza en su abrigo rojo y dorado que contrastaba con el blanco como una cálida llama.

Pude ver que Sasha seguía mi mirada mientras yo observaba la pradera.

—¿Puedes verlos? —preguntó.

Cuatro de ellos se habían acercado un poco más al estanque de los pastizales y nos miraban. Se trataba de Bridger y de otros tres a quienes no podía distinguir.

—A cuatro, no sé dónde está el quinto —le dije.

Sasha me dio un afectuoso apretón en la mano.

—Ojalá pudiera verlos. Lamento no poder…

La besé en la mejilla.

—Gracias a Dios que no puedes.

Llegamos hasta donde estaba el pequeño árbol.

—¿Es este?

Sasha respondió con deleite.

—Es perfecto. ¿No te encanta, Dash?

Sonreí. Se esforzaba tanto que sentí una punzada de culpa y cariño. Me apoyé en una rodilla empecé a serruchar el tronco. Cuando iba a la mitad, tomé el árbol con la mano desocupada y lo jalé para que el serrucho entrara en el corte.

El movimiento sacudió la escarcha de las ramas, la cual cayó sobre la espalda de mi chamarra. Me sobresalté cuando tocó mi cuello y bajó por mi camisa.

—¡Mierda! —Me reí y oí que mi esposa también lo hacía.

Cuando me volteé para arrojarle una bola de nieve, lo que vi me asustó tanto que sentí como me atravesaba una descarga de adrenalina tan rápido que solté un grito y gemido al mismo tiempo. Mi conmoción hizo que la sonrisa de Sasha desapareciera y se viera reemplazada por una mirada de pánico. De inmediato se puso las manos en la cara.

—Amor, ¿qué pasa?

Uno de los fantasmas, el joven «sorpresa», estaba parado al lado de Sasha, la encaraba con los puños cerrados, inclinado hacia un costado de su cara. Comencé a ponerme de pie, Sasha dio un paso hacia mí y volteó para seguir mi mirada cuando el fantasma gritó.

Su boca era más grande de lo normal, la abría poniendo todas sus fuerzas en ello. Lanzó un grito ronco, atronador, que fue subiendo de intensidad. Me estremecí cuando el ruido chocó con mis tímpanos, como cuando un camión atropella un venado sin siquiera pisar los frenos.

De su boca salieron intensas ondas de calor como si fuera un horno, con tanta potencia que alborotaron su cabello e hicieron que su gorro cubierto de nieve volara por los aires. Sasha saltó aterrorizada, dando un traspié, y cayó con fuerza sobre su costado. Me incorporé rápidamente y fui hacia ella. Dash estaba enloquecido, enseñaba los dientes, gruñía y lanzaba mordidas, sin saber adonde atacar con cada fibra de su ser.

—Sash, ¿estás bien?

Tenía lágrimas en los ojos y veía conmocionada el lugar de donde había salido el grito y que para ella eran meros copos de nieve y aire. Parpadeó para recobrar la calma y asintió, mirándome con una sonrisa forzada.

—Estoy bien, solo me caí, no me saldrá ni un moretón, ¿okey?

La ayudé a levantarse, nos dimos la vuelta y nos encaminamos por el acceso a nuestra casa mientras ambos le gritábamos a Dash para que nos siguiera. Miré a los otros cuatro fantasmas, que no se habían movido.

—¿Lo viste antes de que gritara?

—Sí, por un instante. Salió de la nada.

Me volteé para llamar al perro, que no había dejado de gruñir con ferocidad. El fantasma del joven me sonreía desafiante y con malicia en la mirada. Sin embargo, para mi sorpresa, se veía algo incómodo con Dash. Aunque parecía fingir entereza, se encogía de miedo sutilmente cuando el perro arremetía ladrando; por lo que su mirada iba y venía entre los dos, como si pensara que si dejaba de mirar a Dash le daría oportunidad de atacarlo.

—¿Cuál era, Harry? ¿Sigue aquí? —preguntó Sasha.

—Sí, aquí está.

Su aparente miedo hacia Dash hizo que me hirviera la sangre más que su sonrisita engreída, como si fuera una debilidad que necesitaba aprovechar, una nariz rota a la que debía seguir dando puñetazos. Como si intuyera mi furia, Sasha me tomó de la barbilla y me obligó a mirarla.

—Harry, está bien. El tipo solo me asustó. Que se vaya al demonio, ¿sí? Vamos a preparar la cena.

Aún tenía lágrimas en los ojos, una resbalaba por su mejilla enrojecida por el frío y en su sonrisa forzada había cierta sinceridad. El volumen de los ladridos de Dash se amplificaba por el silencio opresivo de una tarde nevada en las montañas. Respiré hondo y miré al fantasma.

—Tienes razón, pero que se joda. Vayamos por nuestro árbol.

Me di la vuelta en el camino, pero me quedé helado antes de dar un paso, el corazón se me subió a la garganta y el estómago me dio un vuelco. Los cuatro fantasmas ya estaban de nuestro lado del estanque, a unos cincuenta metros. Estaban parados y me miraban desde diferentes ubicaciones a las que hombres normales no podrían haber llegado en tan poco tiempo o sin dejar huellas en la nieve.

—¿Qué pasa? —preguntó Sasha tomándome de la mano.

Inhalé profundamente y volteé a verla con una sonrisa forzada.

—Nada, amor.

Caminé hasta la sierra de arco y, como si intuyera que terminaríamos lo que empezamos, el perro se calmó un poco, movió la cola, corrió hacia Sasha y se sentó con la cabeza baja, entre ella y el fantasma. Tomé la herramienta y miré al muchacho. Su sonrisa estaba desapareciendo y en su lugar aparecía el enojo, lo cual me hizo sonreír.

—Así que te gustan más los gatos ¿no? —pregunté mientras me agachaba y serruchaba los últimos centímetros del árbol.

Agarré el tronco húmedo y frío, me coloqué el árbol sobre el hombro y volteé hacia el tipo. Toda la condescendencia había desaparecido de su rostro, que ahora estaba transfigurado por el odio. Ver estos fantasmas no era igual que ver a una persona viva, pero la diferencia no era tan significativa. No eran translúcidos, podía ver los poros y las cicatrices en su piel, las rasgaduras y el desgaste de su camisa, pero era parecido a algo que ves cuando tienes migraña. Las piernas, los brazos, el torso y la cabeza estaban ahí sin estarlo. Solo podía ver con claridad lo que miraba directamente. El contorno era impreciso, borroso y difícil de describir.

Nos observamos por un buen rato. Apenas se veía unos años más joven de lo que yo era cuando nos encontramos por última vez. Entonces lo recordé. Vi que un miembro de mi compañía de artillería arrastraba su cuerpo adolescente por el tobillo, hacia una fila de muchachos que murieron con él. La fricción del camino le alzó la camisa hasta cubrirle la cabeza y dejó al descubierto los orificios de las balas y los coágulos de sangre que cubrían su estómago y esternón. Una vez que su cuerpo quedó inmóvil y la camisa regresó a su lugar, su cara quedó expuesta y me di cuenta de que era un niño. No pudo haber tenido más de quince años. Luego me invadió su imagen cuando le gritó a Sasha. Lo señalé con la sierra y asentí.

—Te viste muy hábil de verdad, tu maniobra de espanto es de primera. Te llamaré Escalofríos.

La repulsión se unió al odio en su ceño fruncido. Cuando me volteé hacia Sasha, mi corazón se detuvo un poco cuando sentí otra descarga de adrenalina. Los otros cuatro fantasmas estaban juntos a unos quince metros, en la pradera, con Bridger al frente. Sus ojos me juzgaban con ferocidad. Mis oídos tronaron y las manos me empezaron a temblar.

Cuando nos miramos, mi mente desenterró detalles olvidados mucho tiempo atrás: cómo buscaba con desesperación un chaleco explosivo en su cuerpo, su ropa que olía a pino ahumado, cómo me incliné sobre él para quitarle la correa del rifle y sacarlo de la camioneta, el suave murmullo del motor moribundo. Recuerdo que lo saqué sin contemplaciones de esa carcacha humeante, acribillada y ensangrentada, y lo puse en el suelo. Me acuerdo de los vidrios rotos bajo su cuerpo y que casi por reflejo me agaché para mover su cabeza para evitar que se cortara, de la breve conmoción que experimenté cuando advertí que aún quedaba un vestigio de humanidad en mí, lo que hizo que me sintiera orgulloso de tener esa clase de consideraciones.

—Harry, ¿qué sucede?

Salí de aquella extraña reminiscencia y miré a Sasha, quien tenía una expresión de preocupación.

—Nada, amor. Decoremos el árbol.

Esa fue una noche muy larga, pero mucho más sencilla que las que siguieron.

29
Sasha

Esa noche, después de nuestro primer encuentro con los fantasmas, decoramos nuestro arbolito de Navidad y preparamos algo de cenar. Aunque tratábamos de estar animados, la experiencia en verdad nos cimbró.

Instalé un pequeño altar para las velas para esa primera noche y las que siguieron, y practiqué mucho. En las últimas semanas, repasamos con Joe, unas cuatro o cinco veces, la manera en que funcionaba la regla, y aunque él personalmente nunca se había encontrado con el espíritu en invierno, su tatarabuelo sí lo había hecho, y confiaba en la precisión y efectividad del ritual. Mientras estuvieran encendidas del anochecer al amanecer, durante el tiempo en que los fantasmas estuvieran ahí, ya fuera por quince días o un mes, no podrían tocarnos ni entrar a la casa.

De hecho, encontré en internet unas velas gruesas «a prueba de viento» que duraban veinticuatro horas, parecían confiables y ordené un paquete enorme. Pegué un portavelas en una bandeja con asas para que pudiéramos moverlas de ser necesario. También ordené otro más grande con aberturas en ambos lados para protegerlas de las corrientes de aire.

Esa noche las encendimos, cenamos y salimos al porche trasero; miramos hacia los pastizales, donde estaban los fantasmas que yo no podía ver. Miraba los ojos de Harry cuando los observaba. Para mí se convirtió en algo normal preguntarle qué hacían y, para Harry, describir la escena de lo que se traían entre manos estos cinco seres etéreos. Me imaginé que habría un grupo de tres deambulando alrededor del pozo, mientras que Bridger y otro más estaban solos cerca del bosque. Sin embargo, los cinco nos miraban y eso me provocaba escalofríos.

Decidí dejar a Lemons en la casa de Dan y Lucy para que pudiera estar en el establo con los demás caballos, con suficiente paja para toda la temporada, y para mantenerla alejada de los fantasmas. No podíamos hacer gran cosa por las ovejas, pero, para mi sorpresa y la de mi esposo, no parecía molestarles la presencia de los espectros. Harry dijo que parecía que las ovejas y los fantasmas no podían verse entre sí o que se evitaban mutuamente.

La primera noche, Harry durmió mejor que yo. Me la pasé levantándome y revisando las velas y mirando por la ventana sobre la cama, hacia la pradera nevada. El saber que afuera en la oscuridad algo te observa, pero que tú no puedes ver, resulta realmente aterrador.

A la mañana siguiente, ambos nos levantamos temprano y nos arropamos para darle un paseo a Dash. Hacía frío, del que te congela los mocos al instante. Caminamos por la parte trasera de la casa y otra vez, de acuerdo con Harry, los fantasmas estaban dispersos por toda la propiedad y nos miraban bajo el crepúsculo que daba un tono grisáceo a las nubes encima de las montañas.

Pensé mucho en la relación de estos fantasmas con el espíritu y llegué a la conclusión de que ellos eran el espíritu, eran sus manos, sus instrumentos. Me perturbaba la posibilidad de que fueran los fantasmas reales de personas de carne y hueso, y que hubieran sido arrancados de su vida de ultratumba para verse forzados a estar en las montañas de Idaho, liberados para vengarse de su asesino, como peones comprometidos con un espíritu al que no entendían, pero que les murmuraba propuestas y maquinaciones siniestras en un lenguaje que nunca se ha hablado. Tan desconocido para ellos como para nosotros, los guiaba en sus rutinas macabras. Otra alternativa era que el espíritu simplemente tenía la habilidad de conjurar fantasmas parecidos a las personas que los habitantes del valle habían asesinado en el pasado; podía entrometerse en la mente de Harry y crearlos.

Más tarde ese mismo día, nos dispusimos a poner leña en un trineo que usábamos para transportar cosas al porche. Le pregunté a Harry sobre la naturaleza de los fantasmas, si les quedaría algún rastro de alma o un recuerdo de quiénes fueron. Se quedó parado después de apilar algunos leños y se le quedó mirando a la pared, como si en ella hubiera escrito algo con letras casi ilegibles. Se volteó hacia mí después de algunos segundos e hizo un gesto hacia el pasto. Su respuesta sugirió que él también le había estado dando vueltas al asunto.

—Si esos fantasmas son de hombres reales, eso implicaría

un par de cosas, que son muy descabelladas hasta para este valle. Primero, significaría que un hombre muerto en verdad tiene un alma que flota por algún lugar cuando fallece. En segundo lugar, conllevaría que el espíritu tiene acceso y control sobre el alma de cualquier persona que haya sido asesinada. Así que, si estos son espectros de personas reales, el espíritu tendría una omnipotencia divina, casi indiscernible de la manera como gran parte de los monoteístas describen a Dios. Imagina tener todo ese poder sobre las almas de los muertos y ponerte a jugar al ventrílocuo unas semanas al año; tanto poder para montar un teatro para un imbécil don nadie como yo, en un valle rodeado de montañas. No lo creo. Incluso si tomamos en cuenta los estándares extraños y jodidos de este extraño lugar, es demasiado.

Miró hacia los pastizales y me acerqué para tomar su mano. Me vio y sus labios esbozaron una sonrisa.

—En verdad espero que tengas razón al respecto, Har. Si no es así, estamos lidiando con una locura.

Harry sonrió y casi se rio mientras miraba nuestros pies y después hacia la pradera vacía, al menos para mí.

—También espero tener razón.

Durante los siguientes días, los fantasmas se la pasaron en los pastizales mientras miraban a mi esposo desde lejos. Sin embargo, cada tarde se acercaban más y más. También podía sentir al espíritu. No como en las otras estaciones, pero estaba presente como un aroma en el ambiente, un sonido o un tono de luz. Esos primeros días logramos dormir bien, aunque la angustia de Harry lo mantenía despierto y a la expectativa de sus lamentos, chillidos, golpeteos u otras maldades.

El cuarto día era Nochebuena. Antes de cenar nos arropamos para salir antes del anochecer y cumplir con lo que se había convertido en nuestra rutina: ver qué hacían los fantasmas. Sin importar adónde fuéramos, miraba los ojos de Harry como si me permitieran observar lo que estaba sucediendo. Cuando me sorprendía viéndolo, me sentía un poco culpable y desviaba la mirada.

—Lo siento…, no puedo evitarlo, es que, como no los veo, quiero saber qué hacen.

Harry me rodeó los hombros con el brazo y me dio un beso en la cabeza.

—Está bien, Sash, no tengo ningún inconveniente.

Mi esposo me explicó lo que hacían mientras los veía caminar por separado a lo largo de la cerca que rodeaba el patio. Llevaban las manos en los bolsillos o en la espalda. Nos miraban a ambos, al perro y al bosque, como carceleros.

Esa noche llamamos a mis padres y a otros familiares. Me puse sentimental al pensar en todo lo que podía salir mal si sucedía lo peor, si fallábamos en los rituales. Me ocurrió una y otra vez en esos días: aceptaba la fugacidad de la vida con más intensidad que antes. Eso se manifestaba de maneras sutiles e inesperadas. Cuando veía una esquina de la sala y pensaba en la manera de reacomodarla o cuando tomaba nota de que debía cambiar un sartén o una lámpara, que necesitaba nuevos focos, cosas así, de pronto me punzaba la idea de que quizá no tendría la oportunidad de hacerlo. No era triste, más bien me ponía los pies en la tierra. Me hacía apreciar ciertos momentos: cuando Harry me acomodaba el cabello atrás de la oreja, cómo Dash apoyaba su cabeza en mi regazo, una oración de un libro que alguien se tomó el tiempo para escribir, el sabor del pan, el aroma del fuego. Estaba más en contacto con mi entorno que nunca antes. Vivía el momento de una manera que esperaba que continuara si encontrábamos la forma de permanecer aquí.

Pensé en la personita que vivía en mi cuerpo, en este pequeño. Eso me daba fuerza y optimismo. Estaba agradecida no tener aún en casa a este niño y, como estaba al principio del embarazo, aún no lidiaba con kilos extra. Pero sentía cómo su corazón y su cuerpo diminutos se formaban.

Mi esposo parecía encontrar la calma al concentrarse en maneras de mantener la casa segura. Cortó tablas de triplay para las ventanas más grandes, en el caso de que tuviéramos que cubrirlas por alguna razón, y revisó diferentes partes de la casa para verificar en qué lugares la corriente de aire era más fuerte y evitar que se apagaran las velas, en el caso de que las ventanas o las puertas quedaran destrozadas. Tenía una reserva de lo que me parecían demasiadas armas por toda la casa y las dejaba en todas partes, como si pudieran ser de alguna utilidad para estos seres intangibles. De hecho, lo molestaba al respecto al preguntarle qué tipo de balas eran las más efectivas para los espíritus incorpóreos de la montaña. Se rio de sí mismo al reconocer la inutilidad de sus precauciones, pero lo hacía sentirse más seguro. Lo vi una noche en el garaje, cuando se puso su chaleco con muchas bolsas para guardar cargadores y otras cosas, y revisó todos los compartimentos y las correas. Era extraño ver a mi esposo hacer algo que repitió tantas veces por memoria motriz, pero que nunca antes lo había visto hacer.

Eran sus mecanismos de defensa, algo que reconocía abiertamente. Se burlaba de sí mismo conmigo e incluso llamaba «manto de seguridad» al rifle que había diseñado a partir del que tuvo en Afganistán. Algunas veces me preguntaba cómo demonios me había enamorado tan perdidamente de este hombre.

Sin embargo, era todo lo que podía hacer a medida que el invierno avanzaba y los fantasmas se acercaban más y más a nuestra casa. Era conmovedor, de una manera lúgubre y macabra, verlo checar si su rifle estaba cargado antes de salir a esta tierra de fantasmas y a sabiendas de que no le serviría para nada.

También era trágico mirarlo salir para cumplir con sus quehaceres en el patio con ese «manto de seguridad» colgado a medio cuerpo. Observar cómo lo sujetaba y caminaba con él, ver su familiaridad irreflexiva mientras atravesaba el paisaje nevado y miraba con angustia a los fantasmas que solo él podía percibir, los demonios de su cosecha, con el arma que usó para crearlos. Era trágico en un sentido que me hacía sentir triste por Harry y por nuestra especie entera.

Fue ese rifle, esa vida, ese joven al que jamás conocí. Su miedo y su violencia fueron el verdadero origen de este espíritu de invierno y de los fantasmas que trajo consigo. Cuando vino el espíritu y los fantasmas regresaron, él encontró la calma al prepararse para la misma violencia, con la misma arma y frente a los mismos enemigos.

403

30
Harry

La Navidad vino y se fue, y la naturaleza tímida y confusa de los fantasmas pareció irse con ella. Cada día eran más descarados, conscientes de su objetivo, y se enfocaban más en mí. Su fase «relajada» empezaba a concluir y, tal como Joe nos contó, se harían más ruidosos y agresivos conforme avanzara su temporada de cacería.

La primera noche de enero, Sasha estaba leyendo en la cama y yo me dispuse a hacer lo que se había convertido en mi ritual antes de acostarme: mover las velas de cualquier lugar donde las hubiéramos puesto al espacio que les correspondía en el vestidor, para después emprender lo que había empezado a llamar informalmente «misión de reconocimiento de fantasmas». No podía evitar usar la voz de hombre rudo más ridícula de la que era capaz.

—Voy a la misión de reconocimiento de fantasmas, nena. Regreso en un minuto.

Sasha me miró con cansancio e hizo una mueca. La fatiga en su rostro me oprimía el corazón, pero la sensación desapareció tan pronto como llegó. Respiré hondo varias veces mientras caminaba hacia la puerta principal.

Era una tontería, pero me gustaba salir para ubicar a esos fantasmagóricos bastardos en la oscuridad, por lo menos una vez antes de irme a dormir. Supuse que el gusto no me duraría mucho, porque dentro de poco me dejarían muy claro en dónde estaban durante toda la noche.

Tomé mi lámpara y abrí la puerta. No pude ver nada, pero escuchaba unos murmullos a mi derecha, por el porche trasero, afuera de la cocina. Salí, volteé y me incliné hacia la derecha, me quedé congelado cuando una explosión de terror me golpeó en el plexo solar.

En cuanto me asomé lo suficiente para ver bien el porche, vi a Escalofríos y a Pete. Estaban parados juntos bajo la tenue luz amarilla de la ventana de la cocina, con la cabeza ligeramente inclinada, el ceño fruncido y la mirada fija. Mis músculos se contrajeron por la urgencia de retroceder y cerrar la puerta de golpe. Se quedaron ahí un instante, luego echaron a correr y desaparecieron por el porche hacia el otro lado de la casa. Cuando dejé de oír sus pasos, me di cuenta de lo fuerte que latía mi corazón.

Y así empezó.

Mis ojos se quedaron fijos en el punto oscuro hacia donde se habían alejado, seguro de que alguno saldría de repente. Dash estaba parado al lado de mi pierna izquierda, gruñendo. Sin apartar la vista, le hablé:

—Lo sé, amigo, son un par de imbéciles.

Me enderecé junto al marco de la puerta. Cuando mi mirada alcanzó los escalones del porche, mi cuerpo reaccionó más rápido que mi mente. Aquel sonido estalló en mi cabeza, me doblé de dolor y levanté los brazos para protegerme la cara cuando me agaché para alejarme del hombre, o más bien la cosa, que estaba parado a la izquierda de la puerta principal, a medio metro de mí. Me gritó directo al oído.

Dash salió por la puerta y se siguió de largo, se plantó en el porche antes de llegar a los escalones y empezó a ladrar con furia a la noche. Bajé los brazos y miré a Buck, que estaba parado agitando las manos temblorosas. Daba golpecitos al suelo con el pie, respiraba con dificultad y me veía con una mirada asesina, como un boxeador sin guantes que espera el primer asalto.

Pude escuchar a Sasha salir de la cama de un brinco y venir corriendo a la sala, desde donde me empezó a preguntar a gritos qué pasaba. Respiré hondo.

—Todo bien, amor.

Pasé cerca de Buck para inclinarme, tomar a Dash del collar y llevarlo a la puerta principal. El perro estaba fúrico. Cuando pasó junto al fantasma, lanzó una mordida con tanta rapidez y fuerza que el chasquido de sus dientes hizo eco en la fría oscuridad. Buck se alejó con un salto para esquivar la mordida y levantó las manos ligeramente para bloquear el ataque del perro. Su reacción me sorprendió tanto que me quedé paralizado. Dash ni siquiera sabía dónde estaba Buck, solo ladraba enfurecido hacia todos lados porque sentía que había algo cerca y su mordisco fue en la dirección correcta. Así que en realidad les tenían mucho miedo a los perros.

—Por favor sujeta a Dash, amor. —Mi esposa me ayudó a meterlo, me recargué en el marco de la puerta y miré al fantasma.

Le hervía la sangre y casi podría jurar que, pese a su mirada amenazadora, se ruborizó un poco. Mi corazón estaba desbocado, pero me calmé. Estaba helando afuera y Sasha me gritaba que me metiera y cerrara la puerta. Le sostuve a Buck su extraña mirada y asentí.

—Este es el porche del perro y se siguen sus reglas, amigo.

El fantasma me miró con profundo enojo. Su mirada era la de una persona que esta enfadada con todo, no solo con un tipo. Cerré la puerta y me recargué en ella. Sasha me vio exasperada. Le conté lo que pasó y nos fuimos a dormir. Pude oír a los fantasmas correr por el porche dos veces esa noche. Pero nos las arreglamos para poder dormir algo a pesar de despertar más de una docena de veces para mirar sobresaltados las velas que pusimos sobre el armario, aunque hacerlo todas las noches, cada hora aproximadamente, se había convertido en algo rutinario.

Para el final de la primera semana de enero, las cosas habían progresado. Durante el día empezamos a limitar nuestro tiempo afuera. El acoso de los fantasmas ciertamente había alentado nuestra reclusión, pero en gran medida se debió a las temperaturas bajo cero, al viento y la nieve que aparecieron justo a tiempo para nuestras sesiones espiritistas. Fuimos al pueblo a comprar cosas y comida un par de veces, y como los pasos al norte y al este estaban cerrados en esta temporada del año, no podíamos ir a ningún lado a menos de cuatro o cinco horas de la casa. Después de todo, teníamos con qué mantenernos ocupados: rompecabezas, series, películas, audiolibros, tareas domésticas, mucho que cocinar y Sasha tenía dos juntas al día.

Cada mañana llevábamos a Dash al camino para cansarlo. Usábamos calzado para la nieve o esquís todo terreno y el ejercicio nos ayudaba a mantenernos cuerdos. Los fantasmas estaban en la puerta, me gritaban cuando la abría, trataban de asustarme, nos seguían por el acceso a nuestra casa hasta los límites de la propiedad, incapaces de seguirnos por el camino nevado. Me imaginé que se trataba de un curioso límite de la maldición, vinculado con mi comprensión de lo que significaba la propiedad y el derecho que teníamos sobre este valle que provocaba tanta furia en el espíritu. Nos esperaban ahí, y después nos seguían de regreso a casa. Todo el asunto se convirtió en un ritual.

Una vez que pasaron dos semanas y media desde la llegada de los fantasmas, empezamos a sentir que la situación era bastante manejable, a excepción de las ideas lúgubres y estremecedoras que teníamos sobre lo que sucedería si una noche se apagaba una de las velas. Nos habíamos acostumbrado al ritual de cuidar el pequeño montón de velas por la noche, además de que la rutina y los hábitos de los fantasmas ya eran bastante predecibles.

Cuando salía por cualquier motivo, uno o dos ya me estaban esperando. Vociferaban, me acosaban por los flancos adonde quiera que fuera, como una jauría de lobos detrás de un ciervo herido y exhausto. Llevar a Dash me ayudaba a mantenerlos un poco al margen. El mal clima también facilitaba un poco las cosas: el frío extremo y la ventisca eran tan abrasivos como su presencia. Sin embargo, y si soy honesto, los días no eran tan malos porque me la pasaba en casa con Sasha.

Las noches eran la peor parte y debía aceptar que parecían empeorar. Nuestra custodia obsesiva y celosa de las velas suponía una vigilancia constante, lo que provocaba que cualquier sueño continuo y reparador fuera casi imposible. Entre el amanecer y la hora de dormir, escuchaba a los fantasmas despotricar afuera y en voz baja mientras estaba en la cocina; los veía echarse a correr frente a una ventana o permanecer de pie en el patio nevado, con la mirada maliciosa, o apenas afuera del halo de luz que arrojaban los focos del porche.

Una noche de la segunda semana de enero salí por un cargador al auto de Sasha. Me llevé a Dash, una lámpara y la expectativa de tener un encuentro estremecedor. Estaba nevando mucho. La tormenta dejaba caer lentamente enormes copos de nieve en medio de un silencio ensordecedor que resultaba inquietante por sí solo. Llegué al auto sin detectar a ninguno de los fantasmas. Tomé el cargador, volteé y quedé paralizado cuando una oleada de adrenalina me invadió.

Era Bridger. Estaba parado cerca de la puerta trasera de la camioneta, a unos seis metros, desde donde me miraba con los brazos cruzados. Se ubicaba entre donde yo estaba y la luz afuera de la bodega, de manera que lo rodeaban un resplandor y los brillantes copos de nieve, como si fuera un príncipe de las tinieblas en medio de una tormenta de ceniza volcánica. Le grité a Dash sin quitarle los ojos de encima al fantasma hasta que estuve adentro de la cerca, la abrí sobre la nieve fresca y la cerré detrás del perro. Cuando miré hacia atrás desde el porche, ya no estaba.

Esa misma noche empezaron a deambular debajo de la recámara, donde de la nada empezaban a gritar, a silbar y a lamentarse. La noche siguiente, uno empezó a fastidiar en el techo, se echaba a correr mientras los demás pegaban de alaridos, se burlaban, se quejaban en la noche helada y golpeaban un costado de la casa. Teníamos un ventilador en la recámara que mitigaba un poco el ruido y, aunque empecé a usar tapones para los oídos, me era difícil dormir más de tres horas seguidas.

Un viernes por la noche, al final de la segunda semana de enero, leíamos cerca de la chimenea y bebíamos té cuando oí un ruido que para mí sonó como si un maldito *linebacker* se hubiera estrellado en la puerta principal, mientras que para Sasha fue como si alguien le hubiera dado una fuerte palmada.

Sasha se sobresaltó y se puso la mano en el pecho. Dash se volvió loco y empezó a gruñirle y lanzarle mordidas a la puerta. Me paré de un brinco. Estaba exhausto y molesto. Metí los pies en las botas y miré por la ventana de la sala. Escalofríos y Pete estaban en el porche y acechaban la puerta con una mirada diabólica. Los otros tres eran visibles, pero los desdibujaba la oscuridad del patio cubierto de nieve. Abrí la puerta de golpe e hice un gesto pomposo y ridículo con el brazo, agitándolo hacia el porche, y al mismo tiempo dejaba que Dash saliera hecho una furia hacia la noche.

—¡Estos estúpidos quieren jugar, Dash!

Ambos fantasmas dieron un paso rápido hacia atrás. Pete bajó la mirada, llena de ira y frustración ante la lluvia de mordidas al aire y gruñidos que Dash lanzaba indiscriminadamente, y retrocedió por el porche hacia el barandal cuando

410

el perro se le acercó. Me miró con un odio glacial y después brincó hacia el patio oscuro. Escalofríos se quedó parado. Le hice un gesto a Dash mientras avanzaba hacia él con las cejas arqueadas.

Su mirada iba de Dash a mí. Se veía furioso, como si sintiera que lo estaba engañando de alguna manera. También se podía apreciar que lo empezaba a invadir una angustia que se mezclaba con la maldad en su rostro. Por algún motivo, Dash sintió a Escalofríos y orientó el hocico vagamente en dirección a su rodilla fantasmal. El perro se quedó quieto, guardó silencio, empezó a pelar los dientes, se recargó en las patas traseras y reveló su intención de atacar. El espectro se inclinó hacia Dash y le gritó con tanta fuerza que la cara le tembló, su alarido era mitad de coraje y mitad de terror.

En un arranque de furia, el perro estalló en ladridos hacia el fantasma gritón y emitió un gruñido profundo, parecido al de un oso. Escalofríos brincó desde el porche y Dash fue tras él ladrando por el patio, mientras el resto de los fantasmas se dispersaba.

Metimos al perro y lo calmamos, con la esperanza de que eso los mantuviera a raya. No fue así.

Unas horas después, a las dos de la mañana, me sacaron de un sueño que no recuerdo. Me senté de golpe cuando un grito que casi me rompió los tímpanos vino de fuera de la ventana que estaba sobre nuestra cama. Era un lamento horrendo e inhumano. Me volteé, me puse de rodillas e hice a un lado la pesada cortina para mirar afuera. Solo la moví unos centímetros cuando me alejé a toda prisa de la ventana y casi me caigo de la cama al gritar.

Cuando cerré la cortina, acababa de ver las caras de Escalofríos y Pete pegadas a la ventana escarchada. Ambos me sonreían enseñando los dientes, con un odio malvado y demente en su mirada. Fue más impactante aún debido a mi cansancio; por lo que di un manotazo a la cabecera y cerré de golpe las cortinas y me alejé de la ventana gritando obscenidades por la rabia que sentía. Sasha se despertó asustada y confundida.

—¿Qué, Harry, qué?

Nos quedamos ahí sentados, abrazándonos, acurrucados al pie de la cama, en nuestro propio lecho. Luego Dash saltó también a la cama y los tres nos quedamos escuchando por varias horas a los fantasmas riendo y aullando; sentía la mirada de Sasha sobre mí. Ambos se encogían por el miedo cuando el alarido de los fantasmas era tan fuerte que traspasaba la barrera de la percepción. No podía discernir cuál de ellos emitía un estruendo ensordecedor y espantoso. Unos estaban justo afuera de nuestra ventana, otros más lejos, por los pastizales. Otro más corría por el techo chillando como un animal.

Para la mitad de la tercera semana de enero, ya había transcurrido casi un mes de este desfile invernal de espíritus, y yo estaba exhausto, hacía años que no lo estaba tanto, estaba cansado física y emocionalmente. Sasha estaba cansada también, pero trataba de mantener el buen ánimo. También sentía que la presencia del espíritu había aumentado. Mis viejas heridas me provocaban un dolor punzante cuando me acercaba a los fantasmas. Gran parte de la calma y tranquilidad que logré reunir durante las primeras semanas había desaparecido por completo, y pensaba que sin duda la primavera, el verano y hasta el otoño eran infinitamente mejores que esta mierda.

Después de desayunar, salí a cargar el trineo con leña para llevarla dentro. Cuando caminaba llevando el trineo por el sendero nevado desde el porche hacia el garaje y la bodega, varios de los fantasmas empezaron a gritar y aullar a mi derecha; los podía ver con el rabillo del ojo siguiéndome todo el trayecto. El tormento diurno parecía tener un efecto complejo, como un tranquilizante que empieza a surtir efecto. Me concentraba en mis pasos y me sentía como un preso recién llegado a prisión al que llevaban hacia su nueva celda, en ese ambiente tenso en medio de burlas, promesas de tortura, gritos y escupitajos. Los fantasmas, o el espíritu, parecían estimularse con mis reacciones, así que, en la medida de lo posible, trataba de no darles el gusto de que notaran que me molestaban.

Al principio, cuando vi cómo eran por primera vez, por un breve momento sentí que eran únicos, para atormentarme solo a mí, individuos que habían llegado con algo de la personalidad y experiencia terrenal que yo les arrebaté al matarlos. Pero empecé a dudar seriamente de eso. Lo pensé nuevamente cuando miré a Pete y abrí la puerta de la cerca que rodea el patio. Lo pensé nuevamente cuando miré a Pete y abrí la puerta de la cerca que rodea el patio. Me miró de forma agresiva pero tranquila, con una rabia que parecía reconfortarlo y empoderarlo. Entrecerré los ojos y examiné su rostro como si pudiera revelar alguna respuesta.

—No, no eres tú el que realmente está ahí adentro, ¿o sí?

Negué con la cabeza hacia Pete, como si él tratara de convencerme de la legitimidad y proveniencia de su alma. Después de todo, los aparecidos ya vivían en mi cabeza. De pronto, un chillido estalló en mi oído izquierdo y fue tan fuerte que me hizo ver estrellas, como si me hubieran noqueado. Me agaché para alejarme del ruido y trastabillé cerca de Pete. Miré hacia atrás y vi a Escalofríos a la izquierda de donde yo había estado parado reflexionando acerca del alma de Pete. Este me sonrió con los ojos entrecerrados. Sentí que me hervía la sangre, pero me obligué a respirar. Tomé el trineo y seguí mi camino hacia la bodega de leña alejándome de ellos.

Cuando llené la mitad del trineo con leña y estiraba ambas manos para tomar otro montón, Hank apareció de pronto desde atrás de la pila de madera. Algo en la manera abrupta pero lenta en que emergió y se reveló fue más estremecedor que si se hubiera manifestado de golpe. Me asustó más que cualquiera de sus esfuerzos previos para sobresaltarme a plena luz del día.

Se levantó con la boca abierta hasta donde podía, sus ojos estaban en blanco, gritaba como si estuviera herido; era un alarido de pánico, un grito desesperado, como si lo estuvieran comiendo vivo. Me asustó tanto que me fui de espaldas, tropecé con el trineo y caí sentado sobre la nieve.

En cuanto caí, Hank se apresuró para trepar a gatas por la pila de madera, como una especie de duende; luego se arrastró hasta casi llegar a mis rodillas, acercó su cara a unos centímetros de la mía, despotricando incoherencias y gritando mientras yo trataba de alejarme de él. Cerré los ojos y respiré hondo. Me puse de pie y traté de volver a cargar el trineo, pero Hank brincaba y me rodeaba para ponerse frente a mí sin importar adónde volteara. Mis oídos empezaron a palpitar. No podía esquivarlo. Grité «¡Carajo!» y lancé a la nieve un leño, mientras sentía que los ojos se me llenaban de lágrimas. Pude ver que mi arrebato le provocó al espectro una mueca victoriosa y maniática. Dejé el trineo y casi corro de regreso.

Sasha lo había visto todo desde la casa, me abrazó en cuanto volví y me vio con una mirada casi maternal y empática, que significaba que había dado lo mejor de mí. Yo estaba furioso y avergonzado, pero no podía expresar emoción alguna. Solo me quedé parado ahí, sintiéndome derrotado y paralizado.

Aunque hubo muchos momentos oscuros como aquel, no duraban tanto. Todo lo que tenía que hacer era mirar a Sasha para que me invadiera la calma. Me reconfortaba saber que esto era el peor escenario. Después del tormento de estos huéspedes etéreos, la expectativa de ver que un oso desmembrara a un hombre o a un espantapájaros gritón que a ratos cobraba vida se convirtió en algo que incluso ansiaba. Estábamos por terminar.

31
Sasha

Una de las últimas noches de enero, Harry y yo estábamos acostados en la cama platicando y sentí que teníamos el primer momento de felicidad real e ininterrumpido desde que llegaron los fantasmas. Reflexionábamos acerca de que esa temporada del espíritu estaba por terminar. Llamamos a Joe unos días antes para preguntarle, al menos unas diez veces, qué tan seguro estaba de la duración de esta etapa espectral. Nos aseguró que siempre le habían dicho que por lo general duraba un mes y que la más larga se extendió por seis semanas. Esa noche ahí sentados no nos quedó más que creer en la palabra de Joe, eso significaba que estábamos a una semana de acabar con todo esto.

Era posible que se equivocara al no haberlo enfrentado nunca, pero sus reglas y rituales nos habían salvado hasta ahora y de nada nos servía cuestionar los fundamentos de un periodo de tiempo que para empezar ni siquiera tenía mucho sentido. Harry y yo a menudo nos preguntábamos qué habría pasado en el valle en el siglo XIX, cuando era más común que la gente se matara entre sí: quiénes y cómo habrán sido sus fantasmas. Pero, esa noche, ambos pudimos sentir lo cerca que estábamos de dejar esto atrás. Vi el rostro de Harry cuando se quedó dormido. Ya nos habíamos acostumbrado a dormir en una habitación iluminada por las velas y no queríamos dejarlas fuera de nuestro alcance entre el anochecer y el amanecer. Sentía que eran como un sistema de soporte vital, como una máquina de diálisis, un bote salvavidas en el mar.

Me levanté a la mañana siguiente para hacer café y té. Pasé por encima de Dash, que estaba concentrado en sus estiramientos matutinos, y mientras me encaminaba hacia la cocina por la sala mi teléfono sonó al mismo tiempo que el de Harry. Cuando regresé al cuarto, mi esposo me miró con una expresión de alarma en el rostro. Nuestros celulares nos avisaban que una tormenta de nieve severa caería sobre nosotros esa noche. Ráfagas de 130 kilómetros por hora y hasta 65 centímetros de nieve. El viento, como hacía poco lo habíamos aprendido, era enemigo de la delicada flama de una vela, la amenaza principal para nuestra sobrevivencia.

Harry terminó de leer la alerta del clima, colocó su teléfono en el buró y miró el techo. Parecía casi inexpresivo, pero en realidad nunca lo había visto más cansado. Se incorporó lentamente y estiró los brazos hasta sus pies. Pude verlo retorcerse cuando las punzadas matinales de dolor de sus viejas heridas se propagaron por sus piernas, costillas, espalda y brazo. Me acerqué y le sobé la espalda. Exhaló profundamente, me miró y lo besé.

—Ya casi, Harry. Estamos muy cerca de acabar con esto.

Harry miró más allá y asintió lentamente. Después de un rato volteó para verme, sonrió y se encogió de hombros.

—Tienes razón, ya casi terminamos. Así que… ¡Al diablo! Construyamos una fortaleza. Con este clima no podemos arriesgarnos. Hay que hacer esta casa a prueba de tormentas.

Se levantó de un salto y puso manos a la obra. Colocamos triplay sobre las ventanas más grandes en la sala, la cocina, la recámara y la oficina, y trajimos más a la casa por si necesitábamos hacer reparaciones. Harry cortó una viga en tablas más pequeñas, recargó algunas al lado de la puerta principal y otras por la puerta de la cocina, y trajo clavos y un martillo para asegurarlas. Me pareció que la estaba pasando bien por primera vez en semanas, ahora tenía un objetivo.

Le sonreí cuando terminó de apilar la madera en la puerta de la cocina. Se sonrojó y me devolvió la sonrisa avergonzado; hizo un gesto con la cabeza hacia los tablones que estaban cerca de la entrada principal.

—Solo en el caso de que el viento empeore mucho y sea necesario evitar que las puertas salgan volando. No quiero destruir las molduras ni tener que pintar toda la maldita casa otra vez. Supongo que es mejor tener estas cosas aquí, por si acaso.

Dejé mi libro, caminé hacia él y lo besé.

—Lo sé, creo que es buena idea. Si las cosas se ponen mal, podemos sellar las puertas. Estemos listos para aislar este lugar. Ya casi terminamos con esta temporada, no hay que dejar nada al azar.

Pasamos el resto del día en una especie de extraño aturdimiento. Estábamos muy cerca, pero la naturaleza misma parecía conspirar en nuestra contra. Sentíamos un nudo en el estómago cada vez que una ráfaga de viento arreciaba repentinamente y pasaba silbando entre las ramas desnudas de los álamos que se elevaban en el patio. Harry también se veía tranquilo. Concentrado y en calma. Dijo que se sentía como solía estarlo antes de patrullar una zona peligrosa.

—Es lo que hay, nena, lo único que podemos hacer es enfrentarlo.

Ese día comimos temprano. Fue un festín, el último filete del ciervo que Harry cazó en el otoño, vegetales a la parrilla, una enorme ensalada, tartas hechas en casa; fue increíble. Después de cenar, teníamos una hora antes de que se pusiera el sol, así que llevamos a Dash a pasear por el camino. Estaba nevando mucho y las ráfagas de viento se habían convertido de pronto en una brisa constante que descendía del bosque que aún era visible por encima de la casa. El viento aullaba con un penetrante lamento que resultaba inquietante. Dash pareció tenso durante toda la caminata y nunca se alejó gran cosa de nosotros.

Harry fue una vez más al garaje y luego trajo otro montón de leña del porche. La dejó junto a las considerables reservas que apiló al lado de la chimenea de la sala. Los leños fríos empezaron a emanar vapor al contacto con el calor del fuego.

Harry alimentó la llama, cruzó el cuarto mientras se quitaba los guantes y los dejó en el alféizar cerca de la puerta principal. Miró los tablones apilados que estaban ahí y luego volteó para verme a los ojos. Sin tener que discutirlo ni decir nada al respecto, ambos empezamos a sellar la puerta principal y la de la cocina. Yo sostenía las tablas y Harry las sujetaba con largos clavos en el marco de la puerta. Trabajamos silenciosa y rápidamente.

Las velas estaban encendidas y, al igual que las semanas anteriores, las mantuvimos cerca, dondequiera que fuéramos por la casa, en nuestra «bandeja de batalla», como mi esposo la llamaba. Al atardecer, pusimos uno de nuestros álbumes favoritos en la cocina y bailamos durante casi media hora. Cuando una ráfaga hacía que la casa rugiera y la luz parpadeara, nos abrazábamos con más fuerza.

Una vez que oscureció por completo, estar a la expectativa nos puso algo nerviosos. El viento doblaba las ramas de los árboles a un ritmo constante. Cuando encendimos la lámpara para iluminar el patio desde una de las ventanas más pequeñas que dejamos sin sellar en la cocina, pudimos ver que la nieve empezaba a caer por toda la propiedad. Harry me pidió que me pusiera tenis, pantalones gruesos, una chaqueta Carhartt y que guardara unos guantes y un gorro de lana en las bolsas.

Harry se puso el «cinturón de guerra» que solía usar para subir a la cordillera sobre una sudadera con capucha. El cinturón tenía varias bolsitas, un cuchillo, una pistolera y cargadores para armas. Tenía uno de esos rifles más cortos, que parecían ser AR-15, en el mostrador de la cocina a su lado. Durante las últimas semanas, en silencio relajé mis reglas de almacenamiento de armas de fuego, en vista de las circunstancias. Mi esposo se sentía mejor al tener un fusil cerca y, como yo no podía ver a los aparecidos que lo atormentaban, mi ánimo mejoraba cuando él se sentía bien. Lo vi mirar por una de las ventanas que dejamos parcialmente descubiertas, para que pudiéramos ver hacia el exterior.

—¿Te preocupan los álamos, Harry?

Mi esposo asintió lentamente y respondió sin voltear a verme.

—Hay muchas ramas allá arriba que podrían romper las ventanas, y se están moviendo mucho... Aunque quiero pensar que han pasado por peores tormentas que esta.

Jugamos cartas en la isla de la cocina hasta casi medianoche y no estábamos lo suficientemente cansados para tratar de irnos a dormir. Dash estaba echado a nuestros pies y de vez en cuando levantaba la cabeza para llorar y mirar hacia el rugido de alguna fuerte ráfaga. El viento bramaba y creo que nunca en la vida había visto una tormenta tan intensa, la cual, además, el viento arrastraba y azotaba de manera frenética.

Hice té y en el momento en que puse la tetera en la estufa todo se fue al diablo. Un tronido metálico hizo que toda nuestra atención se concentrara en la puerta de la cocina que daba al porche, donde vimos que las tablas que instalamos cedían y se combaban hacia nosotros por la presión que se ejercía sobre ellas. Por la fuerza directa del viento, la puerta parecía una vela de madera y, aunque habíamos sellado el marco para que no pudiera abrirse de golpe, se entreabría cerca de un centímetro. Inmediatamente después de escuchar el tronido, el aullido penetrante de la tormenta irrumpió en la casa a través de la pequeña ranura por donde entraba el aire. Dash se paró de un brinco.

Un instante después de que la estremecedora tormenta se infiltrara en nuestra casa, el fino pero potente ramalazo de viento me golpeó la cara, me hizo parpadear y echó mi cabello hacia atrás.

Una ventisca.

Nuestros ojos se cruzaron; mi cara reveló un pánico y horror tan profundos como el de él. Miramos hacia la isla de la cocina en medio de nosotros y nos dimos cuenta de lo mismo: las llamas de las velas se agitaban como banderas en un huracán y el cristal no las protegía gran cosa de la fuerte brisa. Por un segundo pareció que el tiempo se detenía, mientras veía como las llamas luchaban en una danza frenética contra el viento.

Harry ya se precipitaba hacia la puerta cuando uno de los tablones salió despedido del marco de la puerta y cayó al piso con un gran estrépito. Harry logró evitar que el viento la derribara y con todas sus fuerzas consiguió cerrarla poniendo su cuerpo contra ella. Aunque la puerta estaba cerrada y el viento aullante ya no entraba en la cocina, Harry hizo un gesto de dolor, como si el fragor del viento fuera aún más intenso dentro de la casa que en el exterior.

Por su mirada, me imaginé que los fantasmas estaban empezando a gritar. Corrí hacia las velas y me encorvé sobre ellas, me sentí como un ave canora encima de su nido. Escuché un fuerte golpe y vi que Harry se sacudía mientras algo golpeaba la puerta desde fuera. Después se escuchó otro impacto tan fuerte que logró abrir unos centímetros la puerta, antes de que mi esposo lograra cerrarla nuevamente con todo su peso contra ella. Me apresuré a ayudarlo abalanzándome también contra la puerta.

Cada músculo me ardía por el esfuerzo. Dash estaba vuelto loco junto a la puerta, con los ojos entrecerrados y una mirada feroz como nunca antes había visto; emitía un gruñido agudo y gutural, parecía listo para el ataque. Me di cuenta de que tanto Harry como yo gemíamos por el esfuerzo y el terror. Un último impacto en la puerta fue tan fuerte que nos hizo retroceder.

Miré hacia la isla de la cocina donde dejé las velas y con terror vi que espesas columnas de humo salían de un pabilo extinguido, serpenteando hasta la lámpara. Harry y yo no miramos, corrí a la cocina mientras él me gritaba que volviera a encenderla.

Me lancé por la encimera de la cocina y gateé hasta el portavelas de cristal que las protegía, y prendí el encendedor que estaba en la bandeja. Mis manos temblaban tanto que apenas podía acercar la flama a la mecha. Cuando estaba por encenderla, otro golpe tan fuerte como para cimbrar los cimientos de la casa estremeció la puerta ocasionando que una ventisca atravesara la habitación, apagando el encendedor y otra vela.

Vi a Harry y a Dash en la puerta. Parecía que todo se movía en cámara lenta. Miré a las dos cosas vivientes que más amaba en el mundo enfrentarse a una furiosa manifestación ancestral, hambrienta de venganza, que intentaba destruir nuestra casa, de llevar muerte, violencia y exterminio a nuestro espacio más sagrado. Intenté prender el encendedor una y otra vez hasta que logré que saliera una flama y la sostuve en cada pabilo tanto como pude. Las manos me temblaban tanto que me quemé los dedos mientras las encendía y miraba a Harry al mismo tiempo. Noté la tensión en su cuerpo, sus músculos agarrotados.

Entonces, se detuvo. La puerta dejó de sacudirse y de pronto todo quedó en silencio. Inquietante y peligroso.

32

Harry

Decidimos que nos iríamos a la recámara si las cosas se salían de control en la cocina o en la sala durante la tormenta o si se apagaban las velas. Ese sería nuestro último asilo y refugio. Cuando el ruido y los gritos de los fantasmas se detuvieron, vi a Sasha, que ya había vuelto a encender tres velas. Le grité:

—Llévate a Dash y las velas al cuarto y enciéndelas todas, ¡ya!

Sasha soltó el encendedor entre las velas, tomó la bandeja y llamó a Dash mientras empezaba a moverse. Caminaba con cuidado por la cocina cuando algo se estrelló contra la ventana del fregadero con tanta fuerza que lanzó el triplay hasta el otro lado de la cocina, cayó sobre el microondas y ambos se hicieron pedazos. El vidrio de la ventana también salió volando y los fragmentos cayeron cerca de Sasha. Ella se hizo a un lado para librarse del golpe y de las astillas de vidrio y madera. La nieve entraba con fuerza en la casa. Aun así, siguió avanzando.

Escuché que estallaron las ventanas sobre la mesa de la cocina, que estaba a mis espaldas. Giré para ver cómo los cinco aparecidos trepaban y se apretujaban para abrirse paso entre los cristales rotos y las astillas de triplay. Sus alaridos inhumanos se mezclaron con un estruendo de ritmo violento y ensordecedor.

Mientras daba marcha atrás para alejarme de los fantasmas, tomé mi rifle del mostrador, lo cargué, le quité el seguro y sentí que mi dedo se colocó en el gatillo. Empecé a disparar y el rugido desagradable y metálico del cañón corto de la carabina en el espacio cerrado hizo que el zumbido me atravesara los oídos.

Me impresionó ver que los disparos daban en el blanco. Imaginé que atravesarían sus formas etéreas sin siquiera rasguñarlos, pero también pensé que, si las velas se apagaban y los espectros entraban para hacernos daño, tal vez yo también podría lastimarlos. Para mi asombro, las balas hacían contacto con ellos. No les salía sangre ni les provocaban heridas visibles, pero los proyectiles desencadenaban ondas expansivas en ellos, como las piedras que caen en aguanieve. Los hacía más lentos, se estremecían y encogían de dolor cuando recibían el impacto de una bala. Al abrir fuego contra esos cuerpos extraños que se retorcían y trepaban por la ventana, lanzaban los alaridos más inquietantes y espeluznantes que he escuchado: eran al mismo tiempo profundos, angustiantes y aterrorizantes. Quizá no me sería posible matar estas cosas con el plomo, pero parecía que sentían cómo los atravesaba, y no les gustaba la sensación. El descubrimiento me llenó de emoción y furia. De sed de sangre, supongo.

El tiempo transcurría lentamente en lo que quedaba de nuestra casa, entre cristales rotos y astillas. Hasta ese momento advertí que mi sangre caía en el piso y lo salpicaba como si fuera un cuadro de Pollock mientras movía mi rifle como solía hacerlo, pese a que mis brazos estaban heridos por haber tratado de mantener la puerta cerrada. Mi percepción temporal me remitió a algo que había experimentado en la guerra, cuando podía percibir los detalles más nimios mientras el tiempo se dilataba a mí alrededor. Los cinco espectros avanzaban hacia mí en la cocina. Era como un sueño, parecían demasiado grandes para el espacio que ocupaban y no discernía si se movían de una manera incomprensiblemente lenta o a la velocidad de la luz.

Recurrí a los movimientos ya conocidos: apretar el gatillo hasta que el cerrojo regresara a su lugar y soltar el cargador vacío para que repiqueteara en el suelo mientras alcanzaba uno lleno. Saqué otro de mi cinturón, lo puse en el brocal y seguí disparando. Cada descarga provocaba bramidos de una fiereza y un horror ensordecedores en los fantasmas que se aproximaban.

Logré abrirme paso hacia la sala, luego volteé al pasillo que conducía a nuestra recámara mientras los espectros estaban apenas a unos metros de mí y parecían un enjambre de ruido y extremidades. Disparé hasta que mi cargador se quedó vacío. El fantasma que estaba más cerca de mí, Bridger, estiró la mano hacia mí, se veía distorsionado, como el calor cuando sube del pavimento. Puede sentir la tensión mientras se me acercaba, como si fuéramos dos imanes de polos opuestos. Saqué mi pistola, puse el cañón en su pecho y empecé a disparar. No sentí la piel cuando el arma se hundió en él, sino más bien una vibración, como si estuviera compuesto de estática y hubiera tomado la forma de una especie de lodo seco y espeso. Bridger gruñó y rugió al mismo tiempo, se lanzó hacía mí y puso su mano en mi pecho.

Me lanzó por el corredor hacia nuestra habitación, donde estaba Sasha. Mi espalda se estrelló en la puerta cerrada con tanta fuerza que casi revienta las bisagras y mis pulmones se quedaron sin aire. Pude escuchar los gritos de Sasha y los ladridos frenéticos de Dash detrás de la puerta. No podía escuchar ni mi propia voz mientras tosía para llenarme de aire, pero le grité a Sasha que no se moviera de donde estaba.

Bridger se separó de los demás y se precipitó hacia mí. La sangre que caía de mi cuero cabelludo me empañaba la visión. Pude sentir el suplicio implacable de mis múltiples huesos rotos: mis costillas, mi clavícula. Estaba en problemas. Hasta aquí llegaría. Estaba en un vehículo de guerra con la mierda hasta el cuello. Me tocaba irme a la siesta eterna. Al menos yo era la barrera entre ellos y Sasha.

Tuve una sensación vieja y familiar en ese momento, una que ya se había apoderado de mí antes, pero que había olvidado hacía tiempo. Era una suerte de aceptación tranquila que solo puedes sentir al final: se trata de abandonarse con pureza a los caprichos del caos. No es una rendición, sino una comunión con la violencia letal que hay a tu alrededor. Llega en momentos cuando los tiroteos son muy intensos, el aire hierve de zumbidos, tus amigos lloran en un charco de su propia sangre, no te puedes mover, pero necesitas hacerlo, tienes las costillas y los dedos rotos, una contusión, sangre en la boca y tierra en los ojos.

Es un sentimiento que llega en el momento final, cuando el pánico es tan extremo que colapsa y se anula. No sientes lo mismo cuando piensas que vas a morir. No tiene nada que ver con pensar en la muerte; este sentir solo puede llegar mucho después de esa fase, luego de haberse enfrentado, luchado y entregado a la realidad de la muerte. Es un sentimiento que te embarga cuando sabes que vas a morir, cuando sabes que ya estás muerto. Alcé la vista hacia los fantasmas y me pregunté si estos malnacidos habrían sentido lo mismo antes de que yo los matara.

Cuando tenía a Bridger encima se detuvo, como si estuviera en animación suspendida. Sus facciones se distorsionaron con rabia y frustración cuando todos empezaron a retirarse de la casa, como si una fuerza invisible tirara de ellos y los jalara desde fuera, como si se tratara de títeres con hilos de metal ocultos. No tenía idea de lo que estaba sucediendo, hasta que lo entendí.

33
Sasha

Ni siquiera noté las astillas de vidrio y madera que se me habían clavado en la piel del rostro, ni la sangre que caía de mi cuero cabelludo a mis hombros, hasta que logré llegar a nuestra habitación. Cerraba los ojos con fuerza y mi corazón daba un vuelco cada vez que escuchaba un disparo en la cocina. Dejé de retorcerme de dolor cuando mi audición dio paso al pitido agudo de los tímpanos dañados. Dominé el temblor de mis manos mientras enderezaba la bandeja de las velas. Todas se habían apagado durante la lluvia de astillas y esquirlas mientras corría a la habitación. Intenté encenderlas dos veces sin éxito.

—¡Vamos!

Estaba gritando de furia y pánico mientras lo intentaba una y otra vez, y de pronto algo se estrelló en la puerta de la recámara. Era un cuerpo, y era el de Harry. El ruido y el impacto me hicieron titubear y soltar el encendedor. Me deslicé hacia la puerta y puede oír que mi esposo me gritaba a través de ella.

—Quédate en donde estás, ¿me escuchas? No te muevas.

Pude escuchar en su voz que estaba herido. Las lágrimas corrían por mi rostro mientras levantaba el encendedor. Cerré los ojos un momento e hice acopio de toda la concentración y la calma que me quedaban.

Clic. La habitación se iluminó con una luz anaranjada. Llevé la llama al primer pabilo y después al siguiente. El sonido del viento y el de la casa que se caía a pedazos aumentó, y sentí que una tormenta azotaba nuestro corredor. La segunda vela se encendió y resplandor se tornó más fuerte y cálido. Prendí las velas tan rápido como pude, ignorando el ardor en la palma de mi mano y el olor de mi vello chamuscado cuando sostenía la mano en la flama de las demás velas. En cuanto la llama de la quinta vela tomó fuerza, todo cambió.

Como en el ojo de una tormenta, la ferocidad de los ataques que había escalado momentos antes pareció calmarse mientras el viento aún aullaba allá afuera. Dejé de sentir la presión en la cabeza; mis músculos y articulaciones se relajaron; las punzadas de dolor en la piel quemada, que ni siquiera había notado, también empezaron a desaparecer.

—¡Harry, las velas! ¡Están prendidas!

Vi que la manija giró. Se entreabrió y Harry cayó al cuarto, su peso había abierto la puerta.

—Por Dios, ¡Harry!

Lo arrastré hacia el cuarto y eché un vistazo a la destrucción en la sala antes de cerrar la puerta. Se dobló de dolor mientras se recargaba en la pared. Se encontraba en mal estado. Como yo, estaba todo cortado, aunque por sus movimientos y el sonido de su respiración parecía que sus costillas y otros huesos estaban rotos. La luz de las velas hizo que su sangre fresca se viera de un color casi negro obsidiana. Extendió el brazo, puso la palma de su mano en mi mejilla y respiró con un poco de alivio.

—Estás bien.

Empecé a llorar mientras él movió su mano hacia abajo y la presionó con amor en mi vientre.

—Los dos lo están.

Dash se paró entre nosotros y se puso a llorar suavemente mientras lamía nuestras caras ensangrentadas. Harry se retorció y miró la pared, una señal que en las últimas semanas podía reconocer y que significaba que los fantasmas habían comenzado a gritar. El viento aún fustigaba la casa, la tormenta bramaba por las ventanas rotas de la cocina y fragmentos de cosas se estrellaban en las paredes y en el techo sobre nuestras cabezas.

«El acto antinatural de matar deja a los espíritus intranquilos, insatisfechos. Exigen ser reconocidos por los responsables». Mi mente se aceleró un momento mientras una idea se cristalizaba. Fue algo casi instintivo, lo último que me imaginaba haciendo y la única opción que me quedaba.

—Harry, escúchame.

Me puse frente a él y moví mi cabeza para forzar y sostener el contacto visual.

—¿Confías en mí?

Mi esposo asintió con cuidado.

—Sí, claro que sí.

Asentí y lo miré por un largo rato.

—Apágalas y déjalos entrar.

—¿Qué? ¿De qué hablas? Nosotros…

—El ritual está diseñado para mantenernos a salvo y mantenerlos a raya, pero ¿si les damos lo que en verdad desean? Más que nada quieren que los veas y percibas su presencia. Quieren que reconozcas… —Dudé. Se me hizo un nudo en la garganta por el tono acusatorio de las palabras que estaba por decir y vacilaban en la punta de mi lengua—. Lo que hiciste. —Me miró en silencio, acallado por la idea que acababa de expresar—. Joe mismo lo dijo, quieren que los reconozca quien los mató, para que sientas su enojo. Entonces, ¿qué tal si en vez de temerles y luchar contra ellos los dejamos entrar? Permitamos que te muestren lo que quieren que sientas: enojo, tristeza, confusión. Dejemos que se salgan con la suya.

Los ojos de Harry se humedecieron y las lágrimas asomaron a sus ojos mientras él negaba con la cabeza. Reconocí esa expresión, era la misma que había visto muchas noches bajo la luz tenue cuando Harry despertaba de una pesadilla con el semblante lleno de dolor y angustia.

—No puedo…, yo, Sash…, eso es una locura, no hay manera. —Dejó caer la cabeza.

Luego le hablé, llorando y mirándolo a la cara.

—Lamento no poder verlos, Harry, siento no poder enfrentarlos contigo.

Al mirar los ojos de mi esposo, recordé más palabras de Joe, su voz cansada de barítono a la luz del fuego de la fogata: «Solo quienes en verdad entienden y sienten el peso de la

432

muerte pueden ver la forma de los fantasmas». Otra idea me invadió cuando Harry se encogió por los gritos espectrales que solo él podía escuchar.

—Harry, escúchame. —Levantó la cabeza para mirarme a los ojos—. Dímelo. Dime lo que hiciste.

—¿Qué? ¿A qué te…?

—Tienes que contarme lo que pasó. Sobre aquellos hombres, lo que les hiciste, las cosas que tuviste que hacer…

—Sasha, ¿de qué…? —le dije con urgencia.

—Harry, ¡escúchame!

Con cada segundo que pasaba, mi convicción se fortalecía. Sabía lo que yo tenía que hacer, lo que nosotros debíamos hacer. Tomé su rostro entre mis manos y lo miré a los ojos, asintiendo rápidamente mientras hablaba.

—No conozco a nadie mejor que a ti, pero nunca me has contado qué pasó allá. Nunca me has dicho nada. No has querido hacerlo y entiendo bien por qué…, yo…

—Sasha, detente, nosotros…

—Comprendo por qué no quisiste hacerlo. Sé que cargas con una culpa que no puedes explicar y que hiciste cosas que no puedo imaginar, cosas que crees que no te perdonaría… —Mientras hablaba, los ojos de mi esposo se empezaron a llenar de lágrimas y el solo hecho de verlas me hizo llorar más—. Pero te amo, y puedo soportar el peso de esta carga, sin importar de qué se trate. Puedo hacerlo, déjame ayudarte a llevar esta carga.

Por la expresión de Harry, quedaba claro que no entendía lo que yo estaba tratando de hacer. En ese momento, mientras el viento continuaba rugiendo de una forma ominosa y las velas parpadeaban en aquella tormenta cada vez más intensa, yo tampoco lo sabía.

—Confía en mí. —Me moví para acercarme más a él—. Podemos hacer esto juntos.

34

Harry

—Así fue, sí, así fue como ocurrió. De esa manera fue que maté a Buck. Fue el último que asesiné. Recuerdo bien su cara, la expresión que tenía, el... miedo. Para mí no se trataba tan solo de un enemigo caído en combate. Era... un hombre, ¿sabes? Alguien que seguramente tenía hijos y una esposa, y que estaba muy asustado, él tenía miedo, yo mismo lo tenía. Temor de morir, pero al final murió, y fui yo quien lo mató.

Pese a que podía escuchar las palabras que salían de mi boca y ver cómo Sasha se limpiaba las lágrimas de los ojos, una parte de mí no daba crédito a lo que estaba sucediendo. Me había pasado los años evitando abrirme con ella, de una manera inconsciente pero cuidadosa; no quería revelarle lo que hice y de lo que formé parte a la mujer que amaba.

Miré el reloj y advertí que habíamos dedicado la última hora a permanecer sentados ahí mientras le contaba lo que había hecho. Estábamos atrincherados detrás de la puerta de nuestra recámara, con Dash junto a nosotros, protegiendo las velas que aprisionábamos contra nuestros cuerpos.

Finalmente nos quedamos en silencio cuando terminé de hablar. En ese momento me di cuenta de que ese silencio era exactamente lo que traté de evitar por tanto tiempo. El quedarnos callados, después de haberle revelado todas mis acciones a esta mujer buena y amable. Este silencio cargado de recuerdos que podía cambiarlo todo. Sin embargo, en ese momento de angustia, en ese instante que había temido durante tanto tiempo, sentí una especie de alivio. Sentí que había sido honesto, quizá por primera vez. Por fin había puesto las cartas sobre la mesa.

Sasha se limpió la cara mientras se acercaba hacia mí. Se inclinó, me besó la frente y atrajo mi cabeza hacia ella en un abrazo. Nos quedamos así un buen rato, hasta que Dash empezó a llorar cuando el viento arreció y bramó entre los árboles de la parte alta de nuestra propiedad. Miré a Sasha y escuché un lamento repentino y un grito fúrico y ensordecedor afuera. Me encogí de dolor porque me reventaba los tímpanos, pero… vi que a Sasha le sucedía lo mismo. Nos miramos con un asombro mutuo.

—¿Escuchaste…? ¿Oíste eso?

Asintió repetidamente, con los ojos abiertos de par en par y una expresión de asombro.

—Sí.

Fuimos juntos a asomarnos por la pequeña ventana del baño. En los pastizales, pude ver las siluetas de los fantasmas sobre la nieve. Caminaban de un lado a otro como boxeadores profesionales en el lado opuesto del cuadrilátero. De vez

436

en cuando se detenían para gritar con tanta desesperación que sus alaridos los hacían arquearse de rabia. Volteé para ver a Sasha y me di cuenta de que ella también podía verlos.

35

Sasha

Podía verlos.

—Sash, ¿los ves?

Solo pude asentir lentamente mientras veía cinco figuras en medio de la fuerte tormenta. Caminaban de un lado a otro lanzando miradas hacia la ventana desde donde los observábamos.

Me tomó un momento darme cuenta de lo que había sucedido, aunque, de alguna forma, todo tenía sentido. Mi intuición me ayudó a establecer una conexión con las palabras de Joe y también a comprender que, si podía sentir lo mismo que Harry, podría ver a los fantasmas, a sus demonios.

Mi instinto me dijo qué hacer después. Mi corazón latía con fuerza, mi mente me decía que lo que estaba a punto de hacer era una locura, pero otra parte de mí sabía que esta era la única alternativa. Me sentía animada por una profunda confianza que nunca antes había sentido.

—Los veo. —Giré hacia Harry, quien me miraba sorprendido, con su cara hinchada y manchada de sangre seca—. Harry, ¿confías en mí?

La expresión de su rostro era de determinación.

—Confío en ti.

Tomé su mano y él apretó la mía.

Abrí la puerta de la recámara y ante mis ojos vi el caos y la destrucción en nuestro hogar. Nos paramos juntos en el umbral, tomados de la mano, con Dash a nuestro lado. En otras circunstancias, la escena habría parecido un retrato familiar.

—Te amo.

Harry se volteó hacia mí.

—También te amo.

Después de eso, me incliné, levanté la bandeja, miré a Harry a través del resplandor y apagué las velas.

36
Harry

El pánico o el miedo que debí haber sentido nunca me invadió. Tal vez se debía a Sasha. Tal vez fue por la catarsis, porque por fin me deshice de gran parte de la culpa que sentía con la única persona que en verdad me importaba. Quizá era resignación. Pero mientras ascendía el humo de las velas apagadas y la estruendosa presencia de los fantasmas se sentía cada vez más cerca, sentí paz y aceptación. Sasha dejó a un lado la bandeja, me tomó de la mano y con Dash entre mis piernas miramos más allá de nuestra sala destruida hacia la entrada de la casa.

Pude escucharlos volver a la carga con furia renovada destrozando el porche, la puerta se salió de sus goznes y voló por los aires, el triplay y las tablas que usamos para sellarla terminaron hechos pedazos por toda la habitación, la mesa quedó destruida por la puerta que cayó sobre ella. Los marcos de la ventana se resquebrajaron. Las molduras, la pintura, el yeso y los vidrios de las ventanas estallaron por toda la habitación hacia nosotros al mismo tiempo que los fantasmas irrumpían en nuestra casa. Presioné los costados de Dash con las piernas para evitar que se abalanzara hacia los intrusos mientras sentía que ambos nos estremecíamos al unísono.

Cuando atravesaron el umbral de nuestra casa, se detuvieron en el otro extremo de la habitación. Estaban furiosos, con esa apariencia distorsionada. Como si se tratara de un espejismo, se quedaron parados al otro lado del cuarto. Sasha sintió que mi mano se crispó cuando tomé el rifle que llevaba colgado sobre el hombro, y la apretó con fuerza. Volteé a verla.

—No luches contra ellos —dijo Sasha, mirando a los fantasmas—. Ya no.

Pudo haber sido la confianza que le tenía, en su determinación respecto a todo este asunto, pero algo dentro de mí comprendió lo que estaba haciendo. Ya era momento. Los dejaríamos entrar.

Dimos un pequeño paso hacia adelante. Pudimos ver la confusión en sus rostros mientras nos íbamos aproximando poco a poco, como si no supieran cómo comportarse ante nuestra falta de miedo o agresión.

Paso a paso, quedamos junto a ellos en el centro de la casa. Los veía directo a los ojos, transcurrió un largo tiempo. Se percibía una sensación de incertidumbre, como cuando se hace contacto por primera vez con una tribu que ha estado oculta por mucho tiempo. La ira y la furia que habían mostrado anteriormente se convirtieron en confusión.

Nos observaron en silencio, su expresión cambió gradualmente y la cólera inicial se transformó en curiosidad. En ese momento, me invadió la sensación más desconcertante que había experimentado desde que nos mudamos al valle. Me sentí igual que unos minutos antes, cuando finalmente me abrí y le revelé todo a mi esposa para que lo asimilara. Fue como si los fantasmas vieran a través de mí, ya no perseguían el mismo objetivo ni existía la misma conexión personal de odio desenfrenado que mantuvieron desde su llegada. Su interés en nosotros había desaparecido, como depredadores que renuncian a la caza, y el peso de la maldad virulenta que se había cernido sobre el valle como una niebla a partir de que se manifestaron pareció disiparse. Sentí como si hubiera cortado una especie de atadura entre ellos y yo, como si hubiéramos estado enganchados a un generador de diésel que, en ese momento, por fin empezó a renquear, a fallar y a quedarse sin combustible.

Entonces, todo sucedió.

La presión del aire se distendió y mis globos oculares y tímpanos resintieron el cambio. Empecé a escuchar un rugido que primero fue tenue, pero que con rapidez ganó fuerza. Sentí que venía del centro de la casa, de los pisos, las paredes, los cimientos y hasta de las malditas tuberías. Se hizo más potente, como el viento que corre por una cueva. Mis piernas se quedaron paralizadas y mis pulmones parecieron llenarse de concreto. Miré a mi esposa y las pocas luces que quedaban en las lámparas y las instalaciones se atenuaron hasta emitir el fulgor de una pequeña vela. Sentí que caía al vacío y que el corazón se me subía a la garganta. Estaba a punto de desmayarme cuando el bramido aumentó y entonces una erupción de fuerza instantánea, que se sintió como una explosión de calor húmedo, electricidad y viento, estalló desde el centro de nuestro hogar hacia afuera, como si la estructura misma exhalara un aliento profundo y cavernoso. Los focos volvieron a recuperar fuerza de inmediato y en ese instante los fantasmas se disiparon mientras un anillo de luz titilante escapó hacia la tormenta.

El sentimiento de alivio fue tan grande que era una energía en sí misma. Sasha y yo nos dejamos caer y empezamos a jalar aire como si nos estuviéramos ahogando. Cada bocanada se sentía como una explosión de opiáceos inyectados; era la sensación de que el espíritu se marchaba, pero era más intensa, más profunda y más amplia que nunca.

Gateamos el uno hacia la otra y abrazamos a Dash entre nosotros.

37
Sasha

Harry dio una patada a los pilares y las vigas del techo del porche, que se desplomaron sobre el montón de ruinas que bloqueaban lo que alguna vez fue nuestra entrada principal. Luego apartó una y quitó el escombro para poder salir de la sala.

Me miró, forzó una sonrisa cansada y se la devolví.

—Bueno, Har, creo que por fin tenemos una razón para rehacer las molduras y tal vez hacernos de un nuevo piso, ¿no crees?

Mi esposo dejó escapar un suspiro estremecedor y supuse que era un intento por reír. Luego señaló hacia el boquete que había hecho. Dash se arrastró por la pequeña abertura hacia el patio mientras Harry me daba la mano para ayudarme a pasar por el reducido espacio que había entre los restos resquebrajados del porche, para llegar a los pastizales cubiertos con una gruesa capa de nieve que brillaba bajo el sol de la mañana como oro incrustado de brillantes.

Al salir, Harry cayó de bruces al llegar a los últimos escalones del porche, sus manos desnudas desaparecieron en la nieve. Me desplomé a su lado y puse mi mano en su espalda, entre los hombros. Se incorporó para quedar de rodillas. Uno de sus dedos estaba terriblemente roto y sobresalía en un ángulo de 45 grados. Me miró, con una sonrisa torcida, mostrándome el espacio que habían dejado los dientes que había perdido y los que tenía rotos del lado derecho de la boca. Me eché a reír y a llorar al mismo tiempo, y puse la mano en su mejilla manchada de sangre.

Se deslizó de rodillas para sentarse junto a mí, con delicadeza me tomó de la barbilla y movió mi cabeza de un lado a otro para examinar mi cara, que muy probablemente no se veía mejor que la de él. Le sonreí, sintiendo ardor y escozor por las astillas y los vidrios que tenía en mis mejillas y frente.

—¿Cómo me veo?

Se inclinó para besarme.

—Te ves jodida, fuerte y hermosa.

Epílogo

En la superficie del estanque se podía ver un gran bullicio y agitación: eran lubinas de boca chica que asemejaban miles de meteoritos que se impactaban en el agua, mordían y tragaban insectos bajo la luz anaranjada del atardecer. Se sentía una gran calma, en la manera en que hay paz y tranquilidad entre las montañas. Se escuchaban a las aves y los insectos en los árboles. Cientos de sonidos distintos, todos de la naturaleza. Sin embargo, de alguna forma, era como si no pudieras escuchar nada.

El hechizo se rompió cuando Joe se paró a mi lado. Media hora antes habíamos decidido abandonar la pesca y nos quedamos sentados junto a una enorme laguna en los pastizales al oeste de su casa. Miré a Joe inclinando la cabeza. Una pregunta había quedado en el aire, sin respuesta. Joe suspiró largamente.

—No lo sé.

Era la última respuesta que quería escuchar. Hubiera preferido que me dijera que estaba equivocado y que estuviera alerta, así que insistí.

—Cada día hace más calor, Joe. Se supone que mañana estaremos a casi veintisiete grados. Los ríos se están secando y los buitres están de regreso. Es decir…, el verano prácticamente está aquí y no se han aparecido las luces ni nada de nada.

Cuando el clima y las semanas de primavera llegaron y continuaron sin que llegaran las luces, lo tomamos como una bienvenida señal de buena fortuna después de un invierno tan desastroso. También resultó ser muy conveniente, dado que los trabajadores encargados de reconstruir nuestra casa no dejaban de entrar y salir. Les dijimos que la tormenta de febrero había devastado nuestra parte del valle.

Pero cuando los días se convirtieron en semanas y el espíritu seguía brillando por su ausencia, nos permitimos sentir esperanza. Estaba dividido entre un deseo de ver la luz en el estanque y dejarme llevar por la familiaridad de la rutina, y la perspectiva mayor de que algo más significativo hubiera cambiado, que lo que hicimos pudiera permitirnos un poco de paz o incluso más, un acuerdo de resolución con el espíritu.

Enrollé el sedal, mordí el anzuelo para retirarlo, le di un golpe a mi nuevo diente postizo, moviéndolo de lugar, y usé un dedo para reacomodarlo. Me quedé parado, apretando la mandíbula mientras una punzada de dolor me atravesaba el muslo donde estaban mis viejas heridas. Levanté la vista para ver a Joe impresionado una vez más por su imponente estatura.

—Es un cambio —por fin respondió Joe, con cautela.

—Bueno, muy bien, un cambio. Tal vez nosotros…, no

sé... —-Joe me miró dubitativo—. ¿Quizá nos deshicimos de él?

Joe se rio entre dientes, moviendo la cabeza.

—Es la tierra misma, Harry, y no hay manera de deshacerse de ella. Se enfrenta al hombre según la desarmonía con la que interactúa con la naturaleza. Si decidió dejarte en paz... —dijo mientras miraba a la distancia y luego se concentró en sus pensamientos—, entonces quizá demostraste algo sobre ti mismo. Lo que está claro es que algo se transformó. Tal vez las cosas mejorarán para ti aquí. Quizá tendrás tranquilidad. —Asentí. Me gustó lo que escuchaba, pero me faltaba tener una certeza para calmar la ansiedad que había acumulado en las últimas semanas sin el espíritu—. O... —Escucharlo dudar me provocó un nudo en el estómago, volteé a ver a Joe que me miraba fijamente—, tal vez lo hiciste enojar de nuevo y algo peor esté por venir. Solo el tiempo lo dirá.

Tomó su carrete de pesca y emprendió el camino de regreso hacia su extensa finca y el sonido distante de las risas de los niños.

—Joe... —Caminé hacia él mientras daba media vuelta lentamente para verme de frente—. Tengo que preguntarte algo y te pido que me digas lo que piensas, ¿de acuerdo? —Joe no asintió ni parpadeó, así que continué—. ¿Alguna vez te ha contado tu familia, o alguien más, sobre alguien que haya vivido en este valle por varias estaciones y se haya mudado y sobrevivido?

Joe mantuvo la vista en mí por mucho tiempo y luego miró directamente el valle.

—Sí. —Mis ojos se abrieron de par en par. Joe retrocedió unos pasos para acercarse a mí—. No puedo decir si es verdad o solo una leyenda, pero sí…, mi abuelo me contó la historia de un anciano que vivió aquí hace mucho tiempo, antes de que él naciera. La historia dice que vivió en el valle por muchos años y después se mudó a Salmon River Breaks, donde pescó, cazó y pasó el resto de su vida en una cabañita. Mi abuelo me contó que nuestros ancestros lo visitaban ahí de vez en cuando, comerciaban con él, hablaban sobre la manera en que se marchó y de cosas por el estilo. —Me quedé mudo. Joe se dio cuenta y me sonrió a medias—. Es solo una leyenda, Harry. No puedo decirte si es cierta o no. Créeme que si fuera verdad y supiera qué necesitan ustedes los turistas para marcharse, ya se los habría dicho hace meses para que se largaran de aquí y dejaran de molestarme, estoy demasiado viejo para tus preocupaciones.

Asentí, tratando de pensar en qué decirle cuando las palabras ya estaban saliendo de mis labios.

—Joe, pero ¿qué pasó?, o sea, ¿qué te dijeron tus ancestros que hizo para poder irse? Debes saber más.

Joe vio para otro lado y dijo que sí con la cabeza.

—Sí, es parte de la leyenda. No es muy específico, de hecho es bastante vago, como suele suceder con las leyendas que han pasado de generación en generación y a su paso van tomando nuevas características, giros y matices.

Caminé hacia donde estaba parado.

—Bueno, ¿de qué se trata? ¿Cuál es el truco?

Joe soltó una risita.

—No te va a gustar, Harry.

Me quedé parado a la espera de que continuara. Me miró

con molestia bajo su ceño fruncido. Después de un buen rato, alzó la vista, se rascó la barbilla y me miró fijamente a los ojos mientras volvía a hablar.

—La leyenda cuenta que el anciano pudo marcharse porque, bueno, para ponerlo en palabras de uso común que tengan sentido para tus jóvenes oídos, el hombre por fin... se hizo cargo de su propia mierda. —Parpadeé con fuerza, sin saber qué decir. Joe se puso la mano en la cadera y miró atrás de mí mientras hablaba con calma—. Tenía pendientes emocionales y, cuando lidió con ellos, pudo marcharse. —Encogió sus enormes hombros y me volvió a mirar a los ojos—. Esa es la única interpretación que tendría sentido para ti.

Entrecerré los ojos y miré a Joe.

—¿Qué? ¿Qué rayos significa eso?

Joe solo negó con la cabeza y sonrió.

—Vámonos, Harry, tengo hambre.

Lo observé un rato y volteé para ver el estanque por un momento antes de seguirlo, despedirme de su familia y manejar de regreso a casa.

Más tarde esa noche me senté en el porche con Dash a mis pies. Sasha salió por la puerta de la cocina. El sonido de la comida que se cocinaba en el sartén y la música del estéreo eran un complemento agradable ante el silencio enrevesado e intimidante del rancho.

—¿Cómo estuvo la pesca?

Asentí con una sonrisa.

—Tranquila.

Me vio y siguió mi mirada hacia el estanque.

—¿Alguna novedad?

Respiré hondo.

—Ninguna.

Sasha se sentó en mis rodillas y me pasó una mano por el cabello. Pude sentir su alivio. Puse mi mano en su vientre, que había crecido de una manera notable. Quería sentirme así, quería creer que algo había cambiado para bien y ella había terminado con todo ese caos. Se inclinó y me besó. La sostuve ahí, con los ojos cerrados, con sus labios sobre los míos y nuestro bebé entre los dos, y supe que enfrentaríamos juntos lo que viniera.

—Ven a ayudarme en la cocina. ¿Qué te crees, que soy tu madre?

—Te ves como la madre de alguien.

Se rio y desapareció al entrar a la casa. Titubeé en la puerta y vi a Dash. Lo hacía más que nunca, lo observaba y seguía su mirada con la esperanza de que me diera alguna señal. Se había convertido en nuestro canario en la mina de carbón espectral que era este pequeño valle. Sin importar el tipo de conexión que tuviera con el espíritu, o su percepción de él, para nosotros era un valioso salvavidas, como un detector de humo. Nuestro centinela.

Lo vi mirar la masa oscura de árboles que se balanceaban con el viento suave pero constante que recorría los límites de nuestra propiedad. Vi que sus orejas se sacudían y sus fosas nasales se dilataban cuando la brisa ligera llegaba hasta su cara. Me preguntaba si notaba la calidez del aire, si comprendía el cambio de las estaciones, si sabía que la primavera estaba por quedar atrás y el verano estaba cerca, si entendía lo que eso significaba.

Pensé en el perro del depósito de chatarra de mi infancia y noté la vieja sensación de entumecimiento en los músculos mientras la bestia me perseguí enfurecida. Seguí la mirada de Dash hacia los fríos y enormes picos de granito de la cordillera Teton que perforaban el cielo desde su manto sinuoso y cubierto de pinos que se desplegaba cuesta abajo hasta llegar a nuestra casa.

Oí que mi perro respiraba hondo y volteé para ver que sus nobles ojos aún miraban fijamente el horizonte, como siempre. Observaba, a la expectativa.

AGRADECIMIENTOS

Queremos extender un reconocimiento a nuestras familias, a nuestros hermanos, Elizabeth y Sean, a nuestros padres, Dave y Amy, y a nuestros padres adoptivos, Dana y Robb. Somos mejores hombres por amarlos y haber recibido el amor de todos ustedes.

Estamos infinitamente agradecidos por la sabiduría con la que nos han guiado nuestros representantes, Scott y Liz.

Por último, queremos agregar que somos muy afortunados y estamos muy agradecidos de contar con un equipo editorial tan comprometido y solidario: Wes, Nick, Autumn, Morgan, Tareth, Laura, Ervin y el resto del staff de Grand Central y la familia Hachette. No pudimos haber encontrado uno mejor.